Elisa Rimpach ist das Pseudonym des Autors Matthias Ernst, der 1980 in Ulm geboren wurde. Er arbeitet tagsüber als Psychologe mit Vorschulkindern und schreibt abends Krimis, Thriller und historische Romane. Im dp Verlag erschienen zuletzt die Thriller „Der Therapeut", „Die Professorin" und „Die Headhunterin". Matthias Ernst lebt mit seiner Familie, einer betagten Schildkröte und einer neurotischen Hundedame in Oberschwaben.

ELISA RIMPACH

ZEITEN DER HOFFNUNG

DIE GROSSE MÜNCHEN-SAGA

Erstausgabe Mai 2024

Copyright © 2024 dp Verlag, ein Imprint der
dp DIGITAL PUBLISHERS GmbH
Made in Stuttgart with ♥
Alle Rechte vorbehalten

Zeiten der Hoffnung

ISBN 978-3-98778-901-4
E-Book-ISBN 978-3-98778-899-4

Covergestaltung: Anne Gebhardt
Umschlaggestaltung: ARTC.ore Design
Unter Verwendung von Abbildungen von
stock.adobe.com: © teerawit
trevillion.com: © Ildiko Neer / Trevillion Images
elements.envato.com: © PixelSquid360
commons.wikimedia.org: © Photochrom Print Collection
Lektorat: The Write Spirit
Satz: dp DIGITAL PUBLISHERS GmbH
Druck und Bindung: Books on Demand GmbH, Norderstedt

KAPITEL 1

München, Sedantag 1913

Ein Schuss peitschte durch die gespannte Stille. Der Knall war so laut, dass Elsa den Druck der Schallwelle dumpf auf ihrer Brust spürte. Eine Erinnerung blitzte vor ihrem inneren Auge auf: Sie auf der Veranda der Farm in Afrika, ihre Tochter Hilde, ein Messer an der Kehle, zwei Männer, die schreiend zu Boden gingen. Sie blinzelte und das Bild verschwand.

Die Menge auf den Tribünen der Galopprennbahn in Riem schrie und jubelte, während die Masse der Pferde bereits auseinanderstrebte und die Tiere sich nach der Geschwindigkeit aufreihten wie Perlen an einer Kette.

„Wer führt? Wer führt?"

Die Stimme ihrer Tochter vertrieb jeden Rest der furchtbaren Erinnerung aus Elsas Bewusstsein. Sie sah zu Hilde hinüber. Wie groß sie geworden war! Mit ihren 13 Jahren war sie beinahe selbst schon eine kleine Dame. Elsa hob das Opernglas an ihre Augen und versuchte, die Spitze des Feldes in den Fokus zu nehmen. Ein Rappe galoppierte voran, dicht gefolgt von einem Apfelschimmel.

„Er ist zweiter. Eine halbe Länge", sagte Elsa.

Hilde klatschte in die Hände. „Das ist großartig. Lauf, Mondschein, lauf!"

Die Pferde hatten die erste Kurve erreicht. Die Zuschauer auf der dortigen Tribüne feuerten Reiter und Rösser an. Und schon bogen sie in die Gegengerade ein. Der Abstand der beiden Führenden zueinander war gleichgeblieben, doch ihre Verfolger hatten sie abgehängt.

„Wer ist denn dieser Rappe, der das Feld anführt?", fragte Hilde.

„Das ist Nero, das Pferd von Hugo von Lampeck", erwiderte Elsa. Sie bemühte sich, es beiläufig klingen zu lassen. Doch gelang es ihr nicht, ein leichtes Beben aus ihrer Stimme zu verbannen.

„Von Lampeck?", fragte Hilde. „Ist das nicht dieser Bankier?"

Elsa nickte. „Einer, dem Geld und Einfluss das Wichtigste im Leben sind."

Die Pferde hatten das Ende der Gegengerade erreicht und waren nur noch als weiße, schwarze und braune Punkte zu erkennen, die sich rasch bewegten. Es war weiterhin ein Kopf-an-Kopf-Rennen zwischen Nero und Mondschein. Der Jubel der Menge unten an den Absperrungen am Rand der Bahn war ohrenbetäubend. Aber auch die Honoratioren in den Logen hielt es nun nicht mehr auf ihren Sitzen und einige der feinen Damen schwenkten begeistert ihre wagenradgroßen Hüte.

„Lauf, Mondschein, gib alles!", rief Hilde. Als ob er sie gehört hätte, legte der Schimmel an Tempo zu und verkürzte den Abstand zu Nero. Elsa führte erneut das Opernglas an ihre Augen und sah, dass die beiden Führungspferde nun gleichauf waren. Die Aufregung der Menge steckte sie an wie ein Fieber. Sie umklammerte das Glas fester, doch das Okular zitterte so stark, dass sie kaum noch etwas erkennen konnte.

„Los, Mondschein!", hörte sie sich aus voller Kehle rufen. Und wieder schien es so, als ob das Pferd sie verstanden hätte. Die beiden Führenden waren nur noch wenige Längen von der Ziellinie entfernt. Die Jockeys trieben ihre Tiere mit den kurzen Reitpeitschen an. Auf dem Rücken des Apfelschimmels sah Elsa den Sattel, den sie angefertigt hatte. Er war der Grund für ihre Anwesenheit bei diesem Rennen. Etwas blitzte und blinkte im Sonnenlicht. Das musste das mit Goldfaden eingestickte Monogramm von Herrn Brünig, Mondscheins Besitzer, sein. Die Pferde rasten die Gerade entlang. Der Schimmel schob sich nach vorne. Elsa hielt den Atem an, als Neros Reiter fester mit der Peitsche auf das Hinterteil des Rappen einhieb. Würde er sich noch vordrängen? Dann passierten sie die Ziellinie. Mondschein war der Sieger. Ohrenbetäubender Jubel brach aus, gemischt mit Rufen der Enttäuschung und derben Flüchen. Nicht wenige hatten wohl auf Nero gewettet. Nun, da würde Hugo von Lampeck vor Wut kochen. Der Gedanke löste ein Gefühl der Befriedigung in Elsa aus. Sie hatte die Konfrontation mit dem Vater ihres verstorbenen Mannes immer gescheut. Doch heute hatte es sich nicht vermeiden lassen, und das Ergebnis war eindeutig zu ihren Gunsten ausgefallen. Sie senkte das Opernglas.

„Komm, wir gehen dem Sieger gratulieren." Sie nahm Hilde bei der Hand und gemeinsam stiegen sie die Treppe hinab und auf das Tor zu, das zu den Stallungen führte.

„Das ist wunderbar!", rief Hilde. „Unser Pferd hat gewonnen." Sie strahlte und ihre Augen glänzten.

„Es ist nicht unser Pferd", sagte Elsa. „Es gehört Herrn Brünig, aber unser Sattel hat zum Sieg beigetragen."

Sie hatten den Auslauf erreicht, in dem die verschwitzten und dampfenden Tiere darauf warteten, dass die Pferdeknechte ihren Reitern beim Absteigen halfen. Ein großer, stämmiger Mann in einem grauen Anzug klopfte dem um gut zwei Köpfe kleineren Jockey von Mondschein so kräftig auf die Schulter, dass er zusammenzuckte.

„Herzlichen Glückwunsch, Herr Brünig. Und Ihnen natürlich auch, Herr Weissenberger", sagte Elsa.

Die beiden Männer drehten sich um, und nun sah Elsa, dass Mondscheins Besitzer breit grinste. Brünig streckte ihr die Hand entgegen. „Herzlichen Dank! Wie ich von Herrn Weissenberger höre, hatten Sie einen entscheidenden Anteil an Mondscheins Sieg."

„Ja", bestätigte der Jockey. „Ihr Sattel ist ein Meisterstück. Er gibt mir das Gefühl, mit dem Pferd verwachsen zu sein. Jede meiner Körperbewegungen wird sofort auf das Tier übertragen. Und er erlaubt mir, eine Haltung einzunehmen, in der wir nur so durch den Wind pflügen. Aber nun müssen Sie uns entschuldigen. Wir werden bei der Siegerehrung erwartet."

Elsa sah ihnen hinterher. „Die viele Arbeit scheint sich gelohnt zu haben", sagte sie zu Hilde.

„Was treiben Sie denn hier?", hörte sie eine Stimme hinter sich.

Ein eiskalter Schauer lief ihr den Rücken hinab. Sie wandte sich um und sah Hugo von Lampeck vor sich. Alt war er geworden. Er ging gebeugt, stützte sich auf einen Stock. Sein Gesicht war von tiefen Falten zerfurcht. Schnurrbart und Haare waren schlohweiß. Doch Elsas Augen ruhten nur kurz auf ihm, ehe sie von dem jüngeren Mann angezogen wurden, der neben seinem Großvater stand. Er war einen Kopf größer als Hugo von Lampeck und seine Haltung war kerzengerade. Die blonden Haare waren akkurat gescheitelt, die blauen Augen ohne eine erkennbare Gefühlsregung auf sie gerichtet. Waren tatsächlich schon dreizehn Jahre vergangen, seitdem sie ihrem Sohn Hermann so nahegekommen war? In drei Monaten würde er seinen siebzehnten Geburtstag feiern. Wie die Zeit verging!

„Meine Mutter hat den Sattel gebaut, auf dem der Jockey von Mondschein zum Sieg geritten ist", sagte Hilde.

Von Lampeck verzog das Gesicht. „So so", zischte er. „Ich dachte, Ihr Gewerbe würde sich darauf beschränken, Damensättel zu bauen und sie mit allerhand Kitsch zu verzieren."

Es kostete Elsa einige Mühe, ihre Aufmerksamkeit von Hermann auf seinen Großvater zu lenken. „Da haben Sie wohl falsch gedacht", sagte sie und versuchte dabei, so kühl und gelassen zu klingen, wie es der Aufruhr in ihrem Innern zuließ. „Ich bin in der Lage, ausgezeichnete Sättel für jede Gelegenheit herzustellen. Auch für den Sieger des Bayern-Preises."

„Dann wollen wir einmal hoffen, dass Sie dabei niemandem auf die Füße treten, der es Ihnen heimzahlen könnte", stieß der alte Mann zwischen zusammengebissenen Zähnen hervor.

Er drehte sich grußlos um. Auf Hermanns Stirn erschienen kleine Falten. Er sah Elsa und Hilde einen Moment lang an, dann folgt er seinem Großvater.

Elsa spürte, wie sich ihr Magen zusammenkrampfte.

„Was war denn das?", fragte Hilde.

„Das, meine Liebe, war eine Drohung", flüsterte sie.

***

„Nein, doch nicht so!"

Wiehler griff nach Isoldes Handgelenk. Ihr Blick ruhte noch einen Augenblick auf der Schneide des Skalpells. Ein Blutstropfen fiel von der Spitze des Instruments auf den angeschwollenen Blinddarm, den sie zuvor durch einen Schnitt schräg unterhalb des Nabels aus der Bauchhöhle des Patienten gezogen hatte.

„Was soll das?", fragte sie. Sie wollte den entzündeten Appendix abtrennen, der dem Mann drei Tage lang höllische Schmerzen bereitet hatte. Der Patient war ihnen gerade noch rechtzeitig unter das Messer gekommen. Das Gewebe sah aus, als ob es innerhalb kürzester Zeit durchbrechen würde. Dann würde sich der Darminhalt in die Bauchhöhle ergießen und zu einer lebensgefährlichen Bauchfellentzündung führen, die der Patient wahrscheinlich nicht überleben würde. Isolde hatte bei dieser Art von Operation schon Dutzende Male die Haken gehalten. Unter den strengen Augen von Doktor von Bergen, dem Chefarzt der Chirurgie am Klinikum Schwabing, hatte sie bereits vier Wurmfortsätze entfernt. Dies sollte ihr fünfter werden, doch Doktor Wiehler hinderte sie daran, indem er weiterhin ihr Handgelenk festhielt. Mit der anderen Hand griff er nun nach dem Skalpell und nahm es ihr ab.

„Sie verfügen nicht über die notwendige Erfahrung, einen solchen Eingriff durchzuführen“, sagte er.

„Wie bitte? Ich habe das schon mehrfach gemacht. Und zwar erfolgreich. Keiner der Patienten, die ich operiert habe, ist im Verlauf daran verstorben. Was man von Ihren nicht behaupten kann, Herr Doktor Wiehler“, erwiderte sie mit zornbebender Stimme.

Wiehler blieb ihr eine Antwort schuldig. Mit der Masse seines Körpers drängte er sie beiseite und begann, den Wurmfortsatz vom Blinddarm zu lösen.

„Über den Ton, den Sie mir gegenüber anschlagen, werden wir später reden“, sagte er. Seine Stirn war gerunzelt und von Schweißtropfen übersät. Einer löste sich von der Augenbraue und fiel mitten in das Operationsgebiet. Isolde erkannte, warum die Überlebensrate der Patienten von Doktor Wiehler deutlich niedriger war als die ihrer Schützlinge. Im Gegensatz zu ihr verzichtete der beinahe kahlköpfige Oberarzt darauf, eine Schutzhaube oder einen Mundschutz zu tragen, und bedachte seine wehrlosen Patienten und Patientinnen regelmäßig mit Proben seiner Körpersäfte.

„Sie sind hier überflüssig“, sagte Wiehler. Er griff nach einer bereit liegenden Pinzette und legte den abgetrennten Wurmfortsatz in eine Nierenschale. Dann begann er, die Wunde zu vernähen. „Gehen Sie auf Station und machen Sie sich dort nützlich. Vielleicht gibt es Bettpfannen zu leeren oder hysterische Weibsstücke zu beruhigen. Das können Sie wahrscheinlich am besten, Sie sind ja selbst eins.“

Dieses Mal schluckte Isolde die Erwiderung, die ihr auf den Lippen lag, herunter. Als sie dem Oberarzt vorhin widersprochen hatte, hatte sie sich ohnehin schon weit aus dem Fenster gelehnt. Sie trat vom OP-Tisch zurück und verließ den erst vor wenigen Wochen eingeweihten aseptischen Operationssaal. Im Vorraum legte sie Schürze, Handschuhe, Mundschutz und Haube ab. Sie reinigte sich die Hände mit kaltem Wasser und Seife. Draußen auf dem Gang lehnte sie sich an die Wand und atmete tief durch.

„Ruhig, ganz ruhig, Isolde", redete sie sich selbst gut zu. Ein Pfleger kam vorbei. Er warf ihr einen abschätzigen Blick zu. Isolde erwiderte ihn nicht. Der Mann war einer von der alten Sorte. Für ihn waren Ärztinnen eine Absonderlichkeit. Sie holte noch einmal tief Luft und wollte gerade in Richtung der Station gehen, als sie ihren Namen hörte. Sie wandte sich um.

„Berta. Was für eine schöne Überraschung", rief sie.

Ihre Studienfreundin kam auf sie zu, und sie umarmten sich kurz.

„Du siehst bleich aus", sagte Berta. „Und abgenommen hast du auch. Lass mich raten, du siehst die Sonne nicht und kommst nicht zu Essenspausen, weil hier so viel zu tun ist?"

„Gut kombiniert, Sherlock", erwiderte Isolde. „Ich führe das glamouröse Leben einer chirurgischen Assistenzärztin am Klinikum Schwabing. Wenn ich Glück habe, darf ich sogar operieren. Heute hatte ich Pech."

„Du musstest zusehen?"

Isolde schüttelte den Kopf. „Nein, ich durfte zwar ein Skalpell in die Hand nehmen, aber Wiehler hat es mir wieder abgenommen. Ich hätte nicht genügend Erfahrung. Für eine Blinddarmentfernung.“

Berta verdrehte die Augen. „Wiehler, der alte Metzger, führt wohl immer noch ein harsches Regiment in seinem OP?“

„Harsch ist gar kein Ausdruck. Ich weiß ja, dass er ein Menschenfeind ist. Und dass ihn Unfähigkeit abstößt. Geißler und Kappler, die beiden Assistenten, die mit mir auf Station arbeiten, behandelt er auch nicht besser als mich. Aber im Gegensatz zu denen bin ich kompetent. Ich führe Statistiken darüber, wie schnell die Patienten gesund werden und wie hoch die Rate von Komplikationen und Todesfällen ist. In allen Fällen schneiden meine Patienten deutlich besser ab als die der Kollegen. Am schlechtesten steht Wiehler da. Aber wenn ich ihm das sage, wirft er mich im hohen Bogen hinaus.“

Berta legte den Kopf schief. „Wäre das so schlimm?“

Isolde zuckte mit den Schultern. „Es würde bedeuten, dass ich mich schon wieder auf die Suche nach einem Krankenhaus machen müsste, das eine Frau einstellt. Das ist ein großer Nachteil bei der Suche nach einem Arbeitsplatz.“

„Warum muss es denn überhaupt eine Assistentenstelle sein? Du könntest dich doch selbstständig machen. Eine Praxis gründen.“

Isolde seufzte. „Ich war schon einmal selbstständig. Das Atelier als Fotografin zu führen, war mit großer Verantwortung verbunden. Ich weiß nicht, ob ich mir so etwas noch einmal antun will.“

„Und wenn du diese Verantwortung nicht alleine tragen müsstest?“

„Wie meinst du das?"

„Wie wäre es denn, wenn wir uns zusammentun? Ich habe meine Stelle in der Gynäkologie gekündigt. Aus ähnlichen Gründen. Ich werde als Frau nicht ernst genommen, weder von Kollegen noch von Patienten. Ich werde auch nicht aufsteigen. Eine Oberärztin? Undenkbar. Nein, wenn ich mir die Freude an diesem Beruf erhalten will, darf ich nicht in einer Klinik bleiben. Ich träume davon, mich selbstständig zu machen, aber ich scheue davor zurück, die Verantwortung alleine zu tragen. Und deshalb wollte ich dich fragen, ob wir nicht gemeinsam eine Praxis eröffnen wollen."

Isolde legte den Kopf schief und sah Berta an. „Ich weiß nicht. Es wäre ein vernünftiger Schritt. Aber ich glaube nicht, dass ich ihn gehen will."

„Warum nicht? Scheust du das finanzielle Risiko?"

Isolde schüttelte den Kopf. „Nein, eine Praxis ist ein einträgliches Geschäft. Davor schrecke ich nicht zurück."

„Was lässt dich dann zögern?"

„Ich ... ich bin mir nicht sicher, ob die Medizin, die ich an der Universität gelernt habe, der richtige Weg für mich ist."

Berta runzelte die Brauen. „Die Medizin, die du an der Universität gelernt hast? Klärst du mich bitte darüber auf, was für eine andere Art von Medizin dir vorschwebt? Willst du dich als Schamanin bei den Apachen andienen?"

Isolde atmete tief durch. „Nein. Ich habe mich viel mit Freud und seiner Wissenschaft von der Psychoanalyse beschäftigt. Und seit einiger Zeit trage ich mich mit dem Gedanken, mich in dieser Methode ausbilden zu lassen und als Analytikerin zu arbeiten."

„Freud? Dieser polymorph Perverse aus Wien?"

Isolde schmunzelte. „Du solltest die ‚Drei Abhandlungen über Sexualtheorie' lesen. Polymorph pervers sind nur die kleinen Kinder."

Berta winkte ab. „Wie auch immer. Du willst dich in der Psychoanalyse ausbilden lassen? Ich weiß nicht, ob ich das mutig oder tollkühn finden soll. Die meisten Ärzte halten diese Methode für Hokuspokus."

„Ich weiß es noch nicht", gab Isolde zu. „Ich habe mich an Herrn Dr. Seif gewandt, den Vorsitzenden des Münchener Ortsvereins der Internationalen Psychoanalytischen Vereinigung. Erst wenn er mich als Ausbildungskandidatin annehmen sollte, müsste ich mich entscheiden, ob ich diesen Schritt wage."

Berta seufzte. „Nun, schade. Aber falls du es dir anders überlegst und im Schoße der Medizin der Altvorderen bleiben willst, weißt du, wo du mich findest."

KAPITEL 2

Elsa strich mit der Handfläche über die raue Unterseite des Sattels. Sie spürte ein Kribbeln auf ihrer Haut, und ein Schauer lief durch ihren Körper. Mit geschlossenen Augen sog sie die Luft tief ein. Der unverkennbare Geruch nach gegerbtem Leder erfüllte ihre Nase und löste dieses wohlvertraute Glücksgefühl aus, das sie immer empfand, wenn sie in ihrer Werkstatt arbeitete. Und gleichzeitig war da diese Traurigkeit. Hier hatte sie die schönsten und die schrecklichsten Stunden ihres Lebens verbracht. Zusammen mit Moritz hatte sie einen meisterhaften Sattel erschaffen. Sie hatten gemeinsam gearbeitet, gelacht, sich geliebt. Doch hier hatte Eugen auch Moritz zum Duell gefordert. Hier hatte sie ihren Geliebten zum letzten Mal lebend gesehen, ehe die Kugel ihres Ehemannes ihm den Tod gebracht hatte. Er hatte ihr seine Werkstatt vererbt, die zuvor ihrem Großvater gehört hatte. Und nun setzte Elsa die Familientradition fort.

„Was ist los?"

Elsa öffnete die Augen und drehte sich um. Hilde stand hinter ihr. Und wieder war da diese Mischung aus Glück und Traurigkeit. Glück, weil dieser wunderbare Mensch ihre Tochter war, weil ein Teil ihres geliebten Moritz in ihr fortlebte. Und Traurigkeit, weil er sein Kind nie hatte kennenlernen dürfen. Weil er lange vor ihrer Geburt gestorben war.

„Was soll denn los sein?", erwiderte sie.

„Du hast diesen besonderen Blick. So als ob du gar nicht hier wärst, sondern irgendwelchen Tagträumen nachhängen würdest."

Elsa schluckte. Vor ihrer Tochter konnte sie nichts verheimlichen. „Ich habe nur darüber nachgedacht, wie es wohl mit der Werkstatt weitergeht."

Hilde legte den Kopf schief. „Was ist denn mit der Werkstatt? Laufen die Geschäfte schlecht?"

Elsa schüttelte den Kopf. „Nein. Die Sattlerei ist profitabel. Ich habe mir über die letzten Jahre einen kleinen, aber glücklicherweise recht wohlhabenden und vor allem treuen Kundenstamm aufgebaut. Einige der besten Reitställe von München geben mir regelmäßig Aufträge. Und ab und zu darf ich mich an einem Liebhaberstück wie diesem hier austoben."

Sie strich noch einmal mit der Hand über den aufgebockten Sattel.

„Was würdest du davon halten, wenn ich den unteren Rand mit einem Efeumuster umranken würde?", fragte sie ihre Tochter.

„Das wird sicher schön aussehen. Aber du bist mir ausgewichen. Ich habe dich nicht gefragt, was du mit diesem Sattel anstellen willst. Ich habe dich gefragt, was mit der Werkstatt los ist. Worüber hast du nachgedacht?"

Elsa lächelte. „An dir ist eine Privatdetektivin verloren gegangen. Nun gut, wenn du es wissen willst: Ich habe mir die Frage gestellt, wie es mit dem Betrieb weitergehen soll."

„Na ja, du wirst weiterhin Sättel bauen, oder?"

„Das wäre mein Ziel. Aber ich bin mir nicht sicher, wie lange ich davon noch leben kann. Ich muss immer an den Onkel denken. Seine Bilder waren einmal so beliebt, dass er mit der Produktion nicht mehr nachkam. Aber jetzt ist seine Art zu malen vollkommen aus der Mode gefallen."

„Ja, leider. Seine Kühe will keiner mehr kaufen. Dabei sind sie so schön und lebensecht."

„Und ich fürchte, dass es uns mit den Sätteln bald ähnlich gehen wird. Zuerst kam das Fahrrad. Und dann das Automobil. Wie ich höre, werden nun auch Fluggeräte gebaut, die Passagiere befördern sollen. Bald wird niemand mehr ein Pferd zur Fortbewegung benutzen. Was soll dann aus der Sattlerei werden? Ich fürchte, dass ich irgendwann nur noch Lederzeug ausbessere, und der Gedanke macht mir Sorgen."

Hilde schüttelte den Kopf. „Ich glaube nicht, dass es jemals so weit kommen wird. Es wird immer Menschen geben, die reiten. Und selbst, wenn es nur als Sport überlebt, kannst du trotzdem noch Sättel bauen. Hast du die lobenden Worte von Herrn Weissenberger vergessen? Der Jockey war begeistert von deinem Sattel. Du hast entscheidend dazu beigetragen, dass er das Rennen gewonnen hat. Und wenn sich das herumspricht, werden bald weitere Pferdebesitzer auf dich zukommen und dir Aufträge erteilen."

Elsa seufzte. „Dein Wort in Gottes Gehör. Aber genug von meinen Grübeleien. Wie läuft es in der Schule?"

Nun war es Hilde, die die Augen verdrehte. „Können wir nicht über etwas anderes sprechen? Über etwas

Spannenderes. Ich langweile mich zu Tode. Wir behandeln großartige Themen. Literatur, Musik, Kunst. Aber meine Lehrer schaffen es, den Stoff so dröge zu vermitteln, dass mir das alles verleidet wird. Ich habe Angst, dass mich nichts mehr von all dem interessiert, wenn ich endlich mein Abitur abgelegt habe. Dass mich die Kunst kalt lässt, die Oper, die Malerei. Ich würde viel lieber selbst etwas schaffen, als nur nachzukauen, was die Lehrer uns über unsere germanischen Ahnen zu lernen geben."

Elsa lächelte. „Weißt du was? Wir könnten dafür sorgen, dass deine Liebe für die Kunst wieder aufflammt."

In Hildes Augen blitzte es auf, und Elsa spürte, wie ein Schwall von Freude sie durchfuhr. Das war ihre Tochter. Sie teilten die gleichen Leidenschaften und die gleichen Abneigungen. Elsa streckte ihr die Hände entgegen, und Hilde ergriff sie.

„Also, wohin gehen wir heute? In die Pinakothek oder in die Glyptothek?"

***

Isolde eilte über den Odeonsplatz. Sie war zu spät. Die Glocken hatten bereits die volle Stunde geschlagen. Max würde es ihr nicht übel nehmen, wenn sie nicht pünktlich auf die Minute eintraf. Aber eine tief in ihrem Inneren verwurzelte Stimme hörte nicht auf, ihr Vorwürfe zu machen. Wäre sie doch früher aufgebrochen! Hätte sie doch weniger Zeit mit ihrer Garderobe verbracht! Nun, die inneren Kommentatorinnen waren sich bezüglich des letzten Punktes nicht ganz einig. Es gab nämlich auch heftige Kritik daran, dass sie zu wenig aus sich machte. Und das verwirrte Isolde noch mehr. Was wollte sie? Wie sollte sie sich verhalten? Wie sich geben? In ihrer Jugend hatte sie gehofft, dass sie diese Fragen mit dem Alter einfacher beantworten könnte. Aber diese Hoffnung hatte sie getäuscht. Sie fühlte sich noch unsicherer als früher. Und das wollte etwas heißen.

Über diesen quälenden Gedanken hatte sie das Café *Tambosi* am Hofgarten erreicht. Sie drückte die Klinke und schob die Tür auf. Ein Schwall schwüler, von Tabakqualm, Kaffee und Bierdunst getränkter Luft wehte ihr entgegen. Sie widerstand dem in ihr aufkeimenden Wunsch, sich umzudrehen und wieder hinauszugehen, auf den Odeonsplatz, wo die von einem Spätsommergewitter gereinigte Luft ihr vorkam, wie der Hauch des Paradieses.

Doch dafür war es zu spät, denn Max von Linden hatte sie bereits erspäht. Er saß an einem der Tische am Fenster und winkte ihr fröhlich zu. Kahl war er geworden. Und füllig. Wäre Isolde an Max in anderer Hinsicht interessiert gewesen als auf Basis einer guten, langjährigen Freundschaft, so wäre ihr Urteil über sein Erscheinungsbild wohl negativer ausgefallen. Aber für sie musste Max nicht attraktiv sein. Er war ein enger Vertrauter, und da stand es ihm gut an, wie einer dieser Stoffbären zu wirken, die diese Frau im Schwäbischen herstellte. Isolde hatte vor einigen Jahren Hilde einen davon zu Weihnachten geschenkt, und das kleine Mädchen war begeistert gewesen.

Sie trat zu Max an den Tisch. Er erhob sich und hauchte einen Kuss auf die Rückseite der Hand, die sie ihm entgegenstreckte.

„Verzeih mir bitte", sagte sie. „Ich bin heute erst spät aus dem Krankenhaus gekommen. Es gab einige Notfälle. Wundinfektionen auf Station, die dringend behandelt werden mussten."

„Es gibt nichts zu verzeihen", erwiderte Max. „Ich habe Zeit, auf dich zu warten. Im Gegensatz zu dir trage ich nichts zum Wohl der Menschheit bei. Ich bin ein reicher, behäbiger Junggeselle, der als Archäologe dilettiert und neuerdings Pferde züchtet, während du im Schweiße deines Angesichts Menschenleben rettest. Da ich schon damit gerechnet hatte, dass du noch zu tun haben würdest, habe ich mir eine Lektüre mitgebracht."

„Was liest du denn?", fragte Isolde und nahm ihm gegenüber Platz. Sie sah, dass er einen Moment zögerte, und als sie auf den Einband des Buches blickte, verstand sie, warum.

„*Der Tod in Venedig* von Thomas Mann", las sie. Sie spürte, wie ihr ein eiskalter Schauer über den Rücken lief.

„Es tut mir leid, ich wollte nicht ...", sagte Max.

Isolde hob die Hand. „Es ist schon in Ordnung. Nach beinahe dreizehn Jahren kann ich damit umgehen, dass ich meine engste Freundin an die Tuberkulose verloren habe." Sie lachte bitter. „Emily hat den Titel des Buches vorausgenommen. Wusstest du das? Nein, wie auch? Ich habe nie darüber gesprochen. Aber als sie damals in Italien die todbringende Diagnose erhalten hat, hat sie zu mir gesagt, jemand werde einmal ein Buch über sie schreiben mit dem Titel *Der Tod in Venedig.* Ich vermute, dass der Inhalt dieses Werkes jedoch ein anderer ist?"

Max nickte. „Mann hat eine irritierende Novelle über die Liebe eines sterbenden Greises zu einem kleinen Jungen geschrieben."

Isolde verzog das Gesicht. „Männer. Jetzt erheben sie die Päderastie noch zur Kunstform", knurrte sie.

Max lachte. „Lass uns das Thema wechseln. Wie geht es dir in der Klinik? Bist du eifrig am Leben retten? Oder hast du auch noch so etwas wie Freizeit?"

Sie winkte ab. „Ehrlich gesagt, müsste ich die Hälfte dieser Leben gar nicht retten, wenn ich mit kompetenten ärztlichen Kollegen zusammenarbeiten würde. Und ein Privatleben habe ich seit sieben Jahren nicht mehr. Das Studium hat mir keine freie Minute gelassen und als Assistenzärztin ist es nur noch schlimmer. Ich weiß nicht, wie meine Kommilitonen das Examen bestehen konnten, die tagsüber in den Vorlesungen geschlafen und sich abends in den Schwabinger Kneipen herumgetrieben und den Bedienungen schöne Augen gemacht haben. Ich lebe zölibatär wie eine Nonne. Kein Alkohol, keine Frauengeschichten, keine Vergnügungen."

Seine Stirn legte sich in Falten. Da war er wieder, dieser besorgte Blick. Isolde tat sich schwer damit, ihn bei anderen Menschen auszuhalten. Sie wollte nicht, dass ihre Freunde und ihre Familie sich ihretwegen sorgten. Max setzte zu einer Erwiderung an, doch glücklicherweise kam in diesem Moment der Kellner, und Isolde bestellte ein Bier. Max grinste.

„Hast du dir das auf deinen Reisen angewöhnt? Das Bier, meine ich."

Nun erschien auch auf Isoldes Gesicht ein Lächeln. „Ja, Bier war meistens das einzige Getränk, das man gefahrlos zu sich nehmen konnte, wenn man nicht an der Ruhr oder der Cholera erkranken wollte."

„Vermisst du es?"

„Das Bier? In München kann ich es an jeder Straßenecke bestellen."

Max lachte, wurde dann aber gleich wieder ernst. „Nein, das meinte ich nicht."

Isolde zuckte mit den Achseln. „Ich habe viele schöne Reisen unternommen, und dabei Erfahrungen gesammelt, die ich niemals missen möchte. Und doch glaube ich, dass es nicht meine Bestimmung ist, durch die Welt zu streifen und zu fotografieren. Deshalb habe ich ja auch Medizin studiert. Ich wollte nicht mehr nur zuschauen. Ich wollte etwas verändern. Zum Besseren."

„Und nun ärgerst du dich über deine inkompetenten Kollegen in der chirurgischen Klinik. Hast du dir so deine Tätigkeit als Ärztin vorgestellt?"

„Nein. Ich bin nur ein kleines Rädchen in einem riesigen Uhrwerk, das sich auch ohne mich weiterdrehen würde."

Der Kellner brachte die Bierkrüge. Sie prosteten sich zu. Isolde nahm einen tiefen Schluck, und der herbe Geschmack in ihrem Mund tat ihr wohl.

„Warum machst du dich dann nicht selbstständig?", fragte Max. „Du wärst deine eigene Herrin und könntest wirklich etwas verändern."

„Du bist nicht der erste, der mir damit kommt. Neulich hat Berta, meine Kommilitonin, mir vorgeschlagen, gemeinsam eine Praxis zu gründen. Aber ich bin unschlüssig."

„Wegen der Verantwortung?“

Isolde schüttelte den Kopf. „Ich trage mich schon seit einiger Zeit mit dem Gedanken, mich der Psychoanalyse zuzuwenden.“

Max nickte. „Das wäre ein logischer Schritt. Du bist eine Forscherin. Die äußere Welt hast du schon entdeckt. Nun wartet die innere auf dich.“

Isoldes Augen weiteten sich. „Du … du findest das nicht irgendwie seltsam? Oder anrüchig? Freuds Methode hat nicht gerade den besten Ruf.“

Max schüttelte den Kopf. „Die Psychoanalyse hat ihren Fokus in den letzten Jahren immer mehr ausgeweitet. Sie ist keine reine Heilkunst mehr, sondern betrachtet auch die Literatur, die Kunst und die Musik als Forschungsobjekte, die durch ihre Erkenntnisse in ein neues Blickfeld gerückt werden. Ich kann verstehen, dass dich das anzieht.“

Isolde schluckte. „Das ist nicht der hauptsächliche Grund dafür. Ich … ich träume viel. Von Emily. Das sind meistens keine schönen Träume. Ich habe Freuds *Traumdeutung* und andere seiner Schriften gelesen und ich glaube, er hat Recht damit, dass unser unbewusstes Seelenleben einen großen Einfluss auf unser Verhalten und unsere Gefühle, aber auch auf unsere Gesundheit hat. Vielleicht wäre die Psychoanalyse auch ein Weg, wie ich Menschen helfen könnte, ohne irgendwann in einer Routine abzustumpfen. Jedes Unbewusste gleicht schließlich einem unbekannten Kontinent, den es aufs Neue zu entdecken gilt. Und gleichzeitig könnte ich etwas über mich lernen. Vielleicht ist es für eine Frau sogar einfacher, in einer neuen Wissenschaft Fuß zu fassen als in einer Domäne wie der Chirurgie, die seit Jahrtausenden von Männern dominiert wird. Ich habe Medizin studiert, weil ich einen Unterschied machen wollte. Weil ich in Afrika gesehen habe, wie rücksichtslos Ärzte mit Menschen umgehen, um mit ihren Forschungen zu glänzen. Und nun erlebe ich im Krankenhaus jeden Tag dieselbe Überheblichkeit, denselben Unwillen, das Wohl der Patienten vor die eigene Rechthaberei zu stellen. Ich bin es leid. Die Chirurgie werde ich nicht verändern. Aber ich hege die Hoffnung, dass die Psychoanalyse ein neuer, ein anderer Weg ist, um Gutes zu tun."

Max nickte. „Ich glaube, dass du da auf eine wichtige Spur gestoßen bist."

Isolde seufzte. „Ja. Ich habe mich an Herrn Dr. Seif gewandt, den Vorsitzenden des Münchener Ablegers der Internationalen Psychoanalytischen Vereinigung. Ich habe ihm geschrieben, wie sehr ich mich für Freuds Theorien interessiere, und ihn gebeten, mich als Ausbildungskandidatin anzunehmen. Aber ich habe keine Antwort bekommen und nun weiß ich nicht, was ich noch tun soll."

„Hast du schon gehört, dass nächste Woche der Kongress der Internationalen Psychoanalytischen Vereinigung hier in München stattfindet?"

„Ja. Ich wollte bei dieser Gelegenheit versuchen, direkt mit Dr. Freud zu sprechen, und ihn darum bitten, mich als Ausbildungskandidatin zu empfehlen. Wenn der große alte Mann der Psychoanalyse ein Machtwort spricht, kann der Herr Dr. Seif mir wahrscheinlich nicht mehr ausweichen."

Max schmunzelte. „Deine Überlegungen sind ja schon sehr weit gediehen. Das freut mich. Ich werde leider nicht an dem Kongress teilnehmen können, obwohl ich als Archäologe großes Interesse an den psychoanalytischen Theorien zu Kunst und Kultur habe. Aber morgen Abend werde ich mit Dr. Jung dinieren. Kennst du ihn?“

„Natürlich. Er ist der Vorsitzende der Internationalen Psychoanalytischen Vereinigung und wenn ich es richtig deute, so etwas wie Freuds Stellvertreter. Ich habe ein paar Artikel von ihm gelesen. Er versucht, die Psychoanalyse mit der Experimentalpsychologie zu verbinden. Das finde ich hoch spannend.“

Max lachte. „Ja, Jung ist Freuds Kronprinz. Oder er war es. Wie man hört, gibt es Spannungen zwischen den beiden. Ich stehe seit einiger Zeit in brieflicher Korrespondenz mit Jung und muss sagen, dass ich seine neuesten Theorien noch viel interessanter finde als die seines Lehrmeisters. Willst du dich morgen Abend nicht zu uns gesellen? Ich brenne darauf, zu erfahren, was du von ihm hältst.“

KAPITEL 3

München, Freitag, 5. September 1913

Als Elsa über die Schwelle trat, umfing sie ein vertrautes Gefühl. Es roch nach Pfeifentabak, nach Mehlspeisen und nach Moder. Die feuchte Kühle des Treppenhauses strich sanft über ihre Haut. Wie sie dieses Haus verabscheut hatte, als sie gezwungen gewesen war, hier einzuziehen, nachdem die Villa des Vaters verkauft worden war. Der Gedanke ließ ein Lächeln auf ihren Lippen erscheinen. So vieles hatte sich seitdem verändert. So sehr hatte sie sich verändert. Sie war ein neuer Mensch geworden, hatte ihren jugendlichen Leichtsinn eingebüßt in den Stürmen ihres Lebens. Und anderes hatte sie schätzen gelernt. Familie, Verbundenheit, Liebe.

Zenzi kam aus der Küche. Die Haushälterin des Onkels ging leicht nach vorne gebeugt. Ihre grauen Haare hatte sie zu einem strengen Dutt zusammengebunden, der die faltige Haut ihrer Stirn nach hinten zog. Auf ihren rissigen Lippen erschien ein schmales, aber herzliches Lächeln. Auch das hatte sich verändert. Anfangs hatte sich Zenzi schwergetan mit dem verwöhnten Backfisch, der Elsa gewesen war.

„Grüß dich, Zenzi", sagte Elsa. Sie schüttelten sich die Hände.

„Ihr Onkel ist im Salon“, sagte die Haushälterin. „Wir mussten schon das Feuer anfachen. Die Gicht. Er leidet Schmerzen.“

Elsa spürte einen Stich. Sie wusste, dass der Onkel krank war. Das Gliederreißen war sein ständiger Begleiter. Er beklagte sich nicht darüber und doch litt sie mit ihm. Sie ging in den Salon und sah ihn in seinem Ohrensessel sitzen. Die Beine ruhten auf einem Hocker und waren unter einer dicken Decke versteckt. Seine Hände glichen Klauen, die Finger waren an den Gelenken grotesk verbogen. Der Onkel hatte seit Monaten kein Bild mehr malen können und Elsa konnte nur vermuten, wie sehr ihm das zusetzte.

„Elsa“, rief er. „Wie schön, dass du vorbeikommst.“ Seine Stimme war noch dieselbe. Tief und kräftig und doch auch sanft und weich.

„Ich muss mich entschuldigen, Onkel. Ich komme viel zu selten zu Besuch.“

Er lächelte. „Umso schöner, wenn du dich dann blicken lässt. Was bringt dich zu mir?“

Elsa setzte sich auf das Kanapee und legte ihr Hütchen neben sich. „Ich wollte dich um einen Rat bitten.“

„Nun, dann lass mal hören, was dich umtreibt und ob ich dir dabei eine Hilfe sein kann.“

Elsa atmete tief durch. „Vielleicht hast du davon gehört, dass ich einen Sattel für ein Rennpferd gebaut habe? Mondschein?“

Der Onkel nickte. „Ich habe in der Zeitung gelesen, dass er den Bayern-Preis gewonnen hat.“

Elsa lächelte. „Ja, das Rennen hat mich viele Nerven gekostet. Aber Herr Brünig, der Besitzer von Mondschein, und auch der Jockey waren sehr zufrieden mit meinem Sattel. So zufrieden, dass sie Mondschein gleich auch noch zum Preisrennen auf dem Oktoberfest angemeldet haben. Und sie haben meinen Sattel für die Auszeichnung des Prinzregenten vorgeschlagen."

Das Lächeln auf dem Gesicht des Onkels verbreiterte sich. „Das sind ja großartige Neuigkeiten. Wie ich höre, ist der Prinzregent ein ebenso begeisterter Reiter, wie sein Vater es war. Wenn du den Preis gewinnst, wirst du sicher bald einen Sattel für ihn bauen dürfen."

Elsa nickte „Ja, und das wäre wiederum die beste Werbung für meine Werkstatt. Ich könnte endlich die Sättel bauen, von denen ich nachts träume. Kunstwerke, keine Gebrauchsgegenstände. Ich müsste mir auch weniger Sorgen darüber machen, ob die Leute überhaupt noch meine Werkstücke kaufen, da ich Kunden gewinnen könnte, deren Enkelkinder noch im Jahr 2000 auf exquisiten Ledersätteln reiten werden. Und vielleicht ...", sie zögerte kurz, es auszusprechen, „vielleicht werde ich dann auch den Titel des Hofsattlers zurückgewinnen, der seit dem Tod meines Vaters nicht mehr vergeben wurde."

„Und wie kann ich dir in dieser Sache weiterhelfen? Ich habe leider keinen direkten Draht zum Prinzregenten. Glücklicherweise hat er meine Leibrente bestätigt, die mir sein Vater zugesprochen hatte, sodass ich mir um die Finanzen keine Sorgen mehr machen muss, seitdem ich nicht mehr malen kann. Aber seine Entscheidung, welchem Werkstück er eine Auszeichnung zukommen lässt, kann ich nicht beeinflussen. Du wirst das aber auch nicht nötig haben. Ich kenne deine Arbeit. Ich weiß, wie gut es dir gelingt, Funktion und Schönheit miteinander zu verbinden."

Elsa spürte, wie ihre Wangen sich röteten. „Danke, es freut mich, das aus deinem Mund zu hören. Und nein, es ging mir nicht darum, deine Fürsprache zu erbitten. Mich treibt etwas anderes um."

Die Stirn des Onkels legte sich in Falten. „Was ist los? Ist etwas mit Hilde?"

Sie schüttelte den Kopf. „Na ja, jedenfalls nicht direkt. Ich habe bei dem Rennen Hugo von Lampeck getroffen. Mondschein hat sein Pferd geschlagen. Das hat ihm gar nicht gefallen. Er hat mir gedroht, dass ich ihm nicht in die Quere kommen solle. Doch nun wird Mondschein erneut gegen ihn antreten. Beim Oktoberfest. Und ich habe Angst. Nicht um mich. Sondern um Hilde. Er ist zu allem fähig. Und er weiß, wie er mich treffen kann. Er hat mir schon ein Kind genommen. Und ich will mir nicht vorstellen, wie es wäre, wenn Hilde etwas zustieße. Sie weiß nicht, in welcher Gefahr sie schwebt. Sie weiß ja nicht einmal, dass Hermann ihr Bruder ist. Aber je weniger sie weiß, desto besser."

Der Onkel seufzte. „Die Schatten der Vergangenheit verfolgen dich noch immer. Und doch, es ist eine neue Zeit. Hugo von Lampeck mag Geld und Einfluss haben. Aber er kann Hilde nichts tun."

„Und was ist, wenn er herausfindet, dass sie weniger als neun Monate nach dem Tod seines Sohnes geboren wurde? Er würde sie zu Eugens posthumer Tochter erklären lassen und sie mir wegnehmen, so wie schon Hermann."

„Wie sollte er das herausfinden? Müller und du, ihr habt damals doch alle Spuren verwischt. Und die offizielle Geburtsurkunde wurde um drei Monate in die Zukunft datiert, noch dazu von einem Beamten in Deutsch-Ostafrika, der inzwischen verstorben ist, nicht wahr?“

„Von Lampeck ist zu allem fähig.“

„Willst du deinen Sattel dann zurückziehen? Was ist mit der Preisverleihung? Was mit deinen Träumen von exquisiten Sätteln und dem Titel einer Hofsattlerin?“

Elsa seufzte. „Ich weiß es nicht. Ich sehne mich danach, dass meine Arbeit wahrgenommen und gewürdigt wird. Das ist die Gelegenheit, ein großes Publikum anzusprechen. Gesehen zu werden. Ein für alle Mal mit den Existenzängsten aufzuräumen. Und gleichzeitig sorge ich mich darum, was geschehen könnte, wenn ich Hugo von Lampeck in die Quere komme.“

Der Onkel sah sie lange an. Schließlich schüttelte er den Kopf. „Wenn ich eines gelernt habe, dann, dass Angst nie ein guter Ratgeber ist. Wenn ich der Angst gefolgt wäre, wäre ich nie Maler geworden, sondern wäre in die Brauerei meines Vaters eingestiegen. Wahrscheinlich hätte ich heute Gicht *und* einen Leberschaden. Wahrscheinlich wäre ich schon gar nicht mehr am Leben. Auf jeden Fall wäre ich niemals glücklich geworden. Wenn du einen Rat von mir möchtest, Elsa: Bring die Angst zum Schweigen und lebe!“

***

Isolde hätte am liebsten an ihren Fingernägeln gekaut. Aber sie vermutete, dass die Bissspuren dem prüfenden Blick von Dr. Jung nicht entgehen würden. Wahrscheinlich würde er dann schlussfolgern, dass Isolde neurotisch war. Und das wollte sie vermeiden.

„Wir sind da", sagte Max. Der Taxifahrer brachte das Gefährt zum Stehen und öffnete Isolde die Tür. Sie stieg aus und sah an der Fassade des Hotels *Bayerischer Hof* empor.

„Dein Dr. Jung lebt gern auf großem Fuß, wie mir scheint."

Max lächelte. „Er hat reich geheiratet."

Isolde verdrehte die Augen. „Das macht ihn mir nicht gerade sympathischer."

Der Hotelpage am Empfang hielt die golden umrahmte Glastür auf und ließ die beiden eintreten. Max führte Isolde zur Bar im hinteren Bereich der Hotellobby. Hier standen bequeme Sessel um kleine Tische. Die Luft war mit beißendem Zigarrenqualm gefüllt. Max steuerte zielstrebig auf ein Tischchen zu, an dem zwei Männer saßen. Sie erhoben sich, als Max näherkam. Der eine war ein drahtiger Glatzkopf mit einem Gesicht, das Isolde ein wenig an eine Bulldogge erinnerte. Der andere war hochgewachsen, schlank und blond. Ein Schnurrbart prangte über seinem ausdrucksstarken Mund.

„Mein lieber Herr von Linden", sagte der Schlanke, als er Max erkannte, und Isolde nahm einen Anflug von Schweizerdeutsch in seiner Sprachmelodie wahr. „Wen haben Sie uns denn da mitgebracht?"

Max stellte Isolde vor. „Fräulein Dr. Hartmann hat erst kürzlich von der Reisefotografin zur Chirurgin umgesattelt", schloss er.

Der Schweizer schmunzelte und streckte ihr die Hand entgegen. „Sehr erfreut, Frau Kollegin", sagte er. „Mein Name ist Carl Jung, ich bin auch Arzt. Ebenso wie mein guter Freund Dr. Seif hier." Er deutete auf das Bulldoggengesicht.

Isolde schluckte und schüttelte auch dessen Hand.

„Sie haben mir einen Brief geschrieben", sagte Seif. „Nicht wahr?"

„Ja. Ich habe leider keine Antwort bekommen."

Seif schlug sich mit der Faust gegen die Brust. „Mea culpa. Verzeihen Sie bitte meine Unhöflichkeit. Aber ich wollte erst abwarten, wie unser Kongress in der kommenden Woche verläuft, ehe ich neue Mitglieder aufnehme."

Jung klopfte ihm auf den Rücken. „Ach kommen Sie, bei der Dame hätten Sie doch eine Ausnahme machen können." Wieder zwinkerte er Isolde zu. „Was hat Sie bewogen, sich der Psychoanalyse zuzuwenden?"

„Ich träume viel", sagte Isolde.

Jung lachte. „Das sind schon einmal wunderbare Voraussetzungen für eine erfolgreiche Analytikerin. Aber es wird wohl nicht die Tatsache des Träumens an sich sein. Es wird sich um die Inhalte Ihrer Träume handeln, über die Sie gerne Aufschluss hätten, wenn ich mich nicht irre?"

„Sie irren nicht. Ich habe schon mehrfach erlebt, dass Träume in wichtigen Phasen meines Lebens sehr exakt widergespiegelt haben, was mich bedrückt hat."

„Dazu neigen Träume. Und unser verehrter Übervater, Herr Professor Freud, würde Ihnen dazu anmerken, dass der Traum eine Art Besänftiger für unbewusste Wünsche sexueller Art darstellt, dessen Funktion es ist, sie ruhig schlafen zu lassen. Finden Sie Ihre Träume in dieser Beschreibung wieder?"

Isolde zögerte. Jung lachte. „Aus meinen Erfahrungen mit dem Assoziationsexperiment könnte ich aus dieser Pause schlussfolgern, dass ich auf einen Komplex gestoßen bin."

„Wenn Sie es so nennen wollen", sagte Isolde. „Ich würde es möglicherweise als eine bewusste Überlegung bezeichnen, die ich mir gönne, ehe ich vorschnell antworte."

„Touché", sagte Seif.

„Nun, haben Ihre Überlegungen Sie denn zu einer abgewogenen Antwort geführt?", fragte Jung.

„Es fällt mir schwer zu glauben, dass der Traum nur der Hüter des Schlafes sein soll. Ich weiß, dass ich meine eigene Erfahrung nicht verallgemeinern darf, aber mir sind im Traum schon einige Ideen gekommen, die für meinen weiteren Lebensweg wichtig waren."

Jung schmunzelte. „Sie glauben also, dass der Traum auch in die Zukunft weisen könnte? Dass er Ihnen ein vertieftes Verständnis Ihres Schicksals geben könnte? Dass er nicht nur dazu da sein könnte, die Schattenseiten Ihres Unbewussten schönzufärben?"

Isolde nickte. „So könnte man es ausdrücken."

„Das lassen Sie besser nicht Prof. Freud hören", brummte Seif.

Isolde schluckte. „Warum nicht?"

Jung seufzte. „Weil es dem Dogma widerspricht. So wie einiges, was wir Schüler des Meisters in den letzten Jahren herausgefunden haben.“

Isolde runzelte die Stirn. „Und was ist schlimm daran? So funktioniert doch die Wissenschaft. Theorien werden auf die Probe gestellt und gegebenenfalls korrigiert, wenn sie die Wirklichkeit nicht abbilden.“

„So sollte es sein“, sagte Jung. „Aber die Psychoanalyse ist leider dabei, in dogmatischer Starre zu versteinern. Ich bin sehr gespannt auf unseren Kongress. Meine Aufgabe als Vorsitzender der Vereinigung ist es, den Laden zusammenzuhalten. Aber ich bin mir nicht sicher, ob es Professor Freud lieber wäre, wenn es einen großen Knall gäbe und alles auseinanderflöge.“

„Deshalb haben Sie mir nicht geantwortet“, sagte sie an Dr. Seif gewandt. „Sie wollten abwarten, ob es nach dem Kongress überhaupt noch eine Vereinigung gibt.“

Seif nickte. „Die Lage ist ernst. Die Stimmung schlecht. Das ist keine Zeit, um neue Mitglieder aufzunehmen.“

Die beiden Männer sahen betreten drein.

„Sie sehen aus, als ob Sie einen Seelenarzt dringend nötig hätten“, sagte Max. Auf Jungs Zügen zeigte sich ein Schmunzeln.

„Vielleicht mag uns die Kollegin von ihrer Zeit als Reisefotografin berichten?“, schlug er vor. „Welche fernen Länder haben Sie besucht? Welche Kulturen haben Sie kennengelernt?“

Isolde war froh, das unangenehme Thema hinter sich zu lassen und von etwas zu berichten, worin sie die Expertin war.

„Nun, begonnen hat alles auf einer Expedition nach China ...“

KAPITEL 4

München, Samstag, 6. September 1913

Elsa legte die Hand auf Mondscheins Nüstern. Der Hengst schnaubte, hielt dann aber still, als sie begann, seinen Kopf zu liebkosen.

„Darf ich ihm jetzt den Apfel geben?", fragte Hilde. Herr Weissenberger lächelte ihr aufmunternd zu. Elsa trat beiseite, und Hilde streckte dem Tier die Frucht entgegen. Die Oberlippe des Hengstes kräuselte sich, als er an dem Apfel schnupperte. Dann öffnete er das Maul und schnappte danach. Hilde zog schnell die Hand zurück, offenbar erschrocken von der Bewegung, doch sie fing sich rasch und brach ein herzliches Lachen aus, während Mondschein die Frucht zerkaute.

Der Jockey schwang sich auf den Rücken des Hengstes und ergriff die Zügel.

„Gut, ich werde noch eine Runde mit ihm reiten. Der Sattel ist perfekt eingestellt. Daran müssen Sie gar nichts mehr ändern. An Ihnen liegt es nicht, wenn wir das Rennen beim Oktoberfest nicht gewinnen sollten."

Er lenkte das Tier auf die Rennbahn und begab sich zur Startposition. Elsa und Hilde folgten Herrn Brünig zum Geländer, das die Bahn abgrenzte. Der Unternehmer hatte ein Vermögen mit der Herstellung von Eisenbahnschienen verdient und außerhalb von München einen eigenen Reitstall aufgebaut, der neben den Stallungen auch ein weitläufiges Trainingsgelände umfasste.

„Es wäre schon eine große Sache, wenn wir das Rennen beim Oktoberfest auch noch gewinnen", sagte er. „Und die Krönung wäre natürlich, wenn Sie den Preis für den besten Sattel zugesprochen bekämen."

Elsa lächelte. „Wie ich gehört habe, ist das Konkurrentenfeld dieses Mal noch stärker als beim Bayern-Preis."

Brünig nickte. „Der Bayern-Preis war nur eine Vorbereitung. Der Gewinn des ersten Preises beim Oktoberfest ist mit viel größerem Prestige verbunden. Nichtsdestotrotz schätze ich unsere Chancen als gut ein. Weissenberger ist ein großartiger Jockey, Mondschein ist ein Ausnahmetalent und dann haben wir ja noch eine Geheimwaffe: Ihren Sattel."

In diesem Augenblick trieb der Reiter den Hengst an, und Mondschein setzte sich in Bewegung. Elsa bewunderte das Spiel der Muskeln unter der glatten Haut des Tieres. Kraftvoll schlugen die Beine aus, stieben die Hufe in den Boden. Weissenberger hatte eine hockende Position eingenommen. Die Reitgerte klemmte unter seinem Arm, er brauchte sie nicht. Elsas Sattel erlaubte es ihm, Mondschein mit seinen Schenkeln und Knien so exakt zu lenken, als ob er auf seinem bloßen Rücken säße. Sie erreichten die erste Kurve. Und da erkannte Elsa, dass etwas nicht in Ordnung war. Weißenberger kippte zur rechten Seite. Eine Hand griff nach dem Hals des Hengstes, doch es war zu spät. Der Sattel rutschte vom Rücken des Pferdes und der Jockey krachte aus vollem Lauf auf die Bahn. Mondschein schüttelte sich, wieherte und stürmte weiter voran, offenbar erschrocken darüber, dass er plötzlich vom Gewicht seines Reiters befreit worden war.

„Um Gottes Willen, was ist da passiert?", rief Brünig. Er eilte auf den am Boden liegenden Jockey zu.

„Bleib bitte hier", sagte Elsa zu Hilde und folgte ihm. Sie sah sofort, dass Weissenberger sich schwere Verletzungen zugezogen haben musste. Er lag auf dem Rücken und stöhnte. Sie kniete sich neben ihn.

„Meine Beine", jammerte er. „Ich spüre meine Beine nicht mehr."

„Ich lasse sofort einen Arzt kommen", sagte Brünig. Er war bleich, und auf seiner Stirn standen dicke Schweißtropfen. Er winkte einen der Pferdeknechte herbei und gab ihm Instruktionen. Der Mann eilte zurück zum Hauptgebäude.

Elsa hatte inzwischen den Sattel herbeigeholt und schob ihn unter den Kopf des Jockeys, wodurch sein Oberkörper leicht erhöht war. Ihr Blick fiel auf seine Beine, die unnatürlich verdreht waren. Sie schluckte und sah weg. Dann stutzte sie. Was war das am Sattel? Der Haltegurt war entzwei. Wie konnte das sein? Sie hatte besonders haltbares Material verwendet und die Nähte dreifach gesetzt. Sie besah sich die Stelle näher, an der der Gurt gerissen war. Die Enden des Leders waren vollkommen glatt voneinander getrennt worden. Da hatte jemand ein sehr scharfes Messer benutzt. Elsa spürte, wie eine heiße Wut sich in ihrem Magen breitmachte. Mit Mühe schaffte sie es, sich zu beruhigen. Denn am wichtigsten war nun, sich um den Verwundeten zu kümmern.

„Meine Beine, meine Beine", jammerte der Jockey.

Elsa strich ihm eine Haarsträhne von der schweißnassen Stirn und sprach besänftigend auf ihn ein. Er zitterte und in seinen Augen standen Tränen.

„Was, wenn ich nie wieder reiten kann?", flüsterte er.

„Die Ärzte werden sich um Sie kümmern", sagte Elsa. „Bald sind Sie in guten Händen."

Endlich kamen zwei Pferdeknechte mit einer Trage. Sie hoben den stöhnenden Jockey vorsichtig darauf und trugen ihn davon. Brünig und Elsa schlossen sich an.

„Der Halteriemen ist durchgeschnitten worden", sagte sie. Brünig sah sie mit großen Augen an.

„Wie bitte?"

Elsa deutete auf die glatten Enden. „Das war kein Versehen. Jemand hat mit Absicht den Sattel manipuliert. Als Herr Weissenberger in die Kurve geritten ist, wurde die Belastung zu stark und der Gurt ist ganz gerissen."

„Aber wer sollte so etwas tun?"

Elsa schnaubte. „Jemand, der verhindern will, dass Mondschein das Rennen beim Oktoberfest gewinnt. Oder, dass mein Sattel mit dem Preis des Prinzregenten ausgezeichnet wird."

Brünig wischte sich mit einer Hand den Schweiß von der Glatze. Er schloss kurz die Augen.

„Dann hat derjenige sein Ziel wohl erreicht. Weissenberger ist schwer verletzt. Er wird nicht am Rennen teilnehmen können. Und ich habe niemanden, der auf Mondschein reiten und ihn zu Höchstleistungen antreiben könnte. Und der Sattel ist auch kaputt."

Elsa schüttelte den Kopf. „Den Sattel kann ich sehr einfach reparieren."

„Trotzdem wird Mondschein nicht antreten können. Wir werden keinen Jockey finden, der sich so rasch auf das Pferd einstellen kann."

Elsa spürte, wie sich die Wut in ihrem Inneren ausbreitete. Sie wusste, wer dahinter steckte. Das war Hugo von Lampecks Werk. Er hatte es ihr angekündigt und nun hatte er seine Drohung in die Tat umgesetzt. Zu ihrer eigenen Überraschung fühlte sie sich jedoch nicht geschlagen. Sie spürte, wie der Widerstandsgeist in ihr wuchs und sie mit einer fieberhaften Energie erfüllte. Nein, Lampeck durfte nicht gewinnen. Ihr Sattel hatte den Preis des Prinzregenten verdient. Mondschein hatte den Sieg verdient. Weissenberger hatte den Sieg verdient.

„Lassen Sie uns wenigstens versuchen, einen Ersatzjockey zu finden", schlug sie vor.

***

Isolde unterdrückte ein Gähnen. Der Abend war lang gewesen, aber auch anregend und spannend. Jung war eine faszinierende Persönlichkeit. Er hatte großes Interesse für ihre Reisen gezeigt, und als sie aufgebrochen war, hatte er sie eingeladen, ihre Konversation bei einem Museumsbesuch fortzusetzen. Isolde freute sich auf diese Gelegenheit, sich weiter mit ihm auszutauschen.

„Träumen Sie noch?" Die Stimme des Oberarztes riss Isolde aus ihren Gedanken.

„Haben Sie schon einmal jemanden mit offenen Augen träumen sehen?", erwiderte sie und biss sich im nächsten Moment auf die Zunge. Wie konnte sie nur so vorlaut sein?

„Nein", knurrte Wiehler. „Aber ich war als junger Assistent drüben bei Kraeppelin beschäftigt. Bei den Irren. Da gab es genügend Katatone, die mit glasigen Augen vor sich hingestarrt haben. So wie Sie eben. Sind Sie eine Idiotin?"

„Hätte ich dann ein Medizinstudium geschafft?"

Der Blick des Oberarztes wanderte zu den beiden männlichen Assistenten. Isolde unterdrückte ein Grinsen. Offenbar war es ihr gelungen, die Aufmerksamkeit ihres Vorgesetzten auf die Kollegen zu lenken, auf die er noch schlechter zu sprechen war als auf sie.

„Das muss nichts heißen", sagte Wiehler. „Aber genug davon. Die Wunde hier suppt."

Er deutete auf die Bandage, mit der das rechte Bein des Patienten umwickelt war, der im Krankenbett vor ihnen lag. Er stöhnte leise vor sich hin.

„Haben Sie hier Schmerzen?", fragte einer der Assistenten und drückte mit dem Zeigefinger in den Verband am Unterschenkel. Der Oberarzt verdrehte die Augen.

„Der Mann ist nach einem Reitunfall vom Nabel abwärts gelähmt. Er hat keinerlei Empfinden in seinen Beinen. Wie soll er denn Schmerzen in seinem gebrochenen Unterschenkel spüren?"

„Es gibt aber doch Patienten, die Schmerzen in Gliedmaßen haben, die schon lange amputiert worden sind", gab Isolde zu bedenken. „Wäre es dann nicht möglich, dass auch Herr Weissenberger in seinen Beinen Schmerzen spürt, obwohl die Nervenbahnen durchtrennt sind?"

„Wenn es Ihnen hier nicht passt, dann gehen Sie doch zu den Neurologen und stellen Sie irgendwelche haarsträubenden Theorien auf", fuhr der Oberarzt sie an. „Wir sind Chirurgen. Und als solche kümmern wir uns um Wunden. Und diese hier suppt. Entfernen Sie den Verband und wenn sie Eiter darunter finden, desinfizieren Sie alles ordentlich. Und Sie beide kommen mit mir!"

Wiehler und die Assistenten zogen von dannen. Isolde blieb allein mit dem stöhnenden Patienten zurück.

„Entschuldigen Sie bitte dieses würdelose Schauspiel", sagte sie.

„Es gibt nichts zu entschuldigen", stieß der Jockey zwischen zusammengebissenen Zähnen hervor. „Sie hatten recht. Ich habe tatsächlich Schmerzen in den Beinen, aber Ihr Oberarzt glaubt mir nicht."

„Wie stark sind die Schmerzen?"

„Soll ich ehrlich sein?"

„Natürlich."

Der Patient schloss kurz die Augen und ließ die Luft dann mit einem Stöhnen durch den offenen Mund entweichen.

„Sie sind kaum auszuhalten. Meine Beine fühlen sich an, als ob tausend Nadeln darin stecken, die mir jemand beständig tiefer ins Fleisch treibt."

„Warten Sie", sagte Isolde. Sie ging in das Stationszimmer, um eine Spritze und ein Fläschchen mit einer durchsichtigen Flüssigkeit zu holen. Als sie zu Herrn Weissenberger zurückkehrte, sah sie, dass auf seiner Stirn dicke Schweißtropfen standen.

„Gleich geht es Ihnen besser", sagte sie. Sie zog die Spritze auf und prüfte, ob Luft darin war. Dann band sie den Oberarm des Patienten ab, suchte eine Vene und versenkte die Nadel. Sie drückte den Kolben hinunter und sah sofort, wie das Medikament zu wirken begann. Weissenbergers Züge entspannten sich und auf seinem Gesicht erschien ein friedlicher, beinahe seliger Ausdruck.

„Was haben Sie mir gegeben?", fragte er.

„Es ist ein starkes Schmerzmittel", erwiderte Isolde. „Der Handelsname ist Heroin."

„Es ist … fantastisch …", flüsterte der Jockey. Dann hörte sie ihn schnarchen.

Isolde legte die Spritze beiseite und sah Weissenberger an. Er war nun betäubt, und so würde sie den Verband abnehmen können. Sie würde seine Wunde verbinden. Aber sie würde ihn nicht heilen können. Wahrscheinlich würde er sein ganzes Leben auf stärkste Opiate angewiesen sein. Er würde nie mehr gehen, nie mehr reiten können. Und so wie ihm erging es vielen ihrer Schützlinge. Sie konnte sie nicht heilen, nur ihre Schmerzen lindern. Ob das bei der Psychoanalyse anders war? So wie Jung die Methode darstellte, konnte bei den meisten Patienten eine vollständige Heilung ihrer seelischen Leiden bewirkt werden. Und möglicherweise würde der Jockey in Zukunft ebenso stark mit seelischen wie mit körperlichen Beschwerden zu kämpfen haben. Isolde würde ihm nicht mehr helfen können. Außer, wenn sie sich darauf verstand, seine inneren Qualen zu lindern. Vielleicht war es doch an der Zeit, sich etwas Neuem zuzuwenden?

KAPITEL 5

München, Sonntag, 7. September 1913

Elsa trat durch das Tor des Stalles. Der Duft nach frischem Heu kitzelte ihre Nase, und sie musste niesen.

„Gesundheit!", hörte sie eine Männerstimme sagen. Eine Gestalt, nur wenig größer als sie, kam aus dem Halbdunkel auf sie zu. Der Mann trug eine Mistgabel über der Schulter. Sein verdrecktes Hemd hing halb aus der Hose. Der Kopf glänzte vor Schweiß.

„Was kann ich für Sie tun?", fragte er.

„Ich suche Herrn Ginter, den Jockey."

Der Mann stellte die Mistgabel mit den Zacken auf den Boden und lehnte sich daran wie an einen Wanderstab. Er sah Elsa neugierig an.

„Sie haben ihn gefunden", sagte er. Elsa versuchte, die Anzeichen der Überraschung zu unterdrücken, aber es gelang ihr nicht ganz. Sie merkte, wie eine ihrer Augenbrauen nach oben zuckte. Auf dem Gesicht des Jockeys erschien ein Lächeln.

„Sie hatten wohl nicht damit gerechnet, dass der Reiter sich hier selbst um sein Pferd kümmert. Aber ich fühle mich einem Tier viel mehr verbunden, wenn ich es pflege. Was kann ich für Sie tun?"

„Mein Name ist Elsa Müller, geborene Hartmann", sagte sie.

Ginter nickte „Ich habe schon einige Ihrer Sättel geritten. Gut, möglicherweise waren es auch Sättel Ihres Vaters oder vielleicht Ihres Großvaters. Der Name Hartmann hat schließlich einen Ruf in München."

„Ich hoffe, dass Sie mit unseren Sätteln zufrieden waren."

Er lächelte. „Zufrieden ist gar kein Ausdruck. Das sind exzellente Werkstücke. Aber Sie sind sicher nicht gekommen, um mit mir über die Qualität Ihrer Arbeit zu reden."

Elsa schüttelte den Kopf. „Ich bin auf der Suche nach einem Jockey. Ich kann Ihnen ein Rennpferd und einen Sattel bieten sowie einen Startplatz beim Großen Preis auf dem Oktoberfest."

„Sie sind ein bisschen spät dran, meinen Sie nicht? Und die Reihenfolge erscheint mir auch ein wenig seltsam. Üblicherweise beginnt man mit dem Pferd, dann wird der Jockey gesucht und am Ende geht es um die Ausrüstung."

„Wir hatten einen Jockey. Aber er ist gestürzt und kann nicht reiten. Deshalb suche ich einen Ersatz."

Ginter nahm eine Hand von der Mistgabel und fuhr sich über das bartlose Kinn. „Ich habe davon gehört. Weissenberger hat sich die Wirbelsäule gebrochen. Er wird nie wieder reiten, geschweige denn gehen können. Es ist ein Jammer."

„Ja, das ist es."

„Ich habe aber auch gehört, dass es kein Unfall gewesen sein soll, sondern dass der Sattel sabotiert wurde. Stimmt das?"

Elsa schluckte. „Ja, Sie haben richtig gehört", gab sie zu. „Jemand hat den Haltegurt durchgeschnitten. Aber das wird nicht mehr vorkommen. Der Stall wird gut bewacht."

Ginter schüttelte den Kopf. „Ich kann Ihnen leider nicht helfen."

Seine Antwort traf Elsa wie ein Schlag in die Magengrube. „Warum nicht? Haben Sie Angst, dass die nächste Sabotage sich gegen Sie richten könnte?"

„Nein. Zwar ist der Gedanke abschreckend, dass jemand mit derartigen Mitteln versuchen könnte, den Sieg Ihres Pferdes zu hintertreiben. Aber darum geht es mir nicht. Das Rennen findet in zehn Tagen statt. Das ist viel zu wenig Zeit. Ich kenne Ihr Pferd nicht. Natürlich habe ich Mondschein laufen sehen. Ein schönes Tier. Gut gebaut, gesund, ein geborener Renner. Es wäre sicher eine große Freude, auf dem Rücken dieses Hengstes über die Bahn zu jagen. Aber dazu müsste ich ihn so gut kennen wie mich selbst. Und dazu reicht die Zeit nicht aus."

Elsa spürte, wie ihr Mund austrocknete. „Wir bezahlen Ihnen eine fürstliche Summe. Es soll Ihr Schaden nicht sein."

Er schüttelte den Kopf. „Ich bräuchte mindestens drei Monate mit dem Pferd. Und Mondschein müsste in diesen Stall umziehen, damit wir uns von morgens bis abends aneinander gewöhnen könnten. Das ist unmöglich. Es tut mir leid, dass ich Ihnen keine andere Antwort geben kann. Ich verstehe Ihre Notlage. Aber ich fürchte, Sie werden keinen Jockey finden, der die Aufgabe übernehmen wird."

Er nickte ihr zu, schulterte die Mistgabel und ging zu seinen Pferden zurück.

Elsa verließ den Stall und hatte Mühe, die Tränen zurückzuhalten. Wie betäubt machte sie sich auf den Heimweg. All ihre Träume und Wünsche schienen mit einem Mal zerplatzt zu sein. Doch ihre Schritte führten sie nicht heimwärts zum Gassengewirr hinter dem Marienplatz. Stattdessen erreichte sie die Tramhaltestelle und nahm den Zug in Richtung Schwabing. Als sie schließlich den Flur der windschiefen Villa des Onkels betrat, hörte sie Stimmen aus dem Salon. Isolde saß auf dem Kanapee und war in eine Unterhaltung mit dem Onkel vertieft. Die Schwestern begrüßten sich, und Elsa setzte sich dazu.

„Und, warst du erfolgreich?", fragte der Onkel.

Elsa verzog das Gesicht. „Nein, ich habe wieder eine Absage erhalten. Es war der fünfte Versuch. Und so langsam glaube ich, was mir alle fünf gesagt haben. Die Zeit reicht nicht aus. Wir werden keinen Jockey finden, der das Rennen für uns gewinnt."

„Was für ein Rennen?", fragte Isolde. Elsa beschrieb ihr in Kürze die Situation. „Wenn ich keinen Reiter für Mondschein auftreibe, können wir nicht beim Rennen starten. Dann wird mein Sattel nicht dem Prinzregenten vorgestellt und ich habe keine Aussicht, einen Preis zu gewinnen."

Isolde nickte. „Ich verstehe. Und du vermutest, dass Hugo von Lampeck hinter der Sabotage des Sattels steckt?"

„Ich vermute es nicht nur, ich bin mir sicher. Ich weiß, wozu er fähig ist. Sein Hass auf mich kennt keine Grenzen. Nur er würde über Leichen gehen, um mir zu schaden. Schließlich macht er mich für den Tod seines Sohnes verantwortlich. Gut, möglicherweise trage ich da tatsächlich eine Mitschuld. Aber ich habe dafür gebüßt. Er hat mir Hermann genommen. Das reicht ihm wohl nicht. Er will mein ganzes Leben zerstören. Aber das will und werde ich nicht zulassen."

„Ohne einen Reiter wird es aber schwierig", gab der Onkel zu bedenken.

Elsa seufzte. „Im schlimmsten Fall muss ich bis zum nächsten Jahr warten. Mein Betrieb wird dadurch nicht bankrott gehen. Ich habe meine Aufträge, ich habe ein gutes Auskommen. Das ist es nicht. Aber wer weiß, was in einem Jahr alles geschieht. Die Gelegenheit ist jetzt so günstig wie nie zuvor. Mondschein ist in ausgezeichneter Form. Er hat Chancen auf den Sieg. Und wenn er gewinnt, hat mein Sattel noch bessere Aussichten auf eine Auszeichnung durch den Prinzregenten. Der nächste Schritt wäre dann die Rückerlangung des Hofsattler-Titels. Aber ohne Reiter wird es ein Traum bleiben."

„Ich glaube, ich habe da eine Idee", sagte Isolde.

Elsa spürte, wie ein Stoß von Energie ihren Körper durchfuhr. Wenn Isolde so etwas sagte, konnte man davon ausgehen, dass sie es ernst meinte. Ihre Schwester neigte nicht zu Schnellschüssen. Sie äußerte sich nur, wenn sie sicher war, dass ihr Vorschlag sinnvoll und durchführbar war.

„Was für eine Idee?", fragte Elsa.

„Ich muss zuerst ein paar Erkundigungen einziehen. Ich gebe dir dann Bescheid."

***

Isolde wartete im Säulengang vor der Glyptothek. Es nieselte und sie zog ihren Mantel enger zu. Sie sah Jung schon von weitem auf das Museum zu schreiten. Er hatte einen Schirm aufgespannt, sein Gang war forsch und zielstrebig. Als er Isolde sah, lächelte er ihr zu. Sobald er den Schutz des Daches erreicht hatte, schloss er den Schirm, schüttelte ihn aus und lehnte ihn an eine Säule. Dann zog er seine Handschuhe aus und streckte Isolde die Rechte entgegen. Sie gingen in das Museum und Jung kaufte sich ein Billett, während Isolde ihre Jahreskarte vorzeigte.

„Sie besuchen die Münchener Museen häufiger?", fragte er.

„Meine Nichte ist eine große Kunstliebhaberin. Wir unternehmen oft gemeinsame Ausflüge in die Münchener Galerien und Museen."

„Warum haben Sie gerade die Glyptothek als Treffpunkt vorgeschlagen?"

Isolde schmunzelte. „Sie können das Analysieren nicht bleiben lassen, oder?"

Jung lachte. „Nein, tatsächlich nicht. Es ist mir in Fleisch und Blut übergegangen. Aber Sie weichen meiner Frage aus. Rieche ich da etwa Widerstand?"

„Kommen Sie mit", sagte Isolde.

Sie führte ihn durch die Säle des Museums, bis sie in einen Raum gelangten, der der klassischen Periode gewidmet war.

„Und ich dachte schon, Sie würden mich zum Barberinischen Faun führen", sagte Jung.

Isolde schüttelte den Kopf. „Ich finde breitbeinig dasitzende Männer, die mir ihre Genitalien präsentieren, nicht übermäßig anziehend."

Jung schlug sich auf den Oberschenkel und lachte. „Sie gefallen mir. Freud mag zwar ein Buch über den Humor geschrieben haben, aber er ist leider selbst kein großer Komödiant. Vielleicht wäre die Psychoanalyse an einen anderen Punkt gelangt, wenn es etwas lustiger zuginge."

Isolde blieb stehen und sah das Werk an, wegen dem sie in die Glyptothek gekommen war.

„Medusa Rondanini", las Jung. „Ein Medusenhaupt. Das wird ja immer spannender hier. Wenn ich mich nicht irre, hatte der große Goethe, mit dem ich entfernt verwandt bin, einen Gipsabdruck eben dieser Schönheit. Was verbindet Sie damit?"

Isolde räusperte sich. „Ich war vor vier Jahren zum ersten Mal hier. Und seitdem taucht dieses Medusenhaupt immer wieder in meinen Träumen auf."

Jung nickte. „Wenn ich Sie analysieren würde, würde ich Sie nun bitten, mir mehr über diese Träume zu berichten."

„Ich habe mir selbst schon viele Gedanken darüber gemacht. Diese Skulptur ähnelt einem Menschen, der mir einmal sehr viel bedeutet hat. Ich vermute, dass meine Träume mir mitteilen wollen, dass ich versteinere, wenn ich mich zu sehr mit der Trauer um diese unwiederbringlich verlorene Person beschäftige."

Jung nickte anerkennend. „Sie haben Ihren Freud gelesen. Ihre Fixierung auf das verlorene Liebesobjekt hemmt Ihre Libido. Wir haben da nur ein Problem."

„Und welches wäre das?"

„Sie wirken auf mich nicht wie eine Neurotikerin. Und schon gar nicht wie eine Hysterikerin. Leiden Sie unter unerklärlichen körperlichen Beschwerden?"

Isolde zuckte mit den Achseln. „Am ehesten leide ich wohl unter einer Entscheidungsschwäche. Ich weiß nicht, wo ich hin will. Vor allem beruflich."

„Also ist Ihre Libido doch gehemmt. Das lähmt Sie. Zwischen welchen beruflichen Wegen wägen Sie ab?"

„Ich könnte mich als praktische Ärztin mit einer lieben Freundin in eigener Praxis niederlassen. Oder ich könnte mich zur Analytikerin ausbilden lassen."

Jung nickte. „Ich kann Ihnen nicht raten, welchen Weg Sie einschlagen sollen. Das kann nur Ihre Libido."

„Aber die ist gehemmt?"

„Dann bahnen Sie ihr einen Weg."

„Und wie soll ich das tun?"

„Nehmen Sie Ihre Träume als Hinweis. Sie kennen das Schicksal der Medusa?"

„Theseus hat sie enthauptet. Soll ich die Erinnerung an meine liebe Freundin in mir abtöten?"

Jung schüttelte den Kopf. „Kennen Sie das Kultbild der Athene Parthenos? Sie trug die Medusa auf ihrem Schild, um sich ihrer Feinde zu erwehren."

Isolde runzelte die Stirn. „Und was soll das bedeuten?"

Jung zwinkerte ihr zu. „Sie kommen selbst darauf, da bin ich mir sicher."

Sie setzten ihren Rundgang durch die Ausstellung fort.

„Wenn ich mich zur Analytikerin ausbilden lassen wollte …", sagte sie. „Könnte ich mich an Sie wenden?"

Jung seufzte. „Ich will Ihnen nicht verhehlen, dass mich Ihr Vertrauen hoffnungsvoll stimmt. Es ist eine schwere Zeit für die Analyse. Die Bewegung droht, auseinanderzubrechen. Freud fordert unbedingten Gehorsam. Und ich – und andere – sind nicht mehr bereit, diesen zu leisten. Aber ich sehe mich aktuell nicht dazu in der Lage, neue Schülerinnen aufzunehmen. Ich muss meinen eigenen Weg finden."

„Wer könnte mir denn weiterhelfen?", fragte Isolde.

Jung hielt inne und sah sie mit seinen tiefblauen Augen an.

„Wenn Sie Analytikerin werden wollen, müssen Sie eine Haltung zu unserem Urvater entwickeln. Sie müssen herausfinden, wie Sie zu Freud stehen. Sprechen Sie mit ihm. Lernen Sie ihn kennen. Wenn Sie ihn mögen und wenn Sie bereit sind, sich ihm unterzuordnen, dann bitten Sie ihn um seine Protektion."

„Und wenn ich das nicht will?", fragte sie.

Jung zeigte ein trauriges Lächeln. „Dann überlegen Sie, ob Sie nicht vielleicht doch in einer Allgemeinarztpraxis mit Ihrer Freundin besser aufgehoben wären."

KAPITEL 6

München, Montag, 8. September 1913

Elsa streichelte dem Pferd über den Rücken. Mondschein wieherte und schüttelte den Kopf. Er wirkte vergnügt und schien sich zu freuen, dass er liebkost wurde. Sie konnte es ihm nicht verdenken. Dem Hengst war gleichgültig, ob er ein Rennen lief oder nicht. Sie sah zum Eingang des Stalles hin. Nichts. Isolde hatte ihr angekündigt, dass am Nachmittag eine Überraschung auf sie warten würde. Und so war sie zu Herrn Brünigs Stellungen gegangen und hatte gewartet. Doch bislang war keine Überraschung erschienen. Sie trat an den Rand der Pferdebox, holte eine Bürste aus einem sich dort befindenden Fach und begann, den Schimmel zu striegeln. Es tat ihr gut, über das weiche Fell zu fahren, unter dem sich die kräftigen Muskeln abzeichneten.

„Gut machen Sie das", hörte sie eine Stimme sagen. Es war Brünig. „Wenn mir einmal die Stallburschen kündigen, kann ich dann auf Sie zurückkommen?"

„Ich glaube, mein Stundenlohn wäre zu hoch. Sie können aber gerne weitere Sättel bei mir bestellen."

Er machte ein unglückliches Gesicht. „Dafür müsste ich mir erst einmal weitere Rennpferde der Qualität von Mondschein leisten können. Leider fehlen mir dafür die Mittel. Ein Sieg beim Rennen auf dem Oktoberfest und der damit verbundene erste Preis wären eine willkommene Anzahlung auf einen weiteren Hengst gewesen. So muss ich mich mit einem Pferd begnügen. Und dafür reichen auch die beiden Sättel, die sie mir angefertigt haben."

„Es tut mir leid", sagte Elsa. Sie legte die Bürste zurück ins Fach.

„Sie brauchen sich nicht verantwortlich fühlen. Mir ist klar, dass unsere Gegner mit unsauberen Mitteln spielen."

„Wenn ich nicht den Sattel angefertigt hätte, hätte Hugo von Lampeck es nie gewagt, den Gurt durchschneiden zu lassen. Dann wäre Herr Weissenberger nicht gestürzt und hätte noch die Kontrolle über seine Beine. Und er könnte am Rennen teilnehmen. Natürlich ist das meine Verantwortung."

Brünig zuckte mit den Achseln. „Das ist das Problem am Konjunktiv. Sie können so viele ‚hätte‘ und ‚wäre‘ verwenden, wie Sie wollen. Es stellt keine neue Wirklichkeit her. Ich kenne Herrn von Lampeck nicht. Aber er scheint ein unangenehmer Gegner zu sein. Und selbst, wenn Sie gar nicht beteiligt gewesen wären, wäre ich ihm in die Quere gekommen. Leider musste Herr Weissenberger am schlimmsten darunter leiden. Im kommenden Jahr können wir noch einmal versuchen, mit Mondschein an den Start zu gehen. Wenn der Hengst dann noch in guter Verfassung ist. Und wenn ich bis dahin einen Jockey gefunden habe, der ihn reiten kann. Herr Weissenberger wird das nicht sein."

Ein betretenes Schweigen machte sich breit. Angesichts des Schicksals des Reiters kam Elsa ihr eigenes Unglück beinahe nebensächlich vor. „Was geschieht mit ihm, wenn er aus dem Krankenhaus entlassen wird?"

„Er hat eine Schwester, die angeboten hat, ihn aufzunehmen. Ich werde ihm eine kleine Rente aussetzen, das ist das Mindeste, was ich tun kann."

Elsa seufzte. „Und Herr von Lampeck wird dafür nie zur Rechenschaft gezogen werden. Das ist ungerecht."

Brünig nickte. „Ja, es sieht so aus, als ob er gewonnen hat. Ich bezweifle, dass ich mir das Rennen am Oktoberfest anschauen werde. Wenn sein Pferd gewinnt, wäre das ein Schlag ins Gesicht."

„Nun, dann müssen wir alles dafür tun, das zu verhindern", sagte eine Stimme vom Eingang des Stalles her, die Elsa bekannt vorkam. Zwei Männer traten aus dem Licht ins Halbdunkel. In der etwas füllig gewordenen Gestalt mit den lachenden, grauen Augen, erkannte sie Isoldes guten Freund Max von Linden. Der andere, halb so schwer und einen Kopf kleiner war ein drahtiger Mann mit einem verwegen gewichsten Schnurrbart.

„Herr von Linden, welch eine Überraschung", sagte Elsa. Sie stellte ihn Herrn Brüning vor, und die beiden schüttelten sich die Hände.

„Nun, die Überraschung bin nicht ich, sondern vielmehr mein Begleiter." Er deutete auf den kleinen Mann, an dessen beeindruckenden O-Beinen Elsa bereits den professionellen Jockey erkannt hatte. Ihr Herz schlug rascher.

„Das ist Mister Pinkerton. Ich habe ihn bei meinem letzten Besuch in den Staaten auf einer großen Pferderanch in Kentucky kennengelernt. Er hat dort Mustangs zugeritten. Ich habe ihn eingeladen, mich auf meinem bescheidenen Gut zu besuchen und mir beim Ausbilden meiner jungen Hengste zur Hand zu gehen. Und ich schwöre Ihnen, ich habe noch nie jemanden gesehen, der so gut mit Pferden umgehen kann, wie er."

Mister Pinkerton hob abwehrend die Hände.

„Zu viel der Ehre", sagte er. Seine Worte waren von einem schweren amerikanischen Akzent durchsetzt, aber er schien ihrer Unterhaltung problemlos folgen zu können.

„Dann ist er also die Überraschung, die Isolde mir versprochen hat?"

„Wenn Sie denn einen Reiter für das Rennen beim Oktoberfest suchen, der diesen wunderbaren Schimmel hier zum Sieg führt? Darum hat Ihre Schwester mich gebeten. Und Sie wissen, dass ich Isolde keinen Wunsch abschlagen kann."

Er lächelte. Elsa vermutete, dass er sich danach sehnte, etwas Ähnliches aus Isoldes Mund zu hören. Die platonische Freundschaft, die die beiden verband, war von seiner Seite sicher nicht ganz freiwillig. Elsa schob den Gedanken beiseite.

„Das freut mich natürlich sehr. Und trotzdem erlauben Sie mir bitte, ein wenig skeptisch zu sein. Die Jockeys, mit denen ich gesprochen hatte, haben mir alle gesagt, dass es Monate dauert, bis sie in der Lage wären, ein ihnen unbekanntes Pferd in einem Rennen zu reiten."

Pinkerton schmunzelte und seine nach oben gewichsten Schnurrbartspitzen hüpften dabei keck auf und ab.

„Meine Meinung ist, dass Menschen, die so etwas sagen, Pferde unterschätzen. Sie erkennen noch schneller als Menschen, ob sie einen Reiter mögen oder nicht.

Ich kann ihn nicht versprechen, dass Mondschein mich akzeptiert. Aber wenn er mich mag, werde ich ihn in einer halben Stunde reiten."

Elsa und Brünig wechselten einen Blick.

„Nun gut, wenn Sie mögen, versuchen Sie es", sagte der Rennstallbesitzer.

Pinkerton ging auf den Hengst zu. Er pfiff leise vor sich hin. Mondschein spitzte die Ohren. Dann holte er etwas aus seiner Hosentasche und hielt es dem Pferd unter die Nüstern. Elsa konnte nicht erkennen, was es war, sie vermutete aber, dass es sich um ein Stück Karotte oder einen Apfel handeln musste. Wenig später kaute Mondschein fröhlich vor sich hin. Er ließ es zu, dass Pinkerton ihm über die Stirn streichelte. Dabei sprach er leise auf den Hengst ein. Elsa konnte nicht verstehen, was er sagte, aber Mondschein schien aufmerksam zu lauschen. Dann, mit einer plötzlichen Bewegung, schwang der Jockey sich auf den Rücken des Hengstes. Mondschein stand da wie angewurzelt. Pinkerton kitzelte ihn zwischen den Ohren, beugte sich nach vorne und flüsterte ihm etwas zu. Dann bedeutete er Elsa, die Tür der Box zu öffnen, und kaum waren die Flügel aufgeschwungen, gab er dem Pferd mit einem sanften Druck der Schenkel den Befehl, loszutraben. Mondschein gehorchte und die beiden stieben aus dem Stall.

„Er reitet ohne Sattel", sagte Elsa. Max von Linden lachte. „Keine Sorge, er wird ihr Prunkstück beim Rennen schon verwenden. Aber sehen Sie, er ist schon auf der Rennbahn. Es hat nicht einmal eine halbe Stunde gedauert, sondern nur fünf Minuten."

***

Isolde betrat die Lobby des Hotels „Bayerischer Hof". Es war Nachmittag und sie hoffte, dass sie rechtzeitig zur Kaffeepause des Kongresses eintraf. Ihr Mund war ausgetrocknet. Alles in ihr sträubte sich gegen den Plan, den sie sich zurechtgelegt hatte. Nie im Leben hätte sie daran gedacht, fremde Menschen bei anregenden Konversationen zu stören. Aber sie wusste nicht, wie sie sich Sigmund Freud auf anderem Weg hätte nähern können. Er war hier und das schien ihr die beste Gelegenheit zu sein. Eine Tür am gegenüberliegenden Ende der Lobby öffnete sich. Dr. Jung erschien. Isolde winkte ihm zu, sein Blick war aber auf eine kleinere Tür zu seiner Rechten gerichtet. Auch diese schwang auf und ein älterer, schon etwas gebückt gehender Mann mit weißem Vollbart kam heraus. Das musste Professor Freud sein. Er ging auf Jung zu. Dieser streckte ihm die Hand entgegen, so als ob er ihn grüßen wolle. Freud ignorierte die Geste und rauschte an ihm vorbei. Als er die Tür erreichte, aus der Jung getreten war, verfing sich der Ärmel seines Jacketts am Türgriff. Freud wurde zurückgerissen. Isolde hörte einen Ausruf des Unmuts. Der Analytiker versuchte, sich frei zu machen, aber es gelang ihm nicht. Jung war bleich geworden, er sah zu und half Freud nicht. Ein jüngerer Mann trat stattdessen zu ihm und befreite den Ärmel vom Griff. Freud brummte etwas vor sich hin und eilte weiter. Jung folgte ihm und schloss die Tür hinter sich. Isolde schluckte. War das ihre Chance gewesen, Freud kennenzulernen?

Schräg gegenüber sah sie eine Sitzgruppe aus zwei Kanapees. Sie beschloss, sich zunächst auf einem niederzulassen, um zu entscheiden, wie sie weiter vorgehen sollte. Als sie sich setzte, sah sie, dass auf dem anderen bereits jemand Platz genommen hatte.

„Ist hier noch frei?", fragte sie. Der Mann, eine schlanke Gestalt mit feinen Gesichtszügen und einem dünnen Schnurrbärtchen lächelte ihr zu.

„Ich nehme nicht für mich in Anspruch, beide Kanapees besetzen zu wollen."

Isolde ließ sich nieder und atmete noch einmal tief durch.

„Sind Sie auch bei dem psychoanalytischen Kongress?"

Der Mann schüttelte den Kopf. „Nein. Eine liebe Freundin quält sich damit. Mir wäre das zu anstrengend."

„Die Stimmung scheint jedenfalls nicht die beste zu sein", sagte Isolde.

Der Mann schmunzelte. „Die Szene, die wir eben beobachten konnten, ist sicher symptomatisch für den Zustand der Psychoanalyse. Die Zeit für Friedensgesten ist vorbei."

„Da sprechen Sie ein wahres Wort. Ich habe das Gefühl, mitten zwischen zwei Kriegsparteien geraten zu sein. Über mir fliegen die Geschosse weg. Zwar trifft mich nichts, aber ich kann dem Ganzen doch nicht entfliehen. Es ist furchtbar."

„Ein schönes und doch grausames Bild zeichnen Sie da. Ja, es handelt sich tatsächlich um zwei Kriegsparteien. Die Herren Freud und Jung haben die Fehdehandschuhe gezückt. Es wird zum Bruch kommen. Wir haben wohl bald zwei Psychoanalysen. Oder drei. Meine Freundin Lou hat mir verraten, dass ein weiterer Schüler des Herrn Freud, ein Herr Adler, der heute nicht anwesend ist, ebenfalls den Wunsch in sich trägt, eine Sezession zu gründen."

Isolde schüttelte den Kopf. „Und ich hatte gehofft, eine Gemeinschaft zu finden, die mich aufnimmt und mich lehrt, für den ganzen Menschen da zu sein. Dabei schaffen diese Herren es nicht einmal, unter sich selbst einig zu sein."

„So sind die Menschen", sagte der Fremde. „Sie sind einander Wölfe, um einmal den großen Hobbes zu zitieren. Vertrauen Sie nicht auf die Menschen. Vertrauen Sie auf die Idee. Freud mag ein unausstehlicher Mensch sein. Aber die Ideen, die er gesät hat, tragen Früchte. Es mag Gärtner geben, die neue Züchtungen daraus ziehen. Warum ziehen Sie nicht Ihre eigene?"

„Weil ich keine Gärtnerin bin. Ich habe nicht die Geduld, etwas Eigenes zu entwickeln. Vielleicht bin ich deshalb Fotografin geworden. Das Material ist vorgegeben. Die Kamera, die Filmplatten. Ich muss nicht einmal Farbe anrühren. Ich hatte gehofft, hier einen Lehrer zu finden, der mich in der Analyse unterweist, damit ich sie anwenden kann. Aber das dürfte schwierig werden. Zudem weiß ich nicht, ob ich sie noch praktizieren will. Die Leute hier behaupten, dass sie den Schlüssel zur menschlichen Seele gefunden hätten. Dass sie wissen, welche inneren Kräfte uns beherrschen. Und dabei sind sie nicht einmal in der Lage, ihre eigenen Gefühle zu kontrollieren. Freud und Jung kommen mir vor wie zwei Hähne, die mit geschwellter Brust aufeinander losgehen. Wie Kinder auf dem

Schulhof, die sich prahlend überbieten, wer den stärkeren Vater hat oder wer im größeren Haus lebt."

Das Lächeln auf dem Gesicht des Fremden wurde breiter. „Die Metaphern werden ja immer praller. Wenn es mit der Karriere als Analytikerin nichts wird, könnten Sie es mit der Dichtkunst versuchen. Ich verstehe ein wenig davon, und wenn Sie mögen, könnte ich Ihr Lehrer sein."

Isolde schüttelte den Kopf. „Ich danke Ihnen für Ihr Angebot, aber ich weiß nicht, was ich will. Ich wollte mit Herrn Freud persönlich sprechen, ihn um seinen Rat bitten, ob ich zur Analytikerin taugen könnte. Aber ich weiß nicht, ob das noch sinnvoll ist. Dieses Spektakel hier stößt mich ab. Ich bin verwirrt. Ich muss Klarheit bekommen."

„Nun, dann gebe ich Ihnen einen Rat. Herr Freud geht gerne im Morgengrauen im Englischen Garten spazieren. Er ist eine Lerche und morgens bester Stimmung. Wenn Sie ihn sprechen wollen, versuchen Sie es dann. Im Morgengrauen."

Isolde sah ihn verdutzt an. „Danke. Das ist ein hilfreicher Ratschlag. Ich hätte ansonsten noch ein paar Stunden hier gewartet."

Der Fremde lächelte. „Das wird wohl mein Los sein. Aber vielleicht kann ich die Wartezeit mit ein wenig Arbeit überbrücken." Er zückte ein Notizbuch.

„Sie sind Dichter, hatten Sie gesagt?"

Er nickte. „Ja, so nennt man das wohl."

„Haben Sie schon etwas veröffentlicht?"

Er nickte erneut. „Wenn Sie in eine Buchhandlung gehen, suchen Sie nach dem Buchstaben ‚R' und mit hoher Wahrscheinlichkeit werden Sie eines meiner Werke finden. Sie erkennen es am Namen ‚Rilke'".

Isoldes Augen weiteten sich. „Meine Nichte hat mir erst kürzlich von einer Ihrer Novellen vorgeschwärmt. Es ging um einen jungen Soldaten, der die Fahne seines Regiments rettet und dabei stirbt."

„Dann beglückwünsche ich Ihre Nichte zu ihrem guten Geschmack. Und nun wünsche ich Ihnen viel Erfolg bei Ihrem Vorhaben, Herrn Professor Freud aufzulauern."

Er schlug sein Notizbuch auf und Isolde verstand, dass das Gespräch beendet war. Ihren Abschiedsgruß erwiderte er nicht einmal mehr. Als sie das Hotel verließ, murmelte sie vor sich hin: „Seltsame Leute, diese Dichter."

KAPITEL 7

München, Dienstag, 9. September 1913

Es war ein kalter Herbstmorgen. Die Laubbäume im Englischen Garten nahmen bereits Färbung an. Was tagsüber schön aussah, wenn die bunten Blätter leuchteten, war um diese Uhrzeit eher trist. Nebelschwaden waberten über die Rasenflächen. Isolde zog ihren Mantel enger. Es war frisch. Sie fröstelte leicht. Hoffentlich hatte dieser Rilke sie nicht zum Narren gehalten.

Doch ihre Zweifel schwanden, als sie die leicht gebeugte Gestalt aus dem Nebel auftauchen sah. Der schlohweiße Bart und die Haare waren akkurat frisiert. Sigmund Freud ging langsam und nutzte den Stock, den er in seiner Rechten hielt, mehr als Accessoire als zu Unterstützung. Er war alleine unterwegs. Das war gut. So konnte Isolde ihr Anliegen vortragen, ohne noch jemand anderen abwimmeln zu müssen. Sie ging auf den Analytiker zu. Als sie etwa fünf Schritte von ihm entfernt war, sagte sie: „Guten Morgen, Herr Professor Freud."

Er hielt inne und musterte sie. „Sie waren im Bayerischen Hof. Nicht auf dem Kongress. Aber in der Lobby."

Es war keine Frage, sondern eine Feststellung. Isolde war irritiert, da Freud sie nicht gegrüßt hatte. Da sie jedoch selbst nicht allzu viel von Höflichkeitsfloskeln hielt, sagte sie: „Ja. Ich wollte mit Ihnen sprechen, habe aber keine Gelegenheit dazu gefunden."

„Sie hätten bis zum Schluss bleiben sollen."

Sie saugte ihre Unterlippe ein. Isolde hatte nicht vermutet, dass Freud sie während seiner Begegnung mit Jung so genau im Blick gehabt hatte. Offenbar entging ihm nichts.

„Ich hatte den Eindruck, zwischen zwei Fronten zu stehen. Und gleichzeitig war mir bewusst, dass das nicht mein Krieg ist. Deshalb habe ich mich für einen taktischen Rückzug entschieden."

„Krieg. Fronten. Das sind recht martialische Töne. Kam es Ihnen so vor?"

„Ja. Es war eine beklemmende Stimmung zwischen Ihnen und Herrn Dr. Jung, wenn ich das so sagen darf."

„Sie dürfen alles sagen. Wenn mich mein Forscherdasein eines gelehrt hat, dann, dass Zensur nicht dazu führt, etwas zu verbessern. Ja, Sie haben recht. Es kam zu kriegerischen Handlungen auf dem Kongress. Eine Abspaltung von Jung und seinen Anhängern wird immer wahrscheinlicher. Das schmerzt. Aber so ist es wohl. Undank ist der Welten Lohn."

Ein eisiges Schweigen breitete sich aus und Isolde spürte erneut das Gefühl der Beklemmung. Was sollte sie sagen?

„Sie sind wohl nicht gekommen, um mit mir über meinen Konflikt mit Herrn Dr. Jung zu sprechen. Was ist Ihr Anliegen?", fragte Freud.

„Ich erwäge, mich mit der Psychoanalyse zu beschäftigen."

„Sie erwägen es? Das klingt nicht gerade enthusiastisch. Was treibt Sie dazu?"

„Ich bin Ärztin. Und ich habe in meiner praktischen Tätigkeit den Eindruck gewonnen, dass es nicht reicht, körperliche Wunden zu versorgen. Die Seele leidet immer mit."

„Die Analyse ist kein Heilmittel für Wunden. Zumindest nicht für körperliche. Sie ist nicht dazu da, den normalen ärztlichen Alltag zu verbessern. Sie ist eine eigenständige Wissenschaft. Und sie erfordert Opfer. Ich musste alles opfern. Und ich ernte nur Undank. Ist Ihnen bewusst, was Ihnen blüht, wenn Sie sich der Psychoanalyse mit Haut und Haaren verschreiben? Niemand wird es Ihnen danken. Die wissenschaftliche Gemeinschaft wird Sie ausstoßen. Ihre ärztlichen Kollegen werden Sie verhöhnen."

„Die ärztlichen Kollegen sind mir gleichgültig. Von denen habe ich noch nie Anerkennung erfahren."

„Gleichzeitig läge aber auch ein harter persönlicher Weg vor Ihnen", fuhr Freud fort, der Isoldes Erwiderung gar nicht gehört zu haben schien. „Eine jahrelange Lehranalyse. Sie müssten sich Ihren eigenen Dämonen stellen. Und selbst dann ist ungewiss, ob Sie berufen sind, oder ob Sie den Weg der Häretiker gehen und die Wahrheit verleugnen?"

„Die Wahrheit?", fragte Isolde.

Freud nickte. „Die Psychoanalyse ist eine Wissenschaft, deren Grundlagen sich in ihrer Anwendung als wahr erwiesen haben."

Isolde runzelte die Stirn. „Entschuldigen Sie meine Irritation, aber so, wie Sie von der Psychoanalyse sprechen, meine ich eher einen Priester reden zu hören. ‚Dämonen', ‚Häretiker', ‚Wahrheit'. Ist es nicht Aufgabe der Wissenschaft, dem Zweifel Raum zu geben?"

Freud schnaubte. „Es ist, als ob Jung aus Ihnen spräche. Die Grundlagen der Psychoanalyse sind eindeutig. Ich habe sie mit meinen Fallstudien bewiesen. Jung ist nur eifersüchtig. Er vergleicht sich gerne mit dem Pharao Amenhotep, der nach seinem Amtsantritt jede Spur seines Vaters aus dem Gedächtnis seines Volkes tilgen ließ. Er will etwas eigenes schaffen. Aber dazu fehlt ihm das Genie. Und deshalb bricht er diesen Streit vom Zaun. Soll er gehen, wohin er will. Wer nicht für mich ist, ist gegen mich. Und das gilt für jeden, der sich in Zukunft der Analyse anschließen will. Und für jede.“

Isolde schluckte. „Sie sind wie Robert Koch“, sagte sie.

Eine von Freuds Augenbrauen zuckte nach oben. „Ein großer Mann?“

Sie schüttelte den Kopf. „Nein. So sehr von sich selbst überzeugt, dass Sie nicht sehen, wie klein und engstirnig Sie sind.“

Freuds Kiefer mahlten. „Sie gehen jetzt wohl besser Ihrer Wege“, zischte er.

Isolde wollte etwas erwidern, doch ihre Zähne waren so fest aufeinandergebissen, dass sie es kaum schaffte, den Mund zu öffnen. Da hörte sie eine Stimme sagen: „Ah, hier sind Sie ja, Herr Professor.“

Sie wandte sich um. Es war Rilke und an seinem Arm führte er eine große, elegant gekleidete Dame, die diese Worte an Freud gerichtet hatte. Der Dichter nickte Isolde zu. Sie erwiderte seinen Gruß nicht.

„Dann sind wir fertig“, brachte sie mühsam hervor. „Ich wünsche Ihnen einen schönen Tag.“

Sie kehrte Freud und seinen Begleitern den Rücken und eilte davon.

KAPITEL 8

München, Samstag, 27. September 1913

So viele Menschen! Ein erwartungsvolles Raunen lief durch die Menge, es klang wie das Brummen in einem riesigen Bienenstock. Die Zuschauer reihten sich zu Tausenden an der Abgrenzung der Rennbahn, die den gesamten westlichen Teil der Theresienwiese einnahm. Die Tribünen waren festlich in den bayerischen Landesfarben geschmückt. Ein Dragonerregiment hatte in der Mitte der Bahn Aufstellung genommen und unterhielt das Publikum mit exakt choreografierten Exerzierübungen. Von ihrem Platz aus konnte Elsa den Prinzregenten erkennen. Sein Stuhl stand auf einem kleinen Podest. Er trug eine Militäruniform. Sein Haar und sein Bart waren schlohweiß.

Die Pferde wurden auf die Bahn geführt und ein Raunen durchlief die Menge. Da war Mondschein. Pinkerton saß im Sattel. Er winkte den Zuschauern lässig zu. Ganz im Gegensatz zu dem Jockey auf Neros Rücken, der grimmig dreinblickte. Elsa konnte es ihm nicht verdenken. Wahrscheinlich war er davon ausgegangen, dass seine härteste Konkurrenz, das Pferd, das den Rappen schon einmal geschlagen hatte, nun kein Problem mehr für ihn darstellte. Da hatte er sich wohl geirrt.

Der Schiedsrichter stellte sich an die der Tribüne gegenüberliegende Seite und hob die Startpistole. Die

Menge war mit einem Mal totenstill. Die Spannung, die in der Luft lag, war mit Händen greifbar. Elsa hielt den Atem an. Dann hallte der Schuss und die Pferde stieben los. Mondschein preschte voran, aber Nero lag gleich auf. Ein weiteres Tier, ein Fuchs, schaffte es, mit den beiden Schritt zu halten. Die Pferde rasten die Gerade entlang und schon hatten sie die erste Kurve erreicht. Der Reiter des Rappen hieb auf das Hinterteil seines Tieres ein. Pinkerton dagegen hing eng über dem Hals des Schimmels. Redete er etwa mit Mondschein?

Sie bogen in die Gegengerade ein. Das Führungstrio lag gleich auf. Die Menge schrie und tobte. Nero war der Favorit, zumindest, wenn man sich die Wettquoten ansah. Und es schien, als ob er dieser Rolle gerecht würde. Der Rappe baute langsam seinen Vorsprung auf Mondschein auf eine Länge aus. Der Fuchs verlor den Anschluss. Sie erreichten die zweite Kurve. Mit einem Mal schob sich Mondschein nach vorne. Von Lampecks Jockey bearbeite das Hinterteil seines Tieres mit der Gerte und schaffte es, den Abstand bei einer halben Länge zu halten. Doch als sie in die Zielgerade einbogen, war es wieder ein Kopf-an-Kopf-Rennen. Noch hundert Meter. Noch achtzig. Die Pferde lagen gleich auf. Würden die an der Ziellinie postierten Preisrichter über den Sieger entscheiden müssen? Würde es gar zwei Gewinner geben? Da lehnte sich Pinkerton ein wenig tiefer über den Hals des Schimmels. Legte er etwa seine Stirn auf den Kopf von Mondschein? Das Tier senkte das Haupt und preschte voran. Langsam aber stetig schob er sich vor und der Rappe konnte ihm nicht mehr folgen. Und dann passierten sie die Ziellinie. Mondschein hatte gewonnen.

Elsa sprang auf, sie riss die Arme nach oben und jubelte. Aus den Augenwinkeln sah sie, dass Hilde es ihr nachtat. Die ganze Tribüne schrie und tobte. Nein, nicht die ganze Tribüne. Hugo von Lampeck pfefferte seinen Zylinder auf den Boden. Elsa unterdrückte ein Grinsen. Sie sah, dass Herr Brünig auf die Bahn lief, gefolgt von Max von Linden. Pinkerton liebkoste den Hals von Mondschein, dann stieg er ab. Brünig und Max nahmen den Jockey auf die Schultern und trugen ihn zur Tribüne. Währenddessen kümmerten sich die Pferdeknechte um den Apfelschimmel.

„Musst du nicht auch zur Siegerehrung?", hörte sie Hilde in ihr Ohr brüllen, offenbar beim Versuch, den Lärm der Menge zu übertönen.

Elsa schüttelte den Kopf. „Die Prämierung der handwerklichen Stücke findet im Anschluss in einem eigens dafür aufgebauten Zelt statt. Das ist der Moment von Mondschein, von Pinkerton, von Brünig und auch von Weissenberger. Sie haben ihn sich verdient."

Der Jockey und Brünig hatten die königliche Loge erreicht. Der Prinzregent erhob sich und überreichte sowohl dem Pferdebesitzer als auch dem Reiter eine goldene Medaille. Dann schüttelt er ihnen die Hand und sprach ein paar Worte mit ihnen. Brünig strahlte vor Freude. Er klopfte Pinkerton auf den Rücken.

„Komm, wir gehen schon mal in das Zelt zur Preisverleihung."

Elsa und Hilde erhoben sich und schoben sich durch die Menge zur Treppe. Als sie an der Rückseite der Tribüne ankamen, stand plötzlich Hugo von Lampeck vor ihnen. Sein Zylinder war zerknittert. Offenbar hatte der Hut Schaden genommen, als er ihn zu Boden geworfen hatte.

„Ich hatte Sie gewarnt. Heute mögen Sie triumphieren. Aber Sie werden das bitter bereuen, das schwöre ich Ihnen", knurrte er.

„Was wollen Sie tun?", fragte Elsa. „Noch einen Mordanschlag verüben?"

Von Lampeck hob die Hand, in der er den Stock hielt. Wollte er sie etwa schlagen? In diesem Moment schlossen sich Finger um sein Handgelenk. Es war Hermann, der neben ihn getreten war.

„Großvater, Sie vergessen sich", sagte er in ruhigem, aber eindrücklichen Tonfall. Hugo von Lampeck wirkte einen Augenblick so, als ob er sich losreißen und nach Elsa schlagen wollte, doch dann ließ er es zu, dass sein Enkel ihn in die andere Richtung führte.

Die Leute drängten von hinten heran und Elsa und Hilde wurden weiter geschoben. Sie blickte sich um und sah den erhobenen Knauf des Stocks. Dieses Kapitel war noch nicht beendet. Sie nahm Hilde bei der Hand und führte sie zu dem Zelt, in dem die Preisverleihung stattfinden würde. Ein Knecht war gerade damit beschäftigt, den Sattel, den er Mondschein abgenommen hatte, auf ein Gestell zu legen. Drei weitere Sättel standen daneben. Schöne Arbeiten aus den besten Sattlereien Münchens. Ihre Schöpfer warteten hinter den Werkstücken. Die drei Männer beäugten Elsa mit skeptischen Blicken. Alle waren sie für den Preis nominiert. Doch nur einer konnte gewinnen. Elsa stellte sich zu ihrem Sattel. Es dauerte eine Weile, doch dann erschien der Prinzregent im Zelt, gefolgt von einer Entourage aus Honoratioren und Offizieren. Er prämierte diverse Ausstellungsstücke, die an anderen Tischen aufgestellt waren. Schmuck war dabei, Tischlerarbeiten, aber auch ein so lebensecht ausgestopftes Wildschwein, dass Elsa bei seinem Anblick ein kalter Schauer über den Rücken lief. Sie musterte aus den Augenwinkeln die Sattler, die gemeinsam mit ihr warteten. Wer würde gewinnen? Endlich kam der Prinzregent an ihren Tisch.

„Das ist der Sattel des Siegerpferdes", sagte ein Mann, der neben Ludwig herging und diesem offenbar erklärte, worum es sich handelte und was er zu tun hatte.

„Und Sie haben den Sattel des Siegerpferdes angefertigt?"

Er hatte die Worte an Elsa gerichtet. Sie knickste, dann erwiderte sie: „Ja, eure Majestät. Ich führe die Werkstatt meines Großvaters fort, des verstorbenen Hofsattlers Maximilian Hartmann."

Der Prinzregent zog eine Augenbraue nach oben. „Ich erinnere mich. Der verstorbene König war einer Ihrer treuesten Kunden. Und mein Vater hatte einen Jagdsattel von Ihnen. Der Rennsattel ist ein ausnehmend schönes Stück."

Er strich mit der Handfläche darüber. „Wie weich das Leder ist. Der Jockey, dieser Amerikaner, muss sich gefühlt haben, als ob er ohne Sattel reiten würde. Nun gut, wie mir der Graf von Hertling, der in diesem Jahr nicht nur meinem Ministerrat, sondern auch dem Preisgericht vorsitzt, mitgeteilt hat, wird Ihnen der Preis zugesprochen. Wie ich sehe, ist das vollkommen gerechtfertigt. Mein Stallmeister wird sich demnächst an Sie wenden und einen neuen Jagdsattel in Auftrag geben. Der alte geht schon ziemlich aus den Nähten."

Er nickte Elsa zu, dann wurde er von seinem Begleiter weitergeführt. Sie spürte, wie sich ein warmes Gefühl in ihrem Bauch ausbreitete. Sie hatte gewonnen. Der Prinzregen hatte ihr den Preis verliehen. Und einen Sattel wollte er auch bei ihr bestellen. Sie grinste breit, als sie die zähneknirschenden Glückwünsche der anwesenden Kollegen entgegennahm. Nun fehlte nur noch eines: der Hofsattlertitel.

***

„Darf ich mal einen Schluck probieren, Mama?"

„Aber nur einen kleinen", erwiderte Elsa und schob Hilde den Maßkrug hinüber. Das Mädchen tat sich sichtlich schwer damit, das voluminöse Gefäß anzuheben. Sie nippte, dann verzog sie das Gesicht.

„Ich mag Bier immer noch nicht", sagte sie.

„Das ist doch nicht weiter schlimm", sagte Isolde. „Die meisten Menschen, die viel Bier trinken, werden davon nicht unbedingt klüger. Das kannst du mir glauben. Ich sehe täglich in der Klinik Männer und leider auch Frauen, die sich um den Verstand getrunken haben."

„Ach komm, Schwesterchen, eine kleine Freude muss der Mensch doch haben. Und gerade heute, wo es etwas zu feiern gibt. Trinken wir auf Mondschein!", sagte Elsa, fasste den Maßkrug mit beiden Händen und nahm einen großen Schluck. Die Blaskapelle am anderen Ende des riesigen Zeltes der Bräurosel spielte einen Tusch. Das Brummen der Gespräche und der Lärm von klapperndem Geschirr und klirrenden Tellern verschmolz mit der Musik zu einer wahren Kakofonie. Elsa spürte, wie der Alkohol seine Wirkung tat. Sie fühlte sich leicht. Und sie fühlte sich glücklich. Sie wusste, dass das Bier einen erheblichen Anteil daran hatte und dass sie es nicht übertreiben durfte, wenn sie am Folgetag keinen Migräneanfall erleiden wollte. Aber heute – heute musste es sein. Sie hatte etwas zu feiern.

„Kann ich mir nachher mit Marianne noch diesen Wühlmenschen anschauen?", fragte Hilde.

Isolde sah sie verständnislos an. „Was für ein Wühlmensch?"

„Das ist so ein Zirkuskünstler. Der steigt in ein Loch und dann wird Erde auf ihn geschüttet. Er wird also lebendig begraben. Und dann gräbt er sich selbst wieder aus. Ohne Hilfe."

„Mir soll alles recht sein", sagte Elsa. „Solange ihr zwei nicht in die Marine-Schaubude geht. Da wird ein Weltkrieg im Kleinen vorgeführt. Kriegsschiffe und Flugzeuge und Zeppeline. Es kracht und blitzt. Furchtbar!"

Isolde verzog das Gesicht. „Allein das Wort. Weltkrieg. Da wird mir ganz anders. Hoffen wir, dass es nie dazu kommt."

„Der Herr Oberlehrer sagt, dass die Franzosen es nie wagen werden, uns anzugreifen. Sie brauchen dazu die Briten und die haben kein Interesse am Krieg", sagte Hilde.

„Dann wollen wir einmal hoffen, dass dein Herr Oberlehrer recht behält", sagte Elsa. Sie trank den letzten Rest ihres Bieres aus und erhob sich. Ihr war ein wenig schummrig, was wohl an der Wirkung des Alkohols lag. Aber sie fühlte sich großartig.

Draußen auf der großen Hauptstraße des Oktoberfests waren noch mehr Menschen unterwegs. Es war ein lauer Frühherbstabend. Die Buden waren hell beleuchtet. Es roch nach gebrannten Mandeln, nach Früchten und natürlich auch nach Bier. Das Kreischen der Fahrgäste der Achterbahnen mischte sich mit dem Knallen der Schüsse an den Schießbuden.

„Was für ein schöner Tag“, sagte Elsa. „Ich wünschte, ich könnte die Zeit festhalten und sie an diesem Abend hier einfrieren.“

„Das will ich aber nicht, Mama.“ Hilde klang empört. „Ich möchte so schnell wie möglich erwachsen werden. Dann kann ich endlich Künstlerin werden und mein eigenes Geld verdienen. Und in meinem eigenen Haus leben.“

„Gefällt es dir denn nicht bei mir?“, fragte Elsa.

„Doch, schon. Aber ich habe doch nur ein Zimmer über der Werkstatt. Ich habe so viele Ideen, wie ich ein ganzes Haus einrichten könnte. Ich würde mir Gemälde kaufen, Teppiche, würde Möbel schreinern lassen. Es gibt so viele schöne Dinge auf der Welt. Und die möchte ich alle in meinem Haus haben. Und die meisten davon möchte ich selbst herstellen.“

Isolde lachte. „Also eins muss man sagen, Hilde. Du bist eine Hartmann wie aus dem Lehrbuch. Dein Großvater und dein Urgroßvater hätten viel Freude an dir gehabt.“

„Guten Abend, Frau Müller.“

Beim Klang der Stimme zuckte Elsa zusammen. Das konnte doch nicht wahr sein. Wie auf das Stichwort war der Mann aufgetaucht, der auch Hildes Großvater war, auch wenn sie es nicht wissen durfte.

„Guten Abend, Herr von Berlitz", sagte Elsa. Sie nickten einander zu. Trotz all der Jahre, die vergangen waren, schafften sie es immer noch nicht, sich die Hand zu geben. Nach wie vor stand Moritz' Tod zwischen ihnen.

„Ich gratuliere Ihnen ganz herzlich zum Sieg von Mondschein. Und natürlich zur Auszeichnung. Ihr Sattel hat es verdient. Es ist ein schönes Stück."

„Ich danke Ihnen. Ich versuche, so gut es geht, die Familientradition fortzuführen."

Die Augen des alten Mannes glänzten feucht. Sein Blick war auf Hilde gerichtet. Das Mädchen sah ihn irritiert an. Schließlich riss er sich von ihrer Betrachtung los und sagte: „Ich muss weiter. Ich empfehle mich. Die Damen." Er lüpfte seinen Hut und verschwand in der Menge. Elsa sah ihm nach und mit einem Mal war ihr schwer ums Herz.

„Da ist Marianne", rief Hilde und stürmte auf ihre Freundin zu.

„In zwei Stunden bei den Schiffschaukeln", rief Elsa ihrer Tochter hinterher, in der Hoffnung, dass diese sie hörte.

***

Hilde zog Marianne an der Hand mit sich durch die Menge. Den alten Mann, der eben ihre Mutter angesprochen hatte, hatte sie da schon beinahe wieder vergessen. Sie kannte ihn, er war schon mehrfach in der Werkstatt aufgetaucht, um sich mit ihrer Mutter zu unterhalten. Aber sie konnte sich nicht an seinen Namen erinnern. Es war auch gleichgültig. Sie fühlte sich großartig. Die vielen bunten Lichter, die Musik, die aus den Bierzelten drang, der Geruch nach Zuckerwatte und gebrannten Mandeln. All das versetzte sie in eine Hochstimmung.

„Wo gehen wir als erstes hin?", fragte Marianne.

„Ich möchte mir auf jeden Fall den Wühlmenschen anschauen. Katharina hat ihn schon gesehen und sie hat geschwärmt, wie unglaublich das ist."

„Und ich möchte gerne einmal mit der Schiffschaukel fahren", sagte Marianne.

Hilde hob den Kopf und sah in einiger Entfernung das angesprochene Fahrgeschäft. Die kleinen Gondeln schwangen fröhlich hin und her, manche waren schon nahe daran, sich zu überschlagen.

Da hörte sie einen Knall. Ein Schießstand.

„Komm, wir schießen zuerst."

Marianne sah sie entgeistert an. „Schießen? Das dürfen wir doch sicher nicht. Das ist doch nur für Männer, oder?"

Hilde lachte. „Lass das mal nicht meine Tante Isolde hören. Die hat in Afrika Krokodile geschossen. Und sie hat mir gezeigt, wie es geht. Wetten, dass ich uns einen Preis gewinne?"

Sie steuerte auf den Schießstand zu. Auf dem Tresen lag eine Reihe von Gewehren. An der gegenüberliegenden Wand waren mehrere Ziele aufgebaut, am prominentesten ragte eine Schießscheibe hervor, die schon relativ viele Löcher aufwies, allerdings die wenigsten davon in der Mitte.

„Der Hauptgewinn ist diese Feder!", rief der Mann hinter dem Tresen und deutete dabei auf eine beeindruckende Adlerfeder.

„Die kann ich mir in mein Hütchen stecken", sagte Hilde und kicherte bei der Vorstellung. Die Feder war so groß und so lang, dass sie die kleine Kopfbedeckung, die Hilde manchmal trug, sicher aus dem Gleichgewicht bringen würde.

„Was muss ich treffen, um die Feder zu gewinnen?", fragte sie.

Auf dem Gesicht des Schaustellers erschien ein amüsiertes Lächeln.

„Es ist ganz einfach. Sie müssen die Mitte der Scheibe treffen."

Hilde sah genau hin. Im Zentrum der Holzplatte war ein winziger roter Punkt markiert worden.

„Das ist aber ein sehr kleines Ziel", gab Marianne zu bedenken.

Hilde zuckte mit den Achseln. „Versuchen kann ich es ja einmal."

Sie bezahlte dem Mann hinter dem Tresen fünf Pfennige für fünf Schuss. Er lud das Gewehr und reichte es ihr. Hilde wollte gerade anlegen, als sie eine Stimme neben sich sagen hörte: „Es ist unerhört. Jetzt meint dieses Weibsvolk schon, sich an die Waffen wagen zu dürfen."

Sie wandte den Kopf und sah zwei junge Kerle. Einer davon, ein dunkelhaariger, etwas breiterer, mit einem pockennarbigen Gesicht, sah sie böswillig an. Doch sein Begleiter, ein hochgewachsener Blonder, interessierte sie mehr. Das musste der Enkel dieses Herrn von Lampeck sein. Er musterte sie mit einem kalten Blick.

„Es mag unerhört sein", erwiderte Hilde und sah dabei nicht den Pockennarbigen, sondern seinen Freund an. „Aber wir Frauen zeigen euch Männern auf immer mehr Gebieten, wo es langgeht. Nicht wahr, Herr von Lampeck? Der Sattel meiner Mutter hat doch ganz entscheidend zur Niederlage Ihres Nero beigetragen, meinen Sie nicht?"

„Ich würde einmal vermuten, dass Mondschein am meisten geleistet hat. Und der Jockey war brillant. Sie überschätzen den Anteil Ihrer Mutter."

Hilde schmunzelte. „Spricht da etwa der schlechte Verlierer aus Ihnen? Möchten Sie Revanche? Hier und jetzt am Schießstand?"

Sie sah, dass der junge Mann die Lippen aufeinander kniff. Sein Begleiter dagegen lachte laut auf. Er klopfte ihm auf die Schulter und rief: „Was für eine wunderbare Gelegenheit, dieses freche Gör in die Schranken zu weisen!"

Er holte seine Geldbörse heraus und zahlte dem Schausteller ebenfalls fünf Pfennige. Von Lampeck sah aus, als ob er protestieren wollte. Zudem schien seine ohnehin relativ helle Gesichtsfarbe noch ein wenig bleicher geworden zu sein. Aber es war zu spät. Der Budenbesitzer war schon dabei, das Gewehr zu laden, und sein Begleiter drückte von Lampeck die geladene Waffe in die Hand.

„Ich lasse Ihnen den Vorrang", sagte er.

Hilde zuckte mit den Achseln und legte an. Wie sie es von ihrer Tante gelernt hatte, atmet sie erst einmal tief aus. Dann visierte sie den roten Punkt an und drückte ab. Es handelte sich um ein Luftgewehr, und so war der Rückstoß nicht allzu stark. Sie sah genau hin. Die Kugel war etwa einen Finger breit neben dem Ziel eingeschlagen. Das Visier des Gewehrs war offenbar nicht besonders exakt.

„Netter Versuch", höhnte der Pockennarbige. Von Lampeck legte an und drückte ab. Das Geschoss schlug ebenfalls neben dem roten Punkt ein, aber etwas weiter entfernt als Hildes Kugel.

„Na, das geht doch noch besser, oder Hermann?", sagte der Begleiter. Von Lampeck kniff seine Lippen noch mehr aufeinander. Hilde legte wieder an, zielte aber eine Kleinigkeit weiter nach links. Sie atmete aus und drückte ab. Es entstand eine kurze Pause, als ihr Schuss verhalte. Dann sagte der Standbesitzer: „Das gilt als Treffer."

Ihre Kugel hatte den roten Punkt berührt, aber nicht genau in der Mitte. Die Umstehenden begannen zu johlen. Sie sah von Lampeck an.

„Wenn Sie exakt in die Mitte treffen, können Sie trotzdem noch gewinnen", sagte sie.

Der Pockennarbige öffnete den Mund, wahrscheinlich, um wieder einen höhnischen Spruch loszulassen, doch von Lampeck sagte laut: „Sie haben gewonnen. Ich gratuliere Ihnen zu Ihrem Sieg. Genießen Sie ihn." Sein Begleiter sah ihn mit einem ungläubigen Gesichtsausdruck an. Doch von Lampeck legte das Gewehr hin und ging davon. Hilde sah ihm nach. Was war das denn gewesen?

„Hier, Ihre Feder", sagte der Standbesitzer. Hilde nahm sie entgegen.

„Ich freue mich schon darauf, wenn du damit in die Schule kommst", sagte Marianne. Die Mädchen brachen in Gelächter aus, fassten sich an den Händen und setzten ihren Spaziergang über das Oktoberfest fort.

***

Isolde stieg aus der Tram und ging am Atelier Elvira vorbei. Sie warf einen kurzen Blick auf den Wandfries, ein riesiges Seepferdchen, und die kleinen, mit knorrigen Holzrahmen versehenen Fenster, hinter denen kein Licht brannte. Alles war ruhig in der Innenstadt. Was für eine Wohltat. Sie hatte es auf dem Oktoberfest nicht mehr ausgehalten und hatte sich von Elsa verabschiedet, die zu den Schiffschaukeln aufgebrochen war, um Hilde abzuholen. Isolde war nicht nach Hause gefahren. Sie hatte noch etwas zu erledigen. Und das duldete keinen Aufschub.

Sie stieg die steile Treppe des Mietshauses in der Von-der-Tann-Straße empor. Wie seltsam, dass Berta noch immer in ihrer Studentenbude wohnte. Als Assistenzärztin in der Frauenklinik hätte sie sich sicher eine bessere Wohnung leisten können. Aber Berta war von jeher sparsam gewesen. Sie hatte nur wenig Geld gehabt und sich ihre Mittel gut einteilen müssen, um das Studium zu überstehen, da ihre Eltern sie kaum unterstützen konnten. Isolde hatte oft ein schlechtes Gewissen gehabt, weil sie sich nie Sorgen um ihren Lebensunterhalt machen musste. Sie hatte geerbt, und sie hatte durch ihre Tätigkeit als Reisefotografin mit Bildbänden und Vorträgen ein ansehnliches Vermögen erworben, das es ihr erlaubte, sorgenfrei zu studieren.

Auch jetzt war noch genug davon übrig, und da sie beim Onkel wohnte, sparte sie sich die Miete. Gut, sie trug ganz erheblich zum Unterhalt bei, kaufte die meisten Nahrungsmittel, die Zenzi dann zubereitete, und organisierte auch die Kohlen für den Ofen, aber trotzdem war sie finanziell unabhängig.

Sie erreichte das oberste Stockwerk und klopfte an die wackelige Türe des Zimmerchens, in dem Berta seit nunmehr sieben Jahren wohnte.

Ihre Studienfreundin öffnete ihr. Die Haare waren zerzaust. Sie trug ein Hauskleid. Der oberste Knopf war offen. Isolde schien gerade noch rechtzeitig gekommen zu sein, ehe Berta sich zu Bett begab.

„Was machst du denn um diese Zeit noch hier?", fragte sie. „Nicht, dass ich mich nicht über deinen Besuch freuen würde, aber ich habe morgen Dienst und da sollte ich ausgeschlafen sein."

„Mit betrunkenen Oktoberfestbesuchern werdet ihr es in der Frauenklinik wahrscheinlich nicht zu tun bekommen, oder?", sagte Isolde, als sie an Berta vorbei in das Zimmerchen trat und sich auf dem Stuhl niederließ, den ihre Freundin ihr hinschob. Berta selbst nahm auf dem kleinen Kanapee unter dem Dachfenster Platz, das einen wunderschönen Blick auf den Sternenhimmel frei gab.

„Nein, aber im September und Oktober werden relativ viele Kinder geboren. Gestern haben wir zwei zur Welt gebracht. Und es ist jedes Mal aufs Neue eine Herausforderung für mich."

Isolde nickte. „Du hast Verantwortung für zwei Leben. Mir reicht es schon, bei einer Operation ein Menschenleben in meinen Händen zu halten. Ich möchte mir nicht vorstellen, wie es ist, wenn man befürchten muss, zwei auf einmal zu verlieren."

Berta stieß ein heiteres Lachen aus. „Wir sind schon schöne Ärztinnen. Sitzen da und beklagen uns, wie schlimm unser Los ist. Dabei sind wir die Ärzte und nicht die Patienten."

„Ja, du hast recht. Aber ich glaube, dass wir beide an einem Punkt sind, an dem wir uns die Frage stellen, ob der Arztberuf das ist, was wir uns von ihm erwünscht haben."

„Du hast die Frage für dich schon beantwortet, oder? Hast du schon Räumlichkeiten gefunden für deine analytische Praxis? Die Patientinnen werden dir die Tür einrennen. Ich vermute einmal, dass es in München genauso viele Neurotikerinnen gibt wie in Wien."

Isolde schüttelte den Kopf. „Die Psychoanalyse ist nichts für mich."

Bertas Augenbrauen wanderten nach oben. „Bei unserem letzten Treffen hast du mir doch erst noch vorgeschwärmt, wie begeistert du von Freuds Theorien und diesen seltsamen Abhandlungen über Sexualtheorie bist. Was hat sich verändert?"

„Ich habe mitbekommen, wie der Internationale Psychoanalytische Kongress abgelaufen ist. Da ging es schlimmer zu als auf einem Pferdemarkt. Man kann von Glück sagen, dass kein Blut geflossen ist. Freud und Jung hassen sich bis aufs Messer. Sie haben ihre Anhänger um sich geschart. Man spricht davon, dass es bald zwei Schulen gibt. Das hat mich abgestoßen. Und dann habe ich beide noch persönlich kennengelernt. Gut, Jung war nett. Aber er war so mit sich und seinem Bruch mit seinem Meister beschäftigt, dass er mich nicht als Schülerin aufnehmen wollte. Und Freud hat mir erklärt, dass ich mich mit Haut und Haaren seinem Dogma von der Wahrheit anschließen müsse, wenn ich Analytikerin werden wolle. Du weißt, dass ich kein religiöser Mensch bin, deshalb hat mich das abgeschreckt. Ich habe daher beschlossen, mich nicht mit dieser neuen Wissenschaft zu beschäftigen, so interessant sie auch erscheinen mag. Ich passe in diesen Religionskrieg noch weniger hinein als in eine chirurgische Klinik."

„Männer. Kaum treffen zwei von ihnen aufeinander, gibt es Hahnenkämpfe", flüsterte Berta.

Isolde schüttelte den Kopf. „Lass uns von anderen Dingen reden. Wie steht es mit deinen Plänen, eine Praxis zu eröffnen?"

Berta seufzte. „Pläne habe ich viele. Und ich habe noch mehr Ideen. Erst vorgestern bin ich an Räumen in Schwabing vorbeigekommen, die zu vermieten wären. Da hätte ich eine gemischte Patientengruppe. Künstler, Handwerker und Studenten von der nahen Uni."

„Das klingt gut. Du könntest aber wahrscheinlich mehr verdienen, wenn du dich irgendwo in der Maxvorstadt niederließest. Oder in Bogenhausen."

Berta schüttelte den Kopf. „Was will ich mit lauter kranken Millionären? Die nehmen eine Frau doch nicht für voll."

„Da magst du Recht haben", sagte Isolde. „Wann eröffnest du deine Praxis?"

Berta winkte ab. „Dass ich Pläne habe, heißt nicht, dass ich diese jemals in die Tat umsetzen werde. Ich kann keine Praxis eröffnen. Mir fehlt das Geld dazu. Meine Ersparnisse reichen nicht aus. Und ich bin nicht mutig genug, einen Kredit aufzunehmen. Es wäre etwas anderes gewesen, wenn du mit von der Partie gewesen wärst. Aber du willst ja nicht."

Isolde sah ihre Freundin lange an. Dann sagte sie: „Was wäre, wenn ich meine Meinung geändert hätte?"

Bertas Augen wurden mit einem Mal groß. „Meinst du das ... Meinst du das im Ernst?"

„Ja. Im Gespräch mit Freud ist mir eines klar geworden. Ich werde mir nie wieder von einem Mann sagen lassen, was ich zu tun habe. Das bedeutet aber, dass ich keinen Vorgesetzten mehr haben kann. Ich kann also nicht in der Klinik bleiben. Die Psychoanalyse ist nichts für mich, so spannend ich dieses Theoriegebäude auch finde. Was bleibt mir dann? Im Gespräch mit Jung habe ich erkannt, dass ich mir selbst im Weg stehe. Ich stelle mein Licht unter den Scheffel, anstatt es vor mir herzutragen, wie Athene das Medusenhaupt. Ich bin Ärztin. Ich bin gut in meinem Beruf. Genauso wie du. Da gibt es nur einen logischen Schluss: Lass uns eine Praxis eröffnen. Lass uns der Welt zeigen, wozu zwei Ärztinnen fähig sind!"

KAPITEL 9

München, Sonntag, 19. Oktober 1913

„Lassen Sie es sich schmecken!"

Zenzi stellte die Platte mit dem dampfenden Apfelstrudel auf den Tisch. Dann holte sie die Kanne mit der Vanillesoße vom Herd. Der Duft nach Zimt, Zucker und gebackenen Äpfeln ließ Elsa das Wasser im Mund zusammenlaufen. Der Onkel nickte ihr zu und sie griff nach dem Messer, um die Süßspeise zu zerteilen. Sie gab dem Onkel, Hilde und sich selbst eine Scheibe auf den Teller, dann goss sie jeweils eine große Portion der Soße darüber.

„Ich liebe deinen Apfelstrudel, Zenzi", sagte Hilde, während sie mit der Gabel ein Stück abteilte, es in der Soße hin und her bewegte, damit es sich vollsog, und es dann zum Mund führte. Elsa tat es ihr nach, und als der himmlische Geschmack ihren Gaumen kitzelte, schloss sie kurz die Augen. Ein Gefühl des Glücks durchströmte sie. Es waren die kleinen Dinge, die ihr inzwischen so viel bedeuteten. Zwanzig Jahre zuvor hätte sie einen Bissen Apfelstrudel wohl als etwas Banales abgetan. Doch heute war es eine wunderbare Erfahrung, die ihren Tag bereicherte.

„Hast du das Preisgeld schon ausbezahlt bekommen?", fragte der Onkel.

Elsa öffnete die Augen und sah ihn an. „Ja, fünfhundert Mark. Und die Urkunde habe ich auch schon in der Werkstatt aufgehängt."

„Weißt du schon, was du mit dem Geld anfangen willst?"

Elsa führte noch einmal einen Bissen zum Mund. Sie ließ sich mit der Antwort Zeit, während sie den Apfelstrudel genoss. Als sie hinuntergeschluckt hatte, griff sie nach der Serviette und wischt sie sich ein wenig Vanillesoße von den Lippen. Dann sagte sie: „Ich werde die Werkstatt erweitern."

Die Augenbrauen des Onkels wanderten nach oben. „Reichen fünfhundert Mark dafür aus?"

Elsa schüttelte den Kopf. „Ob du es glaubst oder nicht, ich habe einiges angespart in den letzten Jahren."

Der Onkel lachte. „Wenn ich an die junge Elsa denke, die vor nahezu zwei Jahrzehnten hier eingezogen ist, fällt es mir tatsächlich schwer, daran zu glauben. Erinnerst du dich noch an die Szene, die du mir gemacht hast, als du ein Kleid für den Ball haben wolltest?"

Hilde ließ ihre Gabel sinken. „Mama hat dir eine Szene gemacht? Das ist nicht wahr, oder?"

Elsa schmunzelte. „Ich glaube, die Mama, die du kennst, und das Mädchen, das ich früher einmal war, sind zwei sehr verschiedene Menschen. Es ist einiges passiert seitdem. Ich habe mich verändert. Ich habe dazugelernt. Ich weiß, was mir wichtig ist."

Der Onkel nickte. „Alles Leben ist lernen."

„Jedenfalls habe ich mir eine Summe zusammengespart und in Verbindung mit dem Preisgeld sollte es mir möglich sein, die Werkstatt räumlich zu erweitern und auch noch einen Gehilfen einzustellen. Oder eine

Gehilfin. Ehrlich gesagt wäre es mir lieber, wenn ich mit einer Frau zusammenarbeiten könnte. Männer neigen dazu, ihrem natürlichen Eroberungsdrang nachzugehen. Ich habe keine Lust, dass mir mein Angestellter erklärt, wie ich meine Geschäfte zu führen habe."

„Du kannst doch mich als Gehilfin einstellen", sagte Hilde. „Dann muss ich nicht mehr in die Schule und kann schon mein eigenes Geld verdienen."

Der Onkel schmunzelte. „Es scheint ein gemeinsamer Zug der Hartmann-Mädchen zu sein, dass ihnen die Schule nicht besonders zusagt."

„Die Schule ist langweilig. Und von dem ganzen Schreiben tun mir die Finger weh. Ich würde gerne mit den Händen arbeiten. Aber nicht so."

Elsa schüttelte den Kopf. „Du wirst schön deine Schullaufbahn beenden. Isoldes Freundinnen haben nicht umsonst dafür gekämpft, dass Mädchen das Abitur ablegen können."

„Ich habe nichts dagegen, wenn Mädchen das Abitur ablegen. Aber warum soll ich es tun?"

Elsa verdrehte die Augen. „Nein, diese Diskussion werden wir nicht mehr führen."

„Mit welchen Aufgaben möchtest du deine Gehilfin denn betrauen?", fragte der Onkel offenbar in dem Bemühen, das Gespräch in weniger stürmische Fahrwasser zu lenken.

„Sie soll sich um die Kleinigkeiten und die Reparaturen kümmern. Also einen Großteil des Tagesgeschäfts. Das ist dann vor allem die Laufkundschaft. Zum Beispiel, wenn bei einem Ochsengespann Riemen reißen und der Knecht schnell bei uns vorbeikommt, damit wir sie richten. Damit möchte ich mich nicht mehr abgeben müssen."

„Dann wirst du dich wohl dem Kerngeschäft eines Sattlers zuwenden, oder? Den Sätteln."

Sie nickte. „Der Prinzregent – beziehungsweise, er ist jetzt der König. Daran muss ich mich erst noch gewöhnen – der König hat einen Jagdsattel bei mir in Auftrag gegeben. Darauf werde ich mich als erstes konzentrieren. Wenn ihm das Stück gefällt, werden ganz sicher weitere Aufträge folgen. Und vielleicht gelingt es mir dann irgendwann, auch den Titel der Hofsattlerin verliehen zu bekommen. Aber das wird wahrscheinlich ein Traum bleiben. Schließlich bin ich nicht einmal Sattlermeisterin."

„Träume treiben uns an", sagte der Onkel. „Warum sollte der König nicht der Tradition folgen. Soweit ich weiß, wurde nach dem Tod deines Vaters kein neuer Hofsattler bestimmt. Das ist doch schon einmal ein gutes Zeichen. Es gibt niemandem, dem du den Titel streitig machen müsstest. Du musst ihn nur einfordern. Und das kannst du am besten über deine Arbeit. Immerhin besteht da kein Zweifel. Die ist exzellent. Deine Sättel sind Meisterwerke. Sie brauchen sich vor denen deines Großvaters oder auch deines Vaters nicht zu verstecken. Und da ist es zweitrangig, ob du einen Meistertitel führst oder nicht."

„Dann hoffen wir, dass der König das genauso sieht. Aber zunächst einmal muss ich ihm einen Sattel bauen. Und ich muss mich darum kümmern, dass die Werkstatt vergrößert wird. Meine Gehilfin braucht Platz. Wir sollten uns nicht dauernd auf die Zehen treten."

„Willst du anbauen?", fragte der Onkel.

Elsa schüttelte den Kopf. „Ich werde einmal mit dem Krämer sprechen, der den benachbarten Laden betreibt. Die Hinterwand der Werkstatt grenzt an sein Lager. Er hat mir gegenüber einmal erwähnt, dass seine Geschäfte nicht mehr so gut laufen. Vielleicht kann ich ihm einen Teil der Lagerfläche abkaufen und die Wand durchbrechen, um so die Werkstatt zu vergrößern. Das wäre eine schnelle und wenig aufwendige Lösung. Ansonsten müsste ich einen Architekten finden, der dann wieder Bauarbeiter organisiert. Das dauert alles zu lange.“

„Du hast doch Zeit, oder? Den Sattel für den König kannst du ja jetzt schon bauen.“

Elsa schüttelte den Kopf. „Du vergisst, dass ich Unternehmerin bin, Onkel. Und in Geschäften gilt die Devise: Zeit ist Geld.“

***

„So, das hier sind die Räume.“

Herr Angerer, der Vermieter, öffnete die Tür im Hochparterre des dreistöckigen Gebäudes im Süden Schwabings. Isolde musste ihre Augen beschirmen, denn das helle Sonnenlicht fiel durch die bodentiefen Fenster.

„Oh, wie schön“, sagte Berta. „Aber ich glaube, da müssen Vorhänge hin.“

„Ich höre, Sie möchten eine Arztpraxis einrichten.“ Herr Angerer wirkte sehr erfreut. Isolde konnte das gut nachvollziehen. Eine Praxis war eine verlässliche Quelle für Mieteinnahmen, ganz besonders in

Schwabing, wo viele Studenten, aber auch Künstler wohnten, die notorisch unzuverlässige Zahler waren.

„Ja, wir werden eine Gemeinschaftspraxis eröffnen", erwiderte Isolde. „Das hier könnte der Empfangsbereich sein."

„Und das hier das Wartezimmer", ergänzte Berta, die in ein geräumiges Nebenzimmer zeigte.

„Und dann haben wir noch zwei Räume, die sich als Untersuchungszimmer eignen", sagte Angerer und öffnete Türen zu etwas kleineren Zimmern, in die jedoch ohne Probleme jeweils ein Schreibtisch und eine Liege passen würden.

„Im hinteren Bereich haben wir außerdem noch einen größeren Raum für ein Labor und der Keller ist trocken. Da können Sie Akten lagern."

„Wie sieht es mit fließendem Wasser, Strom und der Heizung aus?", wollte Berta wissen.

„Die Räume werden über drei Kohleöfen beheizt. Den Strom beziehen wir von den Stadtwerken. Und natürlich haben sie fließendes Wasser. Im Keller befindet sich ein kohlebetriebener Boiler, sodass auch in begrenzten Umfang warmes Wasser verfügbar ist. Benötigen Sie ein Telefon?"

„Ja, das wäre hilfreich", sagte Isolde. Angerer nickte. „Der Anschluss befindet sich gleich hier im Eingangsbereich. Wenn Sie das als Empfang geplant haben, würde sich das ja gut ausgehen."

Isolde und Berta wechselten einen Blick und Isolde sah, dass ihre Freundin denselben Gedanken hatte wie sie. Das passte hier alles beinahe zu gut. Es war genau das, was sie gesucht hatten. Berta stellte die bange Frage, die Isolde ebenfalls gekommen war.

„Wie teuer ist die Miete im Monat?"

„Ich muss achtundvierzig Mark verlangen", sagte Angerer. Wieder tauschen die Freundinnen einen Blick. Isolde hoffte, dass es ihr besser gelang, ein Pokerface aufrechtzuerhalten, denn über Bertas Miene huschte ein kurzes, aber deutlich sichtbares Lächeln. Sie sah Isolde fragend an. Diese nickte.

„Wir möchten die Räume gerne mieten", sagte Berta.

Angerer lächelte. „Das freut mich sehr. Sie werden hier sicher gute Geschäfte machen. Die Praxis liegt zentral. Und die Ärzte, die bisher hier praktizieren, sind eingestaubte Fossilien aus dem letzten Jahrhundert. Frischer Wind wird dem Viertel guttun."

Sie schüttelten sich die Hände und verabschiedeten sich, nachdem Angerer angekündigt hatte, einen Mietvertrag zu erstellen. Als Isolde und Berta das Treppenhaus verlassen hatten und um die Ecke gebogen waren, grinsten sie sich an.

„Ich hätte nicht gedacht, dass wir eine derart schicke Praxis für so wenig Geld anmieten können", sagte Isolde.

„Achtundvierzig Mark sind schon viel Geld", gab Berta zu bedenken. „Aber wenn man berücksichtigt, wie hoch unsere Einnahmen sein werden, ist das wirklich ein Schnäppchen." Sie sah auf ihre Uhr. „Prima, wir haben noch genügend Zeit, bis die erste Bewerberin im Café *Stefanie* eintrifft."

Sie gingen gemeinsam zu dem Kaffeehaus und suchten einen Platz im hinteren, ruhigeren Bereich des Etablissements. Isolde kannte das *Stefanie* an der Ecke Amalienstraße/Theresienstraße noch aus ihrer Zeit, in

der sie gemeinsam mit ihrer verstorbenen Freundin E-
mily das Münchener Nachtleben unsicher gemacht
hatte. Die Erinnerung löste einen leisen Schmerz aus.
Aber inzwischen schafft sie es, diese Orte aufzusuchen,
ohne von der Trauer überwältigt zu werden. Es
stimmte offenbar, die Zeit heilte Wunden. Oder linderte sie wenigstens.

„Was denkst du, wie viele Arzthelferinnen können
wir einstellen?", fragte Berta, nachdem sie sich Kaffee
bestellt hatten.

„Ich würde drei engagieren. Wir müssen immer damit rechnen, dass eine krank wird. Oder schwanger.
Mit zwei können wir den Betrieb sicher gut aufrechterhalten, und selbst wenn nur eine da ist, kommen wir
nicht in Schwierigkeiten. Ist das noch in unserem
Budget?"

Berta nickte. „Es wird eine Zeit dauern, bis ich dir die
ersten Ausgaben zurückzahlen kann. Ich wüsste nicht,
wie ich ohne dich eine Praxis hätte gründen sollen.
Man muss schon viel bedenken und in Vorleistung gehen."

Isolde lächelte. „Ja, und es wird auch nicht besser. Wir
müssen viel investieren. Aber mach dir keine Gedanken. Ich habe keine Kinder. Und das Geld, das ich auf
meinen Reisen verdient habe, werde ich sicher nicht
mit ins Grab nehmen. Es ist da, um ausgegeben zu werden. Ich habe richtig Lust darauf, es in unsere gemeinsame Praxis zu stecken."

Berta lächelte. „Ah, schau, ich glaube, da kommt
schon unsere Bewerberin."

Eine schmale, hoch gewachsene junge Frau in einfachen, aber gepflegten Kleidern betrat das Lokal. Sie sah

sich suchend um. Isolde hob die Hand und winkte ihr zu. Die Frau nickte und kam zu ihnen an den Tisch.

„Guten Tag, sind Sie die Ärztinnen, die eine Helferin suchen?"

„Ja, die sind wir. Das ist meine Kollegin Berta Klausner und mein Name ist Isolde Hartmann. Und sie müssen Fräulein Katharina Mangei sein?"

Die Bewerberin nickte.

„Sehr gut", sagte Berta. „Dann nehmen Sie doch einmal Platz und vielleicht mögen Sie uns erzählen, an welcher Stelle sie zuletzt gearbeitet haben?"

KAPITEL 10

München, Montag, 20. Oktober 1913

Der Bauarbeiter hob den schweren Vorschlaghammer und ließ ihn mit voller Wucht gegen die Wand prallen. Der eiserne Kopf des Werkzeugs riss mühelos ein Loch hinein. Es staubte und Elsa und Hilde husteten.

„Treten Sie am besten einen Schritt zurück", sagte der Architekt. „Das wird gleich noch viel schmutziger."

Elsa und ihre Tochter gingen in den vorderen Bereich der Werkstatt. Sie öffnete die Tür, und beide gingen hinaus auf die Straße. Es war ein milder Herbsttag. Die Luft war klar, und die frische Kühle in die Lungen zu ziehen, war eine Wohltat.

„Wie lange werden die Bauarbeiten andauern?", fragte Hilde.

„Der Architekt hat mir zugesichert, dass die Wand in einem Tag herausgebrochen sein wird. Die Arbeiter werden dann zwei weitere Tage benötigen, um alles so aussehen zu lassen, als ob die Verbindung zwischen den beiden Räumen schon seit jeher bestanden hätte. Ich bin froh, dass ich mich für diesen Weg entschieden habe. Ich will mir nicht ausmalen, wie es wäre, wenn ich einen Anbau in Auftrag gegeben hätte. Das hätte Monate gedauert."

„Hast du schon eine geeignete Bewerberin für die Stelle als Gehilfin gefunden?", fragte Hilde. In ihren Augen glänzte es, und Elsa schmunzelte. Offenbar hoffte sie darauf, dass Elsa niemanden finden würde, der ihren Vorstellungen entsprach. Dann konnte sie sich selbst als Gehilfin ihrer Mutter ins Spiel bringen.

„Ich habe morgen zwei Vorstellungsgespräche. Dann sehen wir weiter. Aber ich bin zuversichtlich. Ich habe einige Bewerbungen erhalten. Offensichtlich gibt es wesentlich mehr Frauen, die im Sattlergewerbe Erfahrung haben, als ich vermutet hätte."

„Schau, selbst wenn Frauen Abitur machen können, entscheiden sich doch viele dagegen."

Elsa seufzte. „Ich glaube, dass die meisten der Frauen, die sich bei mir beworben haben, sich nicht im Sattlergewerbe verdingen würden, wenn sie die Gelegenheit gehabt hätten, Abitur zu machen. Sie kommen aus einfachen Verhältnissen. Da stand nie zur Debatte, ob sie ein Gymnasium für Mädchen besuchen oder nicht."

Nun war es Hilde, die seufzte. „Ja, ich weiß, ich habe Glück, dass ich mit einem silbernen Löffel im Mund geboren wurde. Und ich schätze es nicht."

Elsa schmunzelte. „Ich glaube vielmehr, dass du gerade in einem Alter bist, in dem alles, was von mir kommt, blöd ist. Streite es nicht ab, ich kenne das. So war ich auch. Das wird vergehen."

Der Architekt kam aus der Werkstatt. „Die Arbeiten gehen gut voran. Glücklicherweise handelt es sich nicht um eine tragende Wand. Sonst hätten wir umfangreiche Arbeiten erledigen müssen, um das Gebäude abzustützen. So können wir einfach durchbrechen, den Schutt wegräumen, die unschönen Stellen verputzen und streichen und schon ist Ihre Arbeitsfläche um ein Drittel größer."

Er verabschiedete sich. Elsa sah ihm hinterher und seufzte. „Der hat sein Geld leicht verdient. Im Grunde genommen hat er sich nur darum gekümmert, zu berechnen, ob die Statik des Gebäudes sich verändert, wenn wir die Wand herausbrechen. Und dafür hat er tausend Mark genommen."

„Tausend Mark", rief Hilde. „So viel Geld?"

Elsa nickte. „Ja, das Doppelte meines Preisgeldes. Allein für den Architekten. Ich hoffe, es lohnt sich auch."

„Warum sollte es sich nicht lohnen? Hast du nicht bereits mehrere Aufträge für Sättel bekommen? Der für den König ist ja schon fertig, oder?"

„Ja, der Sattel ist fertig. Ich habe ihn beim Onkel zwischengelagert, weil ich das Leder noch einmal bearbeiten möchte. Es soll spiegelblank glänzen, wenn ich dem König den Sattel präsentiere. Drei weitere Angehörige des Hofstaats haben Jagdsättel bei mir bestellt. Die Werkstatt muss bald fertig werden. Wenn das alles hier so staubt, kann ich nicht ordentlich Leder bearbeiten. Und dann hoffen wir einmal, dass diese vier Sättel nur der Anfang von etwas Großem sind. Schließlich muss sich meine Investition lohnen."

„Das sagst du jetzt schon zum zweiten Mal, Mama. Fast könnte man glauben, dass du dir Sorgen machst."

Hilde seufzte. „Ja, ich mache mir Sorgen. Ich gehe ein Risiko ein. Bislang hat die Sattlerei sich selbst getragen. Wir haben keine riesigen Gewinne gemacht, konnten aber gut von dem Geld leben, das ich verdient habe."

„Aber wenn du erweiterst, kannst du mehr Sättel verkaufen und mehr reparieren, dann nimmst du mehr Geld ein und dadurch steigt auch dein Gewinn, oder?“

„Ganz so einfach ist es nicht. Mehr Sättel bedeuten natürlich, dass ich auch mehr Material kaufen muss. Dann stelle ich noch die Gehilfin ein, der ich einen Lohn bezahlen muss. Ein größerer Betrieb ist mit größeren Ausgaben verbunden. Deshalb muss ich auch mehr verkaufen, um diese Ausgaben wieder auszugleichen.“

„Und du machst dir Sorgen, dass deine Einnahme nicht ausreichen werden?“

Elsa schüttelte den Kopf. Sie zögerte kurz, dann gab sie sich einen Ruck und sagte: „Es ist etwas anderes, was mir Sorgen macht. Ich habe dir von deinem Großvater erzählt. Er hat von seinem Vater die Sattlerei hier geerbt. Sie muss etwa gleich groß gewesen sein wie der Betrieb, den ich die letzten Jahre über bewirtschaftet habe. Mein Vater hat massiv erweitert. Er hat ein Fabrikgebäude gebaut und Sättel im großen Stil herstellen lassen. Doch dann hat er einen wichtigen Auftrag nicht bekommen. Und auf einmal hatte er kein Geld mehr, um seine Arbeiter zu bezahlen und seine Schuldner zu bedienen. Er ist bankrott gegangen. Und das hat ihn das Leben gekostet. Er hat sich so darüber aufgeregt, dass er einen Herzanfall hatte.“

„Du machst dir Sorgen, dass es dir ergehen könnte wie meinem Großvater? Aber mit deinem Herz ist doch alles in Ordnung, oder?“

„Ich mache mir weniger Sorgen um mein Herz als vielmehr um dich. Ich möchte nicht, dass du jemals in die Lage kommst, in der Tante Isolde und ich waren, als mein Vater gestorben ist. Wir waren in schlimmen Geldnöten. Wenn der Onkel uns nicht aufgenommen hätte, ich weiß nicht, was dann geschehen wäre. Nach unserer Rückkehr aus Afrika hat es Jahre gedauert, bis die Sattlerei so viel Umsatz gemacht hat wie die deines Urgroßvaters. Nun bewege ich mich wieder in die Richtung der Zahlen meines Vaters. Und sein Beispiel macht mir Angst.“

Hilde legte ihre Hand auf Elsas Unterarm. „Mach dir keine Sorgen, Mama. Du bist nicht wie dein Vater. Der hat eine große Fabrik gebaut. Du nimmst nur einen weiteren Raum dazu. Du gehst kleine Schritte. Und das ist in Ordnung. Genauso ist es in Ordnung, dass du vorsichtig bist. Du wirst nicht bankrott gehen. Dazu sind deine Sättel viel zu gut. Und wenn es finanziell einmal eng wird, kannst du die Gehilfin entlassen und mich einstellen. Ich arbeite dann umsonst.“

***

Isolde schraubte den Drahtverschluss der Sektflasche auf und zog vorsichtig den Korken aus dem Hals. Es ploppte und ein kleiner Schwall des sprudelnden Getränks rann ihr über die Hand. Berta hielt rasch eine der Sektflöten hin und Isolde füllte sie bis zum Rand.

„Nimm dir doch gleich ein Glas, Sophia“, sagte sie. Die strohblonde Frau, deren Gesicht in den letzten Jahren deutlich runder geworden war, lächelte Isolde an.

„Na, auf so einen Anlass muss man ja anstoßen. Ihr beiden seid das leuchtende Beispiel für all das, wofür ich die letzten dreißig Jahre gekämpft habe. Ihr habt studiert, seid promovierte Ärztinnen. Und jetzt macht ihr euch selbstständig mit einer eigenen Praxis. Ihr habt keinen Chefarzt, dem ihr euch unterordnen müsst. Ihr arbeitet auf eigenes Risiko für euren eigenen Gewinn. Großartig. Ihr seid moderne Frauen. Ich bin stolz auf euch." Sophia Goudstikker, die frühere Inhaberin des Ateliers Elvira, hatte noch immer einen holländischen Akzent, der jedoch mit einer guten Prise Bairisch vermischt war. Isolde spürte, wie ihr eine feine Röte in die Wangen schoss.

„Ich weiß noch, wie du damals zu uns gekommen bist", fuhr Sophia fort. „Dein Vorstellungsgespräch. Ich wollte dich ablehnen, weil ich dachte, dass du uns nur als Durchgangsstation benutzen würdest. Dabei hast du genau die Karriere hingelegt, die wir uns für unsere Auszubildenden immer gewünscht hatten. Ich war schon stolz auf dich, als du dein Fotoatelier eröffnet hattest. Aber jetzt? Alter Schwede! Nimmst du eigentlich noch Patientinnen auf?"

Isolde lachte. „Die Praxis öffnet doch erst am Montag. Bislang haben wir noch keinen einzigen Patienten behandelt. Aber Sophia, ich entnehme deiner Frage, dass du Interesse daran hättest, deinen Hausarzt zu wechseln?"

Sophia lachte. „Ja, da könntest du Recht haben. Mein bisheriger Arzt ist ein alter, strenger Herr. Er mag ein guter Mediziner sein, aber irgendwie passt er nicht zu mir. Wenn mich also etwas drückt, werde ich bei euch vorsprechen."

„Und du bist herzlich willkommen", sagte Isolde. Sie füllte ein weiteres Glas Sekt, das Berta ihr hinhielt. In ihrem kleinen Empfangsbereich standen die Leute schon dicht gedrängt. Isolde war Feuer und Flamme gewesen, als Berta ihr vorgeschlagen hatte, eine Einweihungsfeier zu veranstalten. Früher war sie ungern in Gesellschaft gewesen. Aber inzwischen freute sie sich, wenn sie alte Freunde und Bekannte wiedertraf. Und beinahe jeder, den sie eingeladen hatte, hatte auch zugesagt. Nur Anita Augspurg hatte passen müssen, da sie schwer erkrankt war.

„Nun hast du dich also doch gegen die Analyse entschieden?", fragte Max. Er hob sein Glas und sie stießen an. Isolde nippte an ihrem Sekt. Sie mochte das Getränk nicht, denn sie bekam sehr schnell Kopfschmerzen davon. Außerdem vertrug sie die Kohlensäure nicht.

„Ja. Den Ausschlag hat spätestens das Treffen mit Freud gegeben. Ich bin ja schon einigen unangenehmen Männern begegnet. Aber Freud war der Schlimmste von allen. Ich bin froh, den Fängen seiner Sekte entkommen zu sein."

Sie ging weiter zu dem Tresen, den die Handwerker letzte Woche eingebaut hatten, um dort noch mehr Sekt zu holen. Da öffnet sich die Tür, und mit einem Mal weiteten sich ihre Augen.

„Herr Doktor Wengenroth, ich hätte nie gedacht, dass Sie kommen. Herzlich willkommen in München." Sie schüttelten sich die Hände.

„Ganz im Gegenteil. Ich war sehr erfreut, dass Sie sich noch an mich erinnert haben. Wir haben zwar eindrückliche Erlebnisse miteinander gehabt, damals auf der Insel im Victoriasee. Aber ich dachte, Sie hätten mich vergessen."

„Wie hätte ich Sie jemals vergessen können. Sie haben mich erst darauf gebracht, Medizin zu studieren. Zwar bin ich jetzt doch keine Forscherin geworden, aber ich denke, dass ich als praktische Ärztin viel Gutes tun kann.“

„Das ist sicher. Ich habe mich auch von der Forschung verabschiedet. Und vom Militär. Ich betreibe nun eine augenärztliche Praxis in Frankfurt. Und auch ich habe dieses Interesse damals vom Victoriasee mitgebracht. Die vielen Blinden, Sie erinnern sich?“

Sie schwiegen einen Moment, wahrscheinlich dachten sie an die gleichen furchtbaren Augenblicke.

„Nun, ich wünsche Ihnen jedenfalls alles Gute für Ihre Praxis“, sagte sie. „Darf ich Ihnen jemanden vorstellen, der auch in Ostafrika war?“

Sie führte Wengenroth zu einem Tischchen, an dem eine große, breitschultrige Gestalt stand. Das Gesicht war stark gebräunt und in den Augenwinkeln hatten sich hunderte von Lachfältchen gebildet.

„Herr von Nehring, kennen Sie schon Herrn Dr. Wengenroth? Er war Stabsarzt bei Dr. Koch auf den Sese-Inseln und hat mir geholfen, die Daten über die Behandlung der Schlafkranken zu sammeln.“

Von Nehring streckte ihm die Hand entgegen. „Da haben Sie viel Mut bewiesen, Herr Doktor. Aber erlauben Sie mir die Bemerkung: So bleich, wie Sie aussehen, haben Sie wahrscheinlich schon lange keine Tropensonne mehr gesehen.“

Wengenroth lachte. „Nein, ich habe mich in Frankfurt niedergelassen. Nun erlauben Sie mir eine Bemerkung: Diese Bräune werden Sie sich nicht im Reich geholt haben.“

Von Nehring grinste. „Ich komme eben von einer ausgedehnten Reise nach Kamerun zurück. Was für ein schönes Land!"

Die beiden vertieften sich gleich darauf in ein Gespräch, sodass Isolde die Gastgeberin spielen und weitergehen konnte.

„Darf ich auch Sekt trinken?", hörte sie Hilde fragen.

„Du darfst mal bei mir probieren", sagte sie und reichte ihrer Nichte das Glas. Diese nahm einen kleinen Schluck, verzog das Gesicht und sah aus, als ob sie den Sekt gleich wieder ausspucken wollen würde.

„Was findet ihr nur alle an diesem Zeug? Igitt."

Elsa lachte. „Du wirst schon noch auf den Geschmack kommen, glaube mir. Aber jetzt komm her, Schwesterchen, lass dir einmal gratulieren."

Sie ging auf Isolde zu und die beiden umarmten sich. Isolde schloss die Augen und genoss den Moment. Es war schön, Elsa so nahe zu sein. Und es war herrlich, dass beide nun angekommen waren in München. Sie hatten ihre Selbstständigkeit, Elsa im Betrieb des Großvaters, Isolde, nach einer langen Reise zu sich selbst, als Ärztin. Die Welt versprach, schön zu werden und ihre Leben würde von nun an in ruhigeren Bahnen verlaufen.

„Bist du eigentlich schon voll, oder kannst du zwei weitere Patientinnen aufnehmen?", hörte sie Elsa fragen.

Isolde lachte. „Welche Überraschung. Es sieht zwar so aus, als ob jeder unsere Gäste uns als Hausärztinnen haben möchte, aber ich denke, wir haben genügend Platz. Ihr seid mir herzlich willkommen."

KAPITEL 11

München, Montag, 3. November 1913

Elsa tauchte das Tuch vorsichtig in das Öl und strich damit über die Sitzfläche des Sattels. Diese letzte Arbeit war nichtsdestoweniger knifflig. Sie musste das Öl absolut gleichmäßig verteilen. Es durfte keine Flecke geben. Das Leder war knochentrocken und so zog die Flüssigkeit rasch ein. Deswegen konnte sie nur eine kleine Menge auftragen und musste diese dann so schnell wie möglich in das Material einarbeiten. Doch Elsa hatte genügend Erfahrung. Und sie hatte Freude daran. Den Sattel zu polieren und einzuölen, war der Abschluss der Arbeiten. Damit gab sie ihrem Kunstwerk den letzten Schliff. So neu, glänzend und schön wie nach dieser finalen Bearbeitung würde der Sattel nie mehr aussehen. Das war in Ordnung, er war ein Gebrauchsgegenstand. Und trotzdem war es dieser Augenblick, der sie am Stolzesten machte, wenn sie die zufriedenen Gesichter ihrer Kunden sehen konnte.

Die Glocke der Eingangstür riss sie aus ihren Gedanken. Sie legte das Tuch beiseite. Im Türrahmen stand ein großer, breitschultriger Mann, der einen enormen Bauch vor sich hertrug. Das feiste Gesicht war gerötet und die Enden des kleinen, dünnen Schnurrbartes hüpften auf und ab, während er schwer atmete.

„Grüß Gott", sagte er, trat auf Elsa zu und streckte ihr eine Hand entgegen. Sie schüttelte sie und war froh um den Ölfilm, der auf ihrer eigenen Haut lag, und verhinderte, dass die vielen Schweißtropfen, die sich auf der Handfläche des Mannes gebildet hatten, sie direkt berührten.

„Sie sind die Sattlerin? Frau Hartmann?"

„Verwitwete Müller. Mein Vater und mein Großvater waren die Hartmanns. Und ich setze die Tradition der Familie fort, indem ich das Sattlergewerbe ausübe. Was kann ich für Sie tun?"

„Ich will nicht unfreundlich sein, aber wenn Sie mir eine Sitzgelegenheit anbieten könnten, wäre das schon einmal ganz großartig."

Elsa holte einen Stuhl und stellte ihn neben ihre Werkbank. Der Besucher ließ sich darauf nieder und wischte sich den Schweiß von der Stirn. Dann musterte er den aufgebockten Sattel.

„Ein wunderschönes Stück", sagte er. „Sie verstehen etwas von Ihrem Handwerk."

Elsa lächelte. „Wie gesagt, es liegt in der Familie."

„Wie lange betreiben Sie Ihre Werkstatt schon?"

„Seit nun sieben Jahren. Ich war zuvor in Deutsch-Ostafrika, wo mein verstorbener Mann eine Plantage betrieben hat. Dort habe ich ebenfalls eine Sattlerei eröffnet, um die Bedürfnisse der Siedler befriedigen zu können. Nach dem Tod meines Mannes bin ich in meine Heimatstadt zurückgekehrt und habe dieses Geschäft hier eröffnet."

„Ich erinnere mich, es sind die alten Räume Ihres Großvaters, wenn ich mich nicht irre."

Sie nickte. „Kannten Sie ihn?"

„Nicht persönlich. Aber mein Vater hat Geschäfte mit ihm gemacht.“

Er schlug sich gegen die Stirn. „Verzeihen Sie bitte die Unhöflichkeit, ich habe mich noch gar nicht vorgestellt. Mein Name ist Ignatius Huber. Ich bin der Besitzer der Engel-Brauerei.“

„Mein Großvater hat Ochsengespanne für Sie gebaut, nicht wahr?“ Elsa spürte, wie sich ein Gefühl der Aufregung in ihr ausbreitete.

„Ja. Schöne Stücke allesamt. Für den Umzug beim Oktoberfest. Wir haben sie in Ehren gehalten. Ich weiß nicht, ob Sie dabei waren und wenn, ob es Ihnen aufgefallen ist, aber wir hatten dieses Jahr noch zwei der Geschirre in Gebrauch.“

„Ich war leider nicht beim Umzug dabei. Ich hatte einen Sattel für das Rennen vorzubereiten und habe nicht die Zeit gefunden.“

„Ja, das Rennen. Das ist auch der Grund, warum ich Sie aufsuche. Ich war davon ausgegangen, dass nach dem Tod Ihres Vaters auch die Sattlerei Hartmann ein Ende gefunden hätte, und hatte nicht mitbekommen, dass Sie das Geschäft wieder eröffnet haben. Sonst wäre ich möglicherweise schon früher zu Ihnen gekommen. Aber als Sie dann den Preis verliehen bekommen haben, dachte ich, es wäre eine gute Gelegenheit, bei Ihnen vorzusprechen.“

Elsa lächelte. Sie hatte also richtig gelegen. Ihr Gefühl hatte sie nicht getrogen. Der Gewinn des Rennens und die Auszeichnung durch den König waren wichtige Schritte gewesen, um ihr Geschäft bekannt zu machen.

„Das freut mich.“

„Und um nun endlich auf den Punkt zu kommen: Ich möchte gerne ein neues Gespann für das kommende Oktoberfest bei Ihnen in Auftrag geben. Wir werden mit einem großen Wagen mit vier Ochsen vertreten sein und benötigen dafür das komplette Zubehör inklusive Jochen und Kumten.“

Elsa spürte, wie sich ein Kribbeln in ihrem Magen ausbreitete. Das war ein großer, ein bedeutender Auftrag. Und ein Auftrag, der ihr Sichtbarkeit verschaffen würde. Tausende von Menschen würden das Ochsengespann sehen.

„Haben Sie besondere Wünsche?“, fragte sie. „Sollen es Stirneinzeljoche oder Doppeljoche sein? Gibt es bestimmte Symbole oder Bilder, die eingearbeitet werden sollen?“

„Traditionellerweise verwenden wir Doppeljoche. Und da wir die Engel-Brauerei sind, wäre es schön, wenn Sie das Geschirr mit Engerln verzieren könnten. Aber es soll nicht zu barock werden, wenn Sie verstehen, was ich meine. Ich mag selbst nicht so wirken, aber ich bin ein großer Anhänger der modernen Kunst. Erst letzten Monat war ich in Paris und habe eine Ausstellung mit Werken eines gewissen Georges Braque gesehen. Ich kann nicht behaupten, dass ich verstehen würde, was diese neue Form von Kunst bedeutet. Aber sie hat mich stärker beeindruckt als die Putten in der Assamkirche. Ich möchte, dass Sie mir etwas Modernes bauen. Nicht zu avantgardistisch. Wir wollen ja niemanden verschrecken. Ideal wäre eine Verbindung zwischen Tradition und Moderne. Wissen Sie, was ich meine?“

Elsa nickte. „Ja, ich glaube, zu verstehen. Ich werde figürliche Darstellungen mit etwas abstrakteren Formen mischen und mit unterschiedlich farbigen Ledern arbeiten. Vielleicht auch mit einer Struktur, die etwas hervortritt. Wäre das in Ihrem Sinn?“

Er lächelte. „Ja, Sie haben verstanden, was ich meine.“

„Geben Sie mir eine Woche Zeit. Ich werde Ihnen mehrere Entwürfe zur Auswahl anbieten.“

Er erhob sich ächzend von seinem Stuhl. Seine Schnurrbartspitzen wanderten nach oben, als sich sein Mund zu einem Lächeln verbreitete.

„Das klingt ausgezeichnet. Ich bin sehr gespannt.“

***

Isolde öffnete die Tür und betrat die Praxis. Das Sonnenlicht fiel durch die bodentiefen Fenster auf das Parkett. Hinter dem Tresen stand Katharina, eine der drei Arzthelferinnen, die sie eingestellt hatten. Sie sah auf und lächelte Isolde scheu an.

„Heute geht es los“, sagte Isolde.

Katharina nickte. „Noch ist alles ruhig. Aber ich vermute, das wird sich bald ändern.“

Isolde lachte. „Ich hoffe es. Eine ruhige Praxis mag bisweilen ganz angenehm sein. Aber sie lohnt sich nicht. Es ist wichtig, dass viele Patienten kommen. Und dafür sind wir ja auch da.“

Berta kam aus ihrem Sprechzimmer. Ihre Wangen glänzten.

„Grüß dich, Isolde. Na, bist du auch so aufgeregt wie ich?“

„Ein bisschen. Ich bin gespannt, wie gut wir angenommen werden."

Katharina räusperte sich. Die beiden Ärztinnen sahen zu ihrer Arzthelferin.

„Wem von Ihnen beiden soll ich denn den ersten Patienten schicken?"

Isolde und Berta wechselten einen Blick.

„Ich lasse dir gerne den Vortritt, Berta", sagte Isolde. Sie sah auf die Uhr.

„Es ist ja schon 7:55 Uhr. Bis ich mich eingerichtet habe, sind die ersten Patienten sicher schon da."

Sie ging in ihr Zimmer, stellte ihre Tasche neben den Schreibtisch und knüpfte den Mantel auf. Die Möbel waren neu und rochen nach Wachs. Auch ihre medizinischen Werkzeuge, das Stethoskop, das Thermometer, der Reflexhammer, die Spatel. Alles war neu und glänzte und funkelte.

Es klopfte an ihre Türe. Isolde hängte den Mantel auf und wandte sich um. Katharina kam herein.

„Die Frage, wer von Ihnen die ersten Patienten behandelt, hat sich erledigt. Es sind bereits sieben im Wartezimmer."

Isolde lachte. „Und wir haben uns Sorgen gemacht, ob überhaupt jemand kommt! Schicken Sie mir doch gleich jemanden herein."

Katharina ging wieder hinaus ins Vorzimmer und Isolde nahm hinter ihrem Schreibtisch Platz. Sie überlegte kurz, welche Pose sie einnehmen sollte, um ihren ersten Patienten zu empfangen. Sollte sie die Arme auf den Tisch legen? Oder die Hände falten? Oder sollte sie sich zurücklehnen, um möglichst entspannt zu wirken? Das Resultat war, dass sie eine sehr unbequeme

Mischung aus diesen Positionen einnahm, halb über den Tisch gebeugt, die Arme auf den Oberschenkeln.

Ihr erster Patient war ein älterer Mann, der einen etwas zu großen Anzug trug. Sein Gesicht war bleich und die Haut war über seinen Schädel gespannt. Der Atem ging rasselnd und er hustete. Isolde spürte, wie sich eine eiserne Faust um ihren Hals legte. War das ein Tuberkulosepatient? Es gelang ihr, den Schwall unschöner Erinnerungen an Emilys letzte Tage einzudämmen, der versuchte, ihr Bewusstsein zu fluten. Sie atmet tief durch.

„Guten Morgen", sagte sie. „Mein Name ist Doktor Hartmann. Was kann ich für Sie tun?"

Der Mann hustete noch einmal, dann setzte er sich auf den Stuhl, der Isolde gegenüberstand.

„Ich habe einen eingewachsenen Zehennagel, der stark schmerzt."

Isolde stutzte. „Ehrlich gesagt wäre mir als Grund für die Konsultation erst Ihr Husten in den Sinn gekommen", sagte sie.

Der Mann schüttelte den Kopf. „Der Husten begleitet mich schon seit Jahren. Ich leide an der Auszehrung. Wahrscheinlich werde ich auch daran sterben. An dieser Tatsache werden Sie auch nichts mehr ändern können. Ich war schon bei vielen Ärzten. Und keiner konnte mir helfen. Ich habe mich daran gewöhnt. Aber ich weigere mich, mich an die Schmerzen in meinem großen Zeh zu gewöhnen."

Isolde nickte. „Dann lassen Sie mal sehen."

Der Mann zog seine Schuhe aus und die Wollsocke am rechten Fuß. Das Nagelbett neben dem Nagel des

Großzehens war knallrot und geschwollen. Das war eine Aufgabe, der sie gewachsen war.

„Ich muss den Nagel ausschneiden. Und wahrscheinlich muss ich auch ein wenig Gewebe an Ihrem Zehen entfernen."

Der Mann zuckte mit den Achseln. „Ich bin Schmerzen gewöhnt. Machen Sie, was nötig ist"

Isolde ging zu dem Schränkchen im hinteren Bereich ihres Arbeitszimmers und holte eine Schale, ein Skalpell, mehrere Binden und ein Fläschchen mit Jod hervor. Dann zog sie eine Spritze mit einer Kokainlösung auf.

„Ich werde zunächst den Zeh betäuben", sagte sie. Die Augen des Mannes weiteten sich.

„Sie können nur den Zeh betäuben? Ich musste vor Jahren einmal am Finger operiert werden und dafür war eine Narkose mit Äther nötig. Danach war mir tagelang übel."

„Die Medizin macht Fortschritte."

Isolde injizierte eine ordentliche Dosis in die Haut rund um das Operationsgebiet. Der Mann zuckte zusammen, als die Nadel eindrang.

„Jetzt müssen wir kurz warten", sagt Isolde. „Wenn Sie mögen, kann ich derweil einmal Ihre Lunge abhören."

„Tun Sie, was Sie wollen."

Isolde holte ihr Stethoskop und machte sich an die Arbeit.

„Haben Sie etwas, was gegen den Husten hilft?", fragte der Mann.

„Haben Sie es schon einmal mit Thymianwickeln versucht?"

Er schüttelte den Kopf. Isolde ging zu ihrem Schreibtisch und schrieb ein Rezept auf.

„Lassen Sie sich das in der Apotheke mischen. Schmieren Sie es sich abends auf den Brustkorb, bevor Sie zu Bett gehen. Das sollte wenigstens nachts Ihren Hustenreiz lindern.“

Sie nahm das Skalpell in die Hand und kniete sich vor den Mann. Auf seiner Stirn bildeten sich Schweißtropfen.

„Haben Sie etwas, auf das ich beißen kann? Wenn der Schmerz zu stark wird.“

Sie schüttelte den Kopf. „Das wird nicht nötig sein.“

Sie berührte den Zeh mit der Rückseite des Skalpells. „Spüren Sie das?“

Der Mann sah sie entgeistert an. „Ob ich was spüre?“

Er hatte instinktiv weggesehen, doch als er das Ende des Skalpells auf seinem Zeh ruhen sah, weiteten sich seine Augen. „Ich spüre die Berührung nicht.“

Isolde lächelte. „Sehr gut, die Betäubung wirkt. Dann wollen wir beginnen.“

KAPITEL 12

München, Mittwoch, 5. November 1913

„Ich will nicht mehr in die Schule gehen!"

Hilde warf die Tür hinter sich ins Schloss und pfefferte die Schultasche auf den Boden. Elsa sah auf. Sie war so vertieft in ihre Arbeit gewesen, dass der Knall, mit dem der Ranzen auf die Dielen gekracht war, sie aus ihrer Konzentration gerissen hatte. Auch Edith, die Gehilfin, die sie eingestellt hatte, schaute von der Lederkordel auf, die sie gerade flocht. Ihre ohnehin schon großen, braunen Augen waren vor Schreck geweitet.

„Kannst du ein bisschen vorsichtiger mit deiner Tasche umgehen?", sagte Elsa. „Ich habe keine Lust darauf, schon wieder irgendwelche Ösen oder Verschlüsse austauschen zu müssen, nur weil du sie als Sündenbock für deinen Ärger über die Schule missbrauchst."

Hilde verzog das Gesicht. „Ich versuche, beim nächsten Mal daran zu denken."

„Was war denn heute schon wieder?"

Elsa legte den Stift weg und sah ihre Tochter an. Hilde verdrehte die Augen.

„Ich habe in Deutsch ein ‚mangelhaft' bekommen. Das ist ungerecht. Es war nur eine Kleinigkeit falsch."

„Worum ging es denn?"

„Ich sollte Schillers Glocke zitieren. Und dabei habe ich einen Fehler gemacht, es sollte heißen: ‚Heute muss die Glocke werden‘. Ich habe das ‚muss‘ durch ein ‚soll‘ ersetzt.“

„Das klingt doch auch nicht schlecht. Immerhin hast du keine Silbe unterschlagen.“

„Das habe ich Herrn Dörfer auch gesagt. Aber wahrscheinlich wäre es besser gewesen, wenn ich den Mund gehalten hätte. Er hat mich sofort unterbrochen und mich ausgeschimpft. Und dann habe ich gesagt, dass das doch keinen Unterschied macht. Das hätte ich besser bleiben lassen. Er hat einen Vortrag gehalten, wie heilig die Texte von Schiller seien. Und von Goethe. Als ob sie die Bibel wären. Herrje.“

Elsa schmunzelte. „So langsam glaube ich, dass du mehr von deiner Tante geerbt hast als von mir. Isolde hätte genauso reagiert. Sie hätte sich mit dem Lehrer angelegt und eine schlechte Zensur kassiert.“

„Es ist aber doch auch ungerecht, oder?“

„Das mag sein. Aber manchmal ist es wichtig, Ungerechtigkeiten hinunterzuschlucken. Man muss immer das Ziel im Auge behalten.“

„Dann habe ich ein Problem. Mein Ziel ist, so schnell wie möglich die Schule zu verlassen. Außerdem bist du doch auch nicht gut darin, deine Gefühle hinunterzuschlucken, wenn sie gerade hinderlich sind.“

„Nein, da bin ich wirklich nicht die Expertin. Aber ich werde besser darin.“

Hilde trat an den Tisch und Elsa sah, dass ihr Blick auf die Skizzen fiel, die dort ausgebreitet lagen.

„Was ist denn das?“, fragte sie. „Wofür sind diese floralen Verzierungen gedacht?“

„Für die Joche eines Ochsengespanns. Ich werde sie in das helle Holz einbrennen."

„Ochsen? Wolltest du nicht Sättel für die feine Gesellschaft bauen? Für den König und seinen Hofstaat? Und jetzt entwirfst du Geschirre für Bauern?"

Ihr Blick huschte über das Blatt und blieb an einer Stelle hängen. „Und noch dazu verziert mit kubistischen Mustern? Welcher Bauer in Bayern würde seinem Ochsen ein Gespann anhängen, das auch von Picasso entworfen sein könnte?"

Elsa lachte. „Ich weiß nicht, worüber ich mich mehr freuen soll. Über deine gute Beobachtungsgabe oder über deinen Fehlschluss, wer mir den Auftrag erteilt hat."

„Dann klär mich doch bitte auf. Für wen baust du das?"

„Für eine Brauerei. Und das ist nicht irgendein alltägliches Geschirr. Es ist für den nächsten Umzug beim Oktoberfest gedacht. Und vielleicht bekomme ich dafür erneut einen Preis."

Hilde runzelte die Stirn. „Ich glaube nicht, dass du dafür einen Preis gewinnen wirst."

Elsa schluckte. Sie war gewohnt, dass ihre Tochter ihr Herz auf der Zunge trug. Aber die Schroffheit diese Aussage schockierte sie dann doch.

„Findest du den Entwurf so schlecht?"

Hilde schüttelte den Kopf. „Nein, ganz und gar nicht. Ich finde es großartig, wie du die geometrischen Figuren umgesetzt hast. Diese Dreiecke und Vierecke da sehen fast aus wie kleine Engel."

Elsa nickte. „Der Entwurf ist auch für die Engel-Brauerei. Aber du hast mir immer noch nicht die Frage beantwortet, warum du glaubst, dass ich damit bei der Preisverleihung keine Chance habe.“

„Weil München noch nicht bereit für die heutige Kunst ist. Ich habe erst letzte Woche mit dem Onkel darüber gesprochen. Für jemanden, der ein Leben lang Kühe gemalt hat, ist er erstaunlich offen und neugierig, was moderne Kunst angeht. Leider ist er nicht mehr so mobil, sonst wären wir zusammen zum Kunstsalon gegangen. Wenn ich mir die Zeitungen durchsehe, fällt alles, was moderner ist als die Werke von Monet oder Renoir oder Liebermann bei den Münchner Kunstkritikern gnadenlos durch. Ich habe bislang noch keine positive Besprechung von Picasso oder Braque oder wem auch immer gesehen. Dabei gibt es so großartige Künstler. Erst neulich war ich in einer Ausstellung von Franz Marc. Lauter blaue Pferde. Herrlich. Aber den König wirst du mit so etwas sicher nicht beeindrucken.“

Elsa seufzte. „Wahrscheinlich hast du recht. Aber mein Auftraggeber möchte es so. Natürlich wäre ich in der Lage, ein vollkommen traditionelles Geschirr herzustellen, es mit Ranken und Putten zu verzieren, vielleicht sogar mit Eichhörnchen oder einem Hirsch. Dann wäre der König begeistert, und ich würde erneut einen Preis gewinnen. Ich weiß, dass ich das kann. Die Frage ist, ob ich es will.“

Hilde sah sie ernst an. „Das ist eine gute Frage. Wir müssen nicht alles wollen, was wir können. Ich zum Beispiel kann ins Gymnasium gehen. Aber ich will nicht.“

Elsa lachte. „Vielleicht sollte ich dich einmal Anita Augspurg vorstellen. Das ist eine gute Freundin deiner Tante. Sie ist Rechtsanwältin. Du schaffst es, von jedem Thema auf deine Schulmüdigkeit abzulenken. Du solltest dir überlegen, ob du nicht einmal als Juristin arbeiten möchtest.“

Hilde verzog das Gesicht. „Nein, das ist nichts für mich. Ich möchte den Weg des Onkels einschlagen und Künstlerin werden. Vielleicht nicht unbedingt Malerin. Ich könnte mir vorstellen, etwas Kunsthandwerkliches zu machen. Mit Stoffen oder mit Leder. Aber als Anwältin oder als Ärztin sehe ich mich nicht.“

„Könntest du dir vorstellen, diese Werkstatt einmal zu übernehmen?“, fragte Elsa.

Hilde zuckte mit den Achseln. „Ich weiß nicht, ob ich zur Sattlerin geschaffen bin. Das werden wir sehen. Es werden noch viele Jahre vergehen, bis du mir diese Frage ernsthaft stellen wirst. Das hoffe ich zumindest.“

Ihr Blick fiel erneut auf das Blatt. „Das Teil da kommt an die Stirn des Ochsen, oder?“

Elsa nickte.

„Wie wäre es, wenn du dort verschiedenfarbiges Leder nutzt, um eine Tiefenwirkung zu erzeugen?“

Elsa sah Hilde an und auf ihrem Gesicht breitete sich ein Lächeln aus. „Das, meine liebe Tochter, ist eine großartige Idee.“

***

Isolde schloss die Tür hinter sich und eilte zum Fenster. Sie riss es weit auf und atmete tief ein. Zwar war sie aus ihrer Zeit im Krankenhaus an den Geruch von

117

brandigen Wunden und Ausdünstungen ungewaschener Körper gewöhnt. Aber der Gestank nach Alkohol, Tabakqualm und allen Arten von Körperflüssigkeiten, der dem älteren Mann angehaftet war, der nach einem Opiumrezept verlangt hatte, war dann doch zu viel für sie gewesen.

Sie spürte, wie die frische Luft in das Zimmer strömte und die Gerüche langsam vertrieb. Es klopfte an die Tür. Katharina kam herein. Sie war ein wenig bleich im Gesicht.

„Wie können Sie das nur aushalten?", sagte sie. „Herr Neumann war sicher eine Viertelstunde bei Ihnen in Behandlung. Mir hat es schon gereicht, dass er an mir vorbeigestürmt ist."

Isolde verzog das Gesicht. „Sagen wir es mal so: Ich bin froh, dass ich so große Fenster habe. Wer kommt als Nächstes?"

„Eine Frau Putbus. Sie hat sich schon mehrfach darüber beschwert, dass sie so lange warten musste. Aber was soll ich tun? Das Wartezimmer ist voll."

„Wie lange musste sie denn warten, was schätzen Sie?"

„Eine Stunde vielleicht?"

„Das ist bei einem vollen Wartezimmer doch angemessen, oder? Schicken Sie sie bitte herein."

Isolde schloss das Fenster und setzte sich hinter ihren Schreibtisch. Katharina ging hinaus. Gleich darauf klopfte es erneut an der Tür, die Arzthelferin öffnete und bedeutete einer Gestalt, die davor wartete, einzutreten.

Frau Putbus war hochgewachsen und kräftig. Sie trug einen ausladenden Hut, ihre Kleidung sah teuer aus, aber obwohl Isolde nur wenig von Mode verstand, hatte sie den Eindruck, dass das rote Kleid und der grüne Seidenschal nicht zusammenpassen wollten. Isolde deutete auf den Stuhl vor ihrem Schreibtisch und die Patientin nahm Platz.

„Na endlich", sagte sie. „Sie lassen einen ja ganz schön lange warten. Ist in Ihrem Wartezimmer schon einmal jemand zu Tode gekommen?"

Isolde lehnte sich zurück. Die letzten Jahre hatten sie gelehrt, nicht nur die Worte selbst, sondern auch den Ton, in dem sie gesprochen waren, zu berücksichtigen. Und hier schwang kein Hauch von Ironie mit. Frau Putbus meinte es ernst.

„Bei uns gilt das Prinzip, dass jeder in der Reihenfolge seines Eintreffens behandelt wird. Sie haben wahrscheinlich gesehen, dass unser Wartezimmer recht voll ist. Das mag unter anderem auch daran liegen, dass der Winter naht und die Erkältungen auf dem Vormarsch sind. Insofern ist eine gewisse Wartezeit nicht zu vermeiden."

„Eine Entschuldigung klingt anders."

„Ich wüsste nicht, wofür ich mich entschuldigen sollte."

„Dafür, dass Sie eine kranke Frau wie mich zwingen, mit allerhand Volk in einem Raum zu sitzen, bei dem man sich die Schwindsucht und was weiß ich noch holen kann."

„Glauben Sie mir, die Erfahrung zeigt, dass Sie sich auch bei reichen Menschen allerhand unerfreuliche Erkrankungen einfangen können. Was bringt Sie denn heute zu mir?"

Frau Putbus öffnete den obersten Knopf ihres Mieders. Dann holte sie einen Fächer aus der Tasche und begann, sich Luft ins Gesicht zu wedeln.

„Ich leide unter einer Neurasthenie."

Isolde nickte. „Wer hat die Erkrankung diagnostiziert?"

Frau Putbus sah sie an, als ob sie sie gefragt hätte, ob sie eben ein Kälbchen geboren habe. „Niemand. Ich habe einen Bericht in einer Zeitschrift gelesen und mich wiedererkannt. Und nun sollen Sie mir die Diagnose stellen."

„Welche Symptome haben Sie denn an sich wiedererkannt?"

Wieder erschien dieser teils ungläubige, teils verächtliche Gesichtsausdruck auf dem Gesicht von Frau Putbus.

„Nun, die Symptome einer Neurasthenie eben. Erschöpfung, Unruhe, Herzrasen."

„Können Sie sich bitte auf die Liege legen? Ich möchte Sie gerne einmal untersuchen."

Es dauerte fünf Minuten, bis Frau Putbus sich entkleidet hatte und bereit lag. Isolde unterließ es, sie darauf hinzuweisen, dass andere Patienten wegen dieser Trödelei wesentlich länger auf ihren Termin warten mussten als sie. Sie hörte Lunge und Herz ab und maß den Puls.

„Sie haben eine gute und starke Herzaktion. Wie oft tritt das Herzrasen auf?"

„Was meinen Sie mit ‚gute und starke Herzaktion'? Ich habe ein schwaches Herz."

Isolde schüttelte den Kopf. „Nein, Ihr Herz ist vollkommen gesund. Aber eine Neurasthenie, sofern Sie darunter leiden sollten, ist auch keine Herzerkrankung.“

„Was heißt: ,sofern ich darunter leiden sollte‘? Das ist ja der Höhepunkt. Natürlich habe ich eine Neurasthenie.“

Isolde unterdrückte ein Seufzen. „Wie lange bestehen die Symptome denn schon?“

„Seit einem halben Jahr. Ich weiß es wie heute. Es begann auf der Hochzeit meiner Tochter. Ist das nicht schlimm? Es sollte der schönste Tag meines Lebens sein. Und ihres Lebens. Sie zieht aus, gründet ihre eigene Familie. Und was wird aus ihrer Mutter? Ein kranker Mensch.“

Isolde fragte sich, was Freud oder Jung aus dieser Schilderung gemacht hätten. Wahrscheinlich hätten sie eine Hysterie diagnostiziert und die Patientin so lange mit ihren Deutungen konfrontiert, bis diese eingesehen hätte, dass ihre Symptome von einem kindlichen Neid bezüglich des fehlenden männlichen Genitals herrührten, der durch den Verlust ihrer Tochter erneut aufgeflammt war und sich nun in körperlichen Beschwerden ausdrückte. Isolde war diese Interpretation zu weitschweifig. Sie vermutete eher, dass die Krankheit der Patientin ihr die Aufmerksamkeit verschaffte, die ihr nach dem Wegzug der Tochter fehlte.

„Ich muss dringend in eine Kur. Und ich brauche Medikamente.“

Isolde schüttelte den Kopf. „Sie brauchen keine Medikamente. Sie sind gesund. Zumindest körperlich.“

Die Frau holte tief Luft. „Wollen Sie etwa andeuten, dass ich nicht ganz richtig im Kopf bin? Sie glauben mir nicht!“

„Ich glaube, dass es Ihnen nicht gut geht. Aber ich glaube nicht, dass Medikamente daran etwas ändern. Ich glaube auch nicht, dass Sie eine Neurasthenie haben."

Frau Putbus stand so rasch auf, dass Isolde ausweichen musste, um nicht mit ihr zusammenzuprallen. Sie zog sich an.

„Das ist eine Unverschämtheit. Zu Ihnen werde ich nicht mehr kommen. Was soll das denn? Sie nehmen mich nicht ernst."

Isolde wollte etwas erwidern, doch Frau Putbus drehte sich um, rauschte aus dem Zimmer und knallte die Tür hinter sich zu, dass sie in ihren Angeln wackelte.

Isolde starrte ihr mit weit aufgerissen Augen hinterher. Gleich darauf öffnete sich die Tür noch einmal und sie befürchtete schon, dass Frau Putbus zurückgekehrt sein könnte, um mit den Beschimpfungen fortzufahren. Doch es war Katharina, die im Türrahmen stand.

„Was war denn los?", fragte sie.

„Ich glaube, Frau Putbus sehen wir nicht mehr."

***

Hermann sah an der Fassade des großväterlichen Palais empor. Er atmete tief durch und öffnete die Tür. Der unverkennbare, leicht modrige, leicht angestaubte Geruch des Hauses umfing ihn. Er löste unterschiedliche Gefühle in ihm aus. Vertrautheit, vielleicht fast auch so etwas wie Geborgenheit. Aber auch den Impuls, sich umzudrehen und wegzulaufen. Er zog seinen Mantel aus und reichte ihn dem Butler, ebenso sein Hütchen. Gerade wollte er die Treppe hinaufgehen, als er den Großvater an der Tür seines Arbeitszimmers stehen sah. Er nickte ihm zu und grüßte ihn.

„Wie war es in der Schule?", fragte der Großvater.

„Wir haben den Deutschaufsatz zurückbekommen. Ich habe eine zwei."

Hugo von Lampeck runzelte die Stirn. „Warum nur eine zwei? Was hat zur eins gefehlt?"

Hermann unterdrückte ein Seufzen. „Der Lehrer meinte, ich müsse meine Punkte stärker ausarbeiten. Ich würde zu knapp antworten."

Der Großvater nickte. „Da hat er wohl recht. Ich habe deine letzten Aufsätze gelesen. Die Gedanken sind richtig. Aber du musst sie stärker ausführen. In der Schule mag es dir noch nicht wichtig erscheinen, aber wenn du einmal mit den Aktionären unserer Bank zu tun hast, musst du deine Worte feilen und polieren."

Es lag Hermann auf der Zunge, zu erwidern, dass er keinerlei Lust darauf hatte, mit den Anteilseignern zu verhandeln. Weder jetzt noch in irgendeiner fernen Zukunft. Aber er wollte den Großvater nicht gegen sich aufbringen.

„Und wie laufen Ihre Geschäfte?", fragte er stattdessen, auch wenn er kein Interesse daran hatte.

Auf dem Gesicht von Hugo von Lampeck erschien ein Schmunzeln. „Sehr gut. Ich habe eine Gelegenheit gefunden, wie ich mich für die Niederlage beim Pferderennen revanchieren kann."

Nun war es an Hermann, die Augen zuzukneifen. „Was hat denn das mit der Bank zu tun?"

„Nichts natürlich. Die Bank läuft so gut, dass ich mich auch anderen Dingen widmen kann. Dieser unverschämten Person, die deinen Vater auf dem Gewissen hat, zum Beispiel. Ich habe erfahren, dass diese Sattlerin für das nächste Oktoberfest ein Ochsengeschirr anfertigen soll.“

„Und wie soll Ihnen das Revanche verschaffen?“, fragte Hermann.

„Der Auftraggeber ist Kunde meiner Bank. Ein Brauereibesitzer. Hoch verschuldet. Ich werde ihm eine Nachricht zukommen lassen, dass ich mit diesem Geschäft nicht einverstanden bin und mich möglicherweise sogar gezwungen sehen könnte, die Kredite zu kündigen, wenn er der Sattlerin den Auftrag erteilen sollte.“

Das Schmunzeln auf dem Gesicht des Großvaters verbreiterte sich zu einem Grinsen. Hermann spürte, wie sich etwas in seinem Magen zusammenzog. Das war nicht gerecht.

„Wäre es nicht besser, wenn Sie sich nach einem schnelleren Pferd umsehen würden, das das nächste Rennen gegen Mondschein gewinnen kann?“, fragte er.

Das Grinsen verschwand vom Gesicht des Großvaters und wurde durch einen harten Zug ersetzt. Hermann kannte diese Miene nur zu gut und bereute sofort seine Worte.

„Diese Frau ist für den Tod deines Vaters verantwortlich. Sie hätte selbst den Tod verdient gehabt. Doch nun macht sie sich breit wie ein Krebsgeschwür. Und genauso wie ein Tumor gehört sie ausgemerzt. Und wenn es das Letzte ist, was ich tue, ich werde dafür sorgen, dass diese Frau mit niemandem mehr Geschäfte macht, dass sie elendiglich in der Gosse verreckt. Sie hat nichts anderes verdient. Das ist doch offensichtlich, oder?"

Hermann zwang sich zu einem Nicken. „Ich habe noch Hausaufgaben zu erledigen", sagte er, schulterte seinen Ranzen und ging die Treppe hoch. In seinem Zimmer angekommen, setzte er sich an den Schreibtisch und starrte an die Wand. Er achtete den Großvater. Nach dem Tod seines Vaters und dem Verschwinden seiner Mutter war er neben seiner inzwischen verstorbenen Großmutter die einzige Person gewesen, die sich um ihn gekümmert und ihn erzogen hatte. Daher schuldete er ihm Gehorsam und Respekt. Aber manchmal fürchtete er sich vor ihm. Es schauderte ihn, wenn er mitbekam, wie Hugo von Lampeck seine Geschäfte führte. Der Großvater hatte ihm immer gepredigt, dass logisches Denken und ein vernünftiges Abwägen der Gründe die Basis für ein erfolgreiches Unternehmen seien. Doch wenn es um seine Rachepläne ging, war der Großvater auf einem Irrweg. Und Hermann fragte sich, wohin dieser Pfad wohl noch führen würde. Er schloss die Augen. Ein Bild tauchte auf. Er lag im Schnee auf dem Rücken, bewegte die Arme und Beine so, als ob er schwimmen würde. Er juchzte und jubelte. Über ihm erschien das Gesicht einer lächelnden Frau, umrahmt von einer Pelzmütze. Ein Gefühl der Geborgenheit durchflutete ihn, so stark, dass er zusammenzuckte. Er riss die Augen auf. Nein, das durfte nicht sein. Sie hatte seinen Vater getötet. Er schüttelte sich und öffnete seinen Schulranzen.

KAPITEL 13

München, Montag, 10. November 1913

Elsa klemmte die Aktentasche fester unter ihren Arm. Ein eisiger Wind fegte durch die Gassen und trieb kleine, zu Eis gefrorene Tröpfchen gegen ihre Wangen. Die Bäume waren schon kahl. Und der November zeigte sein trübseligstes Gesicht. Dichte Wolken verdeckten die Sonne.

Doch Elsa störte sich nicht daran. Sie fühlte sich innerlich warm vor Aufregung. Eine Woche lang hatte sie in jeder freien Minute an dem Entwurf für das Ochsengespann gearbeitet. Und sie war sich sicher, dass dies ihre bisher beste Arbeit war. Wenn man einmal von den Verzierungen absah, die sie damals an Moritz' Sattel angebracht hatte. Das war ein Werk der Liebe gewesen und lief daher außer Konkurrenz.

Für das Geschirr hatte sie mit geometrischen Formen gespielt und doch auch Traditionelles eingearbeitet. So hatte sie Hildes Vorschlag mit aufgenommen und die Stirnplatten mit Engeln verziert, die aus verschieden farbigen Lederteilen bestanden. Es war ein spektakuläres Design und auch wenn es ihr wahrscheinlich nicht den Preis des Königs einbringen würde, der nicht dafür bekannt war, ein Freund der modernen Kunst zu sein, würde sie doch Aufmerksamkeit damit erregen. Und sie würde ernst genommen werden. Vermutlich würden manche konservativen Kritiker ihre Arbeit verhöhnen. Aber das war nicht schlimm. Es würde nur dafür sorgen, dass sie in die Schlagzeilen kam. Und das würde ihre Bekanntheit nur noch weiter steigern. Der Gedanke zauberte ein Lächeln auf ihre Lippen.

Sie bog um eine Ecke und fand sich vor der Engel-Brauerei wieder. Im Gegensatz zu den großen Münchner Häusern, war diese eher überschaubar. Sie war jedoch für ihr gutes Bier bekannt. Elsa durchschritt das Eingangstor und gelangte in einen Innenhof. Mehrere Arbeiter waren gerade damit beschäftigt, einen Pritschenwagen mit Fässern zu beladen. Vier Ochsen sollten das Gefährt ziehen. Elsa sah jedoch auf den ersten Blick, dass diese nicht in ein Geschirr eingespannt worden waren, das der Werkstatt ihres Großvaters entstammte. Es war ein einfaches, schmuckloses Stück. Zweckmäßig, aber nicht im Entferntesten so edel wie das, das sie gleich dem Besitzer der Brauerei vorstellen würde.

Sie betrat ein Verwaltungsgebäude und sah sich einer Sekretärin gegenüber, die sie nach ihrem Begehr fragte.

„Ich habe einen Termin bei Herrn Huber", sagte sie, nachdem sie sich vorgestellt hatte. Die Sekretärin bat sie, kurz Platz zu nehmen, und verschwand hinter einer Tür.

Elsa legte die Aktentasche auf ihren Schoß und ging noch einmal in Gedanken alles durch, was sie zur Präsentation ihrer Entwürfe sagen wollte. Wahrscheinlich musste sie gar nicht viel ergänzen. Die Zeichnungen würden für sich sprechen. Sie konnte sich nicht vorstellen, dass Huber etwas anderes als begeistert wäre.

Schließlich hatte er die Designs ausdrücklich gewünscht.

Die Tür öffnete sich und die Sekretärin bat sie herein. Ignatius Huber saß hinter seinem Schreibtisch. Er erhob sich und streckte er ihr die Hand entgegen. Sie schüttelte sie und nahm auf dem Stuhl Platz, auf den er wies.

„Ich habe Ihnen die Entwürfe für das Ochsengeschirr mitgebracht", begann Elsa und wollte gerade die Tasche öffnen, doch etwas an Hubers Miene irritierte sie. Seine Stirn lag in tiefen Falten und seine Zungenspitze fuhr über die Oberlippe. Etwas stimmte nicht.

„Das wird nicht nötig sein", sagte er.

Elsa schluckte. „Was meinen Sie damit?"

Er fuhr sich noch einmal mit der Zunge über die Lippe. „Ich ziehe meinen Auftrag zurück. Sie brauchen mir kein Ochsengeschirr anfertigen. Für die Arbeitszeit, die Sie für die Entwürfe aufgewendet haben, werde ich Sie natürlich entschädigen. Das versteht sich von selbst. Bitte reichen Sie eine dementsprechende Rechnung ein, wir werden sie begleichen."

Elsa fühlte sich, als ob ihr der Boden unter den Füßen weggezogen worden wäre.

„Ich ... Ich verstehe nicht. Sie waren erst letzte Woche bei mir und schienen begeistert zu sein. Was hat sich verändert?"

Wieder huschte die Zunge über die Oberlippe des Mannes. In den Falten auf seiner Stirn erschienen Schweißtropfen.

„Es hat einen geschäftlichen Hintergrund", sagte er langsam und stieß dabei jedes Wort aus, als ob er es vorher auf eine Goldwaage gelegt hätte.

„Geschäftlichen Hintergrund? Ich verstehe nicht.“

Huber seufzte. „Ich weiß nicht, ob es klug ist, mit Ihnen darüber zu sprechen. Wahrscheinlich nicht. Zumindest wurde ich gebeten, es nicht zu tun. Aber ich bin kein schlechter Mensch. Ich sehe, in welch eine ungünstige Lage ich Sie gebracht habe. Und das tut mir leid.“

„Wie meinen Sie das?“, fragte Elsa, die von dieser seltsamen Entschuldigung des Brauers noch mehr verwirrt war als von seinen vorherigen Worten.

„Sehen Sie, ich betreibe eine kleine Brauerei. Um mich auf dem Markt zu halten, sind größere Investitionen notwendig. Und dafür habe ich Kredite aufgenommen.“

Mit einem Mal dämmerte Elsa, worum es hier ging, und die Wut breitete sich als heißes Gefühl in ihrem Magen aus.

„Lassen Sie mich raten. Einer Ihrer Kreditgeber ist die Privatbank des Herrn von Lampeck.“

Er nickte und sah sie dabei nicht an. „Ich habe Herrn von Lampeck gegenüber erwähnt, dass ich ein Geschirr bei Ihnen in Auftrag geben möchte. Zu meiner großen Überraschung hat er mir sehr deutlich zu verstehen gegeben, dass er in diesem Fall nicht bereit wäre, mir weiterhin Kredit einzuräumen. Über die Gründe dafür hat er mir keine Auskunft geben wollen. Er hat mir jedoch klargemacht, dass meine Existenz am seidenen Faden hängt, wenn ich mit Ihnen Geschäfte mache. Sehen Sie, ich wünsche mir weiterhin, dass Sie ein Geschirr anfertigen. Aber ich kann es nicht rechtfertigen. Es hängt zu viel daran.“

Elsa nickte. „Ich danke Ihnen für Ihre Offenheit.“

Sie erhob sich.

„Es tut mir leid", sagte der Brauer. Elsa reagierte nicht mehr darauf. Sie musste diesen Raum verlassen. Rasch ging sie durch die Tür, über den Innenhof und hinaus auf die Straße. Der Eisregen hatte zugenommen. Sie spürte ihn kaum. Wieder brodelte etwas in ihrem Innern. Doch dieses Mal war es keine Vorfreude. Sondern rasende Wut.

***

Isolde trat in den Flur und der Geruch nach Apfelstrudel zauberte ihr sofort ein Lächeln ins Gesicht. Zenzi bereitete jeden Abend etwas Leckeres zum Essen vor. In der Küche saß Hilde bereits am Tisch. Isolde lächelte. Sie freute sich immer, ihre Nichte zu sehen. Offenbar ging es Hilde genauso, denn das Mädchen sprang auf, rannte auf Isolde zu und umarmte sie.

„Schön, dass du da bist!", rief sie. „Der Apfelstrudel ist gleich fertig."

„Ich rühre nur gerade noch die Vanillesoße zusammen", sagte Zenzi. „Nehmen Sie doch schon einmal Platz."

Isolde setzte sich zu Hilde. „Na, wie geht es dir? Was macht die Schule?"

Hilde verdrehte die Augen. „Können wir nicht über etwas anderes sprechen? Die Schule ist so furchtbar. Ich quäle mich jeden Tag hin. Mama meint, das hätte ich von dir."

Isolde lachte. „Nun, so ganz stimmt das nicht. Ich bin nur ungern zur Schule gegangen, weil die Lehrerinnen furchtbar waren, und weil uns Mädchen damals nicht

zugetraut wurde, dass wir denselben Stoff verstehen
würden wie die Jungen. Das hat sich ja glücklicherweise geändert. Zu meiner Zeit gab es kein Mädchen-
gymnasium. Ich habe das meiste von einem Hauslehrer
gelernt und bin danach auf das Lehrerinnenseminar
gegangen. Und das war wirklich furchtbar."

Hilde seufzte. „Das soll also wohl wieder heißen, dass
ich froh sein kann, dass ich lernen darf?"

Isolde lachte. „Ich kann mir vorstellen, dass dir so etwas wenig hilft. Natürlich ist es so, dass du es besser
hast als ich damals. Du hast viel mehr Möglichkeiten.
Wir Frauen mögen noch nicht das Wahlrecht haben,
aber du kannst das Abitur ablegen und du kannst studieren. Ich musste das alles über Umwege leisten. Im
Nachhinein beklage ich mich nicht. Es war gut, dass ich
zuerst eine Lehre als Fotografin gemacht habe, dass ich
selbstständig gearbeitet und dann das Reisen begonnen
habe. Da habe ich sicher mehr gelernt, als wenn ich
gleich zur Universität gegangen wäre."

„Schau, du gibst es selbst zu. Es ist viel wichtiger, etwas Praktisches zu arbeiten, als immer nur zu lernen.
Vokabeln. Gleichungen. Was soll ich denn damit?"

„Mit den Vokabeln kannst du dich in fremden Län-
dern verständigen. Und mit Gleichungen kannst du in
die Geheimnisse der Natur eindringen. Es sind wichtige
Werkzeuge."

„Ich würde viel lieber mit richtigen Werkzeugen arbeiten. So wie Mama. Aber sie sagt, ich muss erst die
Schule hinter mich bringen. Am liebsten würde ich alles hinschmeißen und irgendwo eine Lehre beginnen."

Isolde legte ihr eine Hand auf den Unterarm. „Ich
kann nachvollziehen, dass das eine schwierige Zeit für

dich ist. Aber sieh es so, manchmal müssen wir unangenehme Dinge auf uns nehmen, um später eine Wahl zu haben. Wenn du jetzt eine Lehre beginnst, bist du festgelegt für den Rest deines Lebens. Wer weiß, ob du noch einmal die Kraft finden kannst, dich fortzubilden. Das Abitur ist zunächst einmal der einfachste Weg, um dir alle Möglichkeiten offen zu halten. Natürlich ist es kein einfacher Weg, es war falsch, das zu sagen. Es ist mit viel Lernen und viel Mühe verbunden. Aber ich würde mir wünschen, dass du erkennst, dass es dir Türen öffnet. Und dafür wirst du vielleicht irgendwann einmal dankbar sein."

„Du hast leicht reden. Du hast das alles schon hinter dir. Du arbeitest in deiner Praxis und bist glücklich."

Isolde verzog das Gesicht. „Nun, dass ich damit glücklich bin, würde ich so nicht unbedingt sagen."

Die Augenbrauen des Mädchens wanderten nach oben. „Wie meinst du das?"

„Ich arbeite nun seit ein paar Wochen in meiner eigenen Praxis und – wie soll ich das ausdrücken – es ist wie immer im Leben. Es gibt gute und schlechte Seiten. Gut ist sicher, dass ich niemandem verpflichtet bin. Ich habe keinen Chefarzt mehr, der mich zur Schnecke macht, der meine Kompetenz anzweifelt, nur weil ich eine Frau bin. Ich kann mir auch meine Tage selbst einrichten, habe keine Nachtdienste mehr."

„Das klingt doch gut. Was sind denn die Nachteile?"

Isolde seufzte. „Es ist ermüdend, mit vielen Patienten zu arbeiten. Ich will niemandem etwas unterstellen, aber gut der Hälfte der Menschen, die zu mir kommen, kann ich mit meinen Mitteln nicht helfen. Sie haben keine Wunden, kein Fieber, keine Verdauungsbeschwerden. Manche sehnen sich nach Zuwendung. Andere wollen reden. Wieder andere haben gelernt, dass bei jeder Kleinigkeit ein Medikament helfen muss. Alle diese Menschen haben Hilfe dringend nötig. Aber ich weiß nicht, ob ich die richtige Person dafür bin. Zumindest nicht in meiner Rolle als Ärztin. Ich muss wohl damit leben lernen, dass ein Großteil meiner Arbeit darin besteht, Menschen zu geben, was sie wollen. Und nicht das, was sie brauchen.“

Nun war es Hilde, die Elsa die Hand auf den Arm legte. „Ich hoffe, dass du dir trotzdem noch die Freude an deiner Arbeit bewahrst.“

„Der Apfelstrudel ist fertig.“ Zenzi stellte das dampfende Gebäck auf den Tisch.

„So, dann lass uns die trüben Gedanken mal vertreiben“, sagte Isolde. „Einen guten Appetit!“

KAPITEL 14

München, Dienstag, 11. November 1913

Elsa bebte vor Zorn. Die Wut, die sich seit dem Vortag in ihrem Inneren eingenistet hatte, ließ jede Faser ihrer Muskeln erzittern. Sie fühlte sich, als ob sie kurz vor einem Ausbruch stände. Ihre Zähne waren so fest aufeinandergebissen, dass ihre Kiefermuskulatur schmerzte. Sie schlug mit der Faust auf den Tisch und der Schmerz, der sich an der Unterseite ihrer Handkante ausbreitete, linderte für einen Moment die Anspannung, die von ihrem Körper Besitz ergriffen hatte. Doch gleich darauf war sie wieder da, diese unbändige Wut.

Hugo von Lampeck war ihr einmal mehr in die Parade gefahren. Er hatte seine Finger überall. Es gab kein Entkommen. Wie sehr sie sich über den Auftrag für das Ochsengeschirr gefreut hatte! Sie war so kreativ gewesen wie schon seit Ewigkeiten nicht mehr, hatte großartige Ideen gehabt. Und nun? Alles war zu Staub zerfallen. Wie lange sollte das noch so weitergehen? Würde Hugo von Lampeck bis zu seinem oder ihrem Tod damit fortfahren, ihr das Leben schwer zu machen? Die Antwort war eindeutig, sie konnte sie sich selbst geben. Natürlich. Er würde nicht eher ruhen, bis Elsa ruiniert war. Oder tot. So wie sein Sohn, den sie seiner Ansicht nach auf dem Gewissen hatte. Es reichte ihm nicht, dass er ihr das Kind genommen hatte. Dass er Hermann von ihr entfremdet hatte. Das war nicht Rache genug. Es wäre erst vorbei, wenn sie zerstört war. Oder wenn Hugo von Lampeck das Zeitliche segnete. Doch damit war nicht zu rechnen. Er wirkte agil und gesund. Und selbst wenn er starb – der Gedanke, der sie nun beschäftigte, war beinahe noch schlimmer. Was, wenn er den Hass weitervererbte? Wenn nach seinem Tod Hermann seinen Platz übernahm und sich für den Tod seines Vaters rächte? Hugo hatte es sicherlich nicht versäumt, den Samen des Hasses in seinen Enkel zu pflanzen. Elsa schloss die Augen und spürte, dass in den Winkeln Tränen hingen. Hätte sie vielleicht doch in Afrika bleiben sollen? Auch dort war es schwierig gewesen. Die Siedler in Wilhelmstal hatten sie wie eine Aussätzige behandelt, als sie ihren Besitz an eine englische Firma verkauft hatte. Vielleicht hätte sie innerhalb der Kolonie umziehen können. Nach Tanga oder nach Dar-es-Salam. Sie hatte entschieden, nach München zurückzukehren. Und die ersten Jahre hatte es gut funktioniert. Sie war von Lampeck nicht in die Quere gekommen. Doch nun hatte er sie wiederentdeckt. Nun würde es schlimm werden.

Elsa spürte, dass diese Gedanken ihr nicht guttaten. Ihre Wut wuchs immer weiter wie gleichzeitig auch das Gefühl der Hilflosigkeit. Sie konnte nichts tun. Es würde nicht mehr lange dauern und diese ganzen Empfindungen würden sich wieder auf den Körper schlagen. Hoffentlich kam es nicht zu einem erneuten Zusammenbruch wie damals in Afrika. Ihr Blick fiel auf einen Damensattel, der auf dem Bock ruhte. Sie hatte einen Teil des Sattelblattes bereits verziert. Die Arbeit musste getan werden. Und vielleicht war das eine gute Ablenkung von ihren Gedanken.

Edith war im hinteren Bereich der Werkstatt damit beschäftigt, neue Ösen an ein Zaumzeug zu heften, dass Herr Brünig ihr vorbeigebracht hatte. Elsa beschloss, kurz nach dem Rechten zu sehen. Das Mädchen hatte geschickte Finger. Es fiel ihr leicht, die Ösen einzuhaken. Was ihr fehlte, war die Kraft. Aber die würde mit der Übung kommen. Elsa half ihr, die entsprechenden Nähte anzubringen. Dann griff sie nach einem Punziermesserchen und ging zu dem aufgebockten Sattel.

Sie hatte bereits einen Ast angebracht, auf dem ein Vogel saß, der einen Zweig im Schnabel hielt. Das war noch alles relativ grob gefertigt. Nun machte sie sich daran, die Feinheiten auszuarbeiten. Das Blattwerk mit den Rippen, das Gefieder des Vögelchens, seine Augen, seinen Schnabel. Sie beschloss, zunächst einmal mit den Blättern zu beginnen.

Der Baron von Wetzstein, der den Sattel bei ihr in Auftrag gegeben hatte, hatte ihr verraten, dass seine Frau ein Lieblingslied habe, nämlich das Lied vom Lindenbaum. Daher hatte sie sich entschieden, Lindenblätter hineinzuschnitzen. Sie griff nach dem Meißelchen und setzte es auf der Oberfläche an. Dann holte sie einen kleinen Hammer und trieb vorsichtig etwas Leder heraus. Es gelang ihr, eine gebogene Linie abzulösen, die sehr schön dem Schwung eines Lindenblattes entsprach. Sie setzte den Meißel erneut an, als plötzlich ein Scheppern ertönte, gefolgt von einem Ausruf. Elsa zuckte zusammen und zu ihrem großen Schrecken fuhr der Meisel durch das Leder. Er hinterließ einen hässlichen Kratzer. Elsa spürte, wie die Wut, die einen

Augenblick besänftigt gewesen war, mit voller Wucht wiederkehrte.

„Was soll das denn?", schrie, nein brüllte sie. Sie drehte sich um und blickte in die weitaufgerissenen Augen von Edith. Das Mädchen kniete auf dem Boden und war damit beschäftigt, eine Kiste mit Ösen aufzuheben, die ihr hinuntergefallen war.

„Ich ... ich wollte nicht ...", stammelte ihre Gehilfin und Elsa sah, dass Tränen in ihren Augen standen. Der Anblick machte sie noch wütender. Sie spürte den überwältigenden Impuls, das Mädchen anzuschreien. Ihr zu befehlen, dass sie sich nicht gehen lassen sollte. Dass sie sich zusammenreißen sollte, wie sie selbst es auch musste. Doch etwas lag in Ediths Blick, das sie daran hinderte, es auszusprechen. Sie atmete tief durch.

„Räum das bitte auf", sagte sie mit beinahe tonloser Stimme. Dann kehrte sie an ihre Werkbank zurück und widmete sich wieder dem Sattel. Der Kratzer war ärgerlich. Aber er hatte nicht tief in das Leder geschnitten. Sie würde ihn verdecken können. Doch es fiel ihr schwer, sich auf die Arbeit einzulassen. Sie fand keine Ruhe. Denn die Gedanken blieben nicht still. Sie quälten sie weiter und vor allem eine Frage tauchte immer wieder auf: Würde sie es jemals schaffen, sich von den Rachegelüsten Hugo von Lampecks zu befreien?

***

Isolde schloss die Tür zum Flur der Villa des Onkels hinter sich und atme tief durch. Es war ein anstrengender Tag in der Praxis gewesen. Sie hatte schöne Begegnungen mit Patienten gehabt und weniger schöne. Das

137

war nun ihr Alltag und nach wie vor wusste sie nicht, was sie davon halten und wie sie damit umgehen sollte.

Sie hängte ihren Mantel an den Haken und wollte gerade zur Treppe gehen, als sie gedämpfte Stimmen aus dem Salon hörte. Ein Mann und eine Frau. Das mussten der Onkel und Zenzi sein. Eigentlich wollte sie nichts mehr als ihre Ruhe haben. Aber irgendetwas im Tonfall der beiden ließ sie stutzen. Waren sie etwa am Streiten? Das kannte sie gar nicht. Sie hatte noch nie erlebt, dass der Onkel oder Zenzi im Kontakt miteinander lauter geworden wären. Es gelang ihr nicht, gegen ihre Neugier anzukämpfen. Sie ging auf die Tür zu und nun konnte sie verstehen, worüber die beiden stritten.

„Du gehst sofort zum Arzt, da gibt es keine Widerrede“, hörte sie den Onkel sagen.

„Das ist nicht notwendig. Das wird schon von alleine wieder weggehen. Das war bisher immer so.“

„Das mag sein, dass das immer so war. Aber es geht dir nicht gut. Das sehe ich doch.“

„Es ging mir schon schlechter. Das wird schon wieder.“

Isolde beschloss, dass sie genug gehört hatte. Sie klopfte an und trat in den Salon. Der Onkel saß in seinem Ohrensessel, die Beine aufgestützt. Zenzi stand am Kamin. Ein Feuer prasselte darin. Ihre Stirn glänzte so feucht wie ihre Augen. Ob sie wohl Fieber hatte?

„Guten Abend“, sagte Isolde. „Entschuldigt bitte, aber ich konnte nicht vermeiden, eure Unterhaltung zu überhören. Was ist denn los?“

Der Onkel wollte eben den Mund aufmachen, um etwas zu sagen, doch Zenzi kam ihm zuvor: „Nichts ist los. Alles ist in Ordnung. In bester Ordnung.“

Der Onkel schnaubte. „Von mir aus kannst du vor Fremden Theater spielen. Aber doch nicht vor meiner Nichte. Sie ist Ärztin. Wenn dir jemand helfen kann, dann sie.“

„Mir braucht niemand helfen. Es ist alles in Ordnung.“

Isolde ging langsam auf Zenzi zu. „Ich kann mir vorstellen, dass dir das unangenehm ist. Wenn du magst, kann ich meine Kollegin Berta bitten, mit dir zu sprechen.“ Zenzi wollte etwas erwidern, aber Isolde hob die Hand. „Ich vermute, du wirst mir jetzt sagen, dass du gesund bist. Dass alles in Ordnung ist. Dass ich mir keine Gedanken zu machen brauche. Dass der Onkel übertreibt. Und vielleicht noch ein paar andere Dinge. Aber ich sehe, dass es dir nicht gut geht. Deine Körpertemperatur ist erhöht. Du schwitzt. Deine Augen sind glasig. Ich vermute, dass du Fieber hast. Vielleicht kein hohes Fieber, aber auch ein leichtes Fieber deutet darauf hin, dass irgendetwas im Körper nicht in Ordnung ist. Was ist los?“

Zenzis Kiefer mahlten. Der innere Widerstreit war ihr deutlich anzusehen. Sie wollte nicht sprechen, aber sie erkannte doch, dass es besser war.

„Ich ... ich habe da eine Beule. Hinter dem Ohr.“

„Sollen wir einmal in die Küche gehen? Dann kann ich mir das ansehen.“

Zenzi erwiderte nichts, deshalb ging Isolde voran und öffnete die Tür. Sie wandte sich um und nickte der Haushälterin zu, die sich daraufhin in Bewegung setzte.

„Hinter welchem Ohr?“, fragte Isolde.

„Hinter dem Rechten.“

„Darf ich mir das mal ansehen?“

Wieder zögerte Zenzi, sie ließ es aber geschehen, dass Isolde sanft das Ohrläppchen beiseiteschob. Dahinter konnte sie sofort die Ursache des Übels erkennen. Der Abszess war etwa so groß wie ein Taubenei, knallrot und prall geschwollen.

„Ich drücke da jetzt kurz drauf. Du sagst mir bitte, ob es schmerzt.“

Isolde betastete mit der Spitze des Zeigefingers sanft die Schwellung. Zenzi zuckte zusammen. Sie verzog das Gesicht.

„Hat das wehgetan?“, fragte Isolde.

Zenzi antwortete nicht gleich und Isolde vermutete, dass die Haushälterin kurz überlegte, ob sie nicht verneinen sollte. Dann entschied sie sich doch für ein ‚Ja‘.

„Du hast eine Schwellung hinter dem Ohr. Im Grunde genommen ist es nichts Schlimmes. An dieser Stelle kommt es häufiger zu Entzündungen. Es gibt dort Talgdrüsen, die verstopft sein können. Manchmal schwillt das dann an, das nennt man einen Abszess. Hattest du so etwas schon einmal?“

Sie sah, dass Zenzi bleich geworden war.

„Meine Mutter ist daran gestorben“, sagte sie leise. „Ein Arzt hat ihn ausgestochen. Doch sie ist trotzdem gestorben. Es hieß, sie hat eine Blutvergiftung gehabt.“

Isolde nickte. „Das ist die gefährlichste Komplikation, die es bei einem Abszess geben kann. Wann war das?“

„Anno 1875. Ich war noch jung. Habe die Mutter früh verloren.“

„Das tut mir leid. Damals hat man noch nicht so sehr darauf geachtet, dass die Wunden sich nicht entzünden. Man wusste es wahrscheinlich nicht besser. Heutzutage werden die Instrumente sterilisiert. Die Gefahr einer Wundinfektion ist viel kleiner als die Gefahr, dass es zu einer Blutvergiftung kommt, wenn der Abszess nicht geöffnet und gespült wird."

„Ich habe Angst", flüsterte Zenzi.

Isolde legte ihr eine Hand auf die Schulter. „Wenn du magst, können wir gleich beginnen. Ich habe das schon sehr oft gemacht. Keiner meiner Patienten hatte danach eine Blutvergiftung entwickelt. Es wird dir schnell besser gehen. Und es ist nur eine kurze Operation. Sie wird auch nicht schmerzhaft sein."

„Vor Schmerzen habe ich keine Angst", sagte Zenzi. „Schlimmer als die Geburt meines Sohnes kann es ja nicht sein."

Isolde schmunzelte. „Ich gehe mal davon aus, dass die Geburt nicht unter örtlicher Betäubung mit Kokain stattfand."

„Wie bitte?"

„Nichts. Das war ein Scherz, über den Mediziner lachen. Also. Mein Angebot steht. Ich hole jetzt meine Instrumente. Dann gehen wir ins Bad und ich werde versuchen, eine möglichst sterile Umgebung herzustellen. Dort betäube ich die Stelle, spalte den Abszess, reinige die Wunde und spätestens morgen sollte sich das Fieber gelegt haben."

Zenzi sah Isolde eine Weile an. In ihren Augen stand ganz klar die Angst. Schließlich sagte sie: „Gut. Aber nur weil Sie es sind."

KAPITEL 15

München, Freitag, 14. November 1913

Elsa strich über das Leder. Der Kratzer war kaum noch zu spüren. Sie hatte ihn mit Öl und Ausgleichsmasse bearbeitet und kräftig poliert. Zu sehen war ohnehin nichts. Nur wenn sie den Sattel mit ihren Fingerspitzen betastete, fühlte sie noch, dass sie dort mit ihrem Meißelchen ausgerutscht war. Sie ärgerte sich über sich selbst. Das durfte nicht passieren. So ungerecht sie auch behandelt worden war. Sie durfte es nicht an ihrer Arbeit auslassen.

Die Tür zur Werkstatt öffnete sich und Hilde kam herein. Irgendetwas stimmte nicht, das sah Elsa auf den ersten Blick. Hildes Miene war schmerzverzerrt, in ihren Augenwinkeln standen Tränen und sie humpelte leicht.

„Was ist los?", fragte Elsa. Sie ließ ihre Arbeit stehen und eilte auf ihre Tochter zu.

„Ich habe mich verletzt", stieß Hilde zwischen zusammengebissenen Zähnen hervor.

„Wie hast du dich verletzt? Ist es schlimm? Lass sehen!"

Hilde deutete auf ihren Rock. Auf der hinteren Seite war auf Höhe des Oberschenkels ein länglicher Riss zu erkennen. Elsa hob den Stoff und sah, dass sich unter dem Riss eine kleine Fleischwunde befand. Blut rann in einem schmalen Faden an der Rückseite von Hildes linkem Oberschenkel herab. Elsa nahm ein Tuch und wischt es ab.

„Wir müssen zu einem Arzt."

Hilde schüttelte den Kopf. „Das ist nicht so schlimm. Es tut nur weh."

„Aber wie ist das geschehen?"

„Ich bin mit dem Fahrrad gefahren. Plötzlich gab es ein Knall und dann habe ich diesen Schmerz an meinem Bein gespürt."

„Wo ist dein Fahrrad?", fragte Elsa.

„Ich habe es draußen gelassen."

Elsa ging hinaus auf die Gasse und sah, dass das Fahrrad an der Wand lehnte. Sie musterte es genauer. Auf der ihr zugewandten Seite des Sattels war nichts zu sehen, aber die Verletzung befand sich an Hildes linkem Oberschenkel. Sie legte das Fahrrad auf den Boden. Und dann sah sie den Übeltäter. Eine Metallfeder hatte sich durch die Sitzfläche gebohrt. An der scharfen Spitze klebte sogar noch ein wenig Blut. Elsa schnaubte. „Das darf doch nicht wahr sein. Wie kann es sein, dass eine Feder sich durch Leder bohrt? Das ist minderwertige Qualität."

Sie schraubte den Sattel ab und ging wieder hinein. „Komm, wir gehen in die Wohnung. Ich schaue, ob ich dir die Wunde verbinden muss. Und dann werde ich mich im Fahrradgeschäft beschweren."

Eine halbe Stunde später war Elsa zu Fuß unterwegs durch die Gassen der Münchner Innenstadt. Sie trug den Sattel in einer Tasche bei sich, die an ihrer rechten Seite hin und her schwang. Bei jedem Schritt spürte sie die Spitze der Feder, die sich in ihre Jacke drückte. Sie erreichte die Kreuzstraße und sah schon von weitem das Fahrradgeschäft.

Thomas Maierhöfer, Fahrradmanufaktur und Verkauf war auf ein großes Schild geschrieben, das über dem Eingangstor hing.

Elsa kochte vor Wut. Sie war sich einigermaßen sicher, dass sie es schaffen würde, Herrn Maierhöfer den Sattel nicht an die Stirn zu knallen. Aber stattdessen hatte sie sich gepfefferte Worte zurechtgelegt. Dem würde sie die Meinung geigen.

Sie betrat das geräumige Ladengeschäft, in dem zahlreiche Fahrräder aufgestellt waren. Einige hingen auch an Haken an den Wänden. Herr Maierhöfer, ein hochgewachsener, kräftiger Mann um die Vierzig stand hinter einem Verkaufstresen. Er lächelte sie freundlich an.

„Was kann ich für Sie tun?"

Damit hatte er sie auf dem falschen Fuß erwischt. Sein Lächeln brachte sie aus dem Konzept. Es wirkte so nett und so unschuldig. Dann dachte sie wieder an die Fleischwunde in Hildes Oberschenkel und das positive Gefühl verflog. Sie holte den Sattel aus der Tasche und legte ihn auf den Tresen.

„Meine Tochter hat sich daran verletzt", sagte sie.

Der Fahrradhändler setzte eine kleine Brille auf und musterte den Sattel. Er nickte. „Das tut mir wirklich leid. Es gibt keine Entschuldigung dafür. Natürlich werde ich Ihnen den Schaden ersetzen. Wir haben mit großen Schwierigkeiten zu kämpfen, was die Qualität unserer Sättel angeht. Wir bekommen sie von einer Sattlerei in Wien geliefert. Die wiederum beziehen ihr Leder aus Ungarn. Und da scheint es Probleme mit der Qualität zu geben."

Elsa schnaubte. „Ich bin selbst Sattlerin. Und das hier ist absolut nicht akzeptabel. Das Leder ist so dünn, dass diese kräftigen Federn nach einiger Zeit sicher durchbrechen werden. Zudem sind die Nähte schlampig geführt. Wenn sich die Fahrerinnen nicht an der Feder verletzen, werden sie sich an den Nähten die Haut aufscheuern. Deshalb wird es nicht ausreichen, wenn Sie den beschädigten Sattel durch einen neuen austauschen, bei dem das gleiche Problem höchstwahrscheinlich wieder auftreten wird.“

Herr Maierhöfer seufzte. „Es ist leider schwierig, eine Sattlerei zu finden, die Fahrradsättel in annehmbarer Qualität herstellt.“

Elsa zog eine Augenbraue nach oben. „Da trifft es sich doch gut, dass ich selbst Sattlerin bin. Ich werde Ihnen zeigen, dass es möglich ist, diese Sättel nicht nur in annehmbarer, sondern in exzellenter Qualität zu bauen.“

Maierhöfer runzelte die Stirn. „Haben Sie schon einmal einen Fahrradsattel gebaut?“

Elsa schüttelte den Kopf. „Nein. Aber meine Reitsättel haben schon Preise gewonnen. So schwer kann es nicht sein, einen simplen Fahrradsattel zu bauen.“

Er nahm die Brille ab und rieb sich die Gläser. „Verzeihen Sie mir, wenn ich skeptisch bin. Aber es fällt mir schwer zu glauben, dass Sie in ein paar Tagen schaffen, was meinen Zulieferern seit Jahren nicht gelingt.“

Elsa schnaubte. „Ihr Mangel an Vorstellungskraft ist bedauerlich. Ich werde in ein paar Wochen zurückkehren und Ihnen meine Lösung präsentieren. Und dann werden Sie große Augen machen, das verspreche ich Ihnen.“

Maierhöfer schmunzelte. „Ich bin gespannt.“

Elsa nahm den Sattel und steckte ihn wieder in die Tasche. Sie nickte dem Fahrradhändler zu und verließ den Laden. Ihre Wut war verflogen. Der Mann hatte nicht so reagiert, wie sie es erwartet hatte. Ihre bisherigen Erfahrungen mit Reklamationen waren nicht gerade positiv verlaufen. Meist stritten die Geschäftsleute ab, dass sie irgendetwas falsch gemacht hätten oder dass ihre Ware fehlerhaft sei. Bei Maierhöfer war es anders gewesen. Er hatte offen und ehrlich zugegeben, dass er Probleme damit hatte, die Qualität seiner Sättel sicherzustellen. Und dadurch hatte er Elsa den Wind aus den Segeln genommen. Und gleichzeitig hatte er sie auf eine Idee gebracht. Sie hatte noch nie einen Fahrradsattel gebaut. Und sie wusste nicht, warum. Sowohl sie als auch ihre Tochter waren begeisterte Radlerinnen. Auf dem Heimweg pfiff sie fröhlich vor sich hin. Vor ihrem inneren Auge entstanden bereits erste Entwürfe. Sie würde diesem Maierhöfer einen Sattel bauen, wie er ihn noch nie gesehen hatte.

***

Isolde setzte sich auf das Sofa und legte die Beine hoch. Sie lehnte sich zurück, schloss die Augen und atmete tief durch. Wieder war ein anstrengender Tag in der Praxis vorbei. So langsam gewöhnte sie sich an den Rhythmus. Sie lauschte auf das leise Knistern des Holzes im Kamin und genoss die Wärme, die von dort zu ihr herüber strahlte. Dann hörte sie die Türklinke und gleich darauf das Knarren und Quietschen der Tür. Sie öffnete die Augen und sah Zenzi.

„Wie geht es dir?", fragte sie.

Die Haushälterin griff unwillkürlich mit der rechten Hand an den Verband hinter ihrem Ohr.

„Es ist alles gut. Ich habe kein Fieber mehr. Und die Schwellung ist nicht wiedergekommen. Ich danke Ihnen noch einmal."

Isolde lächelte. „Ich bin froh, dass du so mutig warst, und dich unter mein Messer gelegt hast. So konnten wir Schlimmeres verhindern."

Zenzi nickte. Isolde hatte erwartet, dass die Haushälterin etwas im Salon zu erledigen hatte und gleich wieder hinausgehen würde. Doch sie blieb stehen und sah sie an.

„Du hast etwas auf dem Herzen, oder?", fragte Isolde, die dieses Verhalten bei Zenzi nur zu gut kannte.

Die Haushälterin nickte. „Ich will nicht unverschämt sein. Aber ich habe eine Bitte."

„Na, dann los. Worum geht es?"

„Meine Nichte. Sie ist krank. Aber sie kann sich keinen Arzt leisten."

Isolde richtete sich ein wenig auf. „Deine Nichte kann gerne zu uns in die Praxis kommen. Ich behandle sie auch umsonst."

Zenzi blickte verlegen zu Boden. „Meine Nichte ist schwanger. Und sie hat Fieber und kann sich kaum bewegen."

Isolde unterdrückte ein Seufzen. Sie hatte sich einen entspannten Abend gewünscht, aber das schien ihr nicht vergönnt zu sein.

„Wo wohnt deine Nichte denn?"

„In Sendling", erwiderte Zenzi.

Das war auch nicht gerade der nächste Weg. Isolde erhob sich und ging nach draußen, um ihre Tasche zu packen. Sie zog ihren Mantel an.

„Bring mich zu ihr", sagte sie.

Zu Fuß und mit der Tram waren sie eine gute Stunde unterwegs. Zenzis Nichte lebte in einem Wohnblock in der Tulbeckstraße, der einmal bessere Tage gesehen haben musste. Die Wände waren grau und der Hinterhof stand voller Müll.

Die Haushälterin führte Isolde eine morsche Treppe empor. Im obersten Stock klopfte sie an eine Tür, die nur noch an einer Angel hing. Ein Kind öffnete ihnen, vielleicht fünf Jahre alt. Sein Hemd war verdreckt und ragte halb aus der Hose heraus, die mehrere notdürftig gefleckte Löcher aufwies.

„Tante Zenzi", rief der Junge.

„Grüß dich Hans. Wir wollen zu deiner Mama", sagte die Haushälterin. Der Junge ließ sie herein und führte Isolde in eine Dachkammer. Sie konnte nur direkt unter dem Firstbalken aufrecht stehen. Eine Petroleumlampe erleuchtete den Raum mehr schlecht als recht, es roch nach Öl, nach Zwiebeln und nach Krankheit. Zwei Betten standen unter den Dachschrägen auf beiden Seiten. Auf einem saßen drei weitere Kinder, ebenfalls in geflickten Kleidern. Sie spielten ein Klatschspiel mit den Händen. Im anderen Bett lag eine Frau auf einem Strohsack. Isolde sah auf den ersten Blick, dass sie krank war. Ihr Gesicht war gerötet und dicke Schweißperlen standen auf ihrer Stirn. Ihr Bauch war gewölbt. Sie musste im achten oder vielleicht sogar im neunten Monat schwanger sein.

„Tante Zenzi“, sagte die Frau mit schwacher Stimme und versuchte, sich aufzurichten. Es gelang ihr jedoch nicht.

„Bleib liegen, Maria, ich habe dir eine Ärztin mitgebracht.“

„Aber ich kann es nicht bezahlen. Rudolf hat seine Arbeit verloren bei der Eisenbahn.“

„Machen Sie sich darüber keine Gedanken“, sagte Isolde. Sie kniete sich neben die Frau und begann, sie zu untersuchen.

„Die Nebenhöhlen sind verstopft. Sie haben eine schwere Erkältung mit Fieber. Zenzi, kannst du bitte Wasser kochen?“

Die Haushälterin eilte davon, wahrscheinlich um im Etagenbad ein Stockwerk tiefer Wasser zu holen.

„Sie müssen viel trinken. Am besten etwas Warmes. Und Zenzi wird Wasser kochen, in das wir Salz geben. Das inhalieren sie dann. Es sollte die verstopfte Nase und die Nebenhöhlen lösen und das Atmen erleichtern. Gegen das Fieber gebe ich Ihnen Pyramidon.“

Sie griff in ihre Arzttasche und reichte der Frau ein Döschen.

„Danke“, sagte sie. „Ich hätte nicht zum Arzt gehen können. Und leisten hätte ich mir auch keinen können. Es ist schon schwierig mit den Kindern und einem arbeitslosen Mann.“

„Wo ist der denn?“, fragte Zenzi, die mit einer Wasserschüssel zurückkehrte, die sie auf den Holzofen im Eck stellte.

Maria blickte beschämt zur Seite. Isolde ahnte, worauf das hinauslief. Ihr Mann war in einer Wirtschaft und versoff das letzte Geld, das sie noch hatten. Mit einem Mal fühlte sie sich hilflos angesichts des Leides, dessen Zeuge sie hier wurde.

„Wenn es nicht besser ist, lassen Sie mich bitte spätestens übermorgen noch einmal rufen", sagte sie und erhob sich.

„Oh, du hast Besuch, Maria?"

Im Türrahmen stand eine Frau und musterte sie neugierig. Sie trug das Haar kurz geschnitten und war einfach, aber sauber und ordentlich gekleidet.

„Mein Name ist Isolde Hartmann. Ich bin Ärztin."

Die Frau legte den Kopf schief. „Und Sie sind sich nicht zu schade, hier einen Hausbesuch zu machen? Respekt. Das findet man nicht alle Tage."

„Ich sehe meine Aufgabe als Ärztin nicht darin, nur Adelige in irgendwelchen Stadtpalais aufzusuchen. Dürfte ich fragen, was Sie hier machen?"

Die Frau lächelte. „Ich bin so etwas wie die gute Seele dieses Stadtviertels. Drüben in der Wanningerstraße betreibe ich eine Teestube, in der die Kinder sich aufwärmen können, wenn der Vater das Geld für die Kohlen versäuft. Der kleine Heinrich hat mir gesagt, dass seine Mutter krank ist, und deshalb wollte ich ihr etwas Tee vorbeibringen. Mein Name ist Charlotte Kleiber."

Sie schüttelten sich die Hände. „Hat Ihre Teestube viel Zulauf?", fragte Isolde, während sie ihre Tasche packte.

Charlotte lächelte. „Die Leute kennen mich und suchen mich gerne auf. Ich tue, was ich kann. Obwohl es nur ein Tropfen auf den heißen Stein ist. Aber kommen Sie doch einmal vorbei und schauen Sie sich meine Teestube an."

Isolde musterte sie. Sie wusste nicht, was es war, aber irgendetwas an dieser Einladung freute sie.

„Wäre Ihnen übermorgen recht? Dann kann ich davor noch einmal nach meiner Patientin sehen.“

„Wir haben immer geöffnet. Kommen Sie einfach vorbei.“

KAPITEL 16

München, Montag, 17. November 1913

„Hier sieht es ja aus wie auf einem Sektionstisch", sagte Isolde. Elsa sah auf und blickte ihre Schwester irritiert an. Sie hatte sie gar nicht kommen hören.

„Grüß dich Isolde. Na ja, im Grunde genommen betreibe hier ich auch eine Art Leichenschau."

„Was ist das? Ein Fahrradsattel?"

„Ja. Von Hildes Rad. Eine Feder hatte sich durch das Leder gebohrt und Hilde am Oberschenkel verletzt. Ich bin daraufhin zu dem Fahrradhändler und habe es reklamiert. Dabei sind wir ins Gespräch gekommen und ich habe ihm angekündigt, dass ich ihm einen viel besseren Fahrradsattel bauen würde."

Isolde lachte. „Und dafür hast du jetzt erst einmal Hildes Sattel in alle seine Einzelteile zerlegt?"

„Ja. So war es bei dir im Medizinstudium doch auch, oder? Ihr habt Leichen zerlegt, um zu erfahren, wie der Körper funktioniert. Das hast du jedenfalls erzählt. Und ich denke nicht, dass das irgendwelche Schauermärchen waren."

Isolde schüttelte den Kopf. „Nein, auch wenn ich mir Schöneres hätte vorstellen können. Aber ich habe so sehr viel über den menschlichen Körper gelernt. Soll ich einmal nach Hilde sehen? Wo hat sie sich denn verletzt?"

„Am linken Oberschenkel. Wir haben die Wunde mit Jod desinfiziert, ich hoffe, das war richtig so."

„Ja, das habt ihr gut gemacht. Ich gehe mal zu ihr."

Isolde entfernte sich und Elsa beugte sich wieder über den Sattel. Es war keine komplizierte Mechanik. An dem Rohr, das den Sattel mit dem Fahrrad verband, waren rechts und links zwei Schrauben befestigt, auf denen wiederum ein Drahtgestell ruhte, das die Federn trug, über die das Leder gespannt worden war.

Soweit Elsa es beurteilen konnte, war an dem Unterbau wenig auszusetzen. Es war wie bei einem echten Sattel. Auch da bedurfte es einer Basis, des hölzernen Sattelbaums. Dieser musste dem jeweiligen Pferd angepasst werden, was im Fall eines Fahrrads wegfiel. Der obere Teil wurde dem Reiter angeglichen, beziehungsweise seinem Gesäß. Als der Fahrradsattel noch am Stück gewesen war, hatte Elsa sofort gesehen, dass dies hier nicht geschehen war. Alle Sättel hatten genau die gleiche Form, egal, wen sie später tragen sollten. Das lag wohl daran, dass sie industriell gefertigt wurden. Dagegen war auch nichts einzuwenden. Wenn man es ordentlich machte. Aber die Qualität des vorliegenden Exemplars war mangelhaft. Das Leder war einfach über das Drahtgestell gezogen worden. Es befanden sich keinerlei Polster darin. Zudem ruhte das Leder direkt auf den Federn, und Elsa vermutete, dass diese während der Fahrt an dem Material scheuerten. Dadurch hatte die Spitze sich schließlich durchgearbeitet und da sie keinen Widerstand mehr fand, war sie in Hildes Oberschenkel geschossen.

Elsa nahm ihren Zeichenblock zur Hand. Sie skizzierte den Unterbau und markierte die Stellen, an denen der meiste Druck zu erwarten war. Hier musste sie das Leder entlasten. Vielleicht konnte sie kleine Streifen aus Metall einziehen, die die Spannung besser verteilten. Was ebenfalls noch fehlte, waren Polster. Sie entschied sich dafür, diese direkt an ihre Tochter anzupassen, da Hilde den Sattel ja auch weiter benutzen sollte. Sie griff nach ihrem Stift und schraffierte Stellen, die mit Polsterstoff unterfüttert werden sollten.

Als sie ihr Werk beendet hatte, lehnte sie sich zurück und besah sich ihre Skizze. Das sah schon ganz gut aus. Aber zufrieden war sie noch nicht. Es fehlten die Verzierungen. Sie begann, um den Rand des Leders herum Kreise und Dreiecke zu zeichnen, inspiriert durch das nie zur Ausführung gekommene Ochsengeschirr. Geometrische Formen faszinierten sie. Und das Fahrrad bestand nun einmal daraus. Die Räder waren Kreise, der Rahmen ein Dreieck.

„Das sieht aber schön aus", hörte sie eine Stimme sagen und erneut zuckte sie zusammen. Sie sah auf. Dieses Mal standen Isolde und Hilde hinter ihr. Und Hilde war es, die ihrer Begeisterung Ausdruck gegeben hatte.

„Das wird dein neuer Sattel", sagte Elsa. Hilde klatschte in die Hände. „So einen schönen Sattel hat keine meiner Freundinnen. Und dann noch so avantgardistisch verziert."

„Avantgardistisch?", fragte Isolde.

„Du musst deiner Tante verzeihen", sagte Elsa. „Sie hatte noch nie etwas für Kunst übrig. Und die letzten Jahre hat sie sich mehr in ihren Medizinbüchern vergraben, als sich mit moderner Kunst zu beschäftigen.

Wir leben in einem Zeitalter der Abstraktion. Die Kunst wird wieder auf ihre grundsätzlichen Formen zurückgeführt. Und das sind nun einmal einfache geometrische Figuren wie Kreise, Quadrate oder Dreiecke."

„Auch, wenn ich keinen künstlerischen Verstand habe", sagte Isolde. „Nehme ich doch an, dass diese Dreiecke und die Kreise ein Fahrrad symbolisieren sollen. Oder ist das zu konkret gedacht?"

Hilde lachte. „Nein, genau das ist es, oder Mama?"

Elsa nickte. „Damit haben wir den ersten avantgardistischen Fahrradsattel der Welt erschaffen. Wie geht es Hildes Verletzung?"

„Sie verheilt gut", sagte Isolde. Ihre Schwester betrachtete den Sattel. „Aber es ist sicher sinnvoll, dass du die Unterseite des Leders mit Metall verstärkst. Es kann böse enden, wenn sich Federn in den Oberschenkel bohren. Da gibt es große Blutgefäße. Hilde hatte Glück, dass sie nicht schwerer verletzt worden ist."

„Dann verbinde ich eben das Nützliche mit dem Schönen. So, und jetzt müsst ihr beiden mich wieder in Ruhe lassen. Ich werde mir einen Bogen feines Rindsleder holen und das Material für den Sattel modellieren. Wenn ich die Polsterung einfüge, komme ich noch einmal auf dich zu, Hilde. Ich muss Maß nehmen an deinem Gesäß."

Hilde starrte sie mit weit aufgerissenen Augen an. „Du musst was?"

„An deinem Gesäß Maß nehmen. Keine falsche Scham. Ich habe es schon oft gesehen. Du wirst das überstehen."

Isolde lachte. „Dann lassen wir dich einmal weiterarbeiten. Komm mit, Hilde, ich wollte dir noch etwas zeigen.“

Die beiden entfernten sich langsam und unterhielten sich über etwas, doch Elsa nahm sie kaum mehr wahr. Sie hatte sich einen Bogen Leder geholt und zeichnete darauf die Form des Stücks an, das sie ausschneiden wollte. Endlich war sie wieder an der Arbeit. Endlich war sie wieder beschäftigt. Und endlich war sie wieder dabei, etwas wirklich Bedeutsames zu erschaffen.

***

Isolde erkannte das Gebäude, in dem sich die Teestube befand, schon von weitem. Es stach unter den übrigen Mietskasernen der Schwanthaler Höhe heraus, da aus den Fenstern im Erdgeschoss ein warmes, einladendes Licht strahlte. Das Viertel war düster und trostlos. Die Häuser waren grau und schäbig, die Menschen auf den Straßen waren in Lumpen gekleidet, viele husteten. Die Gegend war eingeklemmt zwischen den Bahnschienen und der Rauch der Lokomotiven waberte stets durch die Gassen. Isolde hatte sich schon mehrerer Bettler erwehren müssen. Die kahlen Bäume und der leichte Nieselregen trugen auch nicht dazu bei, dass sie sich wohler gefühlt hätte. Das Licht hinter den Fenstern der Teestube wirkte auf sie wie ein rettender Leuchtturm in einem dunklen, kalten Meer.

Sie trat durch die Tür und sofort umfingen sie Wärme und der Geruch von vielen Menschen. Es war kein großer Raum, aber er war vollgestellt mit Tischen und Stühlen, auf denen Männer und Frauen, aber auch viele Kinder saßen, dampfende Becher voll Tee vor sich.

In der Ecke entdeckte Isolde Charlotte Kleiber. Sie stand vor einem Kessel, unter dem ein Kohlenfeuer glomm und war damit beschäftigt, Tee auszuschenken. Vor ihr hatte sich eine kleine Schlange gebildet und Isolde konnte beobachten, dass sie mit jeder Person, der sie eine Tasse füllte, ein paar Worte wechselte, ihr zulächelte, sie manchmal auch an der Schulter oder am Arm fasste.

Sie erkannte, was das bewirkte. Die Menschen lächelten, wenn sie von ihr weggingen. Und das lag wohl nicht nur an der warmen, dampfenden Tasse, die sie in den Händen hielten. Charlotte Kleiber strahlte Wärme und Zugewandtheit aus. Isolde stellte sich am Ende der kleinen Schlange an, und als sie an der Reihe war, zwinkerte Charlotte Kleiber ihr zu.

„Die Frau Doktor ist ja doch gekommen. Wie geht es Ihrer Patientin?"

„Sie hat kein Fieber mehr. Zwar hustet sie noch ein wenig, offenbar ist die Erkältung eine Etage tiefer gewandert, aber sie wird es überleben. Und ihr ungeborenes Kind ebenfalls."

„Nun, darauf sollten wir eine Tasse Tee trinken, oder?"

„Gerne," sagt Isolde. „Was bin ich Ihnen schuldig?"

Charlotte Kleiber lachte. „Die Menschen hier erhalten den Tee umsonst. Aber ich bin dankbar für Spenden. Dafür habe ich ein Kässchen aufgestellt."

Sie deutete auf eine Tasse, die am Rand des Tischs stand. Isolde ließ ein Zwei-Mark-Stück hineinfallen.

„Wie sind Sie dazu gekommen, diese Teestube zu eröffnen?", fragte sie.

„Ich habe in Frankfurt Soziale Arbeit studiert. Das ist ein neuer Studiengang. Und nach meinem Abschluss hat mich der Sendlinger Ortsverband der Sozialdemokraten gebeten, mich um die Belange der Arbeiterinnen und Arbeiter in diesem Viertel zu kümmern."

„Da haben sie wohl viel zu tun, oder? Sendling ist eins der ärmsten Viertel von München. Und wenn ich mir die Häuser und die Wohnbedingungen hier so ansehe, könnten Sie ein halbes Dutzend Teestuben eröffnen, ohne den Bedarf zu decken."

Charlotte Kleiber nickte. „Es ist ein bescheidener Anfang. Aber trotzdem ein wichtiges Zeichen. Wir sind hier für die anderen da. Wir sind eine Anlaufstelle für Menschen, die in Not sind. Und selbst wenn sie sich nur keine Kohlen leisten können, und sich bei uns ein bisschen aufwärmen möchten. Wir sind da."

„Sie werden lachen, aber als ich auf meinem Weg hierher war, kam mir Ihre Teestube wie ein Leuchtturm vor."

„Da lache ich nicht. So ist sie gedacht. Wir wollen Menschen, die in Not sind, zeigen, dass sie nicht alleine sind. Ich maße mir zwar nicht an, Leben zu retten, aber Menschen vielleicht einen Weg zu einem besseren Miteinander zu weisen, das wäre schon ein großer Erfolg."

Isolde nickte. „Da sprechen Sie ein wahres Wort."

„Und Sie? Was hat Sie zu Maria geführt?"

„Maria ist die Nichte der Haushälterin meines Onkels. Ich bin bei ihm aufgewachsen und Zenzi war mehr Mutter für mich als meine eigene Mutter. Deshalb bin ich gerne ihrer Bitte nachgekommen, mich um ihre Nichte zu kümmern."

„Ah, und ich dachte schon, Sie hätten beschlossen, Ihre schicke Praxis gegen eine Arbeit im Armenviertel einzutauschen."

„Woher wissen Sie denn, dass ich eine schicke Praxis habe?"

„Ich nehme es an. Sie sind gut, aber nicht luxuriös gekleidet. Sie sind gepflegt. Sie drücken sich dementsprechend aus. Ich gehe davon aus, dass die Damen aus dem Mittelstand oder auch dem niederen Adel, die Ihre Praxis aufsuchen, sich bei Ihnen gut aufgehoben fühlen."

Isolde lachte. „Ich betreibe keine Praxis in der Maxvorstadt, wenn Sie das annehmen. Meine Räumlichkeiten befinden sich mitten in Schwabing. Und meine Patienten gehören jeglichem Stand an. Ich mache da keine Unterschiede. Ich habe einen hippokratischen Eid abgelegt, den Menschen zu helfen. Und den nehme ich sehr ernst."

„Das klingt gut. Zu gut. Leider gibt es hier kaum Ärzte, die sich einem ähnlichen Ethos verpflichtet fühlen. Schade, dass Ihre Bekannte nicht noch weitere Nichten hier hat. Genießen Sie Ihren Tee. Und danke, dass Sie Maria geholfen haben."

Sie nickte Isolde zu und wandte sich dann der Frau zu, die hinter ihr in der Schlange stand und schon leicht ungeduldig wirkte. Isolde verstand den Wink und machte Platz. Sie beobachtete weiter, wie die Sozialarbeiterin Tee ausschenkte, wie sie jedem ihrer Gäste ihre volle Aufmerksamkeit widmete und dabei glücklich und zufrieden wirkte. Isolde spürte, wie ein Gefühl des

Neids in ihr aufwallte. Doch da war noch etwas anderes. Eine Emotion, die sie irritierte. Etwas, das sie schon lange nicht mehr gefühlt hatte.

KAPITEL 17

München, Heiligabend 1913

Elsa sah in die Kiste und unterdrückt einen Aufschrei. In der Ecke hatte sich eine Spinne eingenistet. Vorsichtig nahm sie eine der Kugeln heraus. Das Tier regte sich nicht. Es schien tot zu sein. Sie atmete tief durch. Spinnen hatte sie noch nie gemocht. Und dabei handelte es sich hier nur um ein kleines Exemplar. Wenn sie an die Kaliber dachte, die in Wilhelmstal durch ihre Küche gekrabbelt waren, war das hier beinahe niedlich. Und trotzdem. Das unangenehme Gefühl war sofort wieder da. Sie nahm alle Kugeln heraus und legte sie auf den Tisch.

„Danke, dass du das machst", sagte der Onkel. „Ich schaffe es einfach nicht mehr. Ich kann nicht so lange stehen. Und meine Finger sind so krumm, dass ich den Schmuck nicht am Baum befestigen kann. Die Kerzen hat ja glücklicherweise schon Zenzi angebracht."

„Das mache ich doch gerne, Onkel", sagte Elsa. Sie holte die haarfeinen Lederschnüre aus ihrer Tasche, die sie zu diesem Zweck zugeschnitten hatte, und band sie vorsichtig an den Ösen der Kugel fest. Sie hatte sich für dieses Jahr etwas ganz Besonderes überlegt. Anstelle von kleinen Bindfäden oder Metallösen, würden Lederriemen die Kugeln am Baum festhalten. So wie es sich eben gehörte für eine Sattlerfamilie.

Sie befestigte die erste Kugel, trat einen Schritt zurück und nickte zufrieden. Die Lederschnüre wiesen die richtige Länge auf.

„Ich finde es so schön, dass wir diese Tradition aufrechterhalten, dass ihr am Heiligabend zu uns kommt", sagte der Onkel. Er saß in seinem Ohrensessel vor dem Kamin. Die Beine lagen auf dem Hocker, darüber war eine Decke gebreitet. Er lächelte Elsa zu und sie erwiderte das Lächeln, während sie die zweite Kugel aufhängte.

„Ich wüsste nicht, wo ich an Heiligabend lieber wäre als bei euch. Während meiner Ehe mit Eugen war Weihnachten immer eine Qual. Und in Afrika haben wir es nie so richtig gefeiert. Da fehlt einfach der Schnee. Bei schwüler Hitze ist Weihnachten nicht so wie hier. Und selbst Hilde hat ja inzwischen das Weihnachtsfieber gepackt."

„Wo ist sie?"

Elsa schmunzelte. „Sie geht Zenzi in der Küche zur Hand. Glücklicherweise ist meine Tochter nicht nur handwerklich begabt. Sie kann auch wunderbar kochen. Und sie freut sich immer, wenn sie etwas von Zenzi lernen kann. Da hast du dir eine großartige Haushälterin ausgesucht, damals."

„Ich bin froh, dass ihr inzwischen so gut auskommt. Am Anfang wart ihr nicht so eng miteinander."

„Ich habe recht schnell erkannt, dass ich mich auf Zenzi verlassen kann. Dass sie sich wirklich um mich sorgt. Dass sie für mich da ist. So wie du für mich da warst."

Sie ließ unausgesprochen, an welche Begebenheiten sie dachte. Sie wusste immer noch nicht, ob der Onkel inzwischen begriffen hatte, dass sie bereits vor ihrer Eheschließung mit Eugen von ihm schwanger gewesen war. Und dass Zenzi sich um sie gekümmert hatte. Aber das musste auch nicht ausgesprochen werden. Es war nicht wichtig. Sie waren füreinander da. Und das zählte.

„Wie laufen denn die Geschäfte?", fragte der Onkel. „Nach der Auszeichnung durch den König kannst du dich vor Aufträgen gar nicht mehr retten, oder?"

„Anfangs war es so", sagte Elsa und hängte eine weitere Kugel an einen Ast, nahm sie jedoch gleich wieder weg, als sie sah, dass sie zu nahe an einer anderen hing. „Aber ich habe einige Aufträge wieder verloren. Hugo von Lampeck hat mir dazwischen gepfuscht. Ich hätte einen Wagen für die Engel-Brauerei gestalten sollen. Aber von Lampeck hat dem Besitzer gedroht, ihm die Kredite zu entziehen. Und dann hat der Brauer einen Rückzieher gemacht. Ich kann es ihm nicht verdenken."

Der Onkel seufzte. „Wird diese alte Fehde niemals enden?"

Elsa zuckte mit den Achseln. „Ich muss mich wohl daran gewöhnen. Insbesondere, wenn ich das Ziel verfolgen will, den Titel der Hofsattlerin wieder zurückzugewinnen, werde ich einen Weg finden müssen, wie ich mich seiner erwehren kann."

„Ist das dein Ziel? Den Titel zurückzugewinnen?"

„Ich weiß es nicht. Vater hat viel verloren. Heute sehe ich, dass er einige unglückliche Entscheidungen getroffen hat, die dazu geführt haben. Er wusste es nicht besser. Oder er hat das Risiko bewusst in Kauf genommen. Ich weiß es nicht und es ist letztendlich gleichgültig.

Ich bin ihm nicht böse deswegen. Und gleichzeitig sehne ich mich danach, zurückzuholen, was er verloren hat. Nicht, weil es mir zusteht. Sondern weil ich es kann. Ich glaube, dass ich es in handwerklicher Hinsicht mit meinem Vater aufnehmen kann und dass ich vielleicht sogar an den Großvater heranreiche. Das mag überheblich klingen. Aber ich habe bewiesen, was ich leisten kann. Insofern wäre es durchaus gerechtfertigt, mir den Titel zu geben."

„Und dann? Was hättest du davon?"

Elsa lachte. „Einen Titel. Ich weiß schon, worauf du hinauswillst. Früher war mir das wichtig. Auch das *Von* war mir wichtig. Wie stolz ich war, als ich in den Adel eingeheiratet habe. Aber es ist alles wertlos. Das ist mir schon klar. Vielleicht ist es ein letzter Rest der alten Elsa, vielleicht ist es der Wunsch, etwas, das mit meiner verlorenen Kindheit zu tun hat, wieder zurückzugewinnen. Ich weiß es nicht. Und ich weiß auch nicht, was ich täte, wenn ich den Titel zurückgewinnen würde. Ich weiß nicht, ob ich dann glücklicher wäre."

Der Onkel nickte. „Was macht dich denn glücklich?"

„Das ist leicht zu beantworten. Hilde. Und du und Zenzi. Und Isolde. Und ..."

Sie hielt kurz inne, weil ihr etwas Weiteres in den Sinn gekommen war, etwas, das sie überraschte. Der Onkel sah sie geduldig an. Sie wusste, dass es in Ordnung gewesen wäre, wenn sie nichts gesagt hätte. Doch sie vermutete, dass es gut wäre, wenn sie es aussprach.

„Und Fahrradsättel. Ich habe ein neues Geschäftsfeld für mich entdeckt und einen Prototyp entworfen. Und da er mir so gut gefallen hat, habe ich gleich noch fünf weitere Sättel gebaut. Ich kann dir nicht sagen, warum die Arbeit mich so sehr begeistert. Aber ich werde nächste Woche zu Herrn Maierhöfer gehen, dem Besitzer des Fahrradgeschäfts, und ihm meine Arbeiten zeigen. Ich bin richtig aufgeregt. Viel aufgeregter, als wenn ich einem adligen Kunden einen Entwurf für einen Reitsattel präsentiere."

Der Onkel schmunzelte. „Das kenne ich. Ich habe als Porträtmaler begonnen. Und tatsächlich habe ich ganz gut damit verdient. In den 1870ern. Das ist nun schon eine Weile her. Aber dann bin ich auf einer Bergwanderung an einer Alm vorbeigekommen und habe einen Kuhkopf gesehen. Einen echten Charakterkopf. Ich habe meinen Skizzenblock ausgepackt und konnte nicht mehr aufhören, das Tier zu zeichnen. Und von da an habe ich keine Porträts mehr gemalt. Ich habe mich den Kühen verschrieben. Mit Leib und Seele. Vielleicht ist es bei dir ähnlich mit den Fahrradsätteln."

Elsa zuckte mit den Achseln. „Ja, vielleicht. Wir werden sehen. Jetzt schmücke ich aber weiter. Wir wollen schließlich fertig sein, bevor Hilde und Zenzi uns das Essen servieren."

***

Isolde lehnte sich zurück und schloss die Augen. Der letzte Bissen Karpfen schmolz auf ihrer Zunge dahin. Sie wusste nicht, wie Zenzi das hinbekam. Aber die Soße war ein Gedicht. Und das Fischfleisch hauchzart.

„Hat es geschmeckt?", fragte die Haushälterin, und nach all den Jahren spürte Isolde noch immer die bange Erwartung. Als ob sie befürchtete, dass einer der Gäste unzufrieden wäre.

„Es hat ausgezeichnet geschmeckt. Wie immer Zenzi. Du bist eine Küchengöttin“, sagte Elsa.

„Besser hätte ich es nicht ausdrücken können“, schloss Isolde sich an. Der Onkel erhob sich und sie gingen hinüber in den Salon zur Bescherung. Hildes Augen leuchteten, als sie den festlich geschmückten Baum sah. Die Kerzen brannten und die Kugeln hingen an kleinen Lederfäden. Das hatte sich Elsa ausgedacht. Während Mutter und Tochter sich gegenseitig ihre Geschenke überreichten, hob Isolde ein Päckchen auf und gab es dem Onkel.

„Ich hoffe, du hältst mich nicht für einfallslos. Aber das ist der jährliche Ausstellungskatalog aus Paris.“

Der Onkel lächelte. „Ein wunderbares Geschenk. Ich freue mich jedes Jahr wieder darauf, ihn durchzublättern. Auch wenn ich zugeben muss, dass ich immer weniger verstehe, wie man solche Bilder malen kann. Mit diesen Herren Picasso und Braque kann ich nichts anfangen. Aber das ist gut so. Ich weiß auch, dass es Altvordere vor mir gab, die mit meinen Bildern nichts anfangen konnten. So ist der Lauf der Dinge.“

Isolde gab Zenzi ihr Paket. Die Haushälterin machte große Augen, als sie eines der ersten Exemplare des Hausstaubsaugers „Dandy“ in Händen hielt. Dann war Hilde dran und sie war außer sich vor Begeisterung, als sie die kleine Reisekamera der Marke Leica entdeckte, die sich in ihrem Päckchen befand.

„Vielleicht magst du ja auch mal das Fotografieren ausprobieren“, sagte Isolde. „Wenn es deine anderen künstlerischen Leidenschaften zulassen.“

Ihre Nichte fiel ihr um den Hals und Isolde legte die Arme um sie. Es tat ihr gut, den warmen Körper an ihrem zu fühlen. Sie hatte eine ganz besondere Beziehung zu Hilde. Sie sahen sich nicht oft, aber seit ihrer ersten Begegnung in Afrika war es etwas Einzigartiges zwischen ihnen.

Elsa wurde von Isolde mit Karten für „Parsifal" beschenkt. Bislang hatte die letzte Wagner-Oper nur in Bayreuth aufgeführt werden dürfen. Nun, drei Jahrzehnte nach dem Tod des Komponisten, lief die Sperrfrist aus und Anfang des neuen Jahres standen zahlreiche Aufführungen auf den Programmen der Opern in aller Welt. Danach stimmten sie ‚Stille Nacht' an und der Abend wurde zunehmend feierlich. Irgendwann, Zenzi und Hilde waren mit Aufräumen beschäftigt und der Onkel war in seinem Stuhl eingeschlafen, saßen die beiden Schwestern nebeneinander.

„Wie geht es dir eigentlich?", fragte Elsa. „Von dir bekommt man ja gar nichts mehr mit. Du hast deine Praxis eröffnet. Und jetzt?"

„Mir geht es gut. Die Praxis läuft. Und ich bin ausgelastet. Es ist viel Arbeit. Aber ich komme damit zurecht."

Elsa verdrehte die Augen. „Was ist denn das für eine Antwort? Du sollst mir sagen, wie es dir geht. Nicht, dass du mit der Arbeit gut zurechtkommst."

Isolde lachte. „Du solltest einmal mit Herrn Freud sprechen. Vielleicht wärst du besser zur Analytikerin geeignet als ich."

„Ich werde ganz sicher nicht mit diesem Herrn Freud sprechen. Der kann mir gestohlen bleiben mit seinem Schweinkram. Also, wie geht es dir?"

Isolde sah zum Onkel hin. Er schnarchte.

„Ehrlich gesagt, ich bin ein wenig verwirrt.“

„Verwirrt? So wie alte Menschen verwirrt sind, wenn sie ihren Schlüssel nicht mehr finden?“

„Nein, nicht im Kopf. Im Herzen. Meine Gefühle sind verwirrt.“

„Ah, jetzt wird es interessant. Und was hat deine Gefühle verwirrt? Es wird doch nicht eine neue Liebschaft sein?“

Isolde schluckte. „So würde ich das nicht bezeichnen. Ich habe eine Frau kennengelernt. Ich fühle mich wohl in ihrer Nähe. Ich möchte sie kennenlernen. Und vielleicht möchte ich auch mehr von ihr, aber ich weiß nicht, ob daraus etwas werden kann.

„Meine liebe Schwester, die unerschütterliche Optimistin. Warum sollte daraus nichts werden?“

Isolde spürte, wie eine heiße Röte ihr Gesicht flutete. Sie konnte aber nichts dagegen tun. „Ich weiß nicht, ob sie, ob sie …“

„Ob sie Frauen lieber mag als Männer?“

Isolde nickte.

„Dann musst du sie wohl oder übel näher kennenlernen. Anders wirst du das nicht herausfinden. Wie heißt sie denn?“

„Charlotte Kleiber.“

„Und woher kennst du sie?“

„Sie betreibt eine Teestube für Arme in Sendling. Ich habe sie kennengelernt, als ich Zenzis Nichte behandelt habe.“

„Was muss ich dir jetzt noch alles aus der Nase ziehen? Wie sieht sie aus, wie alt ist sie? Warum betreibt sie eine Teestube?“

„Sie muss in meinem Alter sein und arbeitet für den sozialdemokratischen Ortsverein in Sendling. Es ist seltsam. Ich habe nur kurz mit ihr gesprochen. Aber ich habe sie beobachtet und ... ich habe so etwas schon lange nicht mehr gefühlt. Als ich sie gesehen habe, ist mir das Herz aufgegangen. So wie damals bei ... bei Emily.“

Isolde spürte, wie ihre Augen feucht wurden. Sie wollte nicht weinen. Aber sie konnte nicht anders. Da fühlte sie eine Berührung an ihrem Arm. Sie sah hinab und erkannte, dass Elsa ihre Hand auf ihren Unterarm gelegt hatte. Auch Elsas Augen glänzten.

„Ich würde es dir von Herzen wünschen, dass du wieder einen Menschen findest, der dich so liebt wie Emily und den du so lieben kannst. Ihr beide hattet etwas ganz Besonderes.“

Isolde nickte. „Ich hatte immer geglaubt, dass es so etwas nicht noch einmal geben könnte. Allzu viele Gelegenheiten gab es in den letzten Jahren ohnehin nicht. Ich habe hier und da Frauen kennengelernt. Aber zu keiner habe ich mich hingezogen gefühlt. Bei keiner war auch nur ein Anflug des Gefühls, das ich damals für Emily empfunden habe. Aber bei Charlotte ist es anders. Ich sehe sie an und etwas in mir zittert und bebt.“

„So wie bei mir und Moritz damals“, flüsterte Elsa. „Weißt du, ich beneide dich ein wenig darum. Ich wünschte, mir würde so etwas wieder geschehen. Und gleichzeitig fürchte ich mich davor. Ich habe allen meinen Männern nur Unglück gebracht. Alle sind sie tot.“

Isolde schüttelte den Kopf. „In keinem Fall war es deine Schuld. Es waren allesamt freie Entscheidungen.“

„Das mag sein. Aber Entscheidungen für oder gegen mich. Also hänge ich doch mit drin. Aber egal. Das Thema gibt es nicht für mich. Aber für dich. Und das ist umso schöner. Sprich mit deiner Charlotte. Lerne sie kennen. Und wenn sie dich auch mag, zögere nicht. Ich kenne dich. Du durchdenkst alles. Manchmal kann man auch zu viel denken. Und das ist schlecht. Ich spreche aus eigener Erfahrung.“

Isolde wischte sich die Tränen von den Wangen. Dann erschien ein Lächeln auf ihrem Gesicht. „Danke für deinen Rat, Elsa. Ich werde ihn mir zu Herzen nehmen. Frohe Weihnachten.“

Sie breitete ihre Arme aus und Elsa neigt sich zu ihr. So verharrten die Schwestern eine Weile in dieser Umarmung. Eng umschlungen. Und Isolde genoss es, diesem Menschen nahe zu sein, der so wichtig für sie war wie kein anderer.

KAPITEL 18

München, Freitag, 2. Januar 1914

Elsas Herz klopfte so laut, dass sie sich sicher war, dass der Fahrradhändler es hören musste. Sie hatte den Fahrradsattel in ein Öltuch gewickelt und holte ihn aus ihrer Tasche. Maierhöfer sah sie neugierig an. Nun erst bemerkte sie, dass er braune Augen hatte. Der Farbton war ganz ähnlich wie der, den Moritz' Augen gehabt hatten. So warm. Mit einem leichten Stich ins Grüne.

„Wollen Sie mir nun den Sattel zeigen?", hörte sie ihn fragen. Sie riss sich von der Betrachtung seiner Augen los, holte den Sattel aus der Tasche, legte ihn samt Verpackung auf den Tresen und begann, das Ölpapier vorsichtig abzuziehen. Als sie fertig war, trat sie ein Stück zurück und gab den Blick frei auf ihr Meisterwerk. Sie war noch nie so stolz auf etwas gewesen, wie auf diesen Sattel. Abgesehen vielleicht einmal von dem, den sie mit Moritz gemeinsam gebaut hatte. Aber das war sein Werk gewesen, sie hatte ihm nur zugearbeitet. Dies war nun ein Werkstück, das ganz ihrer Inspiration entwachsen war. Und es gefiel ihr viel besser als selbst der Sattel, der den Preis des Königs gewonnen hatte.

„Grundgütiger", sagte Maierhöfer. Seine Schnurrbartspitzen zuckten. Er streckte vorsichtig die Hand aus und berührte das Leder mit dem Finger.

„Wie weich und geschmeidig es ist. Wie haben Sie das gemacht?“

„Altes Sattlergeheimnis. Es geht um die richtigen Öle.“

„Und diese Verzierungen. Diese Dreiecke und die Kreise. Sollen das Fahrräder sein?“

„Ja. Im avantgardistischen Stil. Das hat den Vorteil, dass die Kunden, die sich damit auskennen, es ganz großartig finden werden. Und diejenigen, die nichts damit anfangen können, werden sich nicht daran stören. Kreise und Dreiecke sind unverfänglich.“

„Sie planen also, den Sattel zu verkaufen?“

Elsa nickte. „Und nicht nur diesen. Ich habe bereits fünf Identische hergestellt.“

„Wo haben Sie die Unterbauten hergenommen?“

„Als meine Tochter mit ihrem neuen Sattel in die Schule gekommen ist und ihre Freundinnen Probe fahren durften, waren alle dermaßen begeistert davon, dass sie ihre alten Sättel zur Verfügung gestellt haben. Ich habe jedem der Mädchen einen neuen gebaut. Sie schwören nun darauf. Und bereits drei der fünf Mütter haben sich bei mir gemeldet, um einen Sattel für sich selbst zu bestellen.“

Maierhöfer lachte, eine Regung, die seinem Gesicht sehr guttat. An seinen Augenwinkeln erschienen Fältchen.

„Das klingt gut. Wie hoch sind die Herstellungskosten für den Sattel?“

„Im Moment natürlich noch relativ hoch. Die reinen Materialkosten belaufen sich schon auf zwanzig Mark. Und wenn ich dann noch meine Arbeitskraft rechne, müsste ich den Sattel für etwa achtzig Mark verkaufen, um ein Geschäft damit zu machen.“

„Dafür bekommen Sie ein ganzes Fahrrad", sagte Maierhöfer.

„Ja, ich weiß. Ich habe ausgerechnet, dass wir die Kosten auf die Hälfte senken könnten, wenn wir zweitausend Stück im Jahr produzieren. Dafür müssten wir aber in die industrielle Fertigung gehen. Ich müsste Arbeiter einstellen und Maschinen kaufen."

Sie sah, dass Maierhöfer schmunzelte. „Sie reden von *wir*. Es ehrt mich, dass Sie mich offenbar an Ihren Einnahmen beteiligen wollen. Aber bislang sprechen wir doch nur von einer Reklamation, die Sie nun sogar selbst erledigt haben, nachdem Sie mein Angebot, Ihnen den Sattel zu ersetzen, ausgeschlagen haben."

Elsa lachte. „So, wie Sie vorhin diesen Sattel angesehen haben, glaube ich nicht, dass Sie mich gehen lassen, ohne mir ein Angebot für eine Zusammenarbeit zu unterbreiten."

Das Lächeln um Maierhöfers Augen herum verbreiterte sich. Die Lachfältchen wurden tiefer. „Sie sind eine geschickte Geschäftsfrau. Hat Ihnen das schon mal jemand gesagt?"

„Ich habe einen guten Freund in Deutsch-Ostafrika. Herr Zuganatto. Er betrieb die größte Spedition im Norden des Schutzgebiets. Er hat mir schon ähnliche Dinge gesagt."

„Sie scheinen weit gereist zu sein."

„Ich habe ein paar Jahre dort gelebt. Auf der Plantage meines verstorbenen Mannes. Nach seinem Tod bin ich mit meiner Tochter nach Deutschland zurückgekehrt. Und habe die Sattlerei meines Großvaters wieder aufleben lassen."

„Und wie erklärt sich Ihre Leidenschaft für Fahrradsättel?“

„Es ist ein neues Geschäftsfeld. Und eines, das sich lohnt. Seien wir doch ehrlich. Pferde werden zwar nicht verschwinden, aber Sättel werden eher Liebhaberobjekte. Wenn man nicht gerade in die große Massenfertigung einsteigt, um Militärsättel zu bauen, wird man als Sattler in Zukunft Schwierigkeiten haben, sich auf dem Markt zu halten. Da sind neue Geschäftsfelder wichtig. Und das Fahrrad gewinnt immer mehr an Popularität. Zudem ist ein Fahrradsattel wenig materialintensiv und schnell gebaut. Er eignet sich wunderbar für industrielle Fertigung. Die kann aber auf höherem Niveau stattfinden als das, was Sie mir präsentiert haben.“

„Da bin ich mir sicher“, sagte Maierhöfer. Er rümpfte kurz seine Nase, die dadurch nach rechts oben verschoben wurde, wodurch er aussah wie ein Kaninchen, das davor war, zu niesen. Elsa musste ein Kichern unterdrücken.

„Ich will ehrlich zu Ihnen sein“, sagte er. „Die Sättel, die ich bisher für meine Fahrräder beziehe, sind Schrott. Ihrer ist dagegen ein Luxusobjekt. Ich bin eher auf der Suche nach etwas, was sich in der Mitte zwischen beiden Extremen befindet. Natürlich wäre es gut, wenn am Ende – statt der achtzig – vierzig Mark auf dem Sattel stehen. Aber noch besser finde ich fünfzehn Mark. Wären Sie in der Lage, auch zu diesem Preis einen qualitativ hochwertigen Sattel zu bauen?“

Elsa sah ihn interessiert an. „Natürlich. Die Verzierungen wären dann simpler. Oder ich würde sie ganz weglassen. Und auch die Polsterung würde ich nicht mehr so aufwendig gestalten. Da ließe sich etwas machen. Aber was halten Sie davon, wenn wir zwei Preissegmente bedienen, den Basis-Sattel zum Preis von fünfzehn bis zwanzig Mark und den Premium-Sattel zum Preis von vierzig Mark. Dann kann jeder Kunde entscheiden, wie viel er in den Sitzkomfort investieren mag. Und Sie können ja mit beiden Produkten Probefahrten anbieten. Ich bin mir sicher, dass mindestens ein Drittel derer, die sich ursprünglich für den Basis-Sattel interessiert hatten, nach einer Probefahrt auf den Premium-Sattel umsteigen werden."

Er strich sich über das glatt rasierte Kinn. Dann lächelte er. „Die Idee gefällt mir sehr gut. Ich denke, wir könnten über eine Zusammenarbeit sprechen. Wären Sie denn in der Lage, Ihre Produktion entsprechend auszuweiten?"

Elsa nickte. „Ich habe bereits einen Termin bei der Bank vereinbart. Natürlich muss ich dafür einen Kredit aufnehmen. Aber das ist in Ordnung. Ich glaube an mein Produkt. Und da muss ich eben investieren."

Er streckte er die Hand entgegen. „Dann sind wir im Geschäft. Sie liefern mir die Sättel, ich baue Ihnen die Fahrräder."

Elsa schlug ein. „Und gemeinsam werden wir den Markt erobern."

***

Es war schon spät. Zu spät. Draußen war es dunkel. Ein kalter Wind blies die letzten Blätter von den Bäumen und peitschte den Regen über das Kopfsteinpflaster.

„Willst du nicht einen Fiaker rufen?", fragte Marianne, als sie Hilde zur Haustür brachte. Diese schüttelte den Kopf. „Es ist ja nicht so weit. Und ich gehe gerne zu Fuß."

Sie verabschiedeten sich und Hilde ging hinaus auf die Straße. Mist. Sie hätte doch einen Regenschirm mitnehmen sollen. Sie zog ihren Mantelkragen enger und eilte davon. Es war tatsächlich nicht weit bis zur Werkstatt. Ein Fußweg von etwa zehn Minuten durch die Münchener Altstadt. Und doch war sie bereits nach wenigen Augenblicken komplett durchnässt. Hoffentlich erkältet sie sich nicht. Sie bog um eine Ecke und prallte gegen etwas Weiches. Irritiert sah sie auf. Vor ihr stand ein Mann. Sie murmelte eine Entschuldigung. Offenbar war sie mit ihm zusammengestoßen, weil sie nur zu Boden gesehen hatte. Sie wollte an ihm vorbeigehen, doch er stellte sich ihr in den Weg.

„Es war keine Absicht. Es tut mir leid", sagte sie und versuchte, an der anderen Seite an ihm vorbeizugelangen. Doch wieder ließ er sie nicht passieren.

„Was wollen Sie?", fragte sie. Sie spürte, wie sich die Angst ihr in die Kehle krallte. Der Mann sah sie an. Seine Augen waren rot umrändert. Auf den Wangen war ein Geflecht aus blauen Venen zu sehen. Er grinste sie an und sein Mund war voll fauliger Zähne.

„Nun, wen haben wir denn da? So eine Süße? Gib mir einen Kuss!"

Ein Hauch von schlechtem Branntwein und Zigarettenqualm wehte aus seinen Worten. Hilde spürte, wie ihr übel würde, während gleichzeitig eine Panik in ihr aufbrandete. Sie trat einen Schritt zurück, doch der

Mann war schneller. Er packte sie am Arm. Sein Kopf ging nach links und rechts.

„Hier draußen ist es doch so ungemütlich. Wollen wir nicht ein wenig nach drinnen gehen?"

Hilde versuchte, sich loszureißen, doch es wollte ihr nicht gelingen. Der Mann hielt sie mit eisernem Griff umfangen.

„Lassen Sie mich los! Hilfe! Zu Hilfe!"

„Bist du ruhig", knurrte der Mann und drückte ihr eine Hand vor den Mund. Hilde wollte ihn beißen, aber er hatte ihren Unterkiefer gepackt und presste ihn fest nach oben. Ihre Zähne schmerzten. Sie versuchte, sich zu winden, doch er hielt sie mit dem anderen Arm. Er schleppte sie in Richtung des Gebäudes, das auf der gegenüberliegenden Straßenseite lag. Warum kam denn keiner? Hildes Augen füllten sich mit Tränen. Was würde mit ihr geschehen? Was würde der Mann mit ihr anstellen? Würde er sie umbringen?

„Was ist hier los?", hörte sie eine Stimme fragen. Sie spürte, wie der Griff des Mannes sich lockerte, an ihrem Arm und an ihrem Kiefer. Nun war die Chance gekommen. Sie öffnet ihren Mund und biss dem Kerl in die Hand. Dieser schrie auf und ließ sie los. Hilde befreite sich und sprang zur Seite. Ein ekliger Geschmack machte sich in ihrem Mund breit und sie spuckte aus. Sie sah, dass sich ein hagerer Mann ihrem Peiniger entgegengestellt hatte. Sie erkannte die Gestalt. Es war Hermann von Lampeck. Auch er schien sie zu erkennen, denn in seinen Augen blitzte es auf.

„An deiner Stelle wäre ich vorsichtig, mit wem du dich anlegst, Jüngelchen", sagte der Mann. Er trat auf Hermann zu. Doch dieser holte blitzschnell mit seinem

Spazierstock aus und schlug seinem Gegner mit voller Wucht auf die Hand. Der Kerl jaulte auf.

„Du hast mir die Finger gebrochen", schrie er. „Das wirst du büßen."

„Wollen Sie etwa die Polizei rufen?", fragte Hermann mit kalter Stimme. „Nur zu. Denen habe ich ebenfalls einiges zu erzählen. Oder wollen Sie, dass ich Ihnen die andere Hand auch noch breche? Verschwinden Sie und lassen Sie sich nie wieder blicken."

Für einen Moment dachte Hilde, dass der Mann sich auf Hermann stürzen würde. Doch dann sah er weg, machte kehrt und eilte davon.

Sie atmete schwer. Ihr Herz raste ihr bis zum Hals. Hermann kam auf sie zu.

„Ist alles in Ordnung?", fragte er. Sie nickte, unfähig zu sprechen.

„Ich begleite Sie nach Hause."

Sie wollte ihm sagen, dass das unnötig sei, aber sie unterließ es. Denn ihr wurde bewusst, dass es offenbar nicht unnötig war. Und sie war ihm dankbar dafür, dass sie ihn an ihrer Seite wusste. Sie gingen schweigend nebeneinanderher. Sie spürte, wie die Aufregung sich langsam legte, wie ihr Puls sich beruhigte.

„Danke", sagte sie.

„Das ist selbstverständlich", erwiderte er knapp.

„Wirklich? Was würde Ihr Großvater dazu sagen, wenn er erfährt, dass Sie der Tochter seiner Rivalin Leib und Leben gerettet haben?"

„Er wird es nicht erfahren."

Hilde hielt an. „Warum? Haben Sie Angst vor ihm?"

Hermann zuckte mit den Achseln „Ich habe gelernt, manchen Diskussionen aus dem Weg zu gehen. Vor allem, wenn es um unsere Mutter geht."

„Unsere Mutter? Wen meinen Sie damit?"

Nun war es Hermann, der stutzte. Er sah sie an. Dann blitzte es in seinen Augen auf. „Sie hat es Ihnen nicht gesagt?"

Hilde spürte, wie ihr Mund trocken wurde. „Was hat sie mir nicht gesagt?", flüsterte sie.

„Dass wir Geschwister sind. Halbgeschwister."

Sie hatten inzwischen die Sattlerei erreicht.

„Ich sehe, wir sind angekommen", sagte Hermann. Er nickte ihr zu. „Erholen Sie sich gut!"

Er nickte ihr zu und ging davon. Hilde starrte ihm mit offenem Mund nach. Sie wollte ihn aufhalten, aber sie war unfähig, etwas zu sagen. Geschwister?

***

Isolde trat in die Gasse, und erneut kam ihr der Schein, der aus den Fenstern der Teestube drang, vor wie ein Leuchtturm in dunkler Nacht. Das Etablissement war wieder gut gefüllt. Alle Tische waren besetzt und vor der Ausgabe hatte sich eine lange Schlange gebildet. Als die Türe sich öffnete, fiel Charlotte Kleibers Blick auf sie. In der Miene der Sozialarbeiterin meinte sie, zunächst Erstaunen zu erkennen, und dann etwas, das sie kurz den Atem anhalten ließ. War es wirklich Freude gewesen? Oder wünschte sie sich nur, dass Charlotte Kleiber sich freute? Sie schob den Gedanken beiseite und reihte sich in die Schlange ein. Es dauerte beinahe eine halbe Stunde, bis sie dran war, aber es macht ihr nichts aus, denn es verschaffte ihr eine gute Gelegenheit, die Sozialarbeiterin zu beobachten. Als sie an die Reihe kam, sagte Charlotte Kleiber: „Hat Ihnen mein Tee so gut geschmeckt, dass Sie gleich wiederkommen?"

„Ihr Tee ist köstlich. Aber er ist nicht der Grund, warum ich wiederkomme. Ich möchte Ihnen einen Vorschlag machen. Können wir uns vielleicht kurz unterhalten?"

Charlottes Blick wanderte über Isoldes Schulter. „Lassen Sie mich die drei Leute hinter Ihnen noch bedienen. Dann bitte ich meine Gehilfen, zu übernehmen, und wir können uns an einen der Tische in der Ecke dort zurückziehen, um das zu besprechen, was auch immer Sie mir vorschlagen wollen. Ich bin neugierig."

Sie zwinkerte ihr zu und drückte ihr eine volle Tasse Tee in die Hand. „Trinken Sie den, der schmeckt noch besser als der Letzte."

Isolde ging mit der Tasse an den Tisch in der Ecke und nahm Platz. Sie nippte an dem Getränk, aber es war so heiß, dass sie sich die Zungenspitze verbrannte und den Geschmack gar nicht wahrnehmen konnte. Vorsichtig blies sie über die dampfende Oberfläche und als sie es für sicher befand, nahm sie einen kleinen Schluck. Der Tee schmeckte fruchtig. Hagebutten waren darin und noch etwas anderes, das sie nicht genau greifen konnte.

„Na, haben Sie erkannt, was ich in den Tee gemischt habe?", fragte Charlotte, als sie sich kurz darauf zu ihr gesellte.

„Hagebutten. Ansonsten bin ich nicht so gut im Schmecken."

„Getrocknete Quitten. Das ist mein Geheimnis. Nicht so säuerlich wie Äpfel. Aber sie runden den Geschmack der Hagebutten unvergleichlich ab. Wahrscheinlich sind Sie aber nicht gekommen, um mit mir über meine Teerezepte zu sprechen."

Isolde schüttelte den Kopf. „Ich möchte Ihnen einen Vorschlag machen."

„Ich bin ganz Ohr."

Isolde holte tief Luft. „Ich hatte über die Weihnachtstage genug Zeit nachzudenken. Man hört in diesen Tagen oft davon, dass man für andere Menschen da sein soll, dass man Barmherzigkeit zeigen soll. Dass man dem Beispiel Christi folgen oder was auch immer tun soll, um anderen Menschen zu helfen. Ich dachte, das wäre Teil meines Berufs. Als Ärztin helfe ich anderen. Aber im Grunde genommen ist es eine Dienstleistung. Ich nehme Geld dafür."

„Und das wahrscheinlich nicht zu wenig", sagte Charlotte. Isoldes Augenbrauen wanderten nach oben.

Die Sozialarbeiterin lachte. „Viel und wenig ist eine Sache des Maßstabs. Für die Menschen, die Sie hier sehen, ist es sehr viel Geld, das Sie verlangen. Ich würde vermuten, dass Ihre Tarife jedoch wesentlich günstiger sind als die Ihrer Kollegen."

„Ja, da haben Sie wahrscheinlich recht. Und nun sind wir auch schon beim Kern dessen, was ich mit Ihnen besprechen möchte. Ich möchte kostenlose Sprechstunden für Menschen anbieten, die es sich nicht leisten können, einen Arzt aufzusuchen."

Nun verschwand das leicht spöttische Lächeln vom Gesicht der Sozialarbeiterin.

„Das würden Sie tun? Respekt. Und alles, weil Sie über Weihnachten einmal über die Predigt des Pfarrers nachgedacht haben, anstatt ein kleines Nickerchen einzulegen?“

Isolde lachte. Sie hatte das Gefühl, dass sie Charlotte Kleiber nun verstand. Sie hatte eine spitze Zunge, aber sie nutzte sie nicht, um andere zu verletzen, sondern der Spott war ein Spiel. Vielleicht auch eine Probe. Und Isolde nahm sich vor, diese Prüfung zu bestehen.

„Nein. Es sind zwei Erlebnisse, die mich stärker bewegt haben als irgendwelche Predigten. Das war zum einen der Krankenbesuch bei Maria. Die Verhältnisse, in denen sie und ihre Kinder leben müssen. Und es war der erste Besuch hier. In der Teestube. Sie leisten unglaublich wichtige Arbeit. Vielleicht wichtiger als alles, was ich jemals geleistet habe. Ich bin Ärztin geworden, weil ich etwas verändern wollte. Ich musste einst miterleben, wie im Namen der Medizin und der Wissenschaft Menschen großes Unrecht angetan wurde. Und das wollte ich nicht mehr hinnehmen. Doch mein Studium war nicht darauf ausgerichtet, etwas an den bestehenden Verhältnissen zu ändern. Und selbst in meiner Praxis habe ich oft das Gefühl, hilflos und nutzlos zu sein. Das ist nicht recht. Ich möchte etwas bewirken. Ich möchte einen Unterschied machen. Sie leisten das mit Ihrer Teestube. Und das finde ich großartig. Ich möchte Sie dabei unterstützen. Und deshalb möchte ich Sie bitten, dass Sie mir erlauben, meine Sprechstunde hier in diesen Räumlichkeiten abzuhalten.“

Charlotte Kleiber sah sie mit großen Augen an. „Hoppla. Ich hätte nicht gedacht, dass Sie eine Frau vieler Worte sind. Respekt.“

Isolde lachte. „Normalerweise bin ich auch eher maulfaul. Eigentlich wollte ich Schriftstellerin werden, stattdessen habe ich es zur Fotografin gebracht. Und dann zur Ärztin. Doch manchmal müssen Worte gesprochen werden. Ich möchte den Menschen hier helfen. Gleichgültig, ob sie es sich leisten können oder nicht. Ich möchte meine Dienste als Ärztin kostenlos anbieten. Und ich werde auch Arzneien mitbringen. Es hilft nichts, wenn ich die Leute hier mit Diagnosen versehe, sie sich dann aber die Behandlung nicht leisten können, weil die Apotheken so teuer sind."

Sie sah, dass etwas in den Augen der Sozialarbeiterin glänzte. „Frau Doktor Hartmann, Sie gefallen mir. Sie gefallen mir sehr gut."

Isolde spürte, wie ihr Mund trocken wurde. Wie war das denn nun gemeint? Sie war nicht gut darin, Signale zu lesen. Deshalb fragte sie: „Kann ich das für ein ‚Ja' halten?"

Charlotte Kleiber lachte. „Natürlich. Wann fangen wir an?"

KAPITEL 19

München, Mittwoch, 7. Januar 1914

Elsa atmete tief durch, dann drückte sie die Türglocke. Es dauerte nicht lange, bis sie in das vertraute Gesicht von Angus sah. Der Butler deutete ein überraschtes Lächeln an.

„Ich würde gerne mit Herrn von Berlitz sprechen", sagte Elsa und als sie das Zögern im Blick des Schotten sah, ergänzte sie: „Und nein, ich bin nicht angemeldet."

Der Butler bat sie herein und führte sie in den Salon. Wie anders alles aussah. Zum letzten Mal, als sie hier gewesen war, war Moritz aufgebahrt gewesen. Der Gedanke ließ sie schlucken. Sie hatte nicht allzu viel Zeit, sich in ihren bösen Erinnerungen zu verfangen, denn Angus kündigte ihr an, dass von Berlitz sie empfangen würde und bat sie, ihm zu folgen. Er führte sie in den ersten Stock, öffnete eine Tür und bedeutete ihr, einzutreten. Es war einst das Büro ihres Vaters gewesen, damals, als dieses Haus noch die Heimat ihrer Familie gewesen war, ehe der Vater sich verspekuliert hatte und Alfred von Berlitz die Firma und die Villa erworben und Elsa und Isolde zum Auszug gezwungen hatte. Doch der riesige Schreibtisch, der nun darinstand, erinnerte sie überhaupt nicht mehr an ihn. Stattdessen rief er ihr den Tag ins Gedächtnis, als sie vor Alfred von Berlitz getreten war und ihn angefleht hatte, sie und ihr ungeborenes Kind vor Hugo von Lampecks Rache zu retten.

„Ihr Besuch kommt ... unerwartet. Meistens bin ich es doch, der Sie aufsucht, um einen Blick auf meine Enkelin erhaschen zu können. Was führt Sie zu mir?", fragte der Unternehmer.

„Ich möchte Sie um Ihren Rat bitten", sagte Elsa.

Seine Augenbrauen wanderten nach oben. „Um meinen Rat? In welcher Angelegenheit?"

„In geschäftlichen Dingen. Aber da diese auch Ihre Enkelin betreffen, wage ich es, mich an Sie zu wenden."

Von Berlitz legte die Hände zusammen und stützte damit sein Kinn ab. Elsa sah dies als Aufforderung, zu beginnen.

„Ich möchte mein Geschäft beträchtlich erweitern. Die klassische Sattlerei ist inzwischen ein schwieriges Metier. Ich habe nun die Möglichkeit, Fahrradsättel herzustellen für eine innovative und gut gehende Fahrradmanufaktur. Dafür muss ich aber meinen Betrieb ausbauen, neues Personal einstellen, Werkzeuge und Maschinen kaufen. Kurz gesagt, ich muss einen Kredit über fünfzehntausend Mark aufnehmen."

Die Augen des Unternehmers wurden kleiner. „Und damit kommen Sie zu mir? Ich bin keine Bank."

Elsa schüttelte vehement den Kopf. „Bitte verstehen Sie mich nicht falsch. Mir geht es nicht darum, Sie anzubetteln. Ich will Ihr Geld nicht. Ich habe schon mit der Bank gesprochen. Die würden mir den Kredit einräumen."

„Dann ist doch alles in bester Ordnung", sagte von Berlitz.

Elsa schüttelte den Kopf. „Nein, das ist es nicht. Ich habe schon mehrere Nächte lang kaum geschlafen. Heute Nachmittag soll ich die Unterschrift leisten. Aber ich weiß nicht, ob es der richtige Schritt ist."

„Was lässt Sie daran zweifeln?"

„Das Beispiel meines Vaters. Er hat zu viel gewollt. Er hat alles auf die Militärsättel gesetzt. Und dann war Ihr Angebot günstiger."

Von Berlitz nickte. „Das ist das unternehmerische Risiko. Es steht mir nicht zu, Ihren Vater zu kritisieren. Aber Sie haben recht. Er hat zu viel gewollt. Er hätte erkennen müssen, dass sein Angebot nicht das einzige ist. Und er hätte vor allem nicht alles auf eine Karte setzen dürfen. Allerdings sprechen wir hier über ein Geschäftsvolumen von mehreren hunderttausend Mark. Bei Ihnen geht es um fünfzehntausend Mark, wenn ich das recht verstehe?"

„Ja. Aber auch das ist viel Geld. Wissen Sie, ich glaube, ich müsste diesen Schritt nicht gehen. Ich könnte meine Sattlerei so weiter betreiben wie bisher. Dann würde ich mir eine Nische suchen und exquisite Damensättel herstellen."

„Warum bleiben Sie dann nicht dabei?"

Elsa sog ihre Unterlippe ein. „Weil ich nicht glaube, dass ich damit glücklich würde. Ich habe in den letzten Tagen mehrere Fahrradsättel gebaut. Und ich hatte lange nicht mehr so viel Freude an der Arbeit. Es ist ein praktischer Gegenstand, den jeder gebrauchen kann. Und genau das ist eine Herausforderung. Warum sollte ich noch jahrzehntelang Sättel für gut betuchte Damen bauen? Mit meinen Fahrradsätteln könnte ich so viel mehr Menschen erreichen und ihnen das Leben so viel einfacher machen. Ich kann das. Ich weiß, dass ich es kann. Und deshalb will ich es."

Von Berlitz nickte. „Ich verstehe. Sie wollen es. Sie können es. Aber Sie haben Angst, dass es Ihnen ergehen könnte, wie Ihrem Vater."

„Ich habe viel durchlitten, um an diesen Punkt zu kommen. Ich bin Ihnen dankbar, dass Sie mir damals die Möglichkeit gegeben haben, in Afrika neu anzufangen. Das war eine wichtige Zeit, in der ich viel über mich und meine Fähigkeiten gelernt habe. Und ich konnte Hilde in Sicherheit großziehen. Sie ist ein wunderbares Mädchen geworden. Und ich möchte ihr ersparen, dass es ihr geht wie mir damals. Ich wünsche ihr, dass sie niemals um ihre Existenz fürchten muss."

„Das würde ich nie zulassen", flüsterte von Berlitz.

Elsa schüttelte den Kopf. „Sie sollen nicht den Eindruck haben, ich würde Sie bitten, mir den Rücken freizuhalten. Mir geht es wirklich nur um Ihren Rat. Sie sind der erfahrenste und erfolgreichste Unternehmer, den ich kenne. Ich weiß, dass es eine Zumutung für Sie sein muss, nach allem, was geschehen ist. Ich würde es auch nicht wagen, mit dieser Bitte an Sie heranzutreten. Aber mir geht es um Hilde. Sie ist der wichtigste Mensch in meinem Leben. Ich will keinen Fehler begehen, den sie ausbaden müsste."

Nun erschien beinahe so etwas wie ein Lächeln auf seinem Gesicht.

„Gut. Ich sehe, dass Sie sich sehr verändert haben. Und ich rechne es Ihnen hoch an, dass Sie sich so um Ihr Kind sorgen. Um zu beurteilen, ob Ihre Geschäftsidee tragfähig ist, müssten wir einmal über Zahlen sprechen. Haben Sie die dabei?"

Elsa deutet auf eine Tasche, die sie unter dem Arm trug.

„Ich habe meine Kalkulationen hier."

„Dann lassen Sie mal sehen!"

***

Hilde atmete tief durch, ehe sie an die Tür klopfte. Der Brummbass des Onkels bat sie herein. Er saß in seinem Sessel vor dem Kamin, die Decke über den Beinen und lächelte ihr zu.

„Hilde, schön dich zu sehen. Was gibt es?"

Sie nahm ihm gegenüber Platz und sah ihn an. „Ich habe eine Frage und ich weiß nicht, mit wem ich darüber sprechen soll. Eigentlich wollte ich mich an Tante Isolde wenden, aber sie ist beschäftigt. Und ich denke, du kannst mir auch Antworten geben."

Die wachen Augen des Onkels musterten sie. „Worum geht es?"

Hilde holte noch einmal tief Luft. Dann schoss es aus ihr hervor: „Stimmt es, dass Hermann von Lampeck und ich Geschwister sind?"

Sie sah, wie im Gesicht des Onkels eine Veränderung vor sich ging. Der zuvor gespannte, beinahe neugierige Gesichtsausdruck wirkte nun bekümmert. Seine Augen sahen sie mitleidsvoll an.

„Ja. Das stimmt", sagte er.

Die Worte trafen Hilde wie ein Schlag ins Gesicht. „Warum hat Mama mir dann nie gesagt, dass ich einen Bruder habe?"

Der Onkel schloss kurz die Augen, er atmete schwer.

„Ich glaube nicht, dass ich die richtige Person bin, um dir das zu sagen. Du solltest deine Mutter fragen."

„Die hat 13 Jahre lang nicht mit mir darüber gesprochen. Warum sollte sie es jetzt tun? Bitte sag mir, was du weißt."

„Nun gut. Bevor deine Mutter nach Afrika gegangen ist, war sie schon einmal verheiratet. Mit Eugen von Lampeck. Dem Sohn von Hugo von Lampeck. Die Ehe war sehr unglücklich. Deine Mutter war sehr unglücklich. Sie hat einen Sohn bekommen. Hermann. Er war damals oft bei mir zu Besuch. Wir haben zusammen gemalt. Doch dann ist Hermanns Vater gestorben. Und Hermanns Großvater hat deine Mutter dafür verantwortlich gemacht. Er hat sie verstoßen und ihr Hermann weggenommen. In ihrem Schmerz wusste sie nicht mehr wohin. Sie hat dann das Angebot deines Vaters angenommen, seine Frau zu werden und mit ihm nach Afrika zu gehen."

Hildes Augen hatten sich während dieser Erzählung geweitet. „Aber warum hat sie nie mit mir darüber gesprochen? Warum hat sie mir nie gesagt, dass ich einen Bruder habe?"

„Hilde, ich kann mir vorstellen, dass das jetzt ein Schock für dich ist. Aber für deine Mutter ist diese Angelegenheit mit großen Schmerzen verbunden. Ihr Sohn wurde ihr weggenommen. Sie hat keinen Kontakt mehr zu ihm, das hat Hugo von Lampeck unterbunden. Seitdem sie hierher zurückgekehrt ist, hat sie kein einziges Mal mit Hermann gesprochen. Sie durfte es nicht. Vielleicht war das der Grund, warum sie dir nichts gesagt hat. Um sich zu schützen. Und vielleicht auch, um dich zu schützen."

Hilde legte den Kopf schief. „Sie hätte es mir sagen sollen. Sie hätte es mir sagen müssen. Ich habe ein Recht darauf."

Der Onkel seufzte. „Wie hast du denn erfahren, dass er dein Bruder ist?"

„Er hat mir … Neulich hat er mir bei etwas geholfen. Wir sind uns zufällig begegnet. Ich habe ihn gefragt, ob er seinem Großvater erzählt, dass er der Tochter seiner Rivalin geholfen hat. Und er hat gesagt, dass er das seinem Großvater nicht sagen würde, weil er mit ihm nicht über unsere Mutter spricht."

Der Onkel schloss wieder kurz die Augen. „Es ist furchtbar. Für euch alle. Für deine Mutter. Für Hermann muss es schlimm sein. Und nun ist es auch für dich schlimm. Wahrscheinlich hat deine Mutter deshalb nichts gesagt, um dir diesen Schmerz zu ersparen."

„Das macht es auch nicht besser", murmelte Hilde.

„Sprich mit deiner Mutter darüber", bat der Onkel. „Sie wird es dir besser erklären können als ich. Ich kann nur vermuten, warum sie dir nichts gesagt hat."

Hilde dankte ihm und erhob sich. Sie zog ihren Mantel an und ging in Richtung der Tram-Haltestelle davon. Sollte sie mit ihrer Mutter reden? Etwas in ihr drängt sie dazu. Aber eine andere Stimme riet ihr, zuerst mit Hermann zu sprechen. Das war dringender. Sie musste erfahren, wie er mit dieser schwierigen Situation zu leben gelernt hatte. Ihre Mutter konnte warten, sie hatte es all die Jahre nicht für nötig gehalten, sie darüber zu informieren, dass sie einen Bruder hatte. Nun war die Zeit gekommen, dass sie Hermann kennenlernte. Egal, ob ihre Mutter etwas dagegen hatte oder nicht.

Isolde stellte ihre Arzttasche auf den Tisch. Sie rückte den Stuhl dahinter zurecht und nahm Platz.

„Soll ich Ihnen noch ein Licht bringen?", fragte Charlotte.

„Ja, das wäre hilfreich", sagte Isolde. Die Sozialarbeiterin brachte eine Petroleumlampe und entzündete sie mit einem Streichholz. Es zischte und der unverkennbare Geruch nach Öl und Qualm erfüllte den Raum.

„Sind Sie bereit?", fragte Charlotte. „Ich will Ihnen nicht zu nahetreten. Aber Sie haben nicht gerade die gesündeste Gesichtsfarbe. Sie werden doch nicht etwa aufgeregt sein?"

Isolde schluckte. „Ein wenig mulmig ist mir schon. Bisher habe ich Patienten vor allem dort behandelt, wo es nach meinen Regeln ablaufen konnte. In meiner Praxis oder früher in der Klinik. Nun gehe ich ins Feld. Klar, es ist nicht so privat wie ein Hausbesuch, aber auch hier bin ich nicht in meiner natürlichen Umgebung. Und das macht mich immer nervös."

Charlotte runzelte die Stirn. „Hatten Sie nicht erwähnt, dass Sie früher große Reisen unternommen haben? Dann müssen Sie ja dauernd nervös gewesen sein?"

Isolde lachte. „Nein, das war etwas anderes. Da musste ich mich nur um mein eigenes Wohlergehen kümmern. Doch nun trage ich viel Verantwortung. Für meine Patienten. Aber auch dafür, dass diese Sprechstunde ein Erfolg wird."

Charlotte winkte ab. „Es ist schwierig, mich zu enttäuschen. Ich habe nicht allzu hohe Erwartungen an andere Menschen.“

Isolde wollte gerade nachfragen, woran das lag. Doch die Sozialarbeiterin sah auf ihre Uhr und sagte: „Oh, es ist schon fünf. Wollen Sie beginnen?“

Isolde atmete noch einmal tief durch und nickte. Charlotte öffnete die Tür. „Grundgütiger“, sagte sie. „Da warten gut zwei Dutzend Leute. Und so, wie es aussieht, werden es noch mehr. Nun gut, immer der Reihe nach. Wer zuerst kommt, mahlt zuerst.“

Die erste Patientin war eine Frau in Zenzis Alter, deren Rücken von der vielen Arbeit gebeugt war. Ihre Handgelenke waren von der Gicht stark angeschwollen. Isolde untersuchte sie und verordnete ihr eine Salbe, die ihre Beschwerden lindern konnte. Das Medikament hatte sie bei sich, sodass sie es der Frau gleich mitgeben konnte. Diese bedankte sich vielmals, nicht ohne mindestens fünfmal zu fragen, was sie Isolde schuldig sei. Offenbar waren diese Menschen es nicht gewohnt, etwas umsonst zu bekommen. Das musste schlimm sein, vor allem, wenn man nichts besaß.

Der nächste Patient litt an Husten, danach kamen zwei fiebernde Kinder, die ihre Mutter in den Armen hielt. Die Mädchen waren fünf und sieben Jahre alt und Elsa war erstaunt darüber, dass ihre Mutter sie mühelos tragen konnte.

„Die beiden sind nicht schwer. Sie können nicht fett werden. Wir haben nichts zu essen“, sagte die Frau. Isolde kämpfte gegen den Drang an, ihr anstelle der Arznei eine Börse voll Geld mitzugeben. Doch wenn sie damit anfing, kam sie nicht zu einem Ende.

„Ich blute nicht mehr“, sagte eine junge Frau mit hochrotem Kopf. Isolde wollte Charlotte bitten, für etwas mehr Privatsphäre zu sorgen, doch die Sozialarbeiterin hatte offenbar mitgehört und war nun damit beschäftigt, die Wartenden in der Reihe dahinter in größerer Entfernung aufzustellen. Isolde führte die Patientin in einen mit zwei Vorhängen abgetrennten Bereich.

„Wann ist die Blutung zum letzten Mal aufgetreten?“, fragte sie. Die junge Frau kniff angestrengt die Augen zusammen. „Ich weiß es nicht. Ich habe keinen Kalender. Aber es war noch warm. Es muss Sommer gewesen sein.“

Isolde bedeutete ihr, sich auf die Liege zu legen, die Charlotte aufgestellt hatte, und als die Patientin der Aufforderung mit Mühe nachgekommen war, konnte sie den gewölbten Bauch nicht übersehen. Trotzdem tastete sie ihn ab und als sie eine Stelle kurz unter dem Nabel berührte, spürte sie, wie etwas gegen ihren Finger drückte. Sie lächelte.

„Es gibt einen guten Grund dafür, dass Sie Ihre Blutung nicht mehr bekommen“, sagte sie leise. „Sie erwarten ein Kind. Da es sich schon bewegt, nehme ich an, dass Sie mindestens im siebten Monat sind.“

Die Augen der Frau weiteten sich. Doch es lag keine Freude darin. Es war Entsetzen. „Ein Kind? Aber wie?“

Isolde schluckte. Sie hatte auf eine andere Reaktion gehofft. „Nun, waren Sie denn mit einem Mann zusammen?“

„Mit dem Peter. Aber er hat gesagt, er passt auf. Ist das denn sicher? Erwarte ich wirklich ein Kind?“

Isolde nickte. „In zwei, spätestens drei Monaten ist es so weit. Ich gehe einmal davon aus, dass Sie mit diesem Peter nicht verheiratet sind?“

Sie schüttelte den Kopf. „Er war auf der Walz. Ein Wandersmann. Meine Eltern, o Gott. Sie werden mir das Fell über die Ohren ziehen.“

Isolde fühlte sich hilflos. Sie hatte den Eindruck, dass ihre ärztlichen Kompetenzen hier an ihre Grenzen stießen. Sie hatte die Frau untersucht, sie konnte eine Diagnose stellen. Aber was war nun zu tun? Da kam ihr eine Idee. Sie steckte den Kopf durch den Vorhang und rief nach Charlotte. Isolde schilderte ihr den Fall.

„Du hast Angst davor, wie deine Eltern reagieren werden?“, fragte die Sozialarbeiterin.

Das Mädchen nickte. Sie schluchzte leise vor sich hin. „Wenn du magst, kann ich dich zu ihnen begleiten. Es gibt einiges zu regeln. Und wenn deine Eltern dich verstoßen sollten, kann ich dafür sorgen, dass du nicht auf der Straße landest.“

Isolde schluckte. Dass Charlotte das so direkt ansprach? Das Mädchen nickte. „Danke. Das wäre sehr nett.“

„Warte draußen, ich bin gleich bei dir“, sagte Charlotte. Das Mädchen trat durch den Vorhang.

„Und wieder einmal hat ein Vater sich elegant aus der Verantwortung gestohlen“, sagte Charlotte. Sie klang bitter.

„Haben Sie oft mit solchen Fällen zu tun?“

„Viel zu oft. Die meisten Mädchen sind unbedarft. Sie wissen nichts über sich oder ihren Körper oder wie Kinder gemacht werden. Und die sind leichte Opfer für irgendwelche Versprechungen.“

„Peter hat ihr wohl gesagt, dass er aufpassen wolle. Was auch immer das heißen soll."

Charlotte zuckte mit den Achseln. „Das wusste er wahrscheinlich selbst nicht genau. Ach, wenn doch in den Schulen neben dem Lesen und Schreiben gelehrt würde, wie man zu einem Kind kommt. Das würde uns sehr viel Arbeit ersparen."

Isolde runzelte die Stirn. Ihr kam eine Idee. „Wenn es nicht in der Schule gelehrt wird, könnte man es doch noch nachholen, oder?"

KAPITEL 20

__München, Mittwoch, 21. Januar 1914__

Elsa fädelte einen Faden durch das Loch, das sie zuvor in das Leder gestochen hatte. Sie zog ihn fest und verzwirbelte das Ende an der Rückseite. Dann besah sie sich die Naht. Der helle Zwirn stach deutlich von dem dunklen Leder ab. Es war eine schöne Verzierung. Und noch dazu günstig. Sie fuhr mit dem Finger darüber. Die Naht lag so tief, dass sie nicht am Oberschenkel scheuern würde. Sie trat einen Schritt zurück, dann umrundete sie den Tisch, auf dem der Fahrradsattel stand. Er sah gut aus. Besser als alles, was in diesem Preissegment sonst verfügbar war.

„Sauber", hörte sie eine Stimme hinter sich sagen. Es war Thomas Maierhöfer. Seine braunen Augen musterten ihr Werk. „Der sieht nicht so aus, als ob er nur zwanzig Mark kosten sollte."

Elsa lachte. „Mit Materialien und Arbeitszeit komme ich auf Herstellungskosten von 14 Mark. Wenn wir die Stückzahl halten, wäre das eine Gewinnspanne von sechs Mark pro Sattel. Das ist doch ganz ordentlich, oder?"

Maierhöfer nickte. „Aktuell kann ich etwa einhundert Fahrräder pro Monat herstellen. Das heißt, dass ich im Jahr etwa auf eintausendzweihundert Fahrräder komme. Wenn wir jedes nun mit einem Ihrer Sättel bestücken würden, wären wir bei, lassen Sie mich kurz rechnen ..."

„Siebentausendzweihundert Mark", sagte Elsa.

Maierhöfer lachte. „Kopfrechnen war noch nie meine Stärke. Gut, dass ich Sie habe. Wollen Sie sich auch um meine Buchhaltung kümmern?"

Elsa schüttelte den Kopf. „Ich arbeite lieber mit den Händen."

„Sie hätten zu beidem das Talent", sagte der Fahrradhändler. Er lächelte ihr anerkennend zu. Seinen braunen Augen fanden die ihren und sie sahen sich eine Weile an. Ein seltsamer Schauer durchlief Elsa. Sie spürte, wie ihr Mund austrocknete.

„So können wir aber nicht rechnen. Ich baue ja auch noch Premium-Sättel. Von den eintausendzweihundert Sätteln, die ich Ihnen im Jahr produzieren werde, werden wir vierhundert in der Premium-Variante herstellen. Und da sind wir dann bei einer Gewinnspanne von zwölf Mark pro Sattel."

Maierhöfer verzog das Gesicht. „O je, jetzt wird es knifflig. Helfen Sie mir weiter, wie hoch wird denn Ihr Gesamterlös sein?"

„Der läge dann bei neuntausend Mark. Davon werde ich fünftausend verwenden, um den Kredit zu bedienen, sodass ich in drei Jahren schuldenfrei bin."

„Vorausgesetzt, Ihre Sättel führen nicht dazu, dass mein Geschäft den großen Durchbruch schafft und ich mich vor Bestellungen nicht mehr retten kann. Was meinen Sie, wann wir expandieren?"

Elsa lachte nun auch. „Und Sie haben mir noch gesagt, dass wir erst einmal klein anfangen. Jetzt lassen

Sie uns erst mal einhundert Sättel und einhundert Fahrräder pro Monat herstellen, dann sehen wir weiter."

„Fühlen Sie sich wohl in meiner Werkstatt? Ich kann Ihnen leider nicht mehr Raum anbieten."

Elsa lächelte. „Die beiden Werkbänke reichen vollkommen aus. Ich bin ja auch nur zwei Tage in der Woche hier, die restliche Zeit werde ich in meinem eigenen Betrieb gebraucht."

„Wie zufrieden sind Sie denn mit Ihren Gehilfen?"

„Ich habe gute Männer gefunden. Die Schlosser, die Sie mir an den zwei Tagen abstellen, sind sehr geschickt. Die Fertigung der Federn und des Unterbodens für den Sattel läuft reibungslos. Die beiden stellen bis zu zwanzig Exemplare am Tag her. Da kommen wir mit den Lederarbeiten kaum hinterher. Edith, meine Gehilfin, fertig die Polster an und für die Schneide- und Näharbeiten habe ich zwei weitere Mädchen gefunden. Ich habe sie angeleitet und inzwischen kommen sie ganz gut alleine damit zurecht. So kann ich mich eher auf die Premium-Sättel konzentrieren, während die Basis-Sättel von meinen Gehilfen hergestellt werden."

Sie gingen zu einem Nachbartisch, wo einer der besagten Premium-Sättel aufgebockt war.

„Ich bin gerade dabei, eine Borte einzuschnitzen mit den Dreiecken und den Kreisen. Jeder Sattel soll ein Einzelstück sein. Ich variiere das Muster immer leicht."

Maierhöfer strich mit dem Finger über die Schnitzerei. „Eine filigrane Arbeit", sagte er.

Und wieder sah er sie mit diesem Blick an. Sie spürte, wie ihre Kehle eng wurde. Sie machte einen Schritt auf ihn zu. Er wich nicht zurück, sah sie weiter an. Elsa hatte das seltsame Gefühl, dass die Luft zwischen ihnen in Flammen aufgehen würde, wenn jemand ein Streichholz anzünden würde.

„Papa!" Das Lachen eines Kindes durchbrach die Stille. Elsa zuckte zusammen. Ein Junge im Alter von vielleicht sechs oder sieben Jahren stürmte herein. Er hatte einen viel zu großen Schulranzen über der Schulter hängen. Ein Riemen war halb durchgerissen.

„Manfred", sagte Maierhöfer. Seine Stimme klang irgendwie hohl. Er räuspert sich. „Bist du schon aus der Schule zurück? Was ist mit deinem Ranzen?"

„Der Gerhard hat ihn mir heruntergerissen. Und dann ist was kaputtgegangen."

„Soll ich mir das mal ansehen?", fragte Elsa. Der Junge sah sie mit zusammengekniffenen Augen an.

„Wer ist das?", fragte er seinen Vater.

„Ich bin Elsa Müller. Dein Vater und ich arbeiten zusammen. Und ich bin Spezialistin für Leder. Wie ich sehe, besteht dein Schulranzen aus diesem Material. Wenn ich mal einen Blick darauf werfen darf, kann ich den Riemen vielleicht reparieren. Dann hast du wieder einen schön neu aussehenden Schulranzen. Was meinst du?"

Der Junge sah seinen Vater an. Maierhöfer nickte. Sein Sohn nahm den Ranzen von der Schulter und reichte ihn Elsa.

„Das haben wir gleich", sagte sie und ging zu ihrem Tisch. Sie war froh, dass sie den beiden den Rücken zuwenden konnte, denn so sahen sie nicht, dass ihre Hände zitterten. Was war denn nur in sie gefahren? Maierhöfer war ein verheirateter Mann. Und trotzdem hätte sie ihn gerade eben gerne geküsst. Wer konnte sagen, was geschehen wäre, wenn Manfred nicht plötzlich aufgetaucht wäre? Elsa stöhnte innerlich auf. Sie hatte geglaubt, dass sie diese Phasen der Gefühlsverwirrung endgültig hinter sich gelassen hätte. Aber nun musste sie dafür sorgen, dass sie sich in den Griff bekam, wenn sie nicht ein weiteres Liebesdrama heraufbeschwören wollte.

***

Isolde blätterte noch einmal die Papiere durch, die sie sich zurechtgelegt hatte. Sie musste an die Professoren in der Universität denken. Einige von ihnen hatten frei gesprochen. Andere wiederum waren sehr eng an ihrem Skript gehangen. Manche hatten sogar nur vorgelesen. Isolde hatte das immer langweilig gefunden, aber an einem Abend wie diesem, konnte sie ihnen das nicht mehr verübeln. Es wäre ihr am liebsten gewesen, wenn sie selbst alles vorlesen könnte. Oder wenn jemand anders ihre Notizen an ihrer Stelle vorgetragen hätte.

Die Teestube war gut gefüllt. Etwa vierzig Frauen hatten es sich an den Tischen bequem gemacht. Einige standen an die hintere Wand gelehnt, ein paar saßen sogar auf dem Boden und sahen sie erwartungsvoll an. Sie nahm einen Schluck von dem Tee, den Charlotte ihr bereitgestellt hatte. Das Getränk wärmte ihren Magen und gab ihr ein wenig Zuversicht. Das würde schon werden.

Charlotte lächelte ihr aufmunternd zu. „Na, haben wir schon Lampenfieber?"

Isolde atmete tief ein und aus. „Die Bühne wäre eindeutig nichts für mich. Ich habe viele Vorträge über meine Reisen gehalten, aber jedes Mal wäre ich davor beinahe gestorben vor Angst."

„Das kann ich mir vorstellen. Sie haben nichts Theatralisches an sich. Für eine Schauspielerin wären Sie viel zu wenig glamourös."

Isolde schluckte. Sie hätte lieber ein Kompliment aus Charlottes Mund gehört.

„Aber ich muss Ihnen eins sagen. Mit glamourösen Frauen konnte ich eh noch nie etwas anfangen."

Sie zwinkerte ihr zu, dann wandte sie sich an das Publikum. Isolde versuchte, zu verarbeiten, was Charlotte ihr da gerade eben gesagt hatte. War das eine Anspielung gewesen? Und wenn ja, was hatte sie damit andeuten wollen? Über diesen Gedanken verpasste sie beinahe die einleitenden Worte, die die Sozialarbeiterin an die Frauen richtete.

„Die moderne Medizin hat viele Fortschritte gemacht. Sie kann heute Leiden behandeln, die noch vor einem Jahrhundert tödlich gewesen wäre. Unsere Referentin kann darüber natürlich viel besser sprechen als ich. Sie hat mich gebeten, diesen Abend zu veranstalten, weil ihr ein Punkt wichtig ist: Vorbeugung ist besser als Nachsorge. Wir können heutzutage Krankheiten behandeln. Aber was, wenn wir sie verhindern könnten? Heute soll es um Frauen gehen. Um uns. Und darum, was wir tun können, um gesund zu bleiben. Um unsere Gesundheit nicht von Männern abhängig zu machen oder sie uns von Männern ruinieren zu lassen."

Ein Raunen ging durch die Menge. Isolde merkte, dass Charlottes Worte einigen der anwesenden Frauen unangenehm waren. Sie waren es nicht gewohnt, die Vorherrschaft der Männer infrage zu stellen. Oder sich um ihre eigene Gesundheit zu kümmern und die ihrer Ehemänner hintanzustellen.

„Ich begrüße heute Doktor Isolde Hartmann. Sie ist eine praktische Ärztin und hat vor ihrem Studium viele Reisen unternommen und die Welt kennengelernt. Heißt sie bitte herzlich willkommen!"

Ein zaghafter Applaus war zu hören. Isolde stand auf. „Vielen Dank", sagte sie an Charlotte gewandt. „Und guten Abend. Es freut mich sehr, dass ich heute zu Ihnen über Frauengesundheit sprechen darf."

Sie warf einen Blick auf ihr Manuskript. Die nächsten Sätze, die sie sagen wollte, waren fein säuberlich aufgeschrieben. Doch etwas anderes lag ihr auf dem Herzen und wollte gesagt werden. „Frau Kleiber hat meine Reisen durch die Welt erwähnt. Und doch bin ich nicht deswegen Ärztin geworden. Ich habe diesen Beruf ergriffen, ..."

Sie hielt kurz inne. Eigentlich hatte sie sagen wollen, dass sie von der Art, wie Männer Medizin betrieben, angeekelt gewesen war. Doch das stimmte nur zum Teil. Sie sah, dass einige Frauen Blicke tauschten. Die Pause war nun schon unangenehm lang geworden. Sie räusperte sich. Dann gab sie sich einen Ruck.

„Ich habe diesen Beruf ergriffen, weil ich Menschen verloren habe, die ich geliebt habe. Mein Vater starb an einem Herzinfarkt. Er hätte ihn verhindern können. Da bin ich mir heute sicher. Sein Lebenswandel war zu ungesund. Und er war einer Aufregung ausgesetzt, die zu viel für ihn war. Wenn er früher und anders gehandelt hätte, könnte er heute noch leben. Und noch einen Menschen habe ich verloren."

Im Raum war es so still, dass man das Fallen einer Stecknadel hätte hören können.

„Eine liebe Freundin. Sie ist an Tuberkulose gestorben. Für diese Krankheit gibt es noch kein Heilmittel. Aber eine Ansteckung zu verhindern, das ist möglich."

Sie räusperte sich noch einmal. „Wie Sie sehen, mir geht es heute um das Verhindern von Krankheiten. Es geht aber auch darum, wie wir vermeiden können, dass wir in Situationen kommen, in die wir nicht geraten wollen. Ich vermute, dass viele von Ihnen auch zu mir gekommen sind, um etwas darüber zu erfahren, wie Sie verhindern können, schwanger zu werden."

Die Wirkung ihrer Worte war enorm. Es war, als wäre eine Bombe explodiert. Sie sah weit aufgerissene Münder und Augen. Bleiche Gesichter. Gerötete Wangen. Geballte Fäuste. Sich schüttelnde Köpfe. Eine Frau verließ sogar den Raum. Gemurmel und Getuschel hoben an.

„Ich weiß, dass viele von Ihnen darüber nicht sprechen. Wir sind erzogen worden, über solche Dinge zu schweigen. Es gehört sich nicht. Wir Frauen haben uns unserem Schicksal zu fügen. Und wenn wir ein Kind erwarten, dann ist es so. Wir Frauen haben dem Mann zur Verfügung zu stehen. Wann immer er will. Wir Frauen werden verführt. Wir Frauen empfangen das Kind. Und wie oft macht der Mann sich danach aus dem Staub? Es ist ungerecht. Die Welt ist ungerecht. Das bedeutet aber nicht, dass wir nichts an dieser Ungerechtigkeit ändern könnten."

Sie sah, dass sich die Stimmung im Raum wieder beruhigte. „Vielleicht werden einige von Ihnen als unsittlich empfinden, dass ich darüber spreche, auf welchem Weg Frauen Kinder empfangen, was im Körper geschieht und was zu tun ist, um eine Empfängnis nicht stattfinden zu lassen. Es steht Ihnen jederzeit frei, zu gehen, wenn es Ihnen unangenehm ist, was ich zu sagen habe. Ich kann das verstehen und trage es niemandem nach. Den anderen, die bleiben, möchte ich nahelegen, mir Fragen zu stellen, nachzuhaken, wenn ich etwas zu kompliziert erkläre. Ich möchte, dass Sie verstehen, wie Ihre Körper funktionieren. Denn wenn Sie das verstehen, dann haben Sie auch Macht über Ihre Körper. Sie und nicht irgendein Mann.“

Wieder war es mucksmäuschenstill. Dann begann eine Frau zu klatschen. Eine andere setzte mit ein. Bald erfüllte ein lebhafter Applaus den Raum. Isolde sah zu Charlotte hin. Auch sie klatschte. Ihre Augen glänzten. Und nun war da kein Spott mehr in ihrem Blick. Keine Ironie. Kein Sarkasmus. Sie sah Isolde voll Bewunderung an. Und noch etwas anderes lag in ihrem Blick. Zumindest hoffte Isolde das. Sie lächelte, hob die Hände und sagte:

„Gut, dann wollen wir einmal beginnen. Vielleicht fangen wir mit einer kleinen Fragerunde an?“

KAPITEL 21

München, Donnerstag, 29. Januar 1914

„Puh, das war ein anstrengender Tag.“

Isolde räumte das Stethoskop in ihre Tasche und klappte sie zu. Sie stellte sie auf den Boden, damit Charlotte den Tisch abwischen konnte.

„Siebenundvierzig Patienten in drei Stunden. Wie viel Geld Sie wohl verdient hätten, wenn Sie etwas dafür genommen hätten, diese Leute zu behandeln?“

Isolde zuckte mit den Achseln. „Die Frage stelle ich mir gar nicht. Ich hoffe, dass ich den Patienten weiterhelfen konnte. Das ist es, was zählt.“

Lotte tauchte den Lappen in den Eimer, wrang ihn aus und wischte noch einmal über den Tisch.

„Ehrlich gesagt hätte ich Sie nicht so eingeschätzt. Als ich Sie das erste Mal gesehen hatte, dachte ich, ich hätte es mit einer dieser hochnäsigen Akademikerinnen zu tun, die in Salons über die Rechte von Frauen dozieren, aber nicht in der Lage sind, sich selbst die Hände schmutzig zu machen.“

„So habe ich auf Sie gewirkt?“

„Ja. Als Sie in Marias Wohnung standen, sahen Sie hilflos aus. Irgendwie fehl am Platz. Es hat so gewirkt, als ob Sie lieber wo ganz anders gewesen wären.“

Isolde seufzte. „Da liegen Sie gar nicht so verkehrt. Ich wäre an diesem Tag tatsächlich gerne woanders gewesen. Aber nicht, weil ich mir nicht die Hände schmutzig machen wollte. Sondern weil die Situation mich an ein äußerst schmerzliches Erlebnis erinnert hat."

Charlotte legte den Lappen wieder in den Eimer und stellt diesen beiseite. Dann sah sie Isolde an. „Ich dachte mir doch, dass irgendwas in Ihnen beschädigt sein muss. Etwas muss Sie antreiben, sonst macht das Ganze hier keinen Sinn."

Isolde lachte, doch es war ein bitteres Lachen. „Ja, das beschreibt es ganz gut. Etwas in mir ist kaputt gegangen. Ich habe es notdürftig verarztet. Aber es ist nie ganz geheilt."

„Was ist das? Entschuldigen Sie, wenn ich so zudringlich bin, aber es interessiert mich wirklich."

Isolde zögerte. Sie mochte Charlotte. Aber sie wusste nicht, ob sie ihr ihre tiefsten Geheimnisse anvertrauen sollte.

„Es ist in Ordnung, wenn Sie nichts sagen. Ich will nicht neugierig sein", fügte die Sozialarbeiterin hinzu.

Isolde gab sich einen Ruck. „Ich habe schon in meiner kleinen Ansprache bei dem Vortrag erwähnt, dass ich zwei Menschen verloren habe, die mir viel bedeutet haben. Meinen Vater und meine Freundin Emily."

Isolde spürte, wie sich ihre Augen mit Tränen füllten. Über Emily zu sprechen, war noch immer schmerzhaft. Nach all den Jahren. „Wissen Sie, ich bin jemand, der sich mit Gefühlen schwertut. Auch mit Gefühlen für andere Menschen. Ich bin gerne selbstständig. Ich komme gut mit mir zurecht. Das habe ich in all den Jahren, die ich auf Reisen verbracht habe, als eine Stärke an mir wahrgenommen. Ich brauche niemanden. Ich kann mich durchaus in Gesellschaft bewegen und hatte zeitweise auch Reisegefährten. Aber ich komme alleine zurecht. Und doch gab es eine Zeit, in der ich mit einem anderen Menschen glücklich war. Unbeschreiblich glücklich. Und diesen Menschen habe ich an die Tuberkulose verloren."

Charlotte sah sie lange an. Dann nickte sie. „Das ist schrecklich. Das tut mir leid. Ich hätte nicht nachfragen sollen. Was bin ich nur für eine Idiotin?"

Isolde schüttelte den Kopf. „Es ist nur natürlich, dass Sie wissen wollen, warum ich mich hier engagiere. Nach Emilys Tod hat mich das Reisen ins Leben zurückgebracht. Ich hatte schon von Kindesbeinen an den Wunsch, ferne Länder zu bereisen, fremde Völker kennenzulernen. Ich habe viel fotografiert. Und ich habe mir als Reisefotografin einen Namen gemacht. Ich habe mich mit der Schönheit dieser Welt abgelenkt. Dabei habe ich meistens die hässlichen Seiten ausgeblendet. Meine Fotos zeigen nicht das Elend, die Krankheit, den Tod. All dem bin ich auf meinen Reisen begegnet. Aber ich wollte mich dem nicht aussetzen. Bis ich nach Afrika kam."

„Sie sind wirklich weit gereist. Wo waren Sie? In Deutsch-Südwest?"

„Nein, in Ostafrika. Ich habe die Bemühungen der Expedition von Doktor Koch zur Behandlung der Schlafkrankheit fotografisch begleitet. Es war furchtbar. Die Leute sind gestorben und Doktor Koch und seine Ärzte haben sie mit ihren Experimenten gequält. Ich konnte nicht mehr die Augen verschließen vor all diesem

Elend. Und damals habe ich beschlossen, etwas zu ändern. Medizin zu studieren, um Menschen zu helfen. Ich wusste, dass ich weder meinem Vater noch Emily retten konnte. Das war zu spät. Aber vielleicht konnte ich andere davor bewahren, einen vermeidbaren Tod zu sterben.“

„Es ging also nicht darum, mit einer Praxis möglichst viel Geld zu verdienen?“

Isolde schüttelte den Kopf. „Nein. Sie immer mit Ihrem Geld! Als ich die Praxis eröffnet habe, ist mir sehr schnell aufgefallen, dass mir etwas fehlt. Dass ich nicht zufrieden bin. Ich wusste aber nicht, was es war. Dann habe ich Sie und Ihre Teestube kennengelernt und da ist es mir wie Schuppen von den Augen gefallen. Hier kann ich wirklich etwas verändern. Im Rahmen meiner Möglichkeiten. Und deshalb bin ich hier.“

Charlotte sah sie lange an. „Ich glaube nicht an das Schicksal. Aber es ist schön, dass Sie einen Ort gefunden haben, der Ihnen Erfüllung bringt. Mir geht es ganz ähnlich. Ich bin arm aufgewachsen. Doch dann habe ich geerbt. Ich wollte das Geld nicht verprassen. Stattdessen habe ich es in mein Studium gesteckt. Und in diese Teestube. Weil ich etwas ändern will. Es ist gut, dass es Menschen wie Sie und mich gibt. Wir machen einen Unterschied.“

Isolde nickte. „Und doch fürchte ich, dass es nur ein Tropfen auf den heißen Stein ist.“

„Aber steter Tropfen höhlt den Stein. Wenn wir schon bei Sprichwörtern sind. Ich finde, es ist an der Zeit, dass wir uns duzen.“

Isolde lachte. „Gerne. Ich bin Isolde.“

„Und ich bin Lotte. So nennen mich meine Freunde.“

Sie streckte die Hand aus und Isolde schlug ein.

„Nun, dann auf eine gute Zusammenarbeit. Lass uns einen Unterschied machen!"

***

Elsa trug ein wenig Öl auf den Sattel auf und polierte die glatte Oberfläche. Sie trat einen Schritt zurück und lächelte. Wieder war ihr einer der Premiumsättel gut gelungen. Sie stellte ihn zu den anderen Exemplaren, die in einem Metallschrank im hinteren Bereich von Maierhöfers Lager auf ihren Einsatz warteten. Dann griff sie nach dem vordersten Sattel und strich über das Leder. Es war trocken und gab kein Öl mehr ab. Den konnte man schon verwenden. Sie nahm ihn mit und ging in Richtung des Ladengeschäfts.

Dort war ihr Geschäftspartner mit einem Kunden beschäftigt. Der Mann musste um die Vierzig sein. Er war hoch gewachsen und stand kerzengerade da, als ob er einen Stock verschluckt hätte. Er trug einen feinen, dunkelblauen Anzug. Seine Haare waren kurz geschnitten, der bereits grau ansetzende Schnurrbart war akkurat frisiert.

„Ich suche nach einem Veloziped für meine Frau", sagte er. „Es soll ein Geschenk werden. Zu ihrem Geburtstag im Juli."

„Ist Ihre Frau denn eine erfahrene Radlerin?", fragte Maierhöfer.

„Gewiss, sie radelt schon eine geraume Zeit. Nun ist es so, dass ihr antiquiertes Fahrrad gänzlich untauglich geworden ist. Sie hat es dementsprechend auch nicht

mehr gefahren, vor allem des unbequemen Sattels wegen. Da meine älteren Sprösslinge nun jedoch in ein Alter kommen werden, in dem sie sich wohl auch dem
Fahrradfahren widmen werden, ist mir daran gelegen,
dass meine Frau sie begleiten kann."

Elsa hatte genug gehört. „Guten Tag", sagte sie. „Entschuldigen Sie bitte, dass ich mich einmische. Aber Sie
hatten über einen unbequemen Sattel gesprochen. Das
ist mein Metier. Mein Name ist Elsa Müller. Ich bin
Sattlerin und für die exklusiven Sättel der Fahrradmanufaktur verantwortlich."

Der Kunde wandte sich ihr zu. „Mein Name ist Mann.
Thomas Mann. Ist es üblich, dass eine Sattlerin für die
Herstellung der Fahrradsättel verantwortlich zeich-
net?"

Ihr Kompagnon schüttelte den Kopf. „Nein, das ist
einzigartig. Unsere Sättel sind hervorragende Zeug-
nisse der Handwerkskunst. Sie sind bequem und
gleichzeitig exzellent verarbeitet."

„Sind Sie der Schriftsteller Thomas Mann?", fragte
Elsa. „Ich habe der ‚Tod in Venedig' gelesen. Ein ausge-
zeichnetes Buch."

„Ja, der bin ich. Und danke. Es ist schön, zu hören,
dass der Leserschaft das Buch zusagt. Die Kritik war in
ihrem Urteil doch recht gespalten."

„Nun, letztendlich sind es ja Ihre Leser, denen das
Buch zusagen muss. Und nicht irgendwelchen Kriti-
kern. Es ist wie bei meinen Sätteln. Es bringt mir nichts,
einen Preis nach dem anderen zu gewinnen, wenn niemand sie kauft."

„Sie haben Preise gewonnen?"

„Ja. Ich bin für einen Rennsattel vom König ausgezeichnet worden.“

„Interessant. Und das, was Sie da halten, ist das einer Ihrer Fahrradsättel?“

„Das ist unser Premium-Modell. Es ist als Zubehör gegen Aufpreis erhältlich.“

„Was zeichnet diesen Sattel aus?“

„Ich kann ihn individuell an jede Fahrerin oder jeden Fahrer anpassen. Das geschieht vor der Auslieferung. Dadurch wird der Sattel sehr bequem. Zudem habe ich handgefertigte Verzierungen angebracht.“

Sie deutete auf die Dreiecke und Kreise, die den Rand des Sattels zierten.

„Sie hatten von einem Aufpreis gesprochen. Was ist der Unterschied zwischen Ihrem Basis-Sattel und diesem Premium-Sattel?“

„Die Qualität von Leder und Polsterung ist besser. Und wie gesagt, sie weisen handgefertigte Verzierungen auf.“

„Möchten Sie vielleicht einmal Probe fahren?“, schaltete Maierhöfer sich ein.

Der Schriftsteller runzelte die Stirn. Elsa meinte, seine Gedanken lesen zu können. Warum sollte er Probe fahren, wenn es um ein Fahrrad für seine Frau ging?

„Sie könnten beide Varianten vergleichen. Wenn Sie mögen, passe ich Ihnen den Premium-Sattel gleich hier an. Dann merken Sie den Unterschied.“

„Gut, warum nicht? Eine Anschaffung wie diese will wohl überlegt sein.“

Elsa bat Thomas Mann, sich auf das bereitstehende Sattelmodell zu setzen. Als er sich wieder erhob, hatten seine Beckenknochen auf der weichen Oberfläche Abdrücke hinterlassen. Nach dieser Form konnte Elsa die Polsterung des Premium-Sattels anpassen. Währenddessen probierte der Schriftsteller bereits die günstigere Version aus. Am Eingangstor des Geschäfts schwang er sich auf das Fahrrad. Er wackelte ein wenig hin und her. Offenbar war er kein sehr geübter Fahrer. Elsa hatte kurz die Sorge, dass er stürzen könnte. Aber dann nahm er Schwung auf und war verschwunden.

„Hoffentlich stiehlt er das Fahrrad nicht", murmelte Maierhöfer. Elsa lachte. „Er ist ein gut verdienender Schriftsteller. Der hat das nicht nötig. Außerdem weiß ich, wo er wohnt. Er baut sich gerade eine Villa in Bogenhausen. Wir könnten das Fahrrad dort wieder finden."

Thomas grinste. „Ah, da kommt er schon wieder."

Das Absteigen war für Herrn Mann wiederum etwas schwierig, gelang ihm aber schließlich ohne, dass er sich dabei verletzt hätte. Auf seinem bleichen Gesicht hatte sich ein wenig Farbe ausgebreitet und auf seinem Schnurrbart glänzten kleine Schweißtropfen. Elsa tauschte rasch den Sattel aus und der Schriftsteller schob erneut das Fahrrad in Richtung Straße. Er schwang sich auf und diesmal gelang es ihm, zügiger in Bewegung zu kommen.

„Was meinen Sie. Wird er den Premium-Sattel kaufen?"

Elsa zuckte mit den Achseln. „Schwer zu sagen. Er ist ein Künstler. Ihn müsste der ästhetische Wert meines Sattels durchaus überzeugen. Aber andererseits wirkt er ein wenig geizig. Vor allem, wenn es um seine Frau geht."

Es dauerte dieses Mal länger, bis Mann zurückkehrte. Und Elsa fragte sich kurz, ob ihre Zuversicht, dass er kein Fahrraddieb war, nicht doch fehl am Platz gewesen war. Aber dann fuhr er durch das Tor und stieg ab. Seine Gesichtsfarbe wirkte noch etwas gesünder als zuvor. Er atmete tief durch.

„Erstaunlich", sagte er. „Ganz erstaunlich. Bereits Ihr Basis-Sattel ist bequemer als alles, worauf ich jemals gesessen bin. Aber dieser Premium-Sattel. Sie verstehen Ihr Handwerk. Ich werde ihn erwerben. Meine Frau wird begeistert sein. Und ihre Ausflüge mit unseren Kindern werden ihr nun hoffentlich noch mehr Vergnügen bereiten."

Elsa lächelte. „Es freut mich, dass Ihnen der Sattel so zusagt. Wenn Sie mir Ihre Frau bitte vorbeischicken, kann ich die Polsterung auf sie anpassen. Wie sieht es denn mit Ihnen aus? Wollen Sie sich nicht Ihrer Familie anschließen?"

Seine Augen weiteten sich. „Um Himmels willen. Mein Arbeitstag lässt das nicht zu. Nein, das Fahrrad ist für meine Frau."

Elsa unterdrückte ein Schmunzeln. Das war ein komischer Vogel. Aber Künstler waren wahrscheinlich so. Als der Kunde gegangen war, sagte Maierhöfer: „Es ist eine gute Idee, die Leute Probefahren zu lassen. Danach kauft fast jeder den Premium-Sattel. Wir haben schon siebenundsechzig Stück abgesetzt. Das wird ein Erfolg."

Elsa nickte. „Ja. Und das fühlt sich großartig an."

KAPITEL 22

München, Samstag, 7. Februar 1914

Es war spät geworden. Aber Elsa hatte es nicht bemerkt. Sie verspürte das Bedürfnis, sich aufzurichten und sich zu strecken. Ihr Nacken fühlte sich steinhart an. Sie kniff kurz die Augen zu und riss sie dann weit auf. Dabei stellte sie fest, dass es draußen dunkel war. Und dass sie alleine in der Fahrradwerkstatt war. Sie sah auf ihre Taschenuhr, die sie von ihrem zweiten Mann geerbt hatte. Es war das Einzige, was sie an Werner Müller erinnerte. Sie hielt sie in Ehren, denn auch wenn sie nie füreinander bestimmt gewesen waren, war sie ihm doch dankbar, was er für sie und Hilde getan hatte. Nicht zuletzt, dass er sich für ihre gemeinsame Farm geopfert und in den Flammen des brennenden Lagers umgekommen war.

Es war kurz vor sieben. Sie sollte nach Hause gehen, auch wenn sie dort nicht erwartet wurde. Hilde würde heute beim Onkel zu Abend essen. Sie löschte das Licht, legte ihre Werkzeuge zusammen und breitete ein Öltuch über dem halb fertig gestellten Sattel aus, damit das Leder nicht austrocknete. Dann ging sie in den Verkaufsraum. Die Glasfenster des angrenzenden Büros waren ebenfalls erleuchtet. Ihr Geschäftspartner war auch noch bei der Arbeit. Sie ging zur Tür des Büros und öffnete sie. Maierhöfer saß an seinem Schreibtisch über ein Kontorbuch gebeugt.

„Sie sind noch da?", fragte er. Er sah sie an. Das Licht der Petroleumlampe auf dem Schreibtisch funkelte in seinen braunen Augen. Isolde spürte, wie ein Kribbeln durch ihre Fingerspitzen lief.

„Ja. Ich wollte mich gerade auf den Heimweg machen. Es ist doch etwas später geworden. Ich war so in meiner Arbeit vertieft, dass ich die Zeit gar nicht wahrgenommen habe."

„Das geht mir ganz genauso", sagte er. „Ich habe die aktuellen Verkaufszahlen eingetragen und die Buchhaltung aktualisiert. Das ist jetzt keine erfreuliche Tätigkeit. Aber trotzdem hat es mir heute irgendwie Freude bereitet. Unsere Fahrräder gehen weg wie frische Weißwürstl."

Elsa lächelte. „Nun, dann hätte ich mir wohl nie Sorgen machen müssen, oder?"

Er schüttelte den Kopf. „Ich wusste von Anfang an, dass sich Ihre Sättel wunderbar verkaufen würden."

Er erhob sich, kreiste mit den Schultern und schob den Kopf von der einen auf die andere Seite, sodass es knackte.

„Das lange Sitzen tut mir nicht gut. Vielleicht sollte ich häufiger Ausfahrten auf meinem Motorrad unternehmen."

„Woher wussten Sie, dass meine Sättel sich verkaufen würden?", fragte Isolde.

„Die Qualität. Man sieht ihnen an, wie hochwertig sie sind. Und wie bequem sie sind. Das sind die zwei Kriterien, die für einen Käufer am wichtigsten sind. Sie hätten sich nie Sorgen machen müssen."

„Nun, das ist eine neue Erfahrung für mich. Oder eigentlich ist sie nicht so neu. In meiner Jugend war ich so. Da habe ich mir nie Gedanken über irgendetwas gemacht. Aber ich bin auch sehr behütet aufgewachsen. Mein Vater war reich. Wir hatten Dienstboten, haben in einer Villa gelebt. Mit einem schottischen Butler. Können Sie sich das vorstellen?“

Er legte den Kopf schief. „Ich kann mir Sie durchaus in einem Schloss vorstellen. In einem Ballkleid. Als Gräfin.“

Sie schluckte. „Ich war einmal eine Adlige“, sagte sie leise. „In einem früheren Leben.“

„Eine Adlige? Echt?“

„Ja. Mein Mann starb. Bei einem Duell. Wenn ich es so erzähle, klingt es wie in einem schlechten Buch. Aber es war eine schlimme Zeit damals. Ich bin dann mit meinem zweiten Mann nach Afrika ausgewandert. Und dort begannen die Sorgen. Wir hatten nie genug. Zum Essen hat es gereicht, aber die Farm war immer am Rande des Konkurses. Dann ist es mir gelungen, die neuesten landwirtschaftlichen Forschungsergebnisse umzusetzen. Wir waren gerade dabei, uns zu erholen, dann hat uns unser Nachbar einen Strich durch die Rechnung gemacht. Mein zweiter Mann ist gestorben. Und ich habe alles verkauft und bin wieder nach Bayern zurückgekehrt.“

Die braunen Augen funkelten. Was er wohl über sie dachte? Sie hatte zwei Männer zu Grabe getragen. Ob ihn das abschreckte? Ob er sich ein moralisches Urteil über sie bildete?

„Sie haben viel erlebt“, sagte er. „Da ist es verständlich, dass Sie gelernt haben, sich Sorgen zu machen.

Aber Sie haben es geschafft, sich als eine der besten und gefragtesten Sattlerinnen in München zu etablieren. Das ist bewundernswert."

Sie zuckte mit den Achseln. „Ich weiß nicht, ob das bewundernswert ist. Ich kann nichts anderes."

Er schüttelte den Kopf. „Sie haben Ihre Bestimmung gefunden. Wissen Sie, ich stelle Fahrräder her. Ich schraube gern daran herum. Es macht mir Freude. Aber es ist keine Meisterschaft. Es ist keine Kunst. Es ist etwas anderes als Ihre Sättel. Wie Sie mit dem Leder umgehen. Ich habe noch nie so etwas gesehen. Sie sind eine Künstlerin."

Elsa spürte, wie ihr die Röte ins Gesicht schoss. Ihr wurde ganz warm. Er trat einen Schritt auf sie zu. Sie wich nicht zurück.

„Sie sind der faszinierendste Mensch, der mir je begegnet ist", sagte er. Sie hörte seine Worte, sie verstand auch den Sinn, und sie las etwas Weiteres in seinen braunen Augen. Verlangen. Das Kribbeln in ihren Fingerspitzen breitete sich in ihrem ganzen Körper aus. Sie wollte nichts mehr, als ihre Finger in seine Haare zu krallen, ihn an sich zu ziehen, ihn zu küssen. Sie trat ebenfalls einen Schritt auf ihn zu. Ihre Gesichter waren nur noch Zentimeter voneinander entfernt. Sie sahen sich an. Elsa spürte, wie ihr Herz ihr bis zum Hals schlug. Sie bewegte ihren Mund nach vorne. Er tat es ihr nach. Da knallte es. Beide zuckten zur Seite. Durch die Fenster des Büros sah Elsa, dass im Verkaufsraum ein Fahrrad umgefallen war. Sie atmete tief durch. Das Kribbeln verpuffte. Sie sah ihn an.

„Ich muss los", sagte sie heiser. „Meine Tochter wartet."

Er sagte nichts. Seine Augen glühten. Sie senkte den Blick und ging davon.

***

Isolde schloss die Augen und atmete tief durch. Eben war die letzte Patientin des Tages gegangen. Draußen war es schon dunkel. Sie spürte, wie ihr Magen gurgelte. Sie brauchte dringend etwas zu essen. Die Türe zu ihrem Sprechzimmer öffnete sich noch einmal und Katharina steckte den Kopf herein.

„Ich würde dann auch Feierabend machen. Alle Patienten sind gegangen."

„Tun Sie das", sagte Isolde. „Ich wünsche Ihnen einen schönen Abend. Ach ja, und einen schönen Sonntag. Wir haben morgen ja geschlossen."

Katharina lächelte. „Ich wünsche Ihnen auch einen schönen Sonntag. Und erholen Sie sich ein bisschen. Es ist niemandem damit gedient, wenn Sie sich zu Tode arbeiten."

Isolde sah sie mit großen Augen an. „Danke. Ich werde Ihren Rat beherzigen", sagte sie.

Katharina lächelte ihr zu und schloss die Tür hinter sich. Isolde packte ihre Tasche zusammen. Dann zog sie sich den Mantel an und ging hinaus ins Vorzimmer. Sie wollte gerade das Licht löschen, als die Tür zur Praxis geöffnet wurde.

„Wir haben schon geschlossen", sagte sie.

„Ich weiß", hörte sie eine Stimme hinter sich antworten. Es war Charlotte.

„Oh, welche Überraschung", sagte Isolde. „Was treibt dich in diese Gegend?"

„Du", erwiderte Lotte.

Isolde runzelte die Stirn. „Gibt es etwas zu besprechen? Ist etwas nicht in Ordnung wegen der Sprechstunden? Oder geht es einem meiner Patienten schlecht?"

Lotte lachte. „Das ist wieder einmal typisch Isolde. Du denkst immer nur an die Arbeit. Nein, ich hatte in der Gegend zu tun. In Schwabing war ein Treffen des Ortsverbandes der Sozialdemokraten. Und ich dachte, am Rückweg schaue ich mal an der Praxis vorbei, ob du noch da bist. Und um dich zu fragen, ob du vielleicht Lust hast, ein Glas Wein mit mir trinken zu gehen."

Isolde legte den Kopf schief. In ihrem Magen breitete sich ein warmes Gefühl aus, das jedoch rasch von einem Grummeln unterbrochen wurde. Lotte lachte erneut und die kleinen Grübchen, die neben ihren Mundwinkel erschienen, waren eine erfreuliche Überraschung.

„Dein Magen hat für dich geantwortet, oder?"

„Dieser treulose Verräter", knurrte Isolde und sie brachen beide in Gelächter aus. „Ich muss erst etwas essen, aber dann trinke ich gerne einen Wein mit dir. Wollen wir ins Café *Stefanie* gehen? Vorausgesetzt, das ist einer Revolutionärin wie dir nicht zu bourgois?"

Lotte verdrehte in gespielter Schicksalsergebenheit die Augen. „Manchmal muss es eben sein. Man kann das Bürgertum nur aus dem Bürgertum heraus zerstören."

Sie verließen die Praxis und Isolde sperrte ab. Gemeinsam schlugen sie den Weg zum Café *Stefanie* ein.

„Wo wohnst du denn?", fragte Lotte.

„Hier in Schwabing bei meinem Onkel, einem ehemaligen Kunstmaler. Und du?“

„Ich wohne in Sendling. Ganz in der Nähe der Teestube.“

Sie hatten das *Stefanie* erreicht und fanden einen Platz. Isolde bestellte sich eine Portion Gulaschsuppe und eine Flasche Rotwein mit zwei Gläsern.

„Ah, das hat gutgetan“, sagte sie, als sie den letzten Bissen gegessen hatte. Sie nahm das Glas Wein und trank einen Schluck. Der Alkohol stieg ihr sofort in den Kopf. Sie fühlte sich ein wenig benebelt und gleichzeitig locker und frei wie selten. Sie sah Lotte an, die mit ihren Locken spielte.

„Gehst du oft aus?“, fragte sie.

Lotte legte den Kopf schief. „Nein. Die Teestube ist mein Leben. Und das ist auch in Ordnung so. Wenn ich ausgehe, werde ich nur von irgendwelchen Männern angesprochen. Und das will ich nicht. Und du? Bei einer Praxis und einer Wohnung in Schwabing machst du sicher das hiesige Nachtleben unsicher.“

Isolde schüttelte den Kopf. „Das war einmal. Es ist schon lange her. Und ich war nie gerne in Gesellschaft. Mein Leben ist die Medizin.“

„Ich hoffe, ich habe dich nicht zu etwas gezwungen, was du nicht wolltest.“

Isolde schüttelte den Kopf. „Es tut mir auch einmal ganz gut, mich aus meinem Schneckenhaus heraus zu bewegen.“

„Das solltest du öfters tun. In deinem Schneckenhaus hat die Welt nichts von dir.“

„Was sollte die Welt schon von mir wollen?“

„Jetzt stell dein Licht nicht unter den Scheffel. Ich war gestern in der Stadtbibliothek und habe den Bildband gefunden, den du über deine Reisen nach Afrika herausgegeben hast. Das sind atemberaubende Bilder."

„Ja. Das waren die Fotos, die ich retten konnte. Meine Bilder von den Sese-Inseln, auf denen die Schlafkrankheit grassiert ist, sind verbrannt, nachdem einer von Doktor Kochs Ärzten einen Mordanschlag auf mich verübt hat."

„Das klingt wie aus einem Roman von Karl May", sagte Lotte.

„Manchmal würde ich mir wünschen, dass mein Leben weniger wäre wie in einem Roman. Auf meinen Reisen habe ich viel erlebt, das ist wahr. Aber die letzten sieben Jahre waren recht unspektakulär. Ich habe studiert und als Ärztin gearbeitet. Und jetzt habe ich eine Praxis eröffnet. Vielleicht habe ich schon genug Melodrama in meinem Leben erlebt."

Lotte sah sie an. In ihrem Blick lag etwas schwer zu Beschreibendes. Und Isolde spürte wieder dieses warme Gefühl in ihrem Bauch.

„Ich hätte nicht gedacht, dass ich jemanden wie dich hier kennenlerne", sagte sie.

Isolde runzelte die Stirn. „Wie meinst du das?"

„Ich habe nicht viel Erfahrung mit ... mit der Liebe. Was für ein blödes Wort. Ach, ich weiß auch nicht. Wie komme ich jetzt darauf?"

Isolde spürte, wie sich das heiße Pochen in ihrem Bauch schlagartig in ihrem ganzen Körper ausbreitete. Sie hatte das Gefühl, dass ihr Gesicht glühte. „Ich weiß nicht, ob ich noch einmal Erfahrungen mit der Liebe

machen will“, flüsterte sie. „Beim letzten Mal habe ich
alles verloren, was mir wichtig war.“

Lotte sah sie an. „Und doch leuchten deine Augen,
wenn du von Emily sprichst. Ich weiß, dass niemand
dir diese Frau ersetzen kann. Aber vielleicht kann etwas Neues, etwas Schönes entstehen?“

Sie lehnte sich vor und küsste Isolde auf die Lippen.
Sie saß einen Moment da wie erstarrt. Tausend wider-
streitende Gedanken schossen ihr durch den Kopf.
Sollte sie oder sollte sie nicht? Was würde Emily dazu
sagen? Sie wusste sehr genau, was Emily dazu sagen
würde: ‚Meinen Segen hast du. Genieße das Leben!‘ War
es nun so weit? Isolde beschloss, dass jetzt nicht die Zeit
war, um zu denken. Es war die Zeit, zu handeln. Und sie
erwiderte den Kuss.

KAPITEL 23

München, Sonntag, 8. Februar 1914

Isolde erwachte von einem Geräusch. Zuerst dachte sie, es sei ein Karren, der draußen auf dem Pflaster vorbei ratterte, doch dann klang es eher wie ein Topf, dessen Deckel das kochende Wasser gegen den Rand scheppern lässt.

Sie öffnete die Augen und zuckte kurz zurück. Sie lag nicht allein im Bett. Die Erinnerungen kamen zeitlich mit der Erkenntnis, worum es sich bei dem Geräusch handelte. Neben ihr lag Lotte. Und sie schnarchte wie ein Holzfäller.

Isolde spürte, wie sich ein Kichern in ihrem Bauch zu regen begann und in ihrer Kehle nach oben drängte. Sie hielt sich eine Hand vor den Mund, doch konnte sie es nicht zurückhalten und so prustete sie los.

Lotte schlug die Augen auf. Sie blinzelte und ihr irritierter Blick traf Isolde, die breit grinste.

„Was ist denn los?", fragte Lotte.

„Entschuldige, aber du hast so laut geschnarcht."

Lotte rieb sich die Augen.

„Das tut mir leid, habe ich dich geweckt?"

Isolde nickte. „Ja, aber das ist nicht schlimm. Es gibt schrecklichere Arten, aus dem Schlaf gerissen zu werden."

Auf Lottes Lippen erschien ein Schmunzeln. „Es ist schön, dich lachen zu sehen. Das steht dir gut."

„Ja, und es tut auch gut, zu lachen. Ich hatte in letzter Zeit nicht allzu viel Gelegenheit dazu."

„Nun, dann bin ich ja beinahe wie der Prinz aus Dornröschen. Ich habe dich aus dem Schlaf der Freudlosigkeit befreit. Nur, dass es keine Küsse waren, die dich geweckt haben, sondern mein Schnarchen."

Isolde schüttelte den Kopf. „Es waren auch deine Küsse. Unsere Küsse." Sie lehnte sich zu Lotte hinüber und ihre Lippen fanden sich. Als sie sich wieder voneinander lösten, sah Isolde, dass die Augen ihrer Freundin trotz des fahlen Lichts des Wintermorgens leuchteten.

„Es ist schön, dass wir uns getroffen haben", sagte Lotte.

„Ja, das ist es."

„Wie spät ist es eigentlich?", fragte Lotte.

Noch ehe Isolde antworten konnte, hörten sie die Glocke von St. Sebastian sechsmal läuten. Als der letzte Schlag vertönte, drang das Geräusch einer sich öffnenden Tür zu ihnen.

„Das ist Zenzi. Die geht in die Frühmesse", sagte Isolde.

„Dann wäre es jetzt wahrscheinlich ein guter Zeitpunkt, mich unentdeckt aus dem Haus zu schleichen. Was sollte dein Onkel denken, wenn er mitbekäme, dass du Damenbesuch hast, der über Nacht bleibt."

„Ich glaube, mein Onkel würde sich darüber freuen", sagte Isolde.

Lotte legte den Kopf schief. „Das ist schön. Ich mag deinen Onkel. Aber trotzdem muss ich los."

Sie richtete sich auf und begann, ihre Kleidung einzusammeln, die in Isoldes Zimmer verstreut war. Isolde sah ihr dabei zu. Sie hatte einen Kloß im Hals. „Und nun?“, krächzte sie.

Lotte, die gerade dabei war, einen Stiefel zu schnüren, sah sie an. „Nun gehe ich nach Hause und widme mich meiner Arbeit für die Weltrevolution. Und du schläfst noch ein bisschen weiter. Am Mittwoch kommst du dann ein bisschen früher zu mir in die Teestube, damit wir ein bisschen Zeit miteinander haben, ehe die Frauen zur Sprechstunde kommen.“

Isolde sog ihre Unterlippe ein. Dann breitete sich ein Lächeln auf ihrem Gesicht aus. „Das ist schön“, sagte sie. „Ich hätte nicht mehr zu hoffen gewagt, dass ich noch einmal einen Menschen finde, der in mir den Wunsch verspüren lässt, dass die Zeit bis Mittwoch im Flug vergeht.“

Lotte, die inzwischen ihren Schuh angezogen hatte, kam auf sie zu und setzte sich neben sie auf die Bettkante.

„Ja, das ist schön. Mir geht es genauso. Am liebsten würde ich meine Kleider wieder ausziehen und mich zu dir ins Bett legen.“

Isolde zwinkerte ihr zu. „Warum zögerst du dann noch?“

Lotte schmunzelte. „Nun, die Weltrevolution kann vielleicht doch noch ein Stündchen warten.“

***

Elsa arbeitete in ihrer eigenen Werkstatt an einem Damensattel. Doch sie war nicht ganz bei der Sache.

Zwar nahm sie den Geruch des Leders wahr und spürte die Textur des Materials an ihren Fingerspitzen. In Gedanken war sie jedoch beim Vorabend. Beinahe hätten sie und Thomas sich geküsst. Sie war sich sicher, dass es dazu gekommen wäre, wenn das Fahrrad nicht umgefallen wäre. Und seit diesem Moment fragte sie sich, ob das großes Pech oder vielmehr ein glücklicher Zufall gewesen war.

Es war wie immer, erstaunlicherweise. Die Gefühle hatten sie getroffen. Mit voller Wucht. Doch dieses Mal war es unerwartet, denn sie war nicht auf der Suche gewesen. Damals, bei Eugen, hatte sie sich danach gesehnt, sich einen feschen Offizier zu angeln. Bei Moritz war es ähnlich gewesen. Sie hatte nach einer Gelegenheit gesucht, ihrem tristen Eheleben zu entfliehen. Und Moritz hatte ihr für eine kurze Weile diese Möglichkeit geschenkt. Aus dieser Verbindung war Hilde entstanden, und obwohl sie den Tod zweier Männer herbeigeführt hatte, war sie unendlich dankbar dafür. Aber spätestens nachdem Müller gestorben war, hatte sich Elsa geschworen, die Finger von den Männern zu lassen. Sie brachte ihnen nur Unglück.

Doch nun war es erneut geschehen. Die Verliebtheit hatte sie getroffen wie ein Blitz. Thomas' braune Augen. Seine starken Hände. Sein unergründliches Lächeln. Sie stellte sich vor, wie es gewesen wäre, ihn zu küssen. Wie fühlte sich das eigentlich an? So viel Zeit war vergangen, seit sie diese Erfahrung gemacht hatte. Zuletzt mit Müller. Aber das war unangenehm gewesen, sie hatte sich überwinden müssen. Elsa konnte sich kaum noch erinnern, wie es mit Moritz gewesen war, obwohl das zu den schönsten Erfahrungen ihres Lebens gehörte. Sie spürte, wie eine Sehnsucht in ihr aufwallte. Ja, sie wollte es wieder erleben. Und doch war da auch eine Scheu. Eine Grenze, die gezogen war und die sie sich nicht zu überschreiten traute.

Die Türglocke riss sie aus ihren Gedanken. Elsa sah auf. Im Türrahmen stand eine Frauengestalt. Sie trug ein einfaches, graues Kleid und darüber einen schwarzen Mantel. Ihre braunen Haare waren unter einem Hut verborgen. Blaue Augen musterten Elsa mit einem Blick, der sie frösteln ließ.

„Guten Tag", sagte Elsa. „Was kann ich für Sie tun?"

„Ich bin Lena Maierhöfer, die Frau Ihres Geschäftspartners", sagte die Besucherin.

Elsa hatte das Gefühl, dass das Blut in ihren Adern gefror. Sie bemühte sich, ihre Erschütterung nicht nach außen dringen zu lassen. Aber das war so gut wie unmöglich. Sie setzte ein Lächeln auf und versuchte, es ihre Augen erreichen zu lassen.

„Aha, endlich lernen wir uns kennen." Sie ging auf die Frau zu und streckte die Hand aus. Doch diese ergriff sie nicht.

„Ich bin nicht gekommen, um Höflichkeiten mit Ihnen auszutauschen. Sie haben eine Affäre mit meinem Mann."

Elsa zuckte zurück. „Nein ... Das ... Das stimmt nicht."

„Wie erklären Sie sich dann das hier?"

Sie reichte Elsa ein Schriftstück. Es handelte sich um einen Brief. Er war in einer fein säuberlichen Handschrift geschrieben:

*Ihr Mann, Thomas Maierhöfer, und seine Geschäfts-
partnerin Elsa Müller haben seit mehreren Wochen
eine Affäre. Sie nutzen die Fahrradmanufaktur für ihre
abendlichen Stelldicheins.*

Elsa spürte, wie sich eine unangenehme Wärme in ihrem Gesicht ausbreitete. Es war eine Mischung aus
Scham und Wut. Wer schrieb so etwas? Und dann dämmerte es ihr.

„Das ist eine infame Unterstellung! Von wem haben
Sie diesen Brief?"

„Das tut nichts zur Sache. Es ändert nichts daran, dass
Sie eine Affäre mit meinem Mann haben."

Elsa stampfte mit dem Fuß auf. „Ich habe keine Affäre
mit Ihrem Mann. Es ist nichts zwischen uns geschehen.
Wir arbeiten zusammen, und zwar sehr erfolgreich.
Das kann ich Ihnen versichern. Dieser Brief ist eine
Verleumdung. Also, von wem haben Sie den?"

„Er wurde heute Morgen bei uns eingeworfen. Ich
weiß nicht, wer ihn geschrieben hat. Ich gehe einmal
davon aus, dass einer der Arbeiter meines Mannes euer
Treiben nicht mehr mit ansehen wollte."

„Ich glaube kaum, dass einer der Arbeiter ihres Mannes oder einer meiner Gehilfen zu einer dermaßen ge-
stochenen Handschrift fähig wäre. Mir ist klar, dass Sie
mir das nicht glauben werden, aber ich weiß genau,
von wem dieser Brief stammt."

„Dann setzen Sie mich doch darüber in Kenntnis",
sagte Frau Maierhöfer. Trotz ihrer schnippischen
Worte meinte Elsa, so etwas wie Unsicherheit dahinter
erkennen zu können.

„Das ist das Werk von Hugo von Lampeck. Er versucht alles, um mich aus dem Geschäft zu drängen.“

Lena Maierhöfer zog ihre Augenbrauen nach oben. „Warum sollte Ihnen deswegen jemand eine Affäre andichten?“

„Von Lampeck ist zu ganz anderen Dingen fähig. Als mein Sattel am Rennen zum Oktoberfest teilgenommen hat, hat er einen Handlanger geschickt, der den Haltegurt manipuliert hat. Der Jockey ist gestürzt und ist nun gelähmt. Von Lampeck schreckt vor nichts zurück. Ganz besonders, wenn es darum geht, meinen guten Ruf zu zerstören.“

Frau Maierhöfer sah sie skeptisch an.

„Ich kann verstehen, dass Sie sich Sorgen machen“, fuhr Elsa fort. „Das würde ich an Ihrer Stelle auch tun, wenn so ein Brief bei mir landen würde. Aber ich versichere Ihnen: Zwischen mir und Ihrem Mann war nichts. Und es wird auch nichts sein. Wir arbeiten zusammen. Sehr erfolgreich. Ich stelle Sättel für seine Fahrräder her. Mehr ist da nicht. Es ist in unserem beiderseitigen Interesse, dass das eine geschäftliche Beziehung bleibt. Und das wird es. Darauf gebe ich Ihnen mein Wort.“

Sie war selbst überrascht, diese Worte aus ihrem Mund zu hören, wo sie sich doch eben noch danach gesehnt hatte, Thomas’ Lippen zu spüren.

„Nun gut. Ich werde das fürs Erste akzeptieren“, sagte Frau Maierhöfer. „Aber ich werde Sie im Auge behalten.“

Sie wandte sich um und ging davon. Elsa sah ihr nach. Sie spürte einen Anflug eines schlechten Gewissens. Es war nicht so, dass nichts zwischen ihr und dem Mann dieser Frau gewesen wäre. Sie konnte nur schwer greifen, was das an jenem Abend gewesen war. Hatte sie sich die Spannung zwischen ihnen nur eingebildet? War es wirklich Thomas, der sie anzog, oder schlichtweg der Wunsch, wieder einmal die Lippen eines Mannes auf den ihren zu spüren? Noch war nichts geschehen, womit sie sich gegen Lena Maierhöfer versündigt hätte. Doch nun waren die Würfel gefallen. Sie musste ihre Finger von ihrem Geschäftspartner lassen. Es gab keinen anderen Weg.

KAPITEL 24

München, Dienstag, 10. Februar 1914

Isolde saß hinter dem Schreibtisch in ihrem Behandlungszimmer und holte das Butterbrot aus der Tüte. Der Vormittag war anstrengend gewesen. Sie hatte beinahe vierzig Patienten behandelt und zum Frühstück hatte sie nur einen Apfel gegessen. Dementsprechend knurrte ihr Magen und es war ein Vergnügen, in das Brot zu beißen und den buttrigen Geschmack auf der Zunge zu spüren.

Die Tür öffnete sich und Isolde hatte erwartet, Katharina zu sehen, die vielleicht schon den nächsten Patienten ankündigte. Doch es war Berta.

„Hast du einen Moment Zeit?", fragte ihre Kollegin. „Du kannst auch gerne weiter essen. Das stört mich nicht."

„Natürlich." Isolde legte das Butterbrot beiseite. So sehr sie sich auch danach sehnte, weiter zu essen, fand sie es doch zu unhöflich, zu kauen, wenn Berta etwas mit ihr besprechen wollte.

„Was gibt es?", fragte sie und schob mit der Zunge die letzten Brotkrümel zwischen ihren Zähnen hervor.

Berta knetete ihre Finger. Isolde kannte diese Geste. Sie hatte sie an ihrer Freundin schon oft gesehen, vor allem, wenn es auf Prüfungen zuging. Sie war nervös. Isolde schwante Übles. Was kam jetzt?

„Ist alles in Ordnung bei dir?“

„Bei mir schon. Ach, es ist eine verzwickte Angelegenheit. Heute Morgen war die Geheimrätin Geiselmann bei mir.“

„Also die Frau des Geheimrats Geiselmann, die gerne seinen Titel führt?“

Berta nickte, aber es war Isolde nicht gelungen, ihr ein Lächeln auf die Lippen zu zaubern.

„Ja, genau die. Nach der Behandlung wollte sie nicht gleich gehen, und als ich sie gefragt habe, ob sie noch ein Anliegen habe, hat sie gesagt, dass ihr zu Ohren gekommen sei, dass wir Proletarier umsonst behandeln würden. Sie war empört. Es war schwer, sie zu beruhigen. Sie hat sich immer mehr hineingesteigert. Hat von verkommenem Pack und Ungeziefer gesprochen und was weiß ich. Und sie hat gedroht, dass sie allen ihren Freundinnen und Bekannten sagen würde, dass sie nicht mehr zu uns kommen sollten, weil wir die Umtriebe der Sozialdemokratie unterstützen würden.“

Isolde spürte, wie sich ein heißes Gefühl der Wut in ihrem Bauch auszubreiten begann. „Menschen, die nicht vom Einkommen ihres Mannes leben, ärztlich zu behandeln sind also sozialdemokratische Umtriebe?“

Berta seufzte. „Du weißt doch, wie diese Leute sind. Für die ist es schon eine Zumutung, wenn sie im Wartezimmer neben Arbeitern oder Tagelöhner sitzen müssen.“

Isolde zuckte mit den Achseln. „Aber ist das wirklich unser Problem? Ich meine, damit muss doch zuallererst Frau Geiselmann zurechtkommen.“

Berta seufzte. „Ja, das stimmt schon. Aber Frau Geiselmann und die Damen, mit denen sie gesellschaftliche

Beziehungen pflegt, sind ein wichtiger Teil unseres Patientenstamms. Zwar sind es nicht viele, aber sie können sich auch teurere Behandlungen leisten. Sie kommen öfter. Wir verdienen gut an ihnen. Es wäre schwierig, die Praxis zu führen, wenn uns das komplett wegbrechen würde."

Isolde runzelte die Stirn. „Habe ich das richtig verstanden? Du möchtest, dass ich meine ehrenamtliche Tätigkeit in der Teestube aufgebe, weil Frau Geiselmann etwas dagegen hat?"

Berta knetete wieder ihre Finger. Sie blieb Isolde eine Antwort schuldig.

„Ich weiß, dass das schwierig für dich ist, Berta. Du hast mehr riskiert als ich, indem du diese Praxis eröffnet hast. Und natürlich treffen wir alle Entscheidungen gemeinsam. Aber andererseits. Ich weiß nicht, wie ich es beschreiben soll. Die Tätigkeit in dieser Teestube erfüllt mich viel mehr als die tägliche Arbeit hier. Ich habe das Gefühl, etwas Wichtiges zu tun. Ich muss keiner gut betuchten Dame ein Mittelchen aufschwatzen, damit sie ihre Anfälle von Angst betäuben kann. Gestern in der Teestube habe ich einem fiebernden Kind einen Abszess am Ohr ausgestochen. Ich hoffe, es war noch rechtzeitig. Der Kleine hatte wirklich hohes Fieber. Wenn es mir gelungen ist, sein Leben zu retten, macht mich das glücklich. Dann habe ich wirklich etwas Gutes getan. Das ist der Grund, warum ich Medizin studiert habe. Weißt du noch, als wir uns im ersten Semester darüber unterhalten haben?"

Berta sah zu Boden. „Du wolltest leidenden Menschen helfen. Und ich ebenfalls", flüsterte sie.

Isolde nickte. „Ja. Genau das war es. Den Menschen helfen. Ich verstehe, was dahintersteckt. Ich verstehe, dass du dir Sorgen machst, wie wir die Praxis finanzieren sollen, wenn Frau Geiselmann ihre Drohung wahr macht. Und gleichzeitig bricht es mir das Herz, erwägen zu müssen, die Arbeit in der Teestube aufzugeben.“

„Es ist deine Entscheidung, Isolde. Ich dränge dich zu nichts. Wir sind Freundinnen und das werden wir immer bleiben. Ich wollte dich nur darüber informieren, dass Frau Geiselmann mich darauf angesprochen hat. Was du daraus machst, ist deine Sache. Überleg es dir.“

Sie nickte Isolde mit traurigem Blick zu und ging hinaus. Als die Tür hinter ihr ins Schloss fiel, schnaubte Isolde. „Es ist meine Entscheidung. Großartig.“ Berta hatte zwar betont, dass sie sie zu nichts drängen wollte, aber sie fühlte sich doch unter Druck gesetzt. Sie musste eine Entscheidung treffen. Sie dachte an Lotte. Was würde die sagen, wenn sie ihr plötzlich verkündete, dass sie keine Kranken mehr behandeln könne, um nicht in den Verdacht zu geraten, der Sozialdemokratie Vorschub zu leisten? Sie dachte an den Abend und die Nacht, die sie mit Lotte verbracht hatte. An den Kuss. An die Küsse. An das, was dem gefolgt war. Und ihr Gespräch am Morgen. Sie hatte nicht gedacht, dass das alles so rasch auf dem Spiel stehen würde. Bertas Argumente waren nicht einfach von der Hand zu weisen. Wenn Frau Geiselmann mit ihrer Drohung ernst machte, würden sie einen Großteil ihrer zahlungskräftigen Patienten verlieren. Und die finanziellen Einbußen wären schwer auszugleichen. Isolde war Teilhaberin der Praxis und damit genauso wie Berta für das Gedeihen des Unternehmens verantwortlich. Es half nichts. Sie musste einmal mehr das Medusenhaupt an ihren Schild nageln, ob sie wollte oder nicht.

***

Elsa saß vor ihrer Werkbank. Doch die Werkzeuge lagen ungenutzt an ihrem angestammten Platz. Sie war in Gedanken versunken. Da war wieder etwas in ihr Leben getreten und sie wusste nicht, wie sie damit umgehen sollte. Es gab nur eine Person, mit der sie darüber sprechen konnte. Elsa löschte das Licht und eilte hinaus ins Halbdunkel des Winterabends. Sie fuhr mit der Tram nach Schwabing und ging zum Haus des Onkels.

Er saß in seinem Ohrensessel und war vor dem Kamin eingeschlafen. Isolde traf sie in der Küche an, wo sie am Tisch saß, und eine Suppe löffelte, die Zenzi ihr gemacht hatte.

„Wollen Sie auch eine?", fragte die Haushälterin. Elsa hatte zwar keinen Hunger, aber als sie dann den ersten Löffel des schmackhaften Eintopfs aß, spürte sie, wie ein wenig Kraft in sie einkehrte.

„Hast du kurz Zeit für mich?", fragte sie Isolde, als sie aufgegessen hatte. Ihre Schwester sah sie mit zusammengekniffenen Augen an.

„Natürlich habe ich Zeit für dich. Wollen wir eine Runde spazieren gehen?"

Elsa nickte. Das war eine gute Idee. Vielleicht würde die kühle Luft dazu beitragen, ihren Kopf ein wenig klarer werden zu lassen. Sie zogen sich an und schlugen die Richtung ein, in der der Englische Garten lag.

„Also, was gibt es?", fragte Isolde.

Elsa holte tief Luft „Ich stecke einmal mehr in einer Zwickmühle und weiß nicht, wie ich mich daraus befreien soll.“

„Worum handelt es sich?“

„Es ist … Es ist kompliziert. Ich habe doch diese Fahrradsättel angefertigt für die Werkstatt Maierhöfer. Und Thomas Maierhöfer … neulich sind wir uns beinahe nähergekommen.

„Das ist doch nichts Schlimmes. Oder?“

Elsa seufzte. „Thomas ist verheiratet. Und gestern war seine Frau bei mir. Sie hat einen anonymen Brief bekommen. Ich vermute, er stammt von Hugo von Lampeck. In dem Schreiben wurde angedeutet, dass Thomas und ich ein Verhältnis hätten.“

„Habt ihr denn eines?“

Isoldes Stimme war ruhig. Elsa war froh, keine Anklage und keinen Vorwurf darin zu hören. Ihre Schwester war an den Fakten interessiert. Das schätzte sie so an ihr. Sie neigte nicht dazu, zu rasch zu urteilen.

„Nein. Wir haben kein Verhältnis. Es ist nichts passiert. Noch nicht.“

„Wie meinst du das?“

„Nun, wir hätten uns beinahe geküsst. Wir waren kurz davor. Ich weiß nicht, ob du das kennst. Aber es schien unausweichlich. Die Spannung zwischen uns war so groß. Und dann ist ein Fahrrad umgefallen und es war, als ob mir jemand einen Eimer kaltes Wasser über den Kopf geschüttet hätte. Ich habe mich verabschiedet und bin gegangen. Ich konnte noch nicht mit Thomas reden. Und ich weiß nicht, was ich ihm sagen soll.“

„Was möchtest du ihm denn sagen?“

Elsa hielt inne. Das war der Grund, warum sie sich an Isolde gewandt hatte. Jemand anderer hätte ihr gesagt, es sei doch ganz klar. Sie solle ihm verdeutlichen, dass nichts aus dem Verhältnis werden könne, dass er verheiratet sei, dass die Ehe zu achten sei. Aber wollte sie ihm das sagen?

„Wenn ich ehrlich bin, dann würde ich ihn gerne küssen."

Sie sah zu Isolde hinüber. Ihre Schwester nickte. „Das ist ja auch ein nachvollziehbarer Wunsch. Ihr seid euch nähergekommen. Du findest ihn anziehend. Dass du ihn da küssen magst, ist durchaus natürlich. Gibt es denn noch etwas anderes, was du ihm sagen oder mitteilen möchtest?"

„Ich möchte ihn küssen, aber gleichzeitig möchte ich ihm auch sagen, dass ich nicht der Grund dafür sein möchte, dass seine Ehe scheitert. Ich habe nichts gegen seine Frau. Ich bin auch keine Ehebrecherin. Zumindest nicht mehr. Ich bin nicht die Elsa, die ich einmal war. Ich stürze mich nicht in Affären."

„Würdest du das mit Moritz als Affäre bezeichnen?"

Sie schüttelte vehement den Kopf. „Nein. Er war meine große Liebe. Die eine große Liebe."

„Glaubst du, dass es eine zweite große Liebe geben könnte? Dass Thomas diese Liebe werden könnte?"

„Ich weiß es nicht. Vielleicht. Die Frage ist, ob ich es zulassen will. Ob dieser Wunsch, noch einmal die große Liebe zu erleben wie damals mit Moritz, so überwältigend und so groß ist, dass ich alle Vorsicht über Bord werfe."

„Die alte Elsa hätte genau das getan."

„Die alte Elsa gibt es nicht mehr. Ich habe sie damals in München zurückgelassen, als ich nach Afrika gegangen bin. Und einen weiteren Teil von ihr habe ich dort begraben. Ich habe eine Tochter. Ich habe eine Sattlerei. Die Arbeit macht mir Freude. Natürlich ist es schön, das verliebte Kribbeln zu spüren. Aber ich weiß, wie viel Leid daraus entstehen kann. Thomas ist nicht frei. Und ich weiß nicht, ob unsere Liebe stark genug sein könnte, die Stürme zu überstehen, die auf uns zukämen. Ich weiß auch nicht, wie er empfindet. Und ich weiß nicht, ob ich es wirklich wissen will.“

Isolde nickte wieder. „Du bist nicht mehr die alte Elsa. Du trägst Verantwortung. Für dich. Für Hilde. Für dein Geschäft. Und du gehst wesentlich vernünftiger mit dieser Situation um als früher. Natürlich ist es schmerzhaft, wenn du darauf verzichtest, diesen Thomas näher kennenzulernen und dich auf ihn einzulassen. Vielleicht könntest du auch wirklich Liebe mit ihm erleben. Aber wenn du dich dagegen entscheidest, wirst du am Ende womöglich doch zufriedener sein.“

Elsa nickte. „Ja. Das ist es doch. Ich bin früher meinen Impulsen gefolgt. Ich habe mich in ein Abenteuer nach dem anderen gestürzt, habe meine Gefühle zum Maßstab für alles gemacht. Und dabei habe ich nie die Folgen beachtet, die das haben kann. Das ist nun anders. Danke, Isolde.“

„Ich habe doch gar nichts getan.“

„Du hast mir zugehört. Und ich hatte nicht den Eindruck, dass du mich einfach reden lässt. Du hast mich verstanden. Und dadurch habe ich mich verstanden.“

Isolde lächelte. „Vielleicht sollte ich doch noch diese Ausbildung in der Psychoanalyse machen.“

„Aber ich rede die ganze Zeit von mir. Wie geht es dir denn? Was ist mit dieser Charlotte Kleiber", fragte Elsa.

„Ach. Das ist auch so ein Thema. Lass uns ein andermal darüber sprechen. Die Kälte zieht mir in die Glieder. Ich freue mich auf den warmen Ofen beim Onkel."

Elsa kniff die Augen zusammen. „Du bist noch die Alte. Im Ausweichen warst du schon immer stark."

Isolde zuckte mit den Achseln. „Manche Dinge werden sich wohl nie ändern."

KAPITEL 25

München, Mittwoch, 11. Februar 1914

Hermann war kein sehr geschickter Eisläufer. Sein Oberkörper war weit nach vorne gebeugt und seine Arme ausgestreckt, da er Schwierigkeiten hatte, das Gleichgewicht zu halten. Aus den Augenwinkeln sah er, wie Hilde ihn umkreiste. Sie schien ein Naturtalent zu sein. Wie sie sich in die Kurven legte! Er fuhr zum Rand des Teichs und ließ sich auf dem Steg nieder. Hilde folgte ihm, raste auf ihn zu und bremste im letzten Moment so rasch ab, dass ihm Eis um die Ohren flog. Dann setzte sie sich neben ihn.

„Das klappt immer besser, oder?", fragte sie.

Hermann verzog das Gesicht. „Ich falle nicht mehr so oft hin. Das stimmt. Wie hast du das Schlittschuhlaufen gelernt?"

„Meine Tante Isolde hat es mir beigebracht. Ich bin ja in Afrika aufgewachsen, da gab es keinen Winter. Deshalb hat mich alles fasziniert, was mit Schnee zu tun hatte."

„Wie war es, in Afrika aufzuwachsen?"

„In meiner Erinnerung war es schön. Aber es gab auch schreckliche Momente. Mein Vater war ein Säufer. Und meine Mutter hatte viel zu kämpfen, damit wir überleben konnten. Sie hat alles gegeben, damit wir es schaffen."

Hermann schluckte. Über seine Mutter zu sprechen, war immer noch ein schwieriges Thema. Am liebsten wäre er dem aus dem Weg gegangen. Als Hilde ihn vor ein paar Wochen vor seiner Schule abgepasst hatte, war sein erster Impuls gewesen, zu fliehen. Doch sie hatte ihn zur Rede gestellt, hatte ihn angefleht, ihr zu sagen, wie es zu der Entfremdung von seiner Mutter gekommen war. Und er hatte ihr alles erzählt, was er aus seiner Erinnerung noch wusste. Wie sein Vater gestorben war. Wie seine Mutter von einem Tag auf den anderen verstoßen worden war. Wie sein Großvater ihn aufgenommen hatte. Wie der alte Mann immer schlecht über die Mutter geredet hatte. Wie er sie zum letzten Mal in der Werkstatt gesehen hatte, ehe sie nach Afrika abgereist war. Wie sehr er sie vermisst und sie doch nach und nach vergessen hatte. Und wie nur ab und zu noch ein Wunsch, eine Sehnsucht nach der Mutter in ihm aufgeflammt war, besonders wenn er sich einsam fühlte oder wenn der Großvater ihn ausgeschimpft hatte.

„Ich erinnere mich, dass ich mit meiner Mutter auch hier im Englischen Garten war. Wir haben mit Schneebällen geworfen und ich habe einen Schneeengel gemacht."

Hilde lachte. „Das kann ich mir gar nicht vorstellen. Wie du so im Schnee liegst und mit Armen und Beinen wedelst."

„Ich war ein kleines Kind damals. Allzu viele Erinnerungen habe ich nicht mehr an diese Zeit. Und ich weiß nicht, ob das ein Segen oder ein Fluch ist."

„Wie meinst du das?"

Er zögerte einen Moment. So ganz wusste er auch nicht, wie er es formulieren sollte. „Meine Mutter trägt eine Mitschuld am Tod meines Vaters. Auch wenn ich inzwischen glaube, dass mein Großvater ihren Anteil übertreibt, so scheint es doch so, dass er in einem Duell um ihre Ehre gestorben ist. Das hätte er nicht ausgefochten, wenn ihre Ehre nicht infrage gestanden hätte."

Hilde wollte protestieren, doch Hermann hob die Hand. „Wie gesagt, ich kann nicht beurteilen, was damals vorgefallen ist. Aber etwas muss geschehen sein. Und ich weiß nicht, ob ich tatsächlich wissen will, was genau sich zugetragen hat. Manche Dinge bleiben besser unberührt. Und manche Verhältnisse muss man nicht wieder aufnehmen."

„Du willst deine Mutter gar nicht kennenlernen?"

Er biss sich auf die Unterlippe. Sollte er ehrlich antworten? Das würde bedeuten, dass er zugeben musste, in dieser Frage zwiegespalten zu sein. Natürlich wünschte er sich, seine Mutter kennenzulernen. Gleichzeitig fürchtete er sich davor. Es würde auf jeden Fall Schwierigkeiten mit dem Großvater geben. Und möglicherweise würde er Fragen stellen müssen, deren Beantwortung ihn eher weiter von seiner Mutter wegtreiben würde, anstatt sie ihm nahe zu bringen.

„Ich weiß es nicht. Vielleicht ist es besser so, wie es ist. Ich bin froh, dass wir uns kennengelernt haben. Und ich hoffe, dass wir Geschwister füreinander sein können, auch wenn es mit meiner Mutter schwierig bleibt."

„Aber du gehörst zur Familie, Hermann. Tante Isolde, der Onkel, Zenzi."

Hermann spürte einen Stich im Magen. Er schloss die Augen und nahm einen schwachen Duft wahr. Nach Zimt, nach Mandeln, nach Äpfeln, nach Vanille.

„Zenzi. Ich erinnere mich an ihren Apfelstrudel. Macht sie den immer noch?"

Hilde lachte. „Der scheint bei jedem einen großen Eindruck zu hinterlassen. Ja, sie macht ihn noch und er ist ganz fabelhaft. Allein das ist doch schon ein Grund, warum du wieder zu uns stoßen solltest. Du wirst willkommen sein, das kannst du glauben."

Er schüttelte den Kopf. „Ich muss erst darüber nachdenken. Zurzeit habe ich noch andere Dinge zu tun. Ich muss auf das Abitur lernen. Meine Zensuren sind nicht die besten."

„Wem sagst du das. Am liebsten würde ich die Schule abbrechen."

Er zog die Augenbrauen nach oben. „Die Schule abbrechen? Aber was würdest du stattdessen tun?"

„Etwas Handwerkliches. Oder etwas Künstlerisches. So wie der Onkel. Vergiss nicht, das liegt bei uns in der Familie."

Er schüttelte den Kopf. „Das ist nichts für mich. Ich werde die Soldatenlaufbahn einschlagen. Denn das liegt in meiner Seite der Familie."

Nun verzog Hilde das Gesicht. „Das wäre wiederum nichts für mich. Aber komm, jetzt lass uns noch ein bisschen Schlittschuhlaufen. Das musst du nämlich auch noch lernen."

***

Es war bitterkalt. Isolde hatte Sorge, dass ihre Nasenspitze erfrieren würde. Sie war froh, als sie um die Ecke bog und die hellen Lichter hinter den Glasscheiben der Teestube sah. Sie trat ein und die Wärme umfing sie wie eine flauschige Decke.

„Da sieht jemand so aus, als ob sie einen warmen Tee nötig hätte", hörte sie Lotte sagen.

Isolde nahm ihre Pelzmütze und die Handschuhe ab und rieb sich die klammen Hände. „Ja, das wäre ganz großartig", sagte sie.

„Du bist früh gekommen", sagte Lotte, während sie aus der dampfenden Kanne die heiße Flüssigkeit in einen Becher goss. „Schön, dann haben wir Zeit für uns."

Sie nahm den Becher, trat auf Isolde zu und küsste sie. Isolde erwiderte den Kuss. Ein Kribbeln lief durch ihren Körper und mit einem Mal fühlte sie sich auch ohne den Tee innerlich warm.

„Ich wollte zuvor mit dir reden", sagte Isolde, als sie sich wieder voneinander lösten.

Lotte runzelte die Stirn. „Das klingt gar nicht gut."

Isolde atmete tief durch. „Gestern hat meine Praxiskollegin mich aufgesucht, um mir mitzuteilen, dass eine ihrer Patientinnen sich beschwert hätte. Darüber, dass ich kostenlos arme Menschen behandle. Berta hat die Sorge, dass diese gut betuchte Dame nun andererseits Stimmung gegen uns machen könnte. Sie hat mich gebeten, zu erwägen, mein Engagement in der Teestube aufzugeben."

Lottes Miene war mit einem Mal wie versteinert. Ihr ansonsten so fröhliches Lächeln war verschwunden. Ihre Augen blickten Isolde kalt und hart an.

„Und du hast dich entschieden, ihrer Bitte zu folgen?"

Isolde sah sie lange an. Dann schüttelte sie den Kopf. „Nein. Ich habe ihr heute gesagt, dass mir das Engagement wichtig ist und dass ich auch weiterhin hier tätig sein werde. Wenn es dazu kommen sollte, dass Patientinnen deswegen abspringen, werde ich mich aus der Praxis zurückziehen.“

Lottes Augen weiten sich. „Das ... das ist erstaunlich. Ganz erstaunlich.“

„Erstaunlich? Du hattest gedacht, dass ich einknicken würde, oder? Dass mir meine Praxis wichtiger wäre. Hältst du so wenig von mir?“

Lotte schüttelte den Kopf. „Nein, natürlich nicht. Aber wenn ich eines gelernt habe, dann, dass wir alle in Verpflichtungen stecken. Wir müssen leben. Wir brauchen Geld. Und wir sind anderen Menschen etwas schuldig. Wie hat denn deine Praxiskollegin reagiert, als du ihr das gesagt hast?“

„Begeistert war sie nicht. Aber sie hat es verstanden. Ich habe ihr erklärt, wie wichtig es mir ist, mich hier zu engagieren. Und dass es, wenn ich die Arbeit in der Teestube aufgeben würde, bedeuten würde, dass ich mich selbst verleugne. Sie hat meine Entscheidung akzeptiert. Alles ist gut zwischen uns.“

„Das ist schön“, sagte Lotte.

„Ja, das ist es. Ich hatte noch nie in meinem Leben das Gefühl, eine dermaßen sinnvolle Tätigkeit auszuüben wie hier in der Teestube. Am ehesten ging es mir noch so, als ich in dem Fotoatelier gearbeitet habe. Menschen mögen Fotografien. Sie sind wichtig, um festzuhalten, wer man ist und wer man war. Sie sind Erinnerungen an geliebte Menschen, die gestorben sind. Oder an Festtage wie Hochzeiten oder andere. Die Reisefotografie habe ich dann vor allem ergriffen, um mich von meinem Schmerz über Emilys Tod abzulenken. Ich habe viel erlebt und mich betäubt. Aber glücklich oder zufrieden war ich nie. Das Studium war eine harte Zeit. Es waren Lehrjahre. Auch da war ich abgelenkt von der vielen Arbeit. Ebenso in der Klinik, wo ich ein kleines Rädchen im Getriebe war. In der Praxis war es ähnlich. Doch hier ist es etwas ganz anderes. Ich habe den Eindruck, dass ich wirklich einen Unterschied mache. Zum ersten Mal in meinem Leben bin ich an dem Ort, an den ich hingehöre. Und das fühlt sich großartig an. Ganz bestimmt werde ich mir nicht von einer Frau Geheimrätin erklären lassen, dass sich das nicht gehört. Und selbst wenn mich irgendjemand beschuldigt, dass ich mich in eine sozialdemokratische Verschwörung hineinziehen ließe, ist mir das gleichgültig. Ich werde fortfahren. Und ich freue mich darauf.“

In Lottes Miene war eine erstaunliche Veränderung vor sich gegangen. Ihre Augen leuchteten. Sie lächelte. „Ich muss dich leider enttäuschen. Es handelt sich hier keineswegs um eine sozialdemokratische Verschwörung. Ich versuche nur, Gutes zu tun. Mir geht es nicht um die Weltrevolution.“

Isolde grinste. „Na, da bin ich aber froh. Ich dachte schon, die Spitzel der bayerischen Geheimpolizei wären hinter mir her, um mich revolutionärer Umtriebe zu bezichtigen.“

„Ich mag deinen Sinn für Humor“, sagte Lotte.

„Humor? Ich?“

Lotte lachte. „Ich kenne dich zwar nicht gut, aber ich habe bereits den Eindruck bekommen, dass du gerne dein Licht unter den Scheffel stellst. Du bist klug, gebildet, weitsichtig, großzügig, selbstlos, vernünftig und siehst verdammt gut aus. Aber wahrscheinlich würdest du bei keiner dieser Beschreibungen akzeptieren, dass sie auf dich zutrifft, habe ich recht?"

Isolde war bei jedem von Lottes Worten eine kleine Spur röter geworden, während sie spürte, wie ihr immer mehr die Hitze in das Gesicht schoss.

„Ja, ich glaube, das trifft es ganz gut", sagte sie.

Lotte kam einen Schritt auf sie zu. Sie strich ihr eine Haarsträhne aus der Stirn und sah ihr direkt in die Augen.

„Deswegen finde ich es so enorm, dass du diesen Schritt getan hast. Dass du nicht gekniffen und deiner Praxiskollegin nachgegeben hast. Du trittst für dich ein. Und für das, was dir wichtig ist. Und das steht dir verdammt gut. Das kann ich sagen."

Sie sahen sich an. Dann legte Isolde die Hand in Lottes Nacken und zog sie zu sich. Ihre Lippen fanden sich zu einem langen Kuss. Isolde spürte, wie eine Welle der Leichtigkeit durch ihren Körper wusch. Alle Sorgen, alle Zweifel, ja sogar alle Trauer um Emily waren in diesem Moment verschwunden. Es gab nur sie beide, nur diesen Kuss, nur das, was sie verband. Was auch immer es war. Und was auch immer sich daraus entwickeln würde. Sie lösten sich voneinander.

„Und du schmeckst auch noch gut", sagte Lotte und leckte sich mit der Zunge über die Lippen.

KAPITEL 26

München, Donnerstag, 12. Februar 1914

Auf dem Weg zur Fahrradmanufaktur klopfte Elsa das Herz bis zum Hals. Heute würde sie Thomas wiedersehen. Der Beinahe-Kuss und der Besuch seiner Frau hatten ihr zwei schlaflose Nächte bereitet. Wie sollten sie nun miteinander umgehen? Sie wollte nicht, dass die Komplikationen im privaten Bereich dazu führten, dass ihre äußerst erfolgreiche Geschäftsbeziehung enden musste. Aber vielleicht war das so. Und die Aussicht darauf, dass dieser Geschäftszweig, den sie sich gerade aufgebaut hatte und mit dem sie so viel Freude verband, zugrunde gehen konnte, machte ihr das Herz schwer.

Als sie das Geschäft betrat, stand Thomas hinter dem Tresen. Er sah sie an, sagte aber kein Wort.

„Guten Morgen", sagte Elsa.

Er nickte ihr knapp zu. „Meine Frau hat mir gesagt, dass sie bei Ihnen war. Sie hat irgendeinen Brief bekommen."

Elsa schluckte. „Ja. Ich habe ihr erklärt, von wem der Brief stammt, und dass es die Absicht des Schreibers ist, mein Geschäft zu ruinieren."

Thomas nickte. „Ja, das hat sie mir auch gesagt. Sie scheint sich damit zufriedenzugeben."

Elsa spürte, wie ihr Mund austrocknete. Sie sollten über ganz andere Dinge reden. Doch sie hatte nicht die Kraft, es anzusprechen. Und so hing diese Sprachlosigkeit zwischen ihnen wie eine dunkle Wolke an einem Sommertag.

„Dann ist es ja geklärt", sagte sie. Er nickte. Seine Miene war wie versteinert. „Ich muss mit Ihnen noch über etwas anderes sprechen", sagte er. „Gestern Nachmittag habe ich einen Besuch bekommen von Herrn Heinz von der Bayerischen Motorradfabrik. Seine Tochter fährt eines meiner Fahrräder mit Ihrem Sattel und sie ist ganz begeistert. Und nun war seine Frage, ob Sie auch Sättel für Motorräder liefern könnten."

Elsa spürte, wie ein Sonnenstrahl durch die dunkle Wolke drang.

„Natürlich, das ist vorstellbar. Ich müsste mir erst einmal genauer anschauen, wie die Technik des Unterbaus bei einem Motorrad gestaltet ist. Aber grundsätzlich kann ich jede Sitzfläche mit Polster und Leder beziehen."

„Gut. Dann kommen Sie bitte mal mit."

Er führte sie in die Werkstatt. Im hinteren Bereich, wo die Rahmen der Fahrräder lagerten, stand ein Motorrad. Es war keine neue Maschine, sie sah gebraucht aus. Der Sattel glich seinem Gegenstück beim Fahrrad, war jedoch etwas breiter und stärker gefedert.

„Ist das Ihres?", fragte Elsa. Er nickte.

„Ja. Es ist eine Wanderer 4. Ein verheirateter Mann, der Tag und Nacht in seinem Betrieb arbeitet, hat wenige Leidenschaften. Doch mein Motorrad gehört eindeutig dazu. Ich fahre in jeder freien Minute damit."

Elsa schluckte. War das eine Anspielung auf ihr Verhältnis gewesen?

„Haben Sie Lust auf eine Probefahrt?"

Elsa spürte, wie sich ein unangenehmes Gefühl in ihrer Magengrube ausbreitete.

„Lust schon, aber ..."

Er ergänzte das, was sie sich nicht auszusprechen traute. „Sie machen sich Sorgen, dass meine Frau dann doch glauben könnte, dass wir eine Affäre hätten."

„Wäre das denn so abwegig, wenn man mich auf Ihrem Motorrad sieht?"

„Es ließe sich zumindest gut erklären. Wenn Sie einen Sattel für ein Motorrad anfertigen sollen, müssen Sie wissen, wie es sich anfühlt, damit zu fahren."

Elsa atme tief durch. „Gut. Darf ich?"

Er sah sie von oben bis unten an. „Ich befürchte, dass Sie mit einem Rock nicht darauf sitzen können. Das ist zu gefährlich."

„Gut. Dann schlüpfe ich rasch in meine Fahrradhosen. Die habe ich nämlich immer hier, falls ich einmal auf einem meiner Sättel probesitzen muss."

Sie ging in ihren Bereich der Werkstatt und zog sich die Fahrradhose an. Als sie zurückgekehrt war, reichte ihr Maierhöfer einen aus festem Leder gefertigten Helm und eine Brille.

„Das wird meine Haare ganz schön durcheinanderbringen", sagte Elsa.

„Sie dürfen den Fahrtwind nicht unterschätzen. Mit dem Motorrad sind Sie deutlich schneller unterwegs als mit dem Fahrrad."

Sie zog Helm und Brille auf, dann folgt sie ihm hinaus in den Hof. Er bedeutete ihr, sich auf das Motorrad zu setzen und sie schwang ein Bein darüber. Sie hatte Mühe, das Gleichgewicht zu halten. Sie klammerte sich instinktiv an Maierhöfers Arm fest, der die Lenkstange hielt und dabei spürte sie die Wärme seines Körpers. Es fühlte sich gut an. Viel zu gut. Ihr war klar, dass ihre Bedenken berechtigt gewesen waren. Wenn seine Frau sie so sah oder erfuhr, dass sie auf seinem Motorrad durch die Gegend fuhr, würde sie sich nie davon überzeugen lassen, dass sie keine Affäre miteinander hatten. Aber dafür war es nun zu spät. Maierhöfer erklärte ihr, was zu tun war. Sie kickte das Pedal und der Motor sprang an. Elsa klammerte sich an den Lenker, als die Maschine nach vorne schoss. Die Beschleunigung fühlte sich berauschend an. Es kostete sie eine gehörige Menge an Selbstbeherrschung, sich nicht in dieses Gefühl fallen zu lassen. Sie versuchte, sich auf ihre eigentliche Aufgabe zu konzentrieren, und spürte in die Sitzfläche hinein. Auf den Pflastersteinen hüpfte das Motorrad und mit jedem Schlag wurde der Sattel gegen ihr Becken getrieben. Er war viel zu schwach gepolstert. Das musste geändert werden. Außerdem rutschte sie hin und her. Es wäre sinnvoll, dass zumindest kleine Ausbuchtungen im Leder den Spielraum begrenzten. Sie notiert sich das in ihrer inneren Aufgabenliste. Nun würde sie auch Motorradsättel bauen, die ihresgleichen suchten. Ein Lächeln breitete sich auf ihrem Gesicht aus. Sie drückte den Gashebel weiter nach vorne und genoss das kurze Glück dieser Fahrt.

***

Auch Isolde war aufgeregt. Aber aus einem ganz anderen Grund.

„Du möchtest es wirklich, oder? Für mich wäre es auch vollkommen in Ordnung, wenn wir diesen Schritt erst später gehen.“

Isolde schüttelte den Kopf. „Das Leben ist viel zu kurz, um etwas aufzuschieben. Und das hier sollten wir jetzt tun. Ich möchte es.“

„Gut, dann lass es uns wagen“, sagte Lotte.

Isolde griff nach ihrer Hand. Ihre kühlen Finger schlossen sich um ihre. Sie sah Lotte in die Augen. Die beiden lächelten sich an. Dann öffnete Isolde die Tür und sie traten über die Schwelle. Sie führte ihre Freundin durch den Flur und klopfte an die Salontür. Der Onkel saß in seinem Sessel. Wie immer hatte er die in eine Decke gewickelten Beine hochgelegt. Im Kamin brannte ein Feuer.

„Isolde. Schön dich zu sehen. Was gibt es?“

„Ich möchte dir jemanden vorstellen“, sagte sie. Sie zog Lotte mit sich über die Schwelle.

„Das ist Charlotte. Sie ist meine Freundin. Und wir lieben uns.“

Isolde spürte, wie das Aussprechen dieser Worte etwas in ihr löste. Es war die Anspannung, die seit Wochen von ihr Besitz ergriffen hatte, seitdem sie Lotte zum ersten Mal gesehen hatte. Die ungelöste Frage, was genau sie mit dieser Frau verband. Es hatte eine Weile gedauert, doch nun, da sie es ausgesprochen hatte, war es so klar wie der helle Tag. Sie liebten sich.

Auf dem Gesicht des Onkels erschien ein Lächeln. Man sah es vorwiegend an seinen Augen, denn sein Bart war so dicht, dass der Mund kaum sichtbar war.

Und nur, wenn man ihn gut kannte, konnte man erkennen, dass er den Mundwinkel auch nach oben bewegte. Doch die hellen, blauen Augen und die kleinen Fältchen, die sie umgaben, lachten schelmisch.

„Das ist eine wunderbare Nachricht, Isolde. Ich freue mich so für dich. Für euch. Guten Tag, Charlotte. Ich bin der Onkel Max."

Charlotte trat auf ihn zu und er streckte ihr eine seiner verkrüppelten Hände entgegen. Sie nahm sie in die ihren und lächelte ihn an.

„Ich habe schon viel von Ihnen gehört", sagte sie. „Isolde mag Sie sehr."

„Nun, das beruht auf Gegenseitigkeit. Ich könnte mir keine bessere Nichte wünschen. Gut, von Elsa einmal abgesehen. Ich habe ja nur zwei Nichten. Aber die sind beide auf ihre Art und Weise wunderbar. Und wo wir schon dabei sind. Lassen wir doch das Sie. Ich bin der Onkel."

„Und ich bin die Lotte", sagte Charlotte.

Sie nahmen Platz auf dem Kanapee. Isolde genoss es, den Körper ihrer Freundin so nah neben ihrem zu spüren.

„Wie habt ihr euch kennengelernt?"

Isolde überließ es Lotte, zu erklären, was es mit der Teestube und der kostenlosen Sprechstunde für die Frauen auf sich hatte.

„Das ist eine ganz wunderbare Einrichtung. Zenzi, meine Haushälterin, hat mir davon erzählt. Ich weiß, wie es ist, wenn man sich Gedanken um Geld machen muss. Und wenn dann noch Sorgen um die Gesundheit dazukommen, kann das recht schnell überwältigend werden."

„Ja. Isolde leistet wirklich sehr viel. Und ich bin ihr unglaublich dankbar dafür. Und dafür, dass ich sie kennenlernen durfte."

Wieder erschien dieses schelmische Lachen in den Augen des Onkels.

„Es gibt nichts Schöneres, als frisch erblühte Liebe zu sehen. Da möchte man doch fast noch einmal jung sein und funktionierende Hände haben. Es würde mich in den Fingern jucken, ein Bild von euch beiden zu malen, wie ihr so dasitzt. Ein Bild des Glücks."

„Isolde hat mir erzählt, dass du auf Kühe spezialisiert warst. Würdest du dann zwei schöne Milchkühe malen, die nebeneinander grasen?"

Der Onkel lachte schallend. „Du hast einen wunderbaren Humor. Jetzt weiß ich, warum Isolde und du so gut zusammenpasst."

„Ich habe doch keinen Humor", sagte Isolde. Lotte tätschelte ihr die Hand.

„Es ist schon gut. Stell dein Licht nur mal wieder unter den Scheffel. Natürlich hast du Humor. Man muss nur ein bisschen danach graben."

„Bleibt ihr zum Essen? Dann würde ich Zenzi darum bitten, dass sie mehr kocht."

„Ja, gerne", sagte Isolde. „Wegen Zenzi. Wir dachten daran, es ihr ebenfalls zu sagen. Damals mit Emily ... ich weiß, dass Zenzi sie sehr mochte. Aber wir haben nie mit ihr darüber gesprochen, welcher Art unser Verhältnis war. Ich möchte das nicht mehr. Ich möchte mich nicht mehr verstecken müssen."

„Ich bin mir sicher, dass Zenzi es auch damals verstanden hätte, wenn ihr es ihr offen gesagt hättet. Sie hat ihre Eigenheiten. Und sie hatte vielleicht ein wenig mit sich zu kämpfen gehabt. Aber sie hat es akzeptiert. Zenzi arbeitet nun seit beinahe vierzig Jahren für mich. Und sie hat auch toleriert, dass in den ersten zehn Jahren einiges an Männerbesuch bei mir war, der über Nacht geblieben ist. Sie ist wesentlich offener, als du glaubst.“

Isolde schluckte. Natürlich hatte sie gewusst, dass ihr Onkel homosexuell war. Aber sie hatten nie darüber gesprochen. Er hatte öfter seine Jugendfreunde erwähnt und in dem Ton, in dem er von ihnen berichtet hatte, war ihr klar geworden, dass es sich dabei nicht nur um Freunde, sondern um Geliebte gehandelt hatte.

„Dann gehen wir mal zu ihr“, sagte Isolde und zog Lotte mit sich. Sie trafen Zenzi in der Küche an.

„Ich möchte dir jemanden vorstellen“, sagte Isolde. Die Haushälterin drehte sich um. Sie wischte ihre Hände an der Schürze ab.

„Das ist Lotte. Wir lieben uns.“

Zenzis Augenbrauen wanderten ganz nach oben und ihre Stirn legte sich in tiefe Falten, sie sah aus wie erschrockener Karpfen. Doch dann begannen ihre Augen zu glänzen. Isolde sah, dass eine Träne an der Wange hinab lief. Zenzi schlug sich eine Hand auf die Brust.

„Das freut mich so für die junge Frau“, sagte sie. „Nach dem Tod von der Emily habe ich gedacht, Sie werden nicht mehr glücklich. Und das wär so traurig gewesen. Das freut mich so für Sie.“

Isolde konnte nicht anders, sie ging auf die Haushälterin zu und umarmte sie. Zenzi stand zuerst stocksteif da, doch dann entspannte sie sich und legte sogar eine Hand auf den Rücken von Isolde.

„Danke“, sagte Isolde.

Zenzi sah sie mit großen Augen an. „Wofür?“

„Für alles.“ Isolde schluckte. „Der Onkel hat uns eingeladen, mit euch zu essen. Sollen wir helfen?“

Zenzi stemmte ihre Hände in die Hüften und sah sie empört an. „Helfen? Was ist denn das für eine Welt, in der die Gäste helfen, wenn sie eingeladen werden? Ich habe genügend da. Heute habe ich ein sehr großes Huhn auf dem Markt bekommen. Das werde ich braten. Sie essen doch Fleisch?“

„Für mein Leben gerne“, sagte Lotte.

„Sehr schön. Und zum Nachtisch mache ich einen Apfelstrudel.“

KAPITEL 27

München, Dienstag, 3. März 1914

„Das ist großartig. Absolut großartig." Gerd Heinz ging um das Motorrad herum, sein Blick war auf den Sattel gerichtet. Zufrieden registrierte Elsa, wie seine Augen leuchteten. Er streckte eine Hand aus und berührte das Leder. „Großartig", wiederholte er noch einmal.

„Setzen Sie sich doch darauf. Machen Sie eine Probefahrt", schlug sie vor. Heinz ließ sich das nicht zweimal sagen. Er schob das Motorrad aus der Halle, setzte sich, startete den Motor und bretterte los.

„Es scheint ihm zu gefallen", sagte Maierhöfer. Im Gegensatz zu dem Besitzer der Bayerischen Motorradfabrik wirkte er weit weniger begeistert. Er zog ein Gesicht wie sieben Tage Regenwetter.

„Das will ich doch hoffen. Das wäre etwas. Zuerst Fahrradsättel, danach Motorradsättel. Als Nächstes sind die Automobile dran. Aber dann muss ich wirklich eine eigene Fabrik bauen."

Sie hatte die Worte nur so vor sich dahin gesprochen. Auf ihren Kompagnon hatten sie offenbar Eindruck gemacht. Sie sah, dass sein Adamsapfel auf und ab hüpft.

„Dann werden Sie wahrscheinlich nicht mehr hier arbeiten, oder?"

Sie sah ihn von der Seite an. „Das sind doch alles ungelegte Eier. Reine Zukunftsmusik. Ich weiß nicht, was kommt. Aber die Fahrräder sind mir wichtig. Ich werde sicher weiter mit Ihnen zusammenarbeiten. Selbst wenn Heinz mir einen Großauftrag geben sollte.“

Sie hörten, wie sich das Motorrad wieder näherte. Heinz bretterte zurück auf den Hof. Er stieß ein Juchzen aus. „Sie können sich gar nicht vorstellen, wie sehr ich das Motorradfahren mit diesem Sattel liebe. Er ist ein Gedicht. So bequem bin ich noch nie auf einer Maschine gesessen.“

Er schaltete den Motor aus, stieg ab und kam zu ihnen.

„Können Sie sich denn vorstellen, uns zu beliefern?“

Elsa lächelte. „Natürlich kann ich mir das vorstellen. Es kommt ein wenig drauf an, an welche Mengen sie gedacht haben.“

„Nun, aktuell stellen wir etwa einhundert Motorräder pro Jahr her. Allerdings ist es so, dass wir gerade dabei sind, einen Vertrag mit der bayerischen Armee abzuschließen. Wenn das klappt, würden wir innerhalb der nächsten drei Jahre knapp fünfhundert Motorräder alleine an das Heer liefern.“

Elsas Augen weiteten sich. „Das Heer nimmt so viele Motorräder ab?“

Heinz nickte. „Ja. Offenbar hat man erkannt, dass Pferde in den Kriegen der Zukunft nicht so hilfreich sein werden. Ich weiß es nicht. Aber es kommt mir sehr entgegen. Ich hoffe zwar darauf, dass meine Motorräder niemals einen Krieg erleben. Aber wenn die Armee anfragt, werde ich mich nicht verweigern.“

„Müssen die Sättel dann auch so aufwendig sein?“, fragte Maierhöfer.

„Nein. In dem Fall würden wir auf Verzierungen verzichten. Aber die spezielle Form würde ich auf jeden Fall beibehalten wollen. Der hintere Teil des Sattels liegt tiefer als der vordere, was es dem Fahrer ermöglicht, eine liegende Position einzunehmen. So wird der Widerstand durch den Fahrtwind geringer.“

Elsa lächelte. „Das war meine Absicht. Es ist wie beim Reiten. Je weniger Fläche der Jockey dem Wind entgegensetzt, desto schneller rennt das Pferd.“

Heinz sah Elsa an. „Sind wir im Geschäft?“

Er hielt ihr die Hand entgegen. Elsa sah seine ausgestreckten Finger einen Moment lang an.

„Ich müsste dann noch weiter vergrößern. Müsste Leute einstellen. Das hängt nun tatsächlich davon ab, wie sicher Ihr Vertrag mit der Armee ist. Verstehen Sie mich nicht falsch. Ich würde Ihnen gerne sofort zusagen. Aber meinem Vater hat das damals das Genick gebrochen. Er ist davon ausgegangen, dass er einen Auftrag für mehrere tausend Sättel bekommen würde. Der Vertrag ging dann an einen Konkurrenten und er musste Konkurs anmelden. Wir mussten Konkurs anmelden, meine Schwester und ich. Mein Vater ist zuvor gestorben.“

„Das tut mir leid. Ich kann verstehen, dass Sie in dieser Hinsicht zurückhaltend sind. Ehrlich gesagt finde ich das auch sehr gut. Ich mache gerne Geschäfte mit Menschen, die sich Gedanken machen und Risiken kalkulieren. Machen wir es doch so: Ich werde innerhalb der nächsten drei Tage Rückmeldung aus dem Heer bekommen. Sobald ich den Vertrag unterschrieben habe, werde ich zu Ihnen kommen, und Sie noch einmal fragen. Wären Sie dann bereit, mich zu beliefern?“

„Wenn Sie den Vertrag unterschrieben haben, bin ich mit dabei."

Er lächelte. „Das reicht mir. Wunderbar. Sie können gar nicht ermessen, wie froh ich bin."

Er wandte sich an ihren Kompagnon. „Vielen Dank, dass du mir deine Sattlerin empfohlen hast. Darf ich dir als kleine Entlohnung für die Vermittlung dieses Motorrad hier anbieten?"

Maierhöfers Augen weiteten sich „Das ... Das ist doch nicht nötig. Ich habe doch nur ..."

„Nimm es ruhig an. Wenn ich dir schon deine Sattlerin abspenstig mache, will ich dir doch eine angemessene Entschädigung hinterlassen."

Heinz verabschiedete sich und ging davon. Elsa und Maierhöfer kehrten in die Werkstatt zurück. Er wirkte in sich gekehrt. Elsa dagegen fühlte sich leicht und frei wie schon lange nicht mehr.

„Dann werde ich wohl noch mal einen Termin bei der Bank vereinbaren müssen", sagte sie. Unvermittelt kam er auf sie zu, umfing sie mit seinen Armen und beugte sich zu ihr hinab. Sein Gesicht war direkt vor ihrem. Seine braunen Augen starrten sie mit einer Intensität an, die ihr beinahe Angst machte. Ein dunkles Feuer loderte darin. „Ich will dich nicht verlieren", sagte er.

Wie anders das war als neulich, als sie seine Nähe herbeigesehnt hatte. Nun fühlte sich Elsa gefangen, eingeengt, erdrückt. Sie nahm alle Kraft zusammen und schob ihn von sich weg.

„Ich will das nicht", sagte sie.

Thomas sah aus, als ob ihm ein Eimer kaltes Wasser über den Kopf geleert worden wäre. „Was sagst du da?"

„Ich sage, dass ich das nicht will. Ich will nicht, dass Sie mich in den Arm nehmen. Ich will nicht, dass Sie mich küssen. Ich will nicht, dass Sie mich duzen. Und ich will auch nicht, dass Sie mir sagen, dass Sie mich nicht verlieren wollen. Ich bin nicht Ihr Eigentum. Sie können mich nicht verlieren."

Sie sah, wie sein Adamsapfel wieder auf und ab hüpfte. „Ich liebe dich. Und ich dachte, das würde auf Gegenseitigkeit beruhen."

Elsa spürte, wie ihr Herz eine Etage tiefer rutschte. „Ich mag Sie. Ich bin gerne in Ihrer Nähe. Und ja, von ein paar Tagen, als wir uns nähergekommen sind, hätte ich Sie geküsst. Aber es hat sich etwas geändert. Ich habe mich geändert. Nicht in den letzten Tagen. Sondern in den letzten Jahren. Ich werde Ihre Ehe nicht zerstören. Ich werde auch unsere Geschäftsbeziehung nicht zerstören. Ich arbeite gern mit Ihnen zusammen. Schauen Sie, was wir geschaffen haben. Aber mehr ist es nicht. Mehr darf es nicht sein."

Etwas in seinem Blick brach. Er schüttelte den Kopf. Dann ging er zu dem alten Motorrad, das in der Ecke stand. Er schob es in den Hof, an der neuen Maschine vorbei, setzte sich darauf, startete den Motor und fuhr davon. Elsa sah ihm nach. Das Herz war ihr schwer. Hatte sie die richtige Entscheidung getroffen? Es fühlt sich so an. Und trotzdem war sie traurig. Vom Himmel fielen dicke Tropfen. Sie ging auf das neue Motorrad zu und schob es in die Garage. Dann schloss sie die Tür hinter sich.

***

Hermann hatte leichte Kopfschmerzen. Der Schultag war wieder sehr anstrengend gewesen. Dieses Mal hatte ihn kein Deutschaufsatz geplagt, stattdessen waren es Formeln und Gleichungen gewesen. Er war gut in Mathematik, aber die Kopfschmerzen hatten ihn daran gehindert, sich auf die Aufgaben zu konzentrieren. Der Butler nahm ihm den Mantel ab und er wollte gerade zur Treppe ins Obergeschoss gehen, als er die Stimme seines Großvaters hörte, die ihn zu sich rief.

Hugo von Lampeck stand am Eingang zu seinem Büro. „Hermann. Guten Abend, komm bitte mit mir, ich habe etwas mit dir zu besprechen.“

Hermann schwante Übles. Er folgte seinem Großvater. Hugo von Lampeck ließ sich hinter dem großen Schreibtisch nieder, bat seinen Enkel aber nicht, Platz zu nehmen. So blieb er stehen, wie er es gewohnt war, wie er es gelernt hatte.

„Ich habe gehört, dass du dich mit einem Mädchen triffst.“

Hermann spürte, wie die Panik in ihm aufwallte. Er hatte gewusst, dass dieser Augenblick eines Tages kommen würde. Dass der Großvater dahinterkam, dass er und Hilde sich regelmäßig trafen. Er hatte immer gehofft, dass dieser Moment in der Zukunft liegen würde. Möglicherweise sogar, wenn er ausgezogen wäre und in der Kaserne leben würde, um seine Offizierslaufbahn zu beginnen.

„Und ich habe gehört, dass es sich dabei um die Tochter dieser furchtbaren Person handelt, die für den Tod deines Vaters verantwortlich ist.“

„Diese Person ist meine Mutter. Und das Mädchen, Hilde, ist meine Schwester“, sagte Hermann leise. Und schon, als er es ausgesprochen hatte, bereute er seine Worte.

„Deine Mutter? Die deinen Vater getötet und dich dann verlassen hat, um nach Afrika auszuwandern?"

Hermann biss sich auf die Zunge. Natürlich hätte er dem Großvater nun vorwerfen können, dass dieser einen ganz erheblichen Anteil daran gehabt hatte, dass seine Mutter keinen Kontakt mehr zu ihm hatte. Aber das hätte nichts gebracht. Er hätte den alten Mann nur gegen sich aufgebracht.

„Das mag sein. Was immer meine Mutter getan hat – meine Schwester kann nichts dafür."

Der Großvater schnaubte. „Diese Frau hat dieses Mädchen erzogen. Da kann doch nichts Gutes dabei herausgekommen sein. Ich verbiete dir jeden weiteren Umgang mit diesem Gör."

Hermann schluckte. „Warum?"

Die Augenbrauen des Großvaters schossen nach oben. „Warum? Wahrscheinlich hat diese schreckliche Frau ihre Tochter auf dich angesetzt, um dir Lügengeschichten zu erzählen. Um dich gegen mich aufzubringen. Nichts da! Wenn ich noch einmal höre, dass du mit diesem Mädchen gesehen wirst, setzt es Hausarrest."

Hermann spürte, wie die Wut in ihm aufwallte. Er hatte sie üblicherweise gut im Griff. Das war auch notwendig. Der Großvater war kräftig und ein jähzorniger Mann. Er hatte jede Gefühlsregung, die der junge Hermann im Lauf seiner Kindheit und frühen Jugend gezeigt hatte, rasch mit der Hand oder manchmal auch mit dem Rohrstock unterbunden. Deshalb gelang es Hermann auch gut, sich wieder in den Griff zu bekommen. „Bin ich nicht ein wenig alt für Hausarrest?"

„Man ist nie zu alt, um gezüchtigt zu werden. Ich sehe schon, ich muss ein für alle Mal mit dieser Frau aufräumen. Ich muss dafür sorgen, dass sie nie mehr versucht, dich zu beeinflussen. Ich war viel zu nachlässig. Bislang habe ich nur kleine Nadelstiche gesetzt. Leider hat das Pferd ja trotzdem gewonnen. Nun muss ich wohl zu härteren Bandagen greifen.“

Hermann runzelte die Stirn. „Wie meinen Sie das?“

„So wie ich es gesagt habe. Ich werde die Existenz der Frau, die du deine Mutter nennst, zerstören. Und dann werde ich sie endgültig aus München vertreiben. Sie und ihre ganze Bagage. Und jetzt geh. Du hast sicher noch Hausaufgaben zu erledigen.“

Hermann verließ das Arbeitszimmer und ging die Treppe hoch. In seinem Zimmer setzte er sich an den Schreibtisch und vergrub das Gesicht in den Händen. Nun war die Situation eingetreten, vor der er sich immer gefürchtet hatte. Er musste Stellung beziehen. Aber wie?

***

„Ich bin schon ein bisschen aufgeregt“, sagte Lotte. Isolde kicherte.

„Das ist nicht lustig“, sagte Lotte. Isolde schluckte das Kichern hinunter, das weiterhin in ihrem Rachen brannte.

„Ein bisschen schon. Ich habe bisher noch nie erlebt, dass du aufgeregt bist. Du bist einer der gelassensten Menschen, die ich kenne. Aber heute, ausgerechnet heute bist du aufgeregt?“

„Anita Augspurg ist eine lebende Legende. Sie ist eine Galionsfigur der deutschen Frauenbewegung. Ich bin zwar nicht immer politisch ihrer Meinung – sie ist teilweise schon sehr konservativ –, aber ich hätte mir nie träumen lassen, dass ich sie jemals treffe.“

„Es ist auch schwieriger geworden, ihr zu begegnen. Sie bewegt sich kaum noch in der Münchener Gesellschaft und lebt zurückgezogen mit ihrer Lebensgefährtin Lida Heymann.“

„Das meinte ich nicht. Selbst wenn sie das Schwabinger Nachtleben aufmischen würde. Unsere Kreise haben sich nie berührt. Bis heute.“

„Es ist doch schön, dass mein Kreis und dein Kreis nun überlappen. Und dadurch berühren wir auch den Kreis von Anita. Ich habe damals die Ausbildung bei ihr gemacht.“

„Das weiß ich. Du hast mir schon oft genug davon erzählt. Und ich beneide dich ein wenig darum. Du weißt, ich bin kein neidischer Mensch. Aber du hast so viel Zeit mir ihr verbracht. Sie muss großartig sein.“

„Ah, da ist sie schon“, sagte Isolde. Sie standen im Ballsaal eines kleinen Gasthofs in Giesing, den der örtliche Frauenverein für eine Veranstaltung angemietet hatte. Festgast und Hauptrednerin war Anita Augspurg. Sie war noch immer die hoch gewachsene, majestätische Gestalt, die Isolde vor nunmehr achtzehn Jahren kennengelernt hatte. Doch sie ging gebückt und ihre Haare waren schlohweiß. Mager war sie geworden und ihre Wangen eingefallen. Sie lächelte.

„Isolde, meine Liebe. Lass mich dich herzen!“

Sie breitete ihre Arme aus und Isolde drückte sie an sich.

„Das ist Lotte. Wir lieben uns.“

In Anitas Augen funkelte es. „Das ist eine schöne und einfache Art zu beschreiben, was ihr füreinander empfindet. Ich gebe zu, manchmal habe ich die gut bürgerlichen Ehepaare beneidet, die einfach sagen können: ‚Das ist mein Mann oder das ist meine Frau.‘ Das ist uns verwehrt. Aber zu sagen, wir lieben uns. Das ist viel schöner. Das solltet ihr unbedingt beibehalten.“

„Das finde ich auch“, sagte Lotte und griff nach Isoldes Hand.

„Wie habt ihr euch kennengelernt?“

Wieder war es Lotte, die die Geschichte der Teestube und der kostenlosen Sprechstunde erzählte. Anita hörte aufmerksam zu.

„Das ist eine ganz fantastische Einrichtung, die ihr beiden ins Leben gerufen habt. Es gibt so viel Elend. Und so wenige, die es bekämpfen. Die Schwachen leiden. Die Frauen und die Kinder. Ich will nicht sagen, dass es den Männern nicht schlecht ginge. Die arbeiten sich oft zu Tode. Und dann müssen die Frauen die ganze Last der Familie tragen. Ihr tut etwas dagegen. Im Rahmen eurer Möglichkeiten.“

„Wie geht es dir denn?“, fragte Isolde.

Anita winkte ab. „Ich erhole mich wieder. Die letzten Monate waren nicht einfach. Ich bin dem Tod nur knapp von der Schippe gesprungen. Lida hat sich große Sorgen um mich gemacht.“

Sie wandte sich an Lotte. „Lida und ich lieben uns nämlich auch.“

„Das ist schön“, sagte Lotte. „Und nun kämpfen Sie wieder für die Einführung des Frauenstimmrechts?“

„Ich versuche es. Auch wenn ein Vortrag vor einem rein weiblichen Publikum in Giesing sicher nicht dazu führen wird, dass wir diesem großen Ziel näherkommen. Machen wir uns nichts vor. Wenn es um die Politik geht und um die Macht, etwas zu verändern, dann ist München eine bedeutungslose Provinzstadt. Der König ist eine reine Repräsentationsfigur, das bayerische Parlament ist machtlos. In Berlin, da spielt die Musik. Und deshalb sollte ich eigentlich dort sein, um für unser wichtigstes Anliegen zu kämpfen: das Wahlrecht. Unser erster Schritt zur politischen Mitbestimmung."

Isolde sah, dass Lotte gebannt an Anitas Lippen hing.

„Wird der Reichstag denn das Wahlrecht für uns beschließen?"

Auf Anitas Gesicht erschien ein trauriges Lächeln. „Man muss realistisch sein. Wir sind noch nicht so weit. Ich denke, es wird noch ein paar Jahre dauern. Wir müssen hartnäckig bleiben. Vielleicht nicht ganz so hartnäckig wie unsere Leidensgenossen in England, die sich vor Automobile und Pferde werfen. Ich finde nicht, dass sich Frauen opfern sollten. Wir sind schon genügend oft die Opfer der Männer."

„Aber wir müssen kämpfen. Für unsere Belange", sagte Lotte.

„Da gebe ich Ihnen recht. Die Frage ist nur, wie wir kämpfen. Wie wir am meisten erreichen. Ich glaube nicht, dass uns damit gedient ist, wenn wir alles umstürzen. Es geht darum, dass wir unseren Platz erstreiten in dem, was besteht."

Lottes Augen glühten. „Und ich glaube nicht, dass das möglich ist. Es wird eine Revolution benötigen. Und dann werden auch die Frauen die Rechte bekommen.

Wir müssen sie uns nehmen. Wir werden sie nicht geschenkt bekommen.“

Anita lächelte. „Wenn ich Sie so reden höre, meine ich beinahe, Rosa Luxemburg aus Ihnen sprechen zu hören. Wir sind nicht oft einer Meinung. Aber ich schätze sie sehr.“

„Sie kennen Frau Luxemburg?“

„Wir hatten bisweilen miteinander zu tun. Aber da sie für eine größere Revolution kämpft, haben wir nicht so viele Berührungspunkte. Und jetzt müsst ihr mich entschuldigen. Ich glaube, ich muss bald eine Rede halten.“

Anita verabschiedete sich mit einem herzlichen Händedruck und gingen in Richtung Bühne davon.

„Und, wie hat sie dir gefallen?“, fragte Isolde.

„Sie ist eine beeindruckende Frau. Auch wenn wir vielleicht nicht die gleichen Ziele verfolgen, kann ich das ohne Mühe zugestehen. Es muss großartig sein, wirklich etwas zu verändern. Wirklich etwas zu bewegen.“

Isolde schluckte. „Ich weiß nicht, ob wir nicht sogar mehr bewegen als ein paar Politikerinnen. Wir tun etwas. Wir handeln.“

„Aber das wird nie die Ungerechtigkeit aus dieser Welt hinwegfegen.“

Isolde biss sich auf die Lippen. Sie war weit gereist. Sie hatte sehr viel Ungerechtigkeit in dieser Welt erlebt. Sie hatte schon öfter mit Lotte darüber gesprochen und gemerkt, dass sie in diesem Punkt nicht übereinstimmten. Ihre Freundin war Sozialdemokratin mit Leib und Seele. Für sie war klar, dass es eine bessere Welt geben musste. Lotte ging es um den Umsturz und sie war bereit, dafür ihr Leben aufs Spiel zu setzen. Isolde war sich da nicht so sicher. Ihr Bestreben war es, die unvermeidlichen Ungerechtigkeiten in der Welt abzumildern. Bisher hatten sie diese Frage umschifft. Aber irgendwann würde dieser Punkt zwischen sie treten. Und das bereitete Isolde Sorgen. Der Raum füllte sich und Anita trat ans Rednerpult.

„Dann lass uns mal hören, was sie zu sagen hat", sagte Lotte und drückte Isoldes Hand.

KAPITEL 28

München, Mittwoch, 4. März 1914

Elsa saß vor dem Kamin in ihrer Wohnung und sah in die Flammen. Es war ein kühler Abend. Der Tag war schön gewesen, ein erster Hauch von Frühling. Doch die Nächte waren noch kalt und es gab Frost. Vor ihr lag der Vertrag über die fünfhundert Motorradsättel für das bayerische Militär, den Heinz ihr am Nachmittag vorbeigebracht hatte. Sie hätte sich freuen sollen über diese einmalige Gelegenheit, ihr Geschäft weiter auszubauen. Denn ein Auftrag für die Armee erhöhte ihre Chancen, zur Hofsattlerin ernannt zu werden.

Aber der Streit mit Maierhöfer lag ihr auf der Seele. Warum musste das auch alles so kompliziert sein? Hilde war bereits zu Bett gegangen. Und auch sie sollte bald nachfolgen. Aber sie befürchtete, ohnehin keinen Schlaf zu finden. Zu viele Gedanken, zu viele Sorgen bestürmten sie.

Von draußen drang ein Rattern in das Wohnzimmer. War das ein Motor? Es klopfte an die Tür der Werkstatt. Laut und drängend. Elsa schluckte. Das konnte nur eines bedeuten. Sie ging die Treppe hinunter und durchquerte die dunklen Räume. Wieder hämmerte jemand gegen die Tür.

Sie öffnete. Im Schein der Straßenlaternen sah sie Maierhöfers Gesicht. Er trug einen Motorradhelm. Der unverwechselbare Gestank nach Bier und Tabak ging von ihm aus. Mit einem Mal verschwammen die Züge ihres Kompagnons und verwandelten sich in die von Werner Müller. Maierhöfer war ebenso betrunken, wie ihr verstorbener Ehemann es täglich gewesen war, damals in Afrika.

„Ich muss mit dir reden", sagte er. Seine Stimme klang schwer und er sprach langsam. So als ob er jedes Wort hervorstoßen müsste.

„Um diese Uhrzeit? Ihnen ist schon klar, dass meine Tochter im Obergeschoss schläft. Ich hoffe, Sie haben sie nicht aufgeweckt!"

Er sah zu Boden. „Das wollte ich nicht. Aber ich muss mit dir reden. Dringend."

Elsa seufzte und bat ihn herein. Er wäre beinahe über die Eingangstreppe gestolpert und hielt sich am Türrahmen fest. Sie entzündete eine Petroleumlampe in der Werkstatt und deutete auf einen Stuhl. Maierhöfer nahm Platz.

„Ich will dich nicht verlieren", sagte er. „Du bist das Beste, was mir in meinem ganzen Leben passiert ist."

Elsa schnaubte. „Ich bin Ihnen also passiert. Ich dachte, wir würden zusammenarbeiten."

„Jetzt leg doch nicht jedes Wort auf die Goldwaage."

Sein jammernder Tonfall und das ständige Duzen brachten Elsa noch mehr auf die Palme.

„Warum? Sie wollen doch reden. Und reden besteht nun einmal aus dem Austausch von Worten. Ich höre, was Sie sagen. Und ich nehme es ernst. Ich bin Ihnen also passiert. Und anscheinend bin ich das Beste, was Ihnen passiert ist. Ich verstehe nach wie vor nicht, warum Sie deswegen spät abends bei mir vorbeischneien mussten. Ganz offenbar betrunken. Und was soll das, dass Sie mir sagen, dass Sie mich nicht verlieren wollen? Ich habe es Ihnen schon einmal gesagt: Ich gehöre Ihnen nicht. Ich bin nicht in Ihrem Besitz und nicht in Ihrem Eigentum. Sie können mich nicht verlieren.“

„Du weißt doch, wie ich das meine. Wenn du eine Fabrik eröffnest, wirst du nicht mehr bei mir arbeiten. Wir werden uns nicht mehr sehen. Und was soll ich dann noch?“

„Fahrräder bauen? So wie zu der Zeit, bevor wir uns kannten? Und natürlich werde ich noch vorbeischauen. Meine Mitarbeiter werden die Fahrradsättel weiterhin direkt bei Ihnen fertigen. Ich werde mich nur für die Motorräder vergrößern müssen. Aber dafür brauche ich eine Fabrik. Dann habe ich drei Standorte. Und natürlich kann ich da nicht ausschließlich nur bei Ihnen sein. Aber das bedeutet nicht, dass wir nicht mehr zusammenarbeiten.“

„Ich will aber nicht nur mit dir zusammenarbeiten.“

Sie hob die Hände. „Das haben wir doch schon geklärt. Wir arbeiten gut zusammen. Fruchtbar. Aber mehr kann und mehr darf nicht sein. Und ehrlich gesagt: Ich will auch nicht mehr. Ich arbeite gern mit Ihnen zusammen. Ich mag Sie. Aber mehr als das kann und werde ich nicht mit Ihnen teilen. Punkt.“

„Nur weil ich verheiratet bin! Das war der schlimmste Fehler meines Lebens. Wenn ich ein Junggeselle wäre, würde das ganz anders aussehen.“

Elsa schüttelte den Kopf. „Ich glaube nicht, dass es anders aussehen würde. Natürlich werde ich Ihre Ehe nicht zerstören. Ich weiß aus eigener, schmerzvoller Erfahrung, wozu das führen kann. Aber ich habe mich in den letzten Tagen auch gefragt, ob ich mich wieder an einen anderen Menschen binden will. Und ich muss Ihnen ganz ehrlich sagen, dass ich damit noch nie Glück hatte. Ich habe mich immer in Beziehungen gestürzt und keiner, der sich mit mir verbunden hat, ist noch am Leben. Ich tue anderen Menschen nicht gut. Und deshalb ist es besser, wenn ich alleine lebe."

„Du kannst dir doch nicht das Glück versagen, nur weil du ein paar schlechte Erfahrungen im Leben gemacht hast!"

„Heißt das denn, dass ich mir das Glück versage? Ich empfinde es nicht als Unglück, allein zu leben. Ich habe Hilde. Ich habe meine Familie. Und ich habe meine Arbeit, die mich erfüllt. Nichts davon ist mit Leid verbunden."

„Ich verstehe dich nicht."

„Das verlange ich auch nicht von Ihnen. Aber ich will, dass Sie meine Entscheidung respektieren. Ich möchte nach wie vor mit Ihnen zusammenarbeiten. Unsere Fahrradsättel verkaufen sich nicht ohne Grund so gut. Wir haben ein fabelhaftes Produkt zusammen geschaffen. Und darauf können wir stolz sein. Aber ich möchte nicht, dass irgendwelche zwischenmenschlichen Gefühle uns einen Strich durch die Rechnung machen. Es wäre sehr schmerzhaft für mich, wenn wir nicht weiter zusammenarbeiten würden."

Er schlug mit der Faust auf den Tisch und Elsa zuckte zusammen. „Dir geht es nur ums Geschäft? Nur ums Geld? Hast du mir deswegen schöne Augen gemacht? Um an Heinz und den Auftrag für die Motorradsättel zu kommen?"

„Nein", sagte sie. Leise und keineswegs eingeschüchtert. Sie wusste, wie sie mit betrunkenen Wutausbrüchen umzugehen hatte, das hatte sie zur Genüge in Afrika erlebt. „Sie verstehen mich nicht. Und ich denke, es wird besser sein, wenn Sie jetzt gehen."

Er hob sich und schwankte leicht.

„Am besten lassen Sie Ihr Motorrad stehen. Ich glaube nicht, dass Sie in Ihrem jetzigen Zustand damit fahren sollten."

Seine Augen waren klein. „Du bist nicht meine Frau. Du hast mir keine Vorschriften zu machen, was ich tun oder lassen soll." Er machte einen Schritt über die Schwelle, wäre dabei beinah wieder gestolpert und hielt sich am Türrahmen fest. Ohne sich umzuwenden, knallte er die Tür so heftig zu, dass sie im Rahmen schepperte. Elsa hörte, wie das Motorrad gestartet wurde. Der Motor heulte auf, dann entfernte sich das ratternde Geräusch rasch. Sie schloss die Augen. Warum musste immer alles so schief gehen?

***

„Hier ist es."

Isolde sah an der Hausfassade hoch. Der Putz bröckelte ab. Hinter blinden Fenstern flackerten Lichter. Die Tür zum Treppenhause hing nur noch an einer Angel.

„O je", sagte sie.

Lotte nickte. „Du sagst es. Das ist nicht die beste Wohngegend in München."

„In welches Stockwerk müssen wir?"

„Ganz oben. Die Mansardenwohnung unter dem Dach. Leider tropft es herein."

Isolde sah noch einmal an der Fassade hoch. Das Dach konnte sie natürlich nicht erkennen, aber so, wie das Haus aussah, war es nicht verwunderlich, dass es undicht war.

Lotte ging voran in ein feuchtes, nach Schimmel riechendes Treppenhaus. Die Stufen krachten. Zweimal musste sie über ein Loch steigen. Sie hörte Kindergeschrei. Ein Mann brüllte etwas Unverständliches. Doch je weiter sie nach oben kamen, desto ruhiger wurde es.

Lotte hielt schließlich vor einer Tür unter dem Dach an. Es war so niedrig, dass Isolde sich ein wenig bücken musste. Lotte klopfte nicht, sondern öffnete einfach. Die Tür war nicht abgeschlossen. Das war allerdings auch nicht möglich, denn sie hatte kein Schloss. Sie betraten einen länglichen Raum. Isolde konnte die Balken und die Sparren erkennen, auf die die Dachziegel gelegt waren. An einigen Stellen klafften Löcher. Es zog. In einer dunklen Ecke sah sie ein Bett stehen. Davor saßen zwei Kinder. Sie schätzte sie auf drei und fünf Jahre. Die beiden Mädchen sahen sie mit großen Augen an. Das kleinere Kind begann zu weinen. Eine Gestalt rührte sich im Bett daneben.

„Frau Huber", sagte Lotte. „Ich bin es."

Als Antwort erhielten sie nur ein Stöhnen. Isolde und Lotte tauschten einen Blick. Es war erstaunlich, wie gut sie sich bereits ohne Worte verstanden. Lotte gesellte sich zu den Kindern, nahm die beiden an der Hand und führte sie in eine andere Ecke des Raums. Dann packte sie einen Apfel aus und schnitt ihn mit einem Messerchen in Stücke. Aus den Augenwinkeln sah Isolde, dass die Mädchen gierig zugriffen. Wahrscheinlich war es die erste Mahlzeit dieses Tages. Oder auch dieser Woche.

Isolde kniete sich neben das Bett. Sie erkannte sofort, dass die Frau hoch fieberte. Sie legt ihr eine Hand auf die Stirn, die glühte und schweißnass war. Isolde tastete den Hals der Patientin ab. Sie konnte dick geschwollene Lymphknoten erspüren. Sie fuhr mit der Untersuchung fort und stellte auch unter den Achseln Schwellungen fest. Am Handgelenk konnte sie zudem einen kupferfarbenen, knotigen Ausschlag erkennen. Isolde schnaubte.

„Was ist los?", wollte Lotte wissen.

Isolde ignorierte die Frage. „Frau Huber, können Sie mich hören?"

Die Frau nickte schwach.

„Wie lange sind Sie denn schon so krank?"

„Ein paar Tage. Ich weiß es nicht.", stieß sie hervor.

„Ist es in Ordnung, wenn ich Sie am ganzen Körper untersuche?"

Die Frau nickte schwach. Isolde zog die Decke zurück und schob das Nachthemd der Frau hoch. Nach einer kurzen Inspektion des Intimbereichs zog sie es wieder herunter. Sie seufzte. Da öffnete sich die Tür. Ein untersetzter, breitschultriger Mann stand im Türrahmen.

„Was soll das? Wer sind Sie?", fragte er.

Isolde erhob sich. „Ich bin Ärztin. Ich habe Ihre Frau untersucht. Sie ist sehr krank."

„Wer hat Sie gerufen? Wir haben kein Geld."

„Ich verlange kein Geld. Aber Ihre Frau braucht dringend eine Behandlung."

„Die wird sich schon wieder erholen. Das ist ein Schnupfen.“

Isolde ging auf den Mann zu und deutete auf seinen Unterarm.

„Der Ausschlag dort. Wie lange haben Sie den schon?“

Er kniff die Augen zusammen. „Was soll das?“

„Ihre Frau hat diesen Ausschlag ebenfalls. Und ich vermute, dass sie ihn von Ihnen hat. Sie haben sie angesteckt.“

Die Augen des Mannes wurden noch kleiner. „Was?“

„Ihre Frau leidet unter einer akuten Syphilis-Infektion. Meistens sind es die Männer, die ihre Frauen damit anstecken.“

Das Gesicht von Herrn Huber wurde knallrot. „Was erlauben Sie sich?“, schrie er. Er hob die Hand. Isolde wich keinen Schritt zurück.

„Es ist wohl eher die Frage, was Sie sich erlaubt haben. Ihre Frau braucht dringend eine Behandlung. Und zwar mit Salvarsan. In diesem Fall hat Professor Ehrlich das Arsen tatsächlich einmal in ein Medikament verwandelt, mit dem man Krankheiten behandeln kann. Und Sie sollten das Präparat auch nehmen.“

„Das ist eine Frechheit. Verschwinden Sie von hier!“, schrie der Mann. Sein Blick fiel auf Lotte, die mit den Kindern in der Ecke stand. Die Kleinen hatten sich hinter sie gedrängt.

„Die Kommunistin? Das hätte ich mir ja denken können. Sie haben diese Ärztin hierhergeschleppt. Sie reden meiner Frau dauernd irgendwelche Flusen ein. Verschwinden Sie. Sie beide. Und bleiben Sie mir fern mit den Medikamenten.“

Isolde und Lotte wechselten einen Blick. Sie wollten beide nicht gehen. Und doch, es blieb ihnen nichts anderes übrig. Der Mann machte einen Schritt auf sie zu. Isolde griff nach ihrer Tasche. Lotte strich den Kindern ein letztes Mal übers Haar und stellte sich zu ihrer Freundin.

„Verschwinden Sie und lassen Sie sich nie mehr hier blicken!", schrie Huber.

Isolde und Lotte gingen ins Treppenhaus.

„Wie furchtbar", sagte Isolde, während sie die Treppen hinabstiegen. „Die arme Frau. Und die armen Kinder."

Lotte nickte. „Du sagst es. Und du benutzt sogar das richtige Adjektiv. Diese Leute sind in dieser Lage, weil sie arm sind."

Isolde legte den Kopf schief. „Die Syphilis kommt in allen Klassen vor. Ich habe auch schon Adlige untersucht, die damit infiziert waren."

„Aber die lassen sich behandeln, weil sie das Geld dazu haben. Die verrecken nicht elendiglich."

Isolde schluckte. „Ja, da hast du natürlich recht."

Lotte schüttelte den Kopf. „Das muss ich ändern. Das kann so nicht mehr weitergehen."

KAPITEL 29

München, Donnerstag, 5. März 1914

Elsa hatte eine furchtbare Nacht hinter sich. Sie hatte kaum geschlafen. Das Gespräch mit Maierhöfer hatte sie aufgewühlt. Sie hatte sich in ihrem Bett hin und her gewälzt. Gedanken hatten sie verfolgt, Fragen. War es richtig gewesen, ihn abzuweisen? Hatte er vielleicht sogar recht? Hatte sie ihn nur benutzt, um ihr Geschäft zu vergrößern? Nun, ehrlich gesagt lag darin auch ein Hauch Wahrheit. Natürlich hatte sie sich an ihn gewandt, um sich den Markt für Fahrradsättel zu erschließen. Sie hatte anfangs nicht im Sinn gehabt, eine Freundschaft mit ihm zu beginnen. Sie wollte die besten Fahrradsättel Münchens, nein Deutschlands, nein der ganzen Welt bauen. Aber leider hatten Persönliches und Geschäftliches sich viel zu rasch vermischt.

Als der Morgen graute, war sich Elsa trotz allem sicher, dass sie die richtige Entscheidung getroffen hatte. Und doch tat Maierhöfer ihr leid. Sie versuchte, sich in seine Lage zu versetzen. Wie es wohl gewesen wäre, wenn Moritz damals zu ihr gesagt hätte: „Ich kann dich nicht lieben, weil du verheiratet bist. Ich würde gerne diesen Sattel mit dir bauen, es ist eine fabelhafte Arbeit. Aber lieben können wir uns nicht." Das Gedankenspiel hatte tiefe Schuldgefühle ausgelöst. Sie ahnte, dass ihr

Kompagnon litt. Elsa musste noch einmal mit ihm sprechen. In Ruhe. Und ohne, dass er vom Alkohol benebelt war. Sie hoffte, dass er zu Hause nicht weiter getrunken hatte, und sich in der Werkstatt befinden würde. Trotzdem ließ sie ihm ein wenig Zeit. Sie beschloss, dass sie nicht gleich morgens um sieben dort aufschlagen würde, auch wenn das Warten wie eine Folter war.

„Ist alles in Ordnung mit dir, Mama?", fragte Hilde am Frühstückstisch.

„Ich habe schlecht geschlafen."

„Was war denn das für ein Lärm heute Nacht? Es war, als ob jemand die Haustür einschlagen wollte."

„Das war nur ein Betrunkener, der sich im Haus geirrt hat", sagte Elsa. Sie wollte ihre Tochter nicht beunruhigen. Hilde verabschiedete sich, warf ihren Schulranzen über die Schulter und eilte davon. Elsa sah ihr nach. Sie hatte ihr ganzes Leben noch vor sich. Hoffentlich würde sie ein besseres Händchen mit Männern haben als sie. Oder mit Frauen, wenn sie nach ihrer Tante schlug. Es war gleichgültig. Sie wünschte ihr nur mehr Glück in der Liebe. Elsa zog sich ihren Mantel über und machte sich auf den Weg zu Maierhöfers Manufaktur.

Als sie den Hof erreichte, war es erstaunlich still. Es dauerte einen Moment, bis sie erkannte, dass es daran lag, dass die Maschinen nicht in Betrieb waren. Sie hörte auch keine Werkzeuge oder die Unterhaltungen der Arbeiter.

Elsa ging in das Ladengeschäft. Sie hat gehofft, dass Maierhöfer hinter dem Tresen stand. Dass er vielleicht seine Augen zusammenkniff und sie böse ansah. Wenigstens das. Aber er war nicht da. Vielleicht war er in der Werkstatt? Doch auch dort fand sie keine Menschenseele. Seltsam. Hatte sie sich im Tag geirrt? Aber heute war doch kein Sonntag. Und auch kein Feiertag. Hilde war schließlich zur Schule gegangen. Sie kehrte wieder in den Laden zurück. Die Tür zum Büro stand offen. Sie klopfte und trat ein. Hinter dem Schreibtisch saß Lena Maierhöfer. Ihre Augen waren knallrot. Sie schnäuzte sich.

„Guten Morgen", sagte Elsa. „Was ist denn hier los?"

Frau Maierhöfer starrte sie an. In ihren Augen blitzte kurz ein wütender Funken auf. Doch gleich darauf löschte ihn ein Tränenschleier. Sie schluchzte.

Elsa wurde angst und bange. „Was ist los?", fragte sie noch einmal.

„Er ist tot. Thomas", stieß Frau Maierhöfer hervor. Elsa spürte, wie eine eiskalte Hand sich um ihre Kehle legte.

„Was? Wie?"

„Das Motorrad. Es war ein Unfall. Er ist in eine Hauswand gefahren. Der Wachtmeister hat gesagt, dass er sofort tot gewesen ist."

Elsa spürte, wie sich der Grund unter ihren Füßen aufzulösen schien. Sie musste sich an der Wand festhalten.

„Das ... das kann nicht sein", stammelte sie.

„Und betrunken war er auch. Was soll denn nun aus mir und meinen Kindern werden?"

„Wir finden eine Lösung", sagte Elsa, der nichts anderes einfiel, um die Frau zu trösten. Lena Maierhöfer hob den Kopf. In ihren verweinten Augen glomm die Wut wieder auf. „Sie finden keine Lösung", sagte sie. „Packen Sie Ihr Zeug hier zusammen und verschwinden Sie. Ich will Sie nicht mehr sehen."

Elsas Augen weiten sich. „Aber …"

„Kein aber. Sie haben ihn auf dem Gewissen. Wenn Sie mit Ihren verfluchten Fahrradsätteln nicht gekommen wären, würde er noch leben."

Elsa wollte etwas erwidern, doch Frau Maierhöfer schrie: „Verschwinden Sie. Raus hier, bevor ich mich vergesse!"

Wie betäubt wankte Elsa aus der Werkstatt. Ihr Kompagnon war tot. Trug sie eine Mitschuld daran?

***

Als Hilde um die Ecke bog, sah sie sofort die Menschenansammlung. Die Menge stand vor einem Haus, das sich direkt neben ihrer Schule befand. Irgendetwas stimmte da nicht. Als sie näherkam, sah sie, dass in der Wand ein Loch klaffte. Sie erreichte die hintere Reihe der Leute und fragte einen der Passanten, was geschehen sei.

„Da ist jemand mit dem Motorrad in die Wand gefahren. Er ist tot."

Hilde schluckte. Das waren schreckliche Neuigkeiten. „Wie ist das passiert?", fragte sie.

„Ich habe es genau gesehen", sagte eine alte Frau mit zittriger Stimme. „Ich wollte gestern Abend Wasser holen am Gemeindebrunnen. Dann kam das Motorrad von dahinten." Sie zeigte in die Richtung, aus der Isolde gekommen war. „Ganz schnell ist der gefahren. Ich konnte gerade noch zur Seite springen. Er hat gerufen:

‚Vorsicht, aus dem Weg!‘ Und dann ist er schnurstracks in die Wand gefahren.“

„Ich weiß auch nicht, er hätte doch anhalten können, oder?“, sagte der Mann, der zuerst gesprochen hatte. Die alte Frau rollte mit den Augen. „Warum hätte er den rufen sollen: ›Vorsicht, aus dem Weg!‹ Wahrscheinlich hat die Bremse nicht funktioniert.“

Die beiden brachen in einen lautstarken Streit aus und Hilde zwängte sich durch die Menge. Sie musste die Unfallstelle passieren, um zu ihrer Schule zu gelangen. Durch eine Lücke in der ersten Reihe der Neugierigen sah sie, dass das Motorrad noch auf dem Boden lag. Ihr Blick fiel auf den Sattel und sie erstarrte. Das war zweifellos das Zeichen ihrer Mutter. Sie hatte den Motorradsattel angefertigt. Aber sie hatte Hilde auch erzählt, dass sie bislang nur zwei Exemplare gemacht hätte. Einen für einen Prototyp, der sich in der Motorradfabrik in München befand. Und einen für die Maschine ihres Kompagnons. Hilde spürte, wie ihr Mund austrocknete. War Maierhöfer hier verunglückt?

„Wissen Sie, wer den Unfall hatte?“, fragte sie einen der Umstehenden.

„Ich kenne den Mann. Er hatte ein Fahrradgeschäft gleich um die Ecke.“

Hilde spürte, wie ein eiskalter Schauer ihren Rücken hinablief. Das konnte doch nicht sein. Ihre Mutter hatte so von der Zusammenarbeit mit dem Fahrradhändler geschwärmt. Und nun war er tot. Gestorben bei einem sinnlosen Unfall. Sie zwängte sich durch die Menge und ging wie betäubt auf ihre Schule zu. Dabei stieß sie mit jemanden zusammen. Sie murmelte eine Entschuldigung, sah dann aber auf und stellte fest, dass

Hermann das Hindernis war, gegen das sie gestoßen war.

„Was machst du hier?", fragte sie.

„Ich bin auf dem Weg zur Schule. Ich habe gehört, dass hier ein Unfall geschehen ist und wollte einmal nachsehen, was passiert ist."

„Der Kompagnon meiner Mutter ist mit dem Motorrad in eine Hauswand gefahren. Er ist tot."

Hermanns Reaktion überraschte Hilde. Er erbleichte.

„Wie ... wie ist das geschehen?", fragte er.

„Eine Frau, die es beobachtet hat, hat gesagt, dass er gerufen habe, sie solle aus dem Weg gehen. Und dann sei er geradewegs gegen die Wand gefahren."

Hermanns Gesichtsfarbe wurde noch eine Spur bleicher.

„Das ... das ist schrecklich", sagte er. „Aber ich muss jetzt in die Schule. Ich wünsche dir einen guten Tag, Hilde", sagte er, nickte ihr knapp zu und ging rasch davon. Hilde runzelte die Stirn. Die Eiseskälte an ihrem Rücken breitete sich immer weiter aus. Hier stimmte etwas nicht. Was war hier los?

***

Es war ein schöner Traum gewesen. Isolde und Lotte waren an einem warmen Sommertag am Isarufer entlangspaziert. Sie hatten sich an den Händen gehalten. Isolde hatte die Sonnenstrahlen auf ihrer Haut gespürt. Und die Berührung ihrer Freundin. Es tat so gut. Und es war so schön, gemeinsam durchs Leben zu gehen. Doch dann waren in der Ferne Gewitterwolken aufgezogen und ein gewaltiger Donnerschlag hatte die malerische Szenerie zerrissen.

Isolde schreckte hoch. Sie hörte ein Klopfen. Um sie herum war es dunkel. Es dauerte eine Weile, bis sie einordnen konnte, wann und wo sie war. Sie war in ihrer Wohnung. Alleine. Lotte war heute nicht bei ihr. Sie hatte noch in der Teestube zu tun gehabt. Es klopfte weiterhin. Jemand hämmerte gegen ihre Tür.

Sie schwang ihre Füße aus dem Bett und zog sich den Morgenmantel über. Sie eilte zur Tür und öffnete sie. Eine Frauengestalt wartete davor. Erst auf den zweiten Blick erkannte sie die Frau. Es war Maria. Ihre Tante Zenzi stand im Hintergrund und wrang ihre Hände in einer Geste der Hilflosigkeit.

„Was kann ich für Sie tun?", fragte Isolde.

„Nicht für mich", sagte Maria aufgeregt. „Es geht um Frau Kleiber."

Isolde spürte, wie sich eine kalte Faust um ihre Kehle verkrampfte.

„Was ist mit ihr?", fragte sie. Sie musste sich räuspern, denn die Worte wollten nicht aus ihrem Hals.

„Sie ist verletzt. Jemand hat sie geschlagen. Kommen Sie bitte mit."

Isolde bat Maria, einen Moment zu warten. Sie zog sich rasch an und packte ihre Arzttasche. Dann eilten die beiden Frauen auf die Straße. Es war kurz vor Mitternacht, aber sie hatten Glück und fanden ein Taxi, das sie nach Sendling fuhr. Isolde konnte es nicht schnell genug gehen. Sie bestürmte Maria mit Fragen. „Wissen Sie, was passiert ist? Wer hat sie niedergeschlagen? Wie geht es ihr?"

„Ich weiß es nicht. Ich habe sie in der Teestube gefunden. Ich wollte mit meinen Kindern hin, um uns aufzuwärmen. Als ich ankam, lag sie dort auf dem Boden. Es war viel Blut. Sie war bei Bewusstsein und hat gesagt, dass ich Sie holen soll. Ich habe dann meinen Kleinen losgeschickt, der meinen Mann geholt hat. Der ist jetzt bei ihr.“

Ihre Worte beruhigten Isolde nicht. Viel Blut. Das hörte sich nicht gut an.

Endlich erreichte das Taxi die Teestube. Isolde bezahlte den Fahrer und eilte zu den hell erleuchteten Fenstern. Sie sah sofort, dass Maria nicht übertrieben hatte. Auf dem Boden war tatsächlich eine große Menge Blut. Aber es schien nicht so viel zu sein, dass es lebensgefährlich gewesen wäre. Lottes Anblick traf sie dagegen mit voller Wucht. Marias Mann musste ihr aufgeholfen haben. Sie saß auf einer der Bänke, mit dem Rücken an die Wand gelehnt. Ihr Gesicht war eine grünblaue Masse. Die Nase war gebrochen und darunter klebte verkrustetes Blut. Auch ihre Oberlippe war geplatzt und an ihrem Haaransatz war ebenfalls getrocknetes Blut zu erkennen. Wahrscheinlich eine Platzwunde.

„Um Himmels willen“, rief Isolde.

„Ich glaube, der Himmel hatte damit nichts zu tun“, erwiderte Lotte. Ihre Stimme klang matt und sie verzog das Gesicht beim Sprechen. Offenbar hatte sie Schmerzen. Isolde kniete sich neben sie.

„Ich muss dich jetzt untersuchen. Das tut möglicherweise weh.“

„Schlimmer als das, was mir dieser Mann angetan hat, kann es nicht sein.“

Isolde schluckte. „Wer war das?“

„Du erinnerst dich an Frau Huber?“

Isolde schloss kurz die Augen. Das durfte doch nicht wahr sein! Zuerst steckte er seine Frau mit Syphilis an und dann lauerte er Lotte auf?

„Wir müssen die Polizei rufen.“

„Später vielleicht“, sagte Lotte. „Du hast doch gerade gesagt, dass du mich untersuchen willst. Vielleicht fangen wir einmal damit an.“

Isolde begann, das Gesicht und die Schädeldecke abzutasten. Sie konnte jedoch nicht vorsichtig genug sein, denn bei jeder Berührung zuckte ihre Freundin zusammen.

„Deine Nase ist gebrochen. Die muss ich richten. Das wird kurz wehtun.“

„Das wird sicher nicht so schmerzen wie … ah!“

Isolde hatte nicht gezögert und die Nase mit einem raschen Griff reponiert.

„Das hat wirklich wehgetan“, sagte Lotte. „Ich hoffe, mein hübsches Näschen ist wieder an Ort und Stelle?“

Isolde spürte, wie ihr der Mund austrocknete. Sie wusste, dass ihre Freundin gerne Späße machte. Aber in dieser Lage? Isolde war nicht zum Lachen zumute. Sie war wütend. Und sie hatte Angst um Lotte.

Sie setzte die Untersuchung fort und stellte fest, dass mindestens eine Rippe gebrochen war. Am Arm hatte Lotte zudem eine schmerzhafte Prellung erlitten.

„Also nichts Schlimmes?“, fragte sie, als Isolde ihr Bericht erstattete.

„Aus ärztlicher Sicht nicht. Aber was geschehen ist, ist furchtbar! Er hätte dich totschlagen können.“

„Er hat es aber nicht getan“, sagte Lotte.

„Können Sie ihr bitte aufhelfen?", bat Isolde Marias Mann.

„Wozu? Ich liege hier doch ganz bequem."

„Du bleibst mir nicht alleine hier. Du hast Schläge auf den Kopf erhalten. Du bist bei Bewusstsein. Das ist gut. Aber wir wissen nicht, ob irgendwelche Verletzungen am Gehirn entstanden sind. Das kann schnell gehen. Und da würde ich dich lieber in meiner Nähe wissen. Wir fahren zu mir."

„Kann ich nicht in meinem Bett schlafen? Das wäre doch gleich hier."

Isolde schüttelte vehement den Kopf. „Nein. Die Alternative wäre, dass ich dich in ein Krankenhaus bringe. Wäre dir das lieber?"

Aus Lottes rissigen Lippen quälte sich ein Kichern. „Du kannst ja einen richtigen Kasernenhofton anschlagen. Das hätte ich dir gar nicht zugetraut. Respekt. In dem Fall füge ich mich natürlich."

„Das will ich dir auch geraten haben", knurrte Isolde.

Marias Mann half ihr nach draußen. Es dauerte eine Weile, bis sie eine Droschke gefunden hatten. Aber eine halbe Stunde später waren sie auf dem Weg nach Schwabing. Der Kutscher half ihr freundlicherweise die Treppe hoch und oben schälte Isolde Lotte vorsichtig aus ihren Kleidern. Als ihre Freundin eingepackt in eine warme Decke im Bett lag, zwinkerte sie Isolde zu: „Es ist schon praktisch, eine Ärztin als Freundin zu haben. Das muss ich sagen. Wann immer mich jemand verprügelt, kannst du mich wieder zusammenflicken. Als Revolutionärin muss ich damit rechnen, dass das häufiger passiert."

„Mir ist immer noch nicht zum Scherzen zumute. Das hätte ganz übel ausgehen können. Ich will nicht, dass du dich dieser Gefahr weiter aussetzt.“

Lotte versuchte, die Stirn zu runzeln, aber es schien ihr wehzutun und so ließ sie es bleiben. „Es ist schön von dir, dass du dich um mich kümmerst. Aber ob ich mich einer Gefahr aussetze oder nicht, ist meine Sache. Ich kann mir vorstellen, dass dein Onkel auch nicht so glücklich war, als du beschlossen hast, alleine um die Welt zu reisen. Hat er versucht, dir das zu untersagen?“

Isolde schüttelte den Kopf. „Du hast ja recht. Aber ich mache mir einfach Sorgen um dich.“

Sie griff nach Lottes Hand und diese erwiderte den Druck.

„Das ist schön. Aber ich kann schon auf mich alleine aufpassen. Ich werde weiterkämpfen. Ich muss weiterkämpfen. Ich hoffe, das verstehst du?“

Isolde sah sie an. Dann nickte sie und flüsterte: „Ja, das verstehe ich.“

KAPITEL 30

München, Donnerstag, 5. März 1914

Elsa war wie gelähmt. Sie saß in ihrer Werkstatt. Vor ihr stand ein Sattel. Verzierungen waren anzubringen, eine Tätigkeit, die sie liebte. Doch selbst dazu konnte sie sich nicht bewegen. Wieder war ein Mann in ihr Leben getreten und kurz darauf gestorben. Dieses Mal hatte sie versucht, sich von ihm fernzuhalten. Und ironischerweise hatte ihn genau das in den Tod getrieben. Er hatte getrunken. Und dann war er auf sein Motorrad gestiegen und gegen eine Hauswand gefahren. Sie wischte sich die Tränen aus den Augenwinkeln.

Die Tür öffnete sich. Hilde kam in die Werkstatt. „Du hast es schon gehört? Es tut mir so leid!“, rief sie, eilte auf ihre Mutter zu und umarmte sie.

„Herr Maierhöfer. Mein Geschäftspartner. Er ist heute Nacht gestorben“, erwiderte Elsa schluchzend.

Hilde nickte. „Ich weiß. Das war der Mann, der in das Haus neben unserer Schule gefahren ist. Ich bin heute Morgen vorbeigekommen. Da standen eine Menge Leute herum. Die waren alle ganz erschrocken und durcheinander.“

„Das kann ich mir vorstellen“, murmelte Elsa.

„Ja. Und eine Frau, die den Unfall beobachtet hat, hat gesagt, dass er gerufen habe, sie solle aus dem Weg gehen. Sie vermutet, dass seine Bremse nicht funktioniert haben könnte."

Elsa fühlte sich, als ob ein Blitzschlag sie durchfuhr. „Was?"

„Ja, das habe ich die Frau selbst sagen hören."

Elsa schluckte. Die Tragweite dessen, was ihre Tochter ihr eben gesagt hatte, wurde ihr bewusst. Das Motorrad hatte einen Schaden gehabt? Es war nicht ihre Schuld gewesen. Aber warum hatten die Bremsen versagt? Gut, das konnte bei einem technischen Gerät immer einmal sein. Aber andererseits hatte Maierhöfer sein Motorrad gehegt und gepflegt wie einen Schatz.

Ein ungeheuerlicher Verdacht regte sich in ihr. Konnte es sein? Hugo von Lampeck hatte schon einmal versucht, sich in ihre Geschäftsbeziehung zu ihrem Kompagnon einzumischen. Mit dem Brief. Ging sein Hass so weit, dass er Maierhöfers Tod in Auftrag gegeben hatte, um Elsas Existenz zu vernichten? Die Antwort war eindeutig. Hugo von Lampeck würde alles tun, um Elsa leiden zu sehen. Eine Welle der Verzweiflung wusch über sie hinweg. Was konnte sie denn überhaupt noch tun? Der Bankier war reich und mächtig. Sie stand vor den Scherben ihres Geschäfts. Würde die Bank den Kredit zurückziehen, wenn bekannt wurde, dass ihr Kompagnon gestorben war? Und wie sollte sie dann die fünfhundert Motorradsättel für die Armee herstellen? Die Verzweiflung trieb ihr erneut die Tränen in die Augen.

„Das ist schlimm“, sagte Hilde und drückte ihre Mutter fest an sich. Elsas Körper wurde von Krämpfen geschüttelt. Sie weinte, wie sie schon lange nicht mehr geweint hatte. Alles war verloren. Hilde versuchte, sie zu trösten. Die Rollen waren vertauscht. Elsa fühlte sich wie das kleine, hilflose Kind. Und ihre Tochter bemühte sich, ihr Geborgenheit zu geben.

„Manchmal ist das Leben einfach grausam“, flüsterte Elsa.

Es klopfte. Elsa wischte sich rasch die Tränen aus den Augen und rief: „Herein!“

Die Tür öffnete sich und ein kleiner, gebeugter Mann trat ein. Elsa kannte ihn von irgendwoher. Er trug eine Aktentasche unter dem Arm. Ob das schon einer der Bankbeamten war? Würde ihr der Kredit gekündigt? Was sollte sie dann tun?

„Guten Tag“, sagte der Mann. „Ich weiß nicht, ob Sie mich noch kennen. Ich bin Notar. Nottke ist mein Name. Ich habe Ihnen das Testament Ihres Vaters eröffnet.“

Elsa schluckte. Sie erinnerte sich noch sehr genau an diesen Tag. Als sie die Werkzeuge geerbt hatte und Isolde das Geschäft. Damals hatte Elsa sich zutiefst ungerecht behandelt gefühlt. Doch im Nachhinein hatte sich die Entscheidung ihres Vaters als Glücksfall erwiesen.

„Guten Tag. Ja, jetzt erinnere ich mich. Was kann ich für Sie tun?“

„Es ist das Geschäft eines Notars, dass wir meistens nur traurige Nachrichten überbringen.“

Elsa spürte, wie die Panik erneut aufflammte. War dem Onkel etwas geschehen? Aber warum sollte Nottke vor ihr davon erfahren haben?

„Ich bin zu Ihnen gekommen, um Ihnen mitzuteilen, dass Herr Alfred von Berlitz verstorben ist."

Elsas Augen weiteten sich. „O nein", sagte sie. Auch wenn ihre Beziehung zu Moritz' Vater kompliziert gewesen war, so war sein Tod doch ein herber Schlag für sie. Er war freundlich zu ihr gewesen. Trotz allem.

„Er hat Ihnen in seinem Testament etwas hinterlassen. Deswegen bin ich heute da."

„Mir? Mir hat er etwas hinterlassen?"

Der Notar nickte. Elsa bat ihn, sich an den Tisch zu setzen. Dr. Nottke öffnete seine Aktentasche und holte ein Dokument heraus.

„Die offizielle Testamentseröffnung findet erst morgen statt. Sie sind natürlich dazu eingeladen und ich würde auch darum bitten, dass Sie erscheinen. Aber in diesem speziellen Fall, wollte ich Sie zuvor informieren."

Elsa wusste nicht, was sie sagen sollte. Berlitz hat ihr etwas hinterlassen?

„Ich zitiere: *Frau Elsa Müller, geborene Hartmann, soll meine Firma inklusive des gesamten Firmenvermögens erben. Des Weiteren vermache ich ihr mein gesamtes Barvermögen sowie die Villa in Bogenhausen. Möge sie in das Heim der Familie zurückkehren und dort glücklich werden."*

Elsa fühlte sich, als ob der Schlag sie getroffen hätte. Der Notar hob den Blick.

„Sie verstehen sicher, dass ich Sie darüber vorher informieren wollte. Herr von Berlitz hat keine leiblichen

Erben. Da er nun abgesehen von einigen Legaten für Dienstboten beinahe seinen gesamten Besitz Ihnen vererbt hat, werden Sie morgen bei der Testamentseröffnung die Alleinerbin sein. Es handelt sich um ein enormes Vermögen.“

Elsa schluckte. „Das ... das kommt unerwartet.“

***

Isolde tauchte den Waschlappen in die Schüssel mit dem eiskalten Wasser und wrang ihn aus. Dann legte sie ihn behutsam auf Lottes Stirn.

„Das tut gut“, sagte ihre Freundin. „Diese Schwellungen sind echt unangenehm. Und ich sehe wahrscheinlich auch aus wie ein Preisboxer, nachdem er einen Kampf verloren hat.“

„Ich war noch nie bei einem Boxkampf und kann das daher nicht beurteilen. Aber man sieht dir an, dass jemand dir übel mitgespielt hat.“

„Ach, meine liebe Isolde. Jetzt schau doch nicht so aus wie zehn Tage Regenwetter. Ja, ich bin zusammengeschlagen worden. Aber ich lebe. Und dieser syphilitische Grobian wurde von der Polizei festgenommen. Jetzt hilf mir, dass ich schnell wieder auf die Beine komme, damit ich Hilfe für seine Frau organisieren kann. Das ist nämlich der Haken an der Sache. Jetzt ist der einzige Verdiener des Haushalts im Gefängnis.“

Isolde seufzte. „Es mag typisch für mich sein, dass ich mir Sorgen um dein Wohlergehen mache. Aber ganz offenbar ist es typisch für dich, dass du dir gleich wieder Sorgen um alle anderen Menschen machst.“

„So sind wir Sozialdemokraten eben. Na ja, jedenfalls einige von uns."

Es klopfte an die Haustüre. Isolde erhob sich und eilte die Treppe hinab in den Flur. Sie sah durch den Türspion. Draußen standen zwei Frauen, die sie bereits einmal in der Teestube gesehen hatte. Sie öffnete.

„Guten Tag", sagte eine der Besucherinnen. „Wir möchten gerne Genossin Kleiber unsere Aufwartung machen."

Isolde unterdrückte ein Schmunzeln. Sie fand es seltsam, dass sich Menschen mit diesem Wort ansprachen. Aber ganz offenbar gehörte das in der Sozialdemokratie zum guten Ton. Sie bat die beiden herein und führte sie in das Schlafzimmer.

„Genossinnen!", rief Lotte und an dem schelmischen Zug um ihren Mund erkannte Isolde, dass sie diese Anrede ebenso witzig fand wie sie selbst. Die Frauen begrüßten sich und tauschten Höflichkeitsfloskeln aus. Isolde wollte sich entfernen, doch Lotte bat sie, zu bleiben.

„Ich kenne euch", sagte Lotte. „Ihr hättet doch sicher keinen Krankenbesuch gemacht, wenn ihr nicht irgendwelche Neuigkeiten hättet, oder?"

Die Frauen wechselten einen Blick. Dann sagte die eine. „Ja. Es gibt tatsächlich etwas zu verkünden. Wir haben einen Brief aus Berlin erhalten. Vom Vorstand. Es ist ein Platz frei. In der Parteischule."

Lottes Unterkiefer klappte nach unten. Sie starrte die Besucherinnen mit großen Augen an.

„Die Parteischule? Was wird dort gelehrt?", fragte Isolde.

„Die gibt es schon seit einigen Jahren. Es ist ein Herzensanliegen unserer großen Anführerin Rosa Luxemburg. Dort werden Genossinnen und Genossen in der Parteiarbeit ausgebildet. Sie lernen die Grundzüge von Ökonomie und Geschichte kennen, erfahren, wie man am besten argumentiert, wie man neue Mitglieder wirbt, wie man Streiks organisiert. Rundum alles, was man braucht, um eine lebhafte und wehrhafte Sozialdemokratie zu leben und die Revolution zu verwirklichen.“

Isolde ahnte, worauf das hinauslief, und mit einem Mal wurde ihr Mund trocken. Die Frau wandte sich wieder an Lotte.

„Im nächsten Kurs ist ein Platz frei. Wir haben im Ortsverband lange darüber gesprochen und möchten ihn dir anbieten. Ich weiß, dass du dich schon mehrfach darauf beworben hast. Dein Engagement mit der Teestube, für die du Leib und Leben aufs Spiel setzt, hat uns sehr beeindruckt. Deshalb möchten wir, dass du für uns nach Berlin gehst.“

Isolde sah Lotte an. Ihre Freundin verzog den Mund zu einem Lächeln, auch wenn das schmerzhaft sein musste. Aber es war ein echtes Lächeln.

„Das ist eine großartige Nachricht“, rief sie. „Natürlich bin ich dabei.“

Isolde spürte, wie sich eine Kälte in ihr ausbreitete. Die Besucherinnen verabschiedeten sich. Isolde brachte sie zur Tür und kehrte dann zu ihrer Freundin zurück.

„Das ist so eine tolle Nachricht. Ich freue mich so“, sagte Lotte. „Davon habe ich immer geträumt. Rosa Luxemburg gibt Kurse in Nationalökonomie und Wirtschaftsgeschichte. Ich werde so viel lernen. Und ich werde vielleicht wirklich etwas bewegen können. Wie hat Anita Augspurg gesagt? Die Politik wird in Berlin entschieden. Nicht in München. Ich werde mitentscheiden. Und ich werde dabei sein, wenn die Revolution alle Ungerechtigkeiten aus dieser Welt hinwegfegt."

„Du würdest deswegen also wirklich nach Berlin gehen?", fragte Isolde.

„Natürlich. Davon habe ich immer geträumt!"

Isolde spürte, wie ihr das Herz schwer wurde. „Und was soll dann aus uns werden?"

„Na, du kommst mit. Als Ärztin kannst du doch in Berlin genauso gut praktizieren wie in München."

Isoldes Augen weiten sich. „Aber ich will nicht fort von München. Meine Familie lebt hier. Ich fühle mich wohl."

Lotte sah sie lange an. „Nun gut. Das macht die Angelegenheit um einiges komplizierter. Aber lass uns ein anderes Mal darüber reden. Ich bin sehr müde. Kannst du mir noch mal so einen nassen Waschlappen auf die Stirn legen?"

Isolde schluckte. Sie wollte nicht warten. Sie wollte das jetzt gleich klären. Aber Lotte sah leidend aus. Und vielleicht war es auch besser, die Neuigkeiten sacken zu lassen. Isolde hatte gerade eben erst erfahren, dass der Traum von einem friedlichen und glücklichen gemeinsamen Leben mit Lotte in Gefahr war. Vielleicht war es besser, eine Nacht darüber zu schlafen und das Thema dann in Ruhe zu besprechen. Sie tauchte den

Waschlappen in das Wasser, wartete, bis er sich vollge-
sogen hatte, presste ihn aus und legt ihn behutsam auf
Lottes Stirn.

„Ah, das tut gut“, flüsterte ihre Freundin, schloss die
Augen und war fast im gleichen Moment eingeschlafen.

KAPITEL 31

München, Donnerstag, 12. März 1914

Elsas Herz schlug ihr bis zum Hals. Sie öffnete das schmiedeeiserne Tor und ging den schmalen Kiesweg entlang, der zur Haustür der Villa führte.

„Und hier bist du aufgewachsen? Und Tante Isolde auch?", fragte Hilde. Elsa konnte nur nicken. Sie brachte kein Wort über die Lippen. Nach ihrem letzten Besuch bei Alfred von Berlitz hatte sie nicht damit gerechnet, dass sie diese Schwelle so bald noch einmal überschreiten würde. Und nun kehrte sie nicht nur als Besucherin zurück, sondern als Besitzerin. Sie atmete tief ein und aus und betrat den Flur. Dort wartete eine große, grauhaarige Gestalt auf sie.

„Angus", sagte sie.

„Frau Müller", sagte der Butler und verbeugte sich. Er wirkte etwas steifer als früher, aber kein bisschen weniger würdevoll. „Ich habe nach Herrn von Berlitz' Tod dafür gesorgt, dass alles unverändert bleibt, bis seine Erbin das Haus in Besitz nimmt. Sie sind nun da und ich biete Ihnen meine Kündigung an."

„Das kommt gar nicht infrage. Es würde mich sehr freuen, wenn Sie wieder in meine Dienste treten würden."

Angus lächelte. „Sehr gerne, Frau Müller."

Er führte sie in den großen Salon, dessen Fenster hinausgingen in den Garten. Die ersten Osterglocken trieben aus den Beeten, die die Rasenrondelle begrenzten. Der Rosenbogen, an dem ihr Vater gestorben war, trennte noch immer die beiden Bereiche des Gartens voneinander ab. Dort hatte sich wenig verändert, aber im Inneren der Villa war nichts mehr so wie früher. Die Möbel waren umgestellt oder ersetzt worden. Das Speisezimmer dominierte nun ein riesiger Tisch aus Mahagoni. Alles wirkte dunkel und düster.

„Es ist ein trauriges Haus", sagte Hilde. „War das damals auch so, als du hier gewohnt hast?"

Elsa schüttelte den Kopf. „Nein. Wir hatten es lustig. Das liegt wohl daran, dass Herr von Berlitz seinen einzigen Sohn verloren hat. Nach seinem Tod war hier nichts mehr fröhlich."

„Das muss schlimm sein", sagte Hilde. Elsa schluckte. Irgendwann würde sie dem Mädchen erklären müssen, dass sie von ihrem Vater gesprochen hatten. Aber noch war es nicht so weit. Noch konnte Hugo von Lampeck sie ihr wegnehmen. Der Gedanke an ihren Rivalen weckte die Wut als heißes Brennen in ihrem Bauch.

„Komm, ich zeige dir mein ehemaliges Zimmer", sagte sie und ging voran in den ersten Stock.

Angus stand auf der Galerie und deutete durch eine offenstehende Tür: „Nach Ihrem Weggang war es das Gemach des jungen Herren. Nach seinem Tod wurde es belassen, wie es zu seinen Lebzeiten gewesen war", sagte der Butler. Sein Ton war vollkommen neutral, und doch meinte Elsa, etwas in seiner Stimme mitschwingen zu hören. Eine Warnung vielleicht?

Elsa trat ein. Erwartet hatte sie einen verstaubten, mit Spinnweben verhangenen Raum. Stattdessen war das Zimmer gepflegt. Hier war geputzt und gewischt worden. Die Fenster waren sauber, helles Tageslicht fiel auf einen kleinen Schreibtisch, auf dem das Modell eines Sattels lag. Und daneben konnte sie Zeichnungen entdecken, die sie gut kannte. Es waren ihre Skizzen für die Verzierungen, die sie an Moritz' Meisterstück angebracht hatte. Ihre Kehle krampfte sich zusammen. Ein mächtiger Schwall aus Trauer überfiel sie. In der Ecke stand ein kleines Bett, daneben ein Waschtisch, ein Schrank, ein Bücherregal. Hier hatte Moritz gelebt.

„Ein gemütliches Zimmer. Hier hat sich der Sohn von Herrn von Berlitz sehr wohl gefühlt", sagte Hilde. „Und die Ornamente für den Sattel, die er da skizziert hat, könnten auch von dir stammen." Elsa war nicht fähig zu sprechen. Sie nickte nur.

„Darf ich das Zimmer bekommen? Ich würde auch nicht viel ändern. Mir gefällt es hier", bat Hilde.

„Ja. Das wäre sicher schön", sagte Elsa. Wieder lag es ihr auf der Zunge, ihrer Tochter zu sagen, dass es einen guten Grund dafür gab, warum sie sich hier sofort heimisch fühlte.

Sie passierten Isoldes ehemaliges Zimmer, in dem eine Bibliothek untergebracht worden war. Auch das war irgendwie passend. Dann kamen sie zum Arbeitszimmer ihres Vaters. Es war erst vor ein paar Wochen gewesen, dass Alfred von Berlitz hinter dem mächtigen Mahagonitisch gesessen und ihre Kalkulationen geprüft hatte. Und nun war er tot. Elsa wischte sich eine Träne aus dem Augenwinkel. Sie ging auf den Schreibtisch zu und nahm dahinter Platz.

„Das steht dir“, sagte Hilde. „Jetzt, wo du eine frisch-
gebackene Firmenchefin bist.“

Elsa nickte. „Ja. Ich muss mir erst einmal einen Überblick verschaffen, was alles zu diesem Firmenimperium gehört. Von Berlitz hatte ursprünglich mit einer
Lederwarenfabrik angefangen. Aber soviel ich weiß,
gehören nun zahlreiche andere Unternehmen mit
dazu. Es ist ein kleines Imperium. Mit einem Umsatz
von mehreren Millionen Mark im Jahr.“

Hilde klatschte in die Hände. „Dann bist du jetzt ja
Millionärin.“

Elsa lachte. „Ja, es sieht ganz danach aus. O nein, ich
weiß, worauf du hinauswillst. Du wirst die Schule
trotzdem noch beenden. Als ich hier aufgewachsen bin,
war mein Vater auch reich. Er war zwar kein Millionär,
aber er konnte sich dieses Haus leisten. Doch dann war
das ganze Geld weg. Und dieses Haus. Es kann schnell
gehen. Und deshalb möchte ich, dass du eine entsprechende Berufsausbildung abschließt. Du sollst selbst
für dich sorgen können, falls alle Stricke reißen.“

Hilde zog eine Schnute. „Ja, ich habe verstanden.
Kann ich mir den Garten ansehen?“

„Geh schon einmal vor, ich komme gleich nach.“

Hilde eilte die Treppe nach unten. Sie summte fröhlich vor sich hin und trotz all der widerstreiten Gefühle,
musste Elsa bei diesem Geräusch lächeln. Wahrscheinlich war es der erste freudige Laut, der dieses Haus seit
vielen Jahren erfüllt hatte.

Elsa sah, dass auf der Tischplatte ein einzelner Brief
lag. Auf dem Umschlag stand ihr Name. Sie öffnete ihn
und faltete das Blatt auf. Als sie die ersten Zeilen las, lief
ihr ein eiskalter Schauer über den Rücken.

Liebe Frau Müller,

Ich habe Angus gebeten, diese Zeilen nach meinem Tod auf meinen Schreibtisch zu legen, damit Sie sie dort finden. Sie werden sich darüber gewundert haben, dass ich Ihnen meine Firma und die Villa Ihres Vaters vererbt habe. Ich muss gestehen, dass ich noch vor ein paar Jahren nicht im Traum daran gedacht hätte, Ihnen etwas zu hinterlassen. Für mich waren Sie die Frau, die meinem geliebten Moritz den Tod gebracht hat. Und dafür habe ich Sie nicht nur einmal verwünscht und verflucht.

Als Sie damals zu mir kamen, und mich um Hilfe für Ihr ungeborenes Kind gebeten haben, habe ich meine Rache an Ihnen geübt. Ich hätte Sie auch anders unterstützen können. Aber Sie an der Seite eines stocksteifen Preußen mitten im tiefsten Afrika zu wissen, war eine Genugtuung für mich. Ich habe Sie und Hilde in Gefahr gebracht. Und dafür möchte ich Sie um Verzeihung bitten.

Sie haben mich überrascht und beschämt. Ich habe Ihren Weg aus der Ferne verfolgt. Was Sie aus der Farm dieses Säufers und später aus der Sattlerei Ihres Großvaters gemacht haben, ist bemerkenswert. Zugleich haben Sie Hilde zu einer wunderbaren jungen Frau erzogen.

Als Sie vor ein paar Wochen zu mir gekommen sind, dachte ich, Sie würden mich um Geld anbetteln wollen. Und wieder haben Sie mich beschämt! Ihre Kalkulationen waren makellos, Ihre Überlegungen vernünftig und abgewogen. Ich musste Ihnen nichts mehr raten, Sie wussten schon, dass Ihr Geschäft ein Erfolg sein würde. Trotzdem haben Sie sich überwunden und sind zu mir gekommen, weil Sie Hilde lieben und das Beste für sie wollen.

Wenn Sie diese Zeilen lesen, ist mein größter Wunsch in Erfüllung gegangen: Ich bin mit meinem geliebten Sohn Moritz wieder vereint. Das Leben ohne ihn war mir eine Last. Meine Geschäfte wuchsen, doch ich fand keine Freude daran. Allein das Wissen, dass ein Teil von Moritz in seiner Tochter fortlebt, hat ein wenig Licht in das Dunkel meines Daseins gebracht.

Ich habe Ihnen lange die Schuld dafür gegeben, dass mein Sohn sterben musste. Dabei habe ich übersehen, dass er Sie von ganzem Herzen geliebt hat und dass das von Ihrer Seite wohl auch so war. Hilde ist das Kind dieser Liebe und meine Enkelin aufwachsen zu sehen, wenn auch nur aus der Ferne, war eine große Freude für mich.

Da ich vor dem Gesetz keine Erben habe, stehe ich vor der Frage, was mit meinem Unternehmen nach meinem Tod geschehen soll. Ich hatte mich schon lange dazu entschieden, dass ich es Hilde vererben wollte, aber der Gedanke, dass Sie dann das Sagen hätten, hat mich abgeschreckt. Wie falsch ich damit lag! Ich kann mir niemanden vorstellen, bei dem meine Firma in besseren Händen wäre. Daher gebe ich den Betrieb an Sie weiter. So bleibt er in der Familie, denn das sind Sie beide, Hilde, meine Enkelin, und Sie, meine Schwiegertochter. Ich wünsche Ihnen viel Erfolg, Gesundheit und Zufriedenheit. Behalten Sie Moritz und mich in guter Erinnerung!

Ihr Alfred von Berlitz

Elsa schluchzte. Sie wischte sich die Tränen aus den
Augen. Zärtlich strich sie über den Brief und flüsterte:
„Ich werde euch nie vergessen. Danke." Dann faltete sie
das Schreiben zusammen und steckte es zurück in den
Umschlag. Sie atmete tief durch und lächelte. Viel Arbeit lag vor ihr. Sie musste dafür sorgen, dass Licht und
Lachen in die Villa einzogen. Sie musste sich einarbeiten in die Geschäfte des von Berlitz'schen Firmenimperiums. Sie musste ihre eigene Sattlerei eingliedern und
den Auftrag für die Motorradsättel für die Armee ins
Laufen bringen. Mit den Ressourcen, über die sie nun
verfügte, hatte sie zudem deutlich bessere Aussichten,
zur Hofsattlerin ernannt zu werden. Und sie hatte noch
eine weitere Aufgabe. Da sie nun über beinahe unbegrenzte Mittel verfügte, war sie erstmals eine ebenbürtige Gegnerin für Hugo von Lampeck. Sie würde ihn
dazu zwingen, sie und Hilde in Frieden leben zu lassen.
Wie auch immer das zu erreichen war.

***

Selten war es Isolde so schwer ums Herz gewesen wie
an jenem frischen Märzabend. Sie sehnte sich nach Bewegung und hatte beschlossen, zu Fuß zu gehen. Auch
wenn sie mehr als eine Stunde benötigte, um von ihrer
Praxis nach Sendling zu gelangen. Sie hätte nicht still
sitzen können in einer Kutsche oder in einem Taxi. Ein
kalter Wind blies durch die Gasse vor der Teestube. Wie
immer waren die Fenster hell erleuchtet. Sie trat durch
die Eingangstür und wieder fühlte sie sich, wie wenn
eine warme Decke sie einhüllen würde.

„Ah, da bist du ja. Schön!“, sagte Lotte. Sie kam auf sie zu, umarmte und küsste sie. Isolde erwiderte den Kuss. Sie legte all ihre Leidenschaft, alle ihre Liebe hinein. Es fühlte sich gut an. Und gleichzeitig so unendlich traurig.

„Wie war dein Tag?“, hörte sie Lotte fragen.

„Wie immer. Viel zu tun. Viele Patienten. Ein Tag ist wie der andere.“

Sie sah, dass Lotte ihre Stirn in Falten legte. „Das klingt aber sehr schicksalsergeben. Ich habe dich nicht als melancholische Grüblerin kennengelernt. Was ist los?“

„Wir müssen reden, Lotte“, sagte Isolde.

Lotte legte den Kopf schief. „Ich hatte es schon erwartet, ich wusste nur nicht, wann du auf mich zukommen wolltest. Lass mich raten. Es geht darum, dass ich nach Berlin gehen möchte, um dort die Parteischule zu besuchen?“

„Ja, genau darum geht es.“

„Du möchtest, dass ich hierbleibe, nicht wahr?“

„Ich möchte zweierlei. Ich möchte, dass du glücklich wirst. Und ich möchte mit dir zusammenleben. Ich möchte gemeinsam mit dir glücklich werden.“

Lotte lächelte. „Das möchte ich auch, Isolde.“

Isolde schüttelte den Kopf. „Aber ich weiß nicht, wie wir beides unter einen Hut bringen sollen.“

„Du meinst, dass mein Wunsch, nach Berlin zu gehen und unser gemeinsames Leben sich gegenseitig ausschließen?“

Isolde nickte. „Ich weiß, dass du gerne hättest, dass ich mit dir nach Berlin komme. Aber ich kann das nicht. Meine Wurzeln sind hier in München und ich bin fest mit dieser Stadt verwachsen. Ich bin durch die halbe Welt gereist. Und das ist die Erkenntnis, die ich daraus gezogen habe. Ich bin eine Münchnerin und ich bleibe eine. Bis zum Ende meiner Tage."

„Ich weiß", sagte Lotte. „Und das ist in Ordnung für mich. Es geht nicht nur um meine Wünsche. Es geht auch um deine. Ich habe dich anfangs nicht verstanden, aber je länger ich darüber nachgedacht habe, desto klarer wurde es für mich. Du hast schon recht, du bist eine Münchnerin. Mehr als ich. Wir stehen also nun vor der Situation, dass du in München bleibst und dass ich nach Berlin gehe. Aber wie soll unser gemeinsamer Weg aussehen? Können wir eine Liebe über die Ferne leben?"

Isolde schluckte. „Ich zweifle daran."

„Warum? Glaubst du nicht, dass unsere Liebe stark genug wäre?"

„Ich habe schon einmal eine starke Liebe über die Ferne zerbrechen sehen. Anita Augspurg und Sophia Goudstikker. Du erinnerst dich. Die beiden waren ein Paar. Ein großartiges Paar. Doch dann hat Anita begonnen, in der Schweiz zu studieren. Sie war nur noch selten hier. Und die Liebe hat sich verabschiedet. Es war so traurig, das mit ansehen zu müssen. Und das möchte ich nicht."

„Aber wir sind doch nicht Anita und Sophia. Glaubst du nicht, dass es bei uns funktionieren könnte?"

Lotte sah sie mit einer Intensität an, die Isolde eine Gänsehaut über den Rücken laufen ließ. Sie schüttelte langsam den Kopf. „Nein. Ich glaube es nicht. Ich will mir nicht vorstellen, wie es sein muss, hier in München zu bangen und zu warten, dass eine Nachricht aus Berlin kommt, dass du in irgendeine Schlägerei geraten bist. Dass dich irgendwelche reaktionären Raufbolde verletzt oder getötet haben. Und ich bin nicht vor Ort, um bei dir zu sein.“

„Ich kann selbst auf mich aufpassen, das weißt du.“

„Verstehst du mich denn nicht? Natürlich kannst du selbst auf dich aufpassen. Aber ich mache mir trotzdem Sorgen um dich. Ich habe schon einmal einen Menschen verloren, der mir alles bedeutet hat. Das will ich nicht noch einmal erleben müssen. Ich könnte mich nicht aus dem Sog der Sorgen befreien, wenn du nicht in meiner Nähe wärst. Ich hätte keine ruhige Minute. Es würde mich zerreißen.“

„Und ich dachte schon, du würdest eifersüchtig werden.“

Isolde schüttelte den Kopf. „Nein. Ich vertraue dir. Aber ich glaube nicht, dass ich es ertragen würde, wenn du in Berlin wärst und ich hier.“

„Und das heißt? Willst du von mir, dass ich in München bleibe? Dass ich auf die Parteischule verzichte?“

Isolde schluckte. Ihr Mund war staubtrocken „Nein. Das heißt, dass ich dir alles Gute für deine Zeit in Berlin wünsche. Bitte pass auf dich auf. Ich möchte nicht irgendwann einmal in der Zeitung lesen müssen, dass du zu Tode gekommen bist.“

Lotte starrte sie fassungslos an. „Das war es? Du begräbst unsere Liebe? Hier und jetzt. Einfach so?“

Isolde schüttelte den Kopf. „Einfach habe ich es mir ganz bestimmt nicht gemacht. Es ist die schwerste Entscheidung, die ich jemals getroffen habe. Ich war so glücklich mit dir. Ich war so froh, endlich wieder jemanden gefunden zu haben, dem ich vertrauen, den ich lieben kann. Und der mir seine Liebe schenkt. Aber ich will nicht, dass unsere Liebe langsam von den Sorgen ertränkt wird, die ich mir um dich mache."

„Und dann trennst du dich lieber von mir, als zu versuchen, sie am Leben zu halten?"

Nun wirkte Lotte nicht mehr fassungslos, sondern beinahe wütend.

Isolde rang die Hände. „Nein, so ist es doch nicht. Ich trenne mich doch nicht lieber. Ich kann das nicht. Ich kann keine Beziehung über die Ferne führen. Ich würde daran zerbrechen."

„Du willst es nicht", sagte Lotte. Eine seltsame Kälte hatte sich in ihre Stimme geschlichen. „Nun gut. Dann endet es hier. Auch ich wünsche dir alles Gute, Isolde. Ich hoffe, dass du jemanden hier in München findest, der dir guttut. Leb wohl."

Isolde sah sie an und spürte, wie sich ihre Augen mit Tränen füllten. Ihr Blick verschwamm. Wie in Trance ging sie auf die Straße hinaus, in den Regen, in die Dunkelheit.

KAPITEL 32

München, Montag, 16. März 1914

Elsa betrat das Treppenhaus des schmucklosen Gebäudes in der Landsberger Straße und stieg in den ersten Stock hinauf. An der mit einer Glasscheibe versehenen Tür hing ein Schild: *Erwin Loder. Privatermittler. Nachforschungen aller Art.* Elsa klopfte und ging hinein. Sie hatte eine Art Empfangsbereich erwartet und dahinter vielleicht ein Büro. Aber sie fand sich in einem einzigen Raum wieder, der beides war. Gegenüber der Tür stand ein überdimensionierter Schreibtisch, hinter dem ein großer, hagerer Mann saß und sie mit wachen Augen musterte.

„Sie müssen Frau Müller sein", sagte er. „Wir hatten telefoniert?"

„Ja, das ist korrekt. Mein Name ist Elsa Müller. Und ich komme, um Sie zu bitten, einen Mord aufzuklären."

„Dann nehmen Sie doch bitte einmal Platz."

Er deutete auf den Stuhl, der vor seinem Schreibtisch stand. Elsa setzte sich darauf und stellte ihre Tasche auf ihren Knien ab. Sie war sich unsicher. War es richtig, hierher zu kommen? Vielleicht hätte sie besser erst zur Polizei gehen sollen. Aber wahrscheinlich hätten die ihr nicht geglaubt. Vor allem, wenn sie ein respektiertes Mitglied der Münchner Gesellschaft des Mordes bezichtigte.

„Um was für einen Todesfall handelt es sich denn?",
begann Loder.

„Um Thomas Maierhöfer. Er war der Betreiber einer
Fahrradmanufaktur. Und mein Geschäftspartner."

„Die kenne ich. Da habe ich mein Fahrrad gekauft.
Der Sattel ist herrlich bequem."

„Der Sattel ist von mir. Herr Maierhöfer hat den Rest
gebaut."

„Wann und wie ist er zu Tode gekommen?"

„Vor zehn Tagen. Er ist nachts mit seinem Motorrad
gegen eine Hauswand gefahren. Zuerst sah es wie ein
Unfall aus. Aber es gibt Zeugen, die gehört haben, wie
er gerufen habe, dass er nicht anhalten könne."

„Sie vermuten, dass jemand die Bremsen manipuliert
hat?"

„Ja. Mein Kompagnon war zwar nicht ganz nüchtern.
Aber er war ein geübter Fahrer. Er hätte ausweichen
können, wenn seine Maschine funktioniert hätte. Da
bin ich mir sicher."

„Ich muss das jetzt fragen. Könnte es sein, dass es Absicht war? Dass er nicht mehr leben wollte? Solche Fälle
sind durchaus bekannt und gar nicht so selten, wie
man vielleicht glaubt."

Elsa überlegte einen Moment. Dann schüttelte sie den
Kopf. „Nein. Ich glaube nicht, dass er dazu fähig war. Er
hatte Familie und Kinder."

„Das eine schließt das andere nicht aus. Aber gut.
Wenn Sie erlauben, werde ich das trotzdem als Möglichkeit im Hinterkopf behalten. Wenn sich keine An-
haltspunkte für eine absichtliche Manipulation der

Bremsen ergeben, muss man vielleicht doch daran denken. Haben Sie einen Verdacht? Wer könnte hinter einem Anschlag auf Ihren Geschäftspartner stecken?"

„Hugo von Lampeck", sagte Elsa, ohne zu zögern. Nun war zum ersten Mal eine Regung auf dem Gesicht des Privatdetektivs zu sehen. Seine Augenbrauen zuckten um Millimeter nach oben.

„Der Bankier? Wie das? Welches Interesse sollte er daran haben, dass Ihr Kompagnon zu Tode kommt?"

„Es ist eine alte Geschichte." Und in Gedanken ergänzte Elsa die Verse aus dem Gedicht von Heinrich Heine: *Doch bleibt sie immer neu und wem sie just passiert, dem bricht das Herz entzwei.* „Ich war einmal die Schwiegertochter von Herrn von Lampeck. Mein damaliger Mann, sein Sohn, hat ein Duell um meine Ehre geführt. Er kam dabei zu Tode. Herr von Lampeck hat mir das nie verziehen."

Loder nickte. „Das könnte ein Motiv sein. Sie glauben gar nicht, wie oft ich es mit Rache zu tun bekomme. Das fängt bei kleinen Streitigkeiten unter Nachbarn an, wenn der Apfelbaum in den Garten nebenan hinüberwächst und Kinder das Obst pflücken, bis hin zum Mord. Das ist mir alles schon untergekommen."

Elsa atmete erleichtert durch. „Gut. Es freut mich, dass Sie meinen Verdacht nicht gleich vom Tisch gewischt haben. Ich bin zu Ihnen gekommen, weil ich dachte, dass ich der Polizei so etwas nicht präsentieren könnte."

„Die hätten sie gleich wieder nach Hause geschickt. Und wahrscheinlich hätte Herr von Lampeck Minuten später Bescheid gewusst. Leider ist es immer noch so, dass das Ansehen der Person Einfluss auf Ermittlungen nimmt. Und Herr von Lampeck ist eine hochrangige Persönlichkeit in der Münchener Gesellschaft. Was uns zum nächsten Problem bringt."

„Und das wäre?"

„Herr von Lampeck wird wahrscheinlich nicht persönlich die Bremsen manipuliert haben. Er wird einen Gehilfen beauftragt haben. So jemand macht sich nicht die eigenen Hände schmutzig. Ich will Ihnen keine falschen Versprechungen machen. Natürlich kann ich in dem Fall ermitteln. Wahrscheinlich kann ich den Gehilfen identifizieren. Aber einen Beweis zu finden, der Herrn von Lampeck als Auftraggeber des Anschlags überführt, das wird sehr schwierig werden."

„Versuchen möchte ich es trotzdem. Diese Fehde, wenn man es so nennen mag, dauert nun schon seit vierzehn Jahren an. Und nun ist ein Mensch zu Tode gekommen. Für mich wäre zunächst einmal wichtig, nachzuweisen, ob es tatsächlich ein Unfall war oder ob jemand das Motorrad beschädigt hat. Wenn dem so ist, und Sie vielleicht den Handlanger von Herrn von Lampeck festsetzen können, kann ich immerhin Maßnahmen ergreifen, um mich und meine Familie zu schützen. Wer meinen Kompagnon ermorden lässt, um mir zu schaden, wird irgendwann einmal einen Anschlag auf mein Leben verüben. Oder auf das meiner Tochter."

Der Privatdetektiv nickte. „Ja, auch das habe ich schon erlebt. Gut. Ich habe Kontakte bei der Polizei. Da kann ich wahrscheinlich die Ermittlungsakte einsehen. Und es wäre hilfreich, wenn ich das Motorrad untersuchen könnte. Möglicherweise ist das von der Polizei beschlagnahmt worden. Aber wir werden sehen. Ich berechne zwanzig Mark pro Tag plus Spesen. Ist das möglich für Sie?“

Elsa schluckte. Zwanzig Mark pro Tag waren eine erkleckliche Summe, wenn man rechnete, dass die Ermittlungen wochenlang andauern konnten. Doch dann fiel ihr ein, dass sie ein Millionenvermögen geerbt hatte.

„Das stellt kein Problem dar. Ich verfüge über die entsprechenden Geldmittel. Setzen Sie alles in Bewegung, was notwendig ist, um diesen Fall aufzuklären.“

„Sogar wenn dabei herauskommen sollte, dass es tatsächlich ein Unfall war?“

„Auch dann.“ Sie erhob sich und nickte ihm zu. „Wie verbleiben wir?“

„Ich melde mich bei Ihnen.“

Als sie auf die Straße trat, atmete sie tief durch. Es war ein schöner Frühlingsmorgen. Die Sonne schien. Es war erstaunlich warm. Und Elsa spürte so etwas wie Hoffnung in ihr aufkeimen. Hoffnung darauf, dass sie Hugo von Lampeck endlich das Wasser abgraben konnte.

***

„Ich habe andauernd Kopfschmerzen. Den ganzen Tag. Nur nachts ist es gut. Aber es dauert eine Ewigkeit, bis ich einschlafen kann. Und wenn ich morgens aufwache, sind die Kopfschmerzen gleich wieder da. Es ist zum verrückt werden.“

Isolde bat die Patientin, ein Auge weit zu öffnen. Dann leuchtete sie mit ihrer Lampe hinein. Der Augenhintergrund sah gut aus. Nichts deutete darauf hin, dass das Gehirn angeschwollen war.

„Wie lange geht das schon so?“, fragte sie.

„Schon seit zwei Wochen. Ich weiß mir nicht mehr zu helfen. Haben Sie kein Medikament dagegen? Vielleicht brauche ich ja Morphium?“

Isolde fuhr damit fort, die Frau zu untersuchen. Sie führte neurologische Tests durch, die alle unauffällig waren. Dann setzte sie sich hinter ihren Tisch.

„Wie verbringen Sie denn Ihre Tage?“, fragte sie.

„Die Kopfschmerzen lähmen mich. Ich sitze in meinem Stuhl vor dem Feuer und hoffe, dass die Stunden rasch vorbeiziehen, sodass ich mich bald wieder hinlegen kann.“

„Sie gehen also nicht nach draußen?“

„Wie denn? Mit diesen Kopfschmerzen?“

Isolde nickte. „Das mag sich jetzt etwas paradox anhören, aber ich vermute, dass Ihre Kopfschmerzen genau davon herrühren. Sie haben zu wenig Bewegung, zu wenig frische Luft. Ich werde Ihnen kein Medikament verordnen. Zuerst wäre es wichtig, dass Sie spazieren gehen, zweimal am Tag, einmal morgens, einmal abends. Schlagen Sie ein flottes Tempo an. Ihr Herz soll etwas zu tun bekommen.“

Die Augen der Frau wurden klein. „Das soll eine Behandlung sein? Ich bin gekommen, damit Sie mir ein Medikament geben, das die Kopfschmerzen beseitigt. Stattdessen soll ich spazieren gehen?“

Isolde hörte die Wut in ihrer Stimme. Doch im Gegensatz zu früher berührte sie das nicht mehr. Seit Lotte nach Berlin gegangen war, war sie von einem Panzer umgeben, durch den kaum noch etwas zu ihr drang. Sie zuckte mit den Achseln.

„Natürlich könnte ich Ihnen Morphium verschreiben. Aber das wird ihre Kopfschmerzen nicht lindern. Opioide wirken nicht gegen Kopfschmerzen. Sie führen eher dazu, dass weitere Beschwerden auftreten. Verstopfung vor allem. Und abhängig werden sie auch davon. Sie benötigen immer mehr und können nicht mehr ohne das Zeug leben. Aber Medizin besteht glücklicherweise nicht allein aus Medikamenten. Wenn Sie sich wirklich etwas Gutes tun wollen, machen Sie eine Wasserkur. Gehen Sie nach Bad Wörishofen. Der Pfarrer Kneipp, der dort im letzten Jahrhundert gewirkt hat, hat die besten Methoden aufgezeigt, um mit Beschwerden wie den Ihren umzugehen."

„Eine Wasserkur? Das ist jetzt nicht Ihr Ernst."

„Doch, das ist es. Gegen akute Kopfschmerzen kann Ihnen auch Pfefferminzöl helfen. Ich schreibe Ihnen etwas auf, dass der Apotheker mischen kann. Er soll viel Alkohol verwenden. Damit reiben Sie sich dann die Schläfen und den Nacken ein."

„Pfefferminzöl? Das wird ja immer besser." Die Frau stand auf, warf Isolde einen wütenden Blick zu und stürmte aus dem Zimmer.

Isolde sah ihr hinterher. Früher hätte sie vielleicht versucht, die Frau zurückzuholen. Ihr zu erklären, warum sie keine Medikamente verordnete, sondern eher Bewegung und Pflanzenöl. Aber sie hatte nicht die Kraft dazu. Natürlich hatte sie es sich selbst eingebrockt. Sie hätte von Anfang an einfühlsamer mit der Patientin umgehen müssen. Aber sie konnte nicht mehr. Sie ertrug es nicht mehr, freundlich zu sein. Wofür? Die Welt hatte ihre Farbe verloren. Sie ging hinaus ins Vorzimmer.

„Was haben Sie denn der Frau Geheimrat getan?", fragte Katharina.

„Bewegung und Pfefferminzöl statt Morphium", sagte Isolde.

Berta, die neben der Arzthelferin stand, seufzte. „Ich glaube nicht, dass die Frau Geheimrat davon sehr begeistert war."

„Wie man sieht. Es tut mir leid, wenn ich wieder einmal geschäftsschädigend gehandelt habe. Aber ich werde niemandem ein schweres Medikament verordnen, der nur etwas Bewegung braucht."

Berta hob die Hände. „Ich habe dir nicht vorgeworfen, geschäftsschädigend zu sein. Es ist schon in Ordnung. Deine Empfehlung war richtig. Und trotzdem wird die Frau Geheimrat sich bei ihren Freundinnen über uns beklagen. Na ja, es ist wie es ist. Hast du einen Moment?"

Sie gingen in Bertas Büro. Berta nahm hinter ihrem Tisch Platz und sah Isolde an. „Ich kann das nicht mehr mit ansehen."

Isolde runzelte die Stirn. „Was meinst du?"

„Es geht dir nicht gut. Ich habe mich nie in deine privaten Angelegenheiten gemischt. Aber ich vermute, dass dir irgendetwas zu schaffen macht. Was ist los, Isolde?"

Isolde spürte, wie ihr die Tränen kamen. Sie versuchte, sie zurückzuhalten. Aber es wollte ihr nicht gelingen.

„Ich weiß, dass ich keine große Hilfe in der Praxis bin“, schluchzte sie. „Vielleicht wäre es besser, wenn ich nicht arbeiten würde. Aber andererseits. Wenn ich daheimsitze, wird es auch nicht besser.““

„Weißt du, warum es dir so geht?“

Isolde nickte. „Das hört sich jetzt vielleicht seltsam an. Aber es ist eine unglückliche Liebesgeschichte. Eine sehr unglückliche Liebesgeschichte.“

Sie hatte erwartet, dass ein nachsichtiges Lächeln auf Bertas Lippen erscheinen würde. Doch ihre Freundin nickte nur.

„Das schlägt oft die schlimmsten Wunden. Gut, was machen wir jetzt?“

„Vielleicht wäre es am besten, wenn ich mich für ein oder zwei Monate aus der Praxis zurückziehe. Ich gleiche dir natürlich den dadurch entstehenden Verlust aus.“

Berta winkte ab. „Hast du dir einmal unsere Zahlen angesehen? Wir haben Umsätze, von denen ich nie zu träumen gewagt hätte. Ehrlich gesagt könnte ich die Praxis auch alleine betreiben. Das wäre wirtschaftlich. Nicht dass ich das möchte“, fügte sie schnell hinzu, „ich arbeite gerne mit dir. Ich wollte nur sagen, dass es nicht so schlimm wäre, wenn du ein paar Monate Pause machst. Finde zu dir. Und dann komm wieder.“

Isolde atmete tief durch. „Ja, du hast recht. Ich hoffe, ich bin dir dann wieder willkommen.“

Berta lächelte. „Du bist mir jederzeit willkommen. Wir mögen Geschäftspartnerinnen sein. Aber wir sind auch Freundinnen. Und Freundinnen müssen sich beistehen, wenn es einem schlecht geht.“

Sie erhob sich, trat auf Isolde zu und nahm sie in die Arme.

„Weißt du schon, wie du die Zeit für dich nutzen willst?", fragte sie. „Es wäre wahrscheinlich klug, wenn du nicht in deinem Zimmer sitzt und die Wand anstarrst."

Isolde zuckte mit den Achseln. „Vielleicht sollte ich wieder auf Reisen gehen. Das hat mir früher geholfen. Mal schauen."

Sie umarmten sich noch einmal, dann ging Isolde in ihr Büro. Es war Abend und sie packte ihre Tasche zusammen. Als sie die Praxis verließ, verabschiedete sie sich von Katharina. Sie ging hinaus auf die Straße und atmete die frische Abendluft ein. Es tat gut. Und es fühlte sich frei an. Vielleicht war das der erste Schritt, um Lotte vergessen zu können.

Kapitel 33

München, Montag, 30. März 1914

Der Anruf kam an einem Montagmorgen. „Ich habe Neuigkeiten für Sie", hatte Loder gesagt. Elsa hatte nicht lange gezögert, sich einen Mantel übergeworfen und war mit der Tram in die Innenstadt gefahren. Mit klopfendem Herzen stieg sie die Treppe zu seinem Büro nach oben. Er saß wieder hinter dem Schreibtisch und musterte sie mit ruhigem Blick.

„Was gibt es? Haben Sie herausgefunden, ob es ein Mord war? Und haben Sie den Mörder gefunden?"

Auf den Lippen des Mannes erschien ein schmales Lächeln. „Auf beide Fragen kann ich Ihnen mit einem ‚Ja' antworten."

Elsa hielt den Atem an.

„Fangen wir vielleicht einmal damit an, ob es ein Mord gewesen ist. Sie wissen, dass Mord ein juristisch streng gefasster Begriff ist. Dieser setzt Heimtücke und Vorsatz voraus. Und ich denke, dass wir hier auch von beidem ausgehen können. Ich konnte mir das Motorrad näher ansehen, ehe es der Familie von Herrn Maierhöfer zurückgegeben wurde. Ich habe selbst eine solche Maschine und kenne mich ein wenig mit der Technik aus. Die Bremse wird über Kabel betrieben. Diese Kabel waren durchgeschnitten. Auf beiden Seiten."

„Und Sie sind sicher, dass sie nicht einfach nur gerissen sind?"

„Absolut sicher. Die Kabel sind relativ dick. Die Enden wurden glatt und sauber durchtrennt, vermutlich mit einer Zange. Das ist heimtückisch. Und zumindest mit der Absicht geschehen, dass der Besitzer des Motorrads sich schwer verletzt. Wir können also davon ausgehen, dass der Unfall absichtlich herbeigeführt wurde. Und dass es sich tatsächlich um Mord handelt."

„Sie hatten gesagt, dass Sie auch wissen, wer das getan haben könnte?"

„Ich habe mich ein wenig umgehört. Das ist jetzt etwas kniffliger. Ich weiß, dass Herr von Lampeck einen Handlanger hat, der diverse Dienste für ihn erledigt. Auch das hat mein Kontakt bei der Polizei herausbekommen. Es gab nämlich schon einmal einen Vorfall, als dieser Bedienstete des Herrn von Lampeck einen Kutscher zusammengeschlagen hat. Der Bankier hat sich persönlich dafür eingesetzt, dass die Sache nicht vor Gericht kam. Mein Kontakt bei der Polizei hat mir gesagt, dass das nicht das erste Mal gewesen sei, und dass unser Verdächtiger wohl die Drecksarbeit für Herrn von Lampeck erledigt."

Elsa lehnte sich zurück. „Das bedeutet aber nicht, dass Sie einen Beweis dafür haben, dass der Handlanger die Bremskabel durchtrennt hat, oder?"

Der Detektiv schüttelte den Kopf. „Noch nicht. Ich habe die Fotografie in meinen Besitz bekommen können, die bei seiner Verhaftung angefertigt wurde. Wenn ich herausbekommen kann, wo das Motorrad abgestellt war, ehe Herr Maierhöfer damit zu seiner letzten Fahrt aufgebrochen ist, kann ich nach Zeugen suchen, die den Mann auf der Fotografie wiedererkennen. Daraus könnten wir schlussfolgern, dass er in der Nähe war. Vielleicht können wir dann genügend Druck aufbauen, um ihn zu einem Geständnis zu bringen.“

Elsa runzelte die Stirn. „Das sind mir ziemlich viele Unsicherheiten. Meinen Sie nicht, dass wir einen eindeutigeren Beweis finden könnten? Ich weiß nicht, in einem Roman habe ich von Fingerabdrücken gelesen.“

„Dafür müssten wir das entsprechende Werkzeug finden und beweisen können, dass er dieses benutzt hat, um die Kabel durchzuschneiden. Das wird nicht gelingen. Was wir bräuchten, wäre ein Geständnis. Am besten ein schriftliches. Aber das wird schwierig zu erlangen sein.“

„Gut. Wie würden Sie vorgehen?“

„Ich würde nun damit beginnen, herumzufragen, ob jemand in der fraglichen Nacht den Verdächtigen in der Nähe des Motorrads gesehen hat. Wenn ja, können wir versuchen, ihn festzunageln.“

Elsa dankte ihm und erhob sich. „Sie haben sehr viel herausgefunden. Es ist schon einmal gut, dass ich nun weiß, dass es kein Unfall war.“

Er nickte. „Andererseits bedeutet das, dass Sie auf sich Acht geben müssen. Wenn Herr von Lampeck zu so etwas fähig ist, könnte er auf die Idee kommen, Sie ins Visier zu nehmen.“

„Ja. Ich werde Sicherheitsvorkehrungen treffen. Aber nun zu Ihrer Frage: Herr Maierhöfer hat seine letzte Fahrt vor meiner Sattlerei begonnen. Wir hatten zuvor über Geschäftliches gesprochen und er war danach aufgebrochen. Sein Motorrad muss vor meiner Tür geparkt worden sein. Sie fragen also am besten meine Nachbarn, ob sie etwas gesehen haben.“

Elsa verließ die Detektei und ging hinunter auf die Straße. Sie schloss die Augen und atmet noch einmal tief durch. Der erste Schritt war getan. Ihr Gefühl hatte sie nicht getrogen. Von Lampeck steckte hinter dem Mord an Thomas. Dafür würde er büßen.

***

Hilde fröstelte es. Sie rieb sich die Hände, die schon ganz weiß waren. Aber es war ihr gleichgültig. Und wenn sie noch weitere zwei Stunden hier stehen würde. Sie würde nicht ruhen, bis sie Hermann abgepasst hatte. Die Glocke läutete und eine Schar Jungen kam wenig später aus der Tür gestürmt. Das waren Sextaner. Die Oberprimaner, zu denen Hermann gehörte, würden gemessenen Schrittes aus dem Gebäude kommen. Schließlich waren sie Abiturienten und da musste man eine gewisse Würde bewahren, wie ihr Bruder nicht müde wurde, zu betonen.

Da war er. Er unterhielt sich mit einem gleichaltrigen Schüler. Die beiden spazierten langsam aus dem Schulgelände. Dort verabschiedeten sie sich. Der Schulfreund ging in die andere Richtung, während Hermann sich ihr zuwandte. Als er sie erkannte, erbleichte er. Wie damals, als sie ihn bei dem Unfallort gesehen hatte. Sie ahnte nun, warum.

„Hilde“, flüsterte er. „Was machst du hier?“

„Ich muss mit dir reden.“

„Ich darf nicht. Der Großvater hat es mir verboten.“

323

„Ich hatte bisher nicht so den Eindruck, dass du dich immer an alles hältst, was dein Großvater dir verbietet.“

Sie sah, dass sein Adamsapfel auf und ab hüpfte.

„Ich kann nicht mit dir reden, Hilde.“

„Warum nicht? Nur weil dein Großvater es verboten hat oder weil du dir nicht anhören willst, was ich zu sagen habe.“

Er sah zu Boden.

„Du warst auch an dem Unfallort. Du hast gesehen, was passiert ist. Der Mann, der gestorben ist. Er war der Geschäftspartner meiner Mutter. Deiner Mutter. Es war kein Unfall. Wir haben Beweise dafür, dass die Bremskabel des Motorrads durchgeschnitten wurden. Und wir wissen auch, wer sie durchgeschnitten hat. Es war ein Mann, der in den Diensten deines Großvaters steht.“

Er sah sie an. Seine Augen funkelten. „Wie wollt ihr das wissen?“

Hilde atmete tief durch. „Meine Mutter hat einen Privatdetektiv beauftragt. Er hat den Mann gefunden, der die Bremskabel durchgeschnitten hatte. Er arbeitet für deinen Großvater. Und wenn er gesteht, dass er in seinem Auftrag gehandelt hat, kann dein Großvater des Mordes angeklagt werden.“

Hermann wurde eine weitere Spur bleicher. Er kaute auf seiner Unterlippe herum und Hilde sah, dass sich dort schon mehrere kleine Blutstropfen gebildet hatten.

„Hermann. Dein Großvater könnte ein Mörder sein. Das, was er unserer Mutter vorwirft, ist er selbst. Ich weiß nicht, wie groß die Schuld ist, die meine Mutter am Tod deines Vaters trägt. Aber ich kann mir nicht vorstellen, dass sie wollte, dass er stirbt. Was dein Großvater nun tut, ist viel perfider. Er versucht, unsere Mutter zu treffen, und nimmt dabei in Kauf, dass andere Menschen verletzt werden oder sterben. Und warum? Aus Rache?"

Hermann sah sie an. Seine Augen glänzend. Waren das Tränen?

„Ich muss jetzt gehen, Hilde."

Er eilte an ihr vorbei. Sie rief ihm nach, doch Hermann drehte sich nicht mehr um. Hilde schloss die Augen und kämpfte nun auch gegen die Tränen an. Hatte sie ihn verloren, den Bruder, den sie erst wiedergefunden hatte? Sie rieb ihre klammen Hände und ging nach Hause.

***

Isolde saß unter dem persischen Pavillon im Garten der väterlichen Villa. Wie viele Stunden hatte sie in ihrer Jugend hier verbracht, Bücher gelesen, sich in ferne Länder geträumt? Später war sie dorthin gereist und hatte viel erlebt. Und nun war dieser Pavillon wieder zu ihr und Elsa zurückgekehrt. In den Schoß der Familie. Ebenso wie die Villa.

„Dachte ich mir doch, dass ich dich hier finde", hörte sie Elsa sagen. Sie sah auf. Ihre Schwester trat durch den Rosenbogen. Für einen Moment blitzte vor Isoldes innerem Auge eine Szene auf, die sie an diesem Ort erlebt hatte. Die massige Gestalt ihres Vaters, die am schmiedeeisernen Bogen hinab rutschte. Sie, wie sie vor ihm kniete, verzweifelt, hilflos.

„Manche Dinge ändern sich eben nicht“, sagte sie. Es fiel ihr selbst auf, dass ihre Stimme tonlos klang. Und ganz offensichtlich war es auch ihrer Schwester nicht entgangen.

„Was ist denn los? Du machst ein Gesicht wie sieben Tage Regenwetter.“

Isolde schwieg. Sie sah zu Boden.

„Du willst es nicht sagen. Das ist in Ordnung. Aber raten darf ich, oder? Nun, du bist nicht der Typ, der sich von beruflichen Querelen aus der Bahn werfen lässt. Es hat nichts mit deiner Arbeit zu tun?“

Isolde blieb ihr eine Antwort schuldig. Ein Teil von ihr hoffte, dass Elsa aufgeben und gehen würde. Doch ein anderer Teil war sehr froh, dass ihre Schwester jetzt bei ihr war.

„Gut, das ist es nicht. Mit dem Onkel und mit Zenzi hat es auch nichts zu tun. Das hätte ich mitbekommen. Dann bleibt nur noch die Liebe.“

Ihre Augen weiteten sich. „Lotte und du. Ihr habt euch gestritten. Nicht wahr?“

Isolde sah auf. „Wenn es doch nur das wäre“, flüsterte sie. „Es ist vorbei.“

„Vorbei? Was soll das heißen?“

„Lotte ist nach Berlin gezogen, um dort für die Partei zu arbeiten. Und daran ist unsere Beziehung zerbrochen.“

Elsa reagierte nicht so, wie Isolde es erwartet hatte. Sie legte ihrer Schwester eine Hand auf den Unterarm und sah sie an. „Das tut mir leid“, sagte sie. Ihre Augen glänzten und aus dem Winkel floss eine Träne über ihre Wange. „Das tut mir so leid für dich. Für euch. Ihr wart so ein schönes Paar. Und ich hatte mich so darüber gefreut, dass du endlich wieder glücklich warst."

Isolde schluchzte. „Ja. Ich hätte nie gedacht, dass ich nach Emilys Tod noch einmal glücklich werden könnte. Und ich war es. Für eine kurze Zeit. Aber es sollte nicht sein."

„Meinst du ... meinst du, es ist für immer? Eure Trennung meine ich."

Isolde zuckte mit den Achseln. „Ich kann mir nicht vorstellen, dass eine Liebe über diese Entfernung hält. Ich vermisse sie so sehr. Sie hat mir so gutgetan. Und ich hoffe, ich habe ihr auch gutgetan. Aber nun trennen uns Hunderte von Kilometern. Berlin ist weit weg. Ich weiß nicht, wie wir noch einmal zueinanderfinden sollten."

Nun brachen sich die Tränen ihre Bahn und Isolde hielt die Hände vors Gesicht. Sie spürte, wie Elsa ihren Arm um ihre Schultern legte und sie an sich drückte. Isolde ließ es geschehen. Sie weinte, wie sie schon seit Jahren nicht mehr geweint hatte. Alle Sorge, alle Verzweiflung, alle Traurigkeit floss aus ihr heraus. So saß sie eine lange Weile da. Schließlich spürte Isolde, wie sich ein klein wenig ihrer Anspannung löste. Sie schluchzte.

„Und jetzt muss ich wieder in mein Zimmerchen bei Onkel Max, wo ich die Wand anstarre. Ich weiß nichts mit mir anzufangen. Arbeiten kann ich nicht, ich habe mir freigenommen. Aber zu Hause sitzen, das geht auch nicht. Ich bin die letzten zwei Tage sehr viel spazieren gegangen. Aber dann komme ich wieder an Stellen vorbei, an denen ich mit Lotte glücklich war. Am liebsten würde ich schlafen, bis das alles vorbei ist."

Elsa legte den Kopf schief. „Warum wohnst du nicht hier? Hilde würde sich sicher freuen.“

Isolde runzelte die Stirn. „Ich soll bei euch wohnen?“

„Platz wäre genug. Dein altes Zimmer müssten wir wieder ein wenig herrichten, oder du suchst dir ein anderes aus. Berlitz hat eine Bibliothek eingerichtet. Das fand ich sehr passend.“

Isolde spürte, wie ihre Mundwinkel leicht nach oben zuckten. Die Vorstellung, dass ihr altes Zimmer in einen Hort für Bücher umgewandelt worden war, freute sie.

„Ich habe auch schon überlegt, ob ich nicht den Onkel und Zenzi frage, ob sie zu uns ziehen wollen. Wie gesagt, Platz wäre genug. Und der Onkel hätte es immer warm. Von Berlitz hat eine moderne Zentralheizung einbauen lassen. Die heizt den Fußboden auf. Hast du so was schon mal gehört?“

Isolde schüttelte den Kopf. „Das ist eine schöne Vorstellung. Dass wir alle wieder unter einem Dach leben.“

„Es muss ja auch nicht für immer sein“, sagte Isolde. „Aber du sagst ja selbst: Zurzeit ist es nicht gut, wenn du allein bist. Und wenn du einmal wieder genug davon hast, mit uns zusammen zu leben, ziehst du eben wieder aus. Aber es gibt Zeiten, da ist es wichtig, die Familie in der Nähe zu haben. Und ich glaube, für dich ist gerade so eine Zeit angebrochen.“

Isolde spürte, wie sich ihre Augen mit Tränen füllten.

„Ja. Ihr seid meine Familie, du, Hilde, der Onkel und Zenzi. Das ist schön. Aber glaubst du, der Onkel gibt wirklich seine Villa auf?“

Elsa lächelte. „Ich glaube, er wird sich freuen, wenn er mit uns zusammenleben kann. Er hängt nicht an materiellen Dingen. Und Zenzi wird sich freuen, wenn sie in einer modern eingerichteten Küche kochen kann. Stell dir mal vor, jeden Tag frischer Apfelstrudel."

Nun war der Bann gebrochen und die beiden Schwestern lachten fröhlich.

KAPITEL 34

München, Mittwoch, 1. April 1914

Elsa sah an der Mietskaserne hinauf. Es war einer dieser Wohnblöcke in der Vorstadt, die zwar kein Elendsquartier waren, die aber doch als Absteige für Menschen dienten, die es nicht hoch hinaus geschafft hatten im Leben.

„Soll ich Sie nicht doch nach oben begleiten?", fragte Loder.

Elsa schüttelte den Kopf. „Der Mann wird keine Gefahr für mich darstellen. Er geht heimlich vor. Wir sind uns sicher, dass er nicht nur die Bremskabel an Maierhöfers Motorrad durchtrennt, sondern dass er auch den Gurt von Mondscheins Sattel manipuliert hatte. Das ist seine Methode. Ein Messer in der Nacht, geführt nicht gegen die Person selbst. Ein Feigling, dem es um schnell verdientes Geld geht. Warten Sie im Treppenhaus. Wenn ich in einer Viertelstunde nicht wieder da bin, folgen Sie mir bitte."

Sie öffnete die Haustür und stieg die Treppe nach oben. An der Tür im dritten Stock fehlte ein Namensschild. Das musste die Wohnung sein, die Loder ihr beschrieben hatte. Sie klopfte. Gleich darauf hörte sie Schritte. Die Tür wurde geöffnet. Der Mann, der nun vor ihr stand, überraschte sie. Er war einen halben Kopf kleiner als sie. Ein drahtiges, dürres Männchen mit einem buschigen Schnurrbart. Die blonden Haare waren zerzaust. Die Augen waren blassgrau. Er musterte sie. Dann schien er zu verstehen, wer da vor seinem Unterschlupf aufgetaucht war, denn mit einem Mal schlich sich ein furchtsamer Ausdruck in seinen Blick. Sie sah, dass seine Hand zur Tür ging. Er wollte sie wieder zuschlagen.

„Halt!", rief Elsa.

Er hielt inne. Sie stellte rasch einen Fuß zwischen Zarge und Tür.

„Ich muss mit Ihnen reden. Am besten nicht hier. Lassen Sie mich ein."

Der Mann musterte sie wieder. „Wozu?"

Er schien die Fassung ein wenig wiedergewonnen zu haben.

„Über den Mordversuch an Herrn Weissenberger und den Mord an Thomas Maierhöfer", sagte sie kalt.

„Ich weiß nicht, wovon Sie reden", sagte der Mann, doch ein leichtes Zittern in seiner Stimme verriet seine Furcht.

„Dann erkläre ich es Ihnen. Aber wie gesagt, ich würde das am liebsten in Ihrer Wohnung tun. Wahrscheinlich haben Sie nicht oft Damenbesuch, aber trotzdem wäre es seltsam, wenn wir das hier auf dem Gang besprechen, wo jeder uns hören kann."

Er sah sie wieder einen Moment an, dann trat er zur Seite und ließ sie ein. Die Wohnung war ein Loch, anders konnte man es nicht bezeichnen. Sie bestand aus zwei Räumen, einer Art Küche mit einem Herd und einem Schlafzimmer. Elsa setzte sich auf den Stuhl an dem wackeligen Tisch in der Küche. Es war das einzige Sitzmöbel, sodass der Verdächtige stehen musste.

„Wie kommen Sie darauf, dass ich jemanden ermordet haben sollte?", fragte er.

„Ich habe meine Quellen", sagte Elsa. Sie hatte lange mit Loder darüber gesprochen, wie sie am besten vorgehen sollte. Und sein Vorschlag, dass sie es so darstellen sollte, als ob sie absolut unwiderlegbare Beweise für die Schuld des Mannes habe, hatte ihr am meisten zugesagt.

„Wir haben Zeugen, die Sie gesehen haben, sowohl in der Nacht, als der Sattelgurt durchgeschnitten wurde, als auch vor meiner Werkstatt, wie Sie mit einer Zange das Motorrad von Herrn Maierhöfer manipuliert haben."

Sie sah, dass der Mann eine Spur bleicher wurde. „Warum gehen Sie dann damit nicht zur Polizei?", fragte er.

„Weil es mir nicht darum geht, dass Sie bestraft werden. Mir ist klar, dass Sie nicht aus eigenem Antrieb gehandelt haben. Es gibt jemanden, der dahinter steckt. Jemanden, der Sie beauftragt hat. Und ich bin mir sehr sicher, zu wissen, wer das war."

Der Mann wurde noch bleicher. Er schüttelte den Kopf „Ich weiß nicht, wovon Sie reden."

„Doch, das wissen Sie. Ich will auch nicht lange um den heißen Brei herumreden. Ich weiß, dass Hugo von Lampeck hinter all dem steckt. Er will mich und meine Geschäfte vernichten. Aber er hat sich die Falsche ausgesucht. Das werden Sie schmerzhaft erfahren, wenn Sie nicht mit mir zusammenarbeiten."

Der Verdächtige schüttelte wieder den Kopf. „Ich weiß von nichts", jammerte er.

„Ich kann mir vorstellen, dass es schwierig für Sie ist, gegen Herrn von Lampeck auszusagen. Der Mann ist gefährlich. Wahrscheinlich weiß das niemand besser als Sie. Aber wenn Sie mir nicht helfen, werde ich Sie an die Polizei ausliefern. Wie gesagt, wir haben Beweise. Unwiderlegbare Beweise. Sie stecken hinter diesen beiden Anschlägen. Und der Richter wird Sie ganz sicher zum Tode verurteilen."

„Das wird er ohnehin tun", rief der Mann. „Niemand wird mir glauben, wenn ich sage, dass ich von jemand anderem beauftragt worden bin."

„Darüber müssen Sie sich keine Sorgen machen", sagte Elsa. „Ich verschaffe Ihnen eine Möglichkeit, wie Sie straffrei ausgehen können. Sie müssen mir nur ein notariell beglaubigtes Geständnis abliefern."

„Wie soll das gehen? Wenn ich ein Geständnis abliefere, werde ich auch verurteilt."

Elsa schüttelte den Kopf. „Sie würden nur verurteilt werden, wenn man Ihrer habhaft würde. Ich biete Ihnen einen Ausweg. Ein neues Leben. Ich gebe Ihnen einhunderttausend Mark und stelle Kontakt zu Leuten her, die Ihnen eine neue Identität geben werden. Sie können irgendwo anders von vorne beginnen. Im Reich oder wenn Sie mögen auch in einem Schutzgebiet. Deutsch-Ostafrika kann ich Ihnen sehr empfehlen."

Die Augen des Mannes weiteten sich. „Hunderttausend Mark? Das kann nicht Ihr Ernst sein?"

Genau das hatte der Privatdetektiv auch zu ihr gesagt. Immerhin handelte es sich hier um einen Mörder. Unter anderen Umständen hätte sie nicht mit der Wimper gezuckt, ihn seiner gerechten Strafe zukommen zu lassen. Aber das hier war ein sehr spezieller Fall.

„Ich will Ihnen nicht verhehlen, dass es mir lieber wäre, wenn Sie unter der Guillotine landen würden. Sie haben einen Menschen auf dem Gewissen und sind für die Lähmung eines anderen verantwortlich. Aber Sie sind nur ein Werkzeug. Ich will den bestrafen, der hinter Ihnen steht. Und dafür benötige ich Ihr Geständnis."

„Wie weiß ich, ob ich Ihnen trauen kann?"

„Ich gebe Ihnen das hier."

Sie holte einen Scheck aus ihrer Tasche und reicht ihn dem Mann. Als er die Summe sah, die sie darauf geschrieben hatte, hüpfte sein Adamsapfel hektisch auf und ab. „Zehntausend Mark?"

„Das ist eine Anzahlung. Die restlichen Neunzigtausend erhalten Sie, wenn Sie mit mir beim Notar waren. Keine Sorge. Der ist mir zur Verschwiegenheit verpflichtet. Sie werden ein Geständnis abliefern und das notariell beglaubigen lassen. Dann haben wir einen weiteren Zeugen. Ich bekomme Ihre Aussage, Sie das Geld."

Der Mann sah sie lange an. Schließlich ließ er seine Schultern sinken und sagte: „Gut. Wenn ich schon keine Wahl habe, dann wähle ich doch den Weg, den Sie mir anbieten."

Elsa erhob sich und ging zur Tür. Sie drehte sich noch einmal um. „Und kommen Sie nicht auf die Idee, Herrn von Lampeck vorzuschlagen, mein Angebot zu überbieten. Ich habe meine Augen überall. Ich beobachte jeden Schritt, den Sie tun. Ich habe Spitzel auf Sie angesetzt. Wenn Sie bei Herrn von Lampeck vorsprechen, weiß ich es zehn Minuten später."

Er nickte nur. Sie wandte sich um und ging hinunter ins Treppenhaus. Loder sah sie mit einem fragenden Blick an.

Elsa nickte ihm zu. „Lassen Sie uns rasch einen Termin beim Notar machen, ehe er es sich anders überlegt."

***

Hermann atmete tief durch, dann klopfte er an die Tür des Arbeitszimmers des Großvaters. Ein lautes „Herein!" ertönte. Er trat ein und schloss die Tür hinter sich. Hugo von Lampeck saß hinter seinem Schreibtisch. Er sah seinen Enkel mit einem kurzen Blick an, dann widmete er seine Aufmerksamkeit wieder dem Papier, das er gerade gelesen hatte.

„Was gibt es?", fragte der Großvater.

„Der Geschäftspartner meiner Mutter ist zu Tode gekommen. Bei einem Motorradunfall."

Hugo von Lampeck sah nicht von dem Papier auf. „Das ist bedauerlich für sie. Aber ehrlich gesagt interessiert es mich nicht."

„Warum? Ein Mann hat ausgesagt, dass Sie ihn beauftragt hätten, die Bremskabel an dem Motorrad durchzuschneiden. Ebenso wie den Sattelgurt des Jockeys von Mondschein."

Nun sah der Großvater auf. Er musterte Hermann mit zusammengekniffenen Augen. „Woher weißt du davon?"

„Ich weiß es. Und das zählt. Ich möchte von Ihnen nur eines wissen. Ist es wahr?"

Der Großvater legte das Papier weg. Er nahm die kleine Brille von seiner Nase, holte ein Taschentuch hervor und begann, damit die Gläser sorgfältig abzureiben.

„Also? Wissen Sie davon?", drängte Hermann, den die zur Schau getragene Gelassenheit seines Großvaters nervös machte.

Hugo von Lampeck setzte die Brille wieder auf. „Wenn du einmal in meiner Position sein wirst, wirst du einsehen, dass im Leben bisweilen Entscheidungen getroffen werden müssen, die nach außen hin hart erscheinen."

„Das heißt, Sie haben entschieden, dass der Geschäftspartner meiner Mutter sterben soll?"

„Ich konnte nicht zulassen, dass ihre Geschäfte Erfolg haben. Also war ein kleiner Eingriff notwendig. Es ist bedauerlich, dass jemand dabei zu Tode kommen musste. Aber ehrlich gesagt, um diesen Fahrradhändler ist es nicht schade."

Wieder wallte die Wut in Hermann auf. Doch dieses Mal ließ er zu, dass sie sich ihre Bahn brach.

„Zählt ein Menschenleben nichts für Sie?"

„Für mich zählt vor allem das Wohl unserer Familie. Und wenn das in Gefahr ist, bin ich bereit, jedes Opfer zu bringen."

„Das Wohl unserer Familie? Wohl vor allem Ihre Rache! Sie stellen sich über das Gesetz. Was ist mit der Aussage, die gegen Sie steht? Haben Sie keine Angst, dass Sie sich verantworten müssen?"

Auf den Lippen des Großvaters erschien ein Schmunzeln. „Was ist die Aussage eines Tagediebes denn schon wert. Ich bin ein Ehrenmann. Ich werde alles abstreiten und der Richter, ein Mann aus meinem Stand, wird mir glauben. Damit ist die Sache erledigt."

Hermann schnaubte. „Damit ist gar nichts erledigt. Sie sind und bleiben ein Mörder!"

Mit einem Mal wurde das Gesicht des Großvaters knallrot. „Was erlaubst du dir? Das ist unerhört. Ich habe dich in meinem Haus aufgenommen, habe dich an deines Vaters Stelle zum Mann erzogen. Und du wirfst mir vor, ich sei ein gewöhnlicher Verbrecher?"

„Wie würden Sie es nennen? Sie haben den Tod zweier Menschen geplant und einen Handlanger dafür bezahlt, Ihre Pläne umzusetzen. Vor dem Gesetz sind Sie ein Mörder."

„Das Gesetz mag für andere gelten. Ich habe getan, was getan werden musste. Aber ich habe genug gehört. Geh auf dein Zimmer. Du hast Hausarrest. Du kannst froh sein, dass ich dich nicht züchtige. In so einem Ton mir zu sprechen. Was für eine Unverschämtheit! Offenbar hat mehr von deiner Mutter auf dich abgefärbt, als mir lieb sein kann. Es war ein Fehler, dir diese verdorbenen Züge nicht auszutreiben. Aber ich habe daraus gelernt. Du wirst mir nicht mehr frech werden. Verschwinde!"

Hermann verließ das Büro. Seine Hand zitterte. Seine Füße wollten ihn zur Treppe tragen. Doch er schüttelte den Kopf. Er hatte genug gehört. Er musste mit Hilde sprechen.

***

„Du siehst furchtbar aus", sagte Anita. Sie nahm Isolde gegenüber Platz und bestellte bei der Kellnerin

337

ein Glas Weißwein. Isolde trank einen Schluck Bier und sagte: „Ich schätze deine offene Art, Anita, aber manchmal sagst du auch Dinge, die ich einfach nicht hören will."

Das altbekannte Schmunzeln erschien auf den Lippen der Frauenrechtlerin. „Also, schieß los. Was ist dir über die Leber gelaufen?"

„Eine unglückliche Liebe."

Anita seufzte. „Du hast kein Glück mit Frauen, oder? Emily hast du an die Tuberkulose verloren. Wie ist es dir mit deiner Charlotte ergangen?"

„Ich habe sie an Rosa Luxemburg verloren", sagte Isolde mit tonloser Stimme.

Anita runzelte die Stirn. „Ich vermute, dass du das im übertragenen Sinn meinst. So, wie ich Frau Luxemburg kenne, ist sie eher Männerbekanntschaften zugeneigt."

Isoldes schnaubte. „Ja, natürlich meine ich das im übertragenen Sinne. Charlotte hat sich für die Sozialdemokratie entschieden. Sie ist nach Berlin gegangen, um sich dort zu einer Parteisoldatin schleifen zu lassen."

Die Runzeln auf Anitas Stirn wurden nicht kleiner. „Ja, und? Ich sehe noch nicht, was das mit eurer Liebe zu tun haben sollte."

„Ich habe unsere Beziehung beendet, weil ich nicht wollte, dass sie durch unsere räumliche Trennung einen langsamen und elenden Tod stirbt."

Anita seufzte noch einmal. „Dann ist das Problem weniger, dass Charlotte sich entschieden hat, ihrem Traum zu folgen und in Berlin Karriere zu machen, als in deiner aus den Fugen geratenen Vorstellungskraft zu finden, oder?"

Isolde spürte, wie eine Welle der Wut durch ihren Körper wusch. Wie konnte es sein, dass Anita so mit ihr sprach? Elsa und Hilde hatten sie getröstet. Auch Berta war verständnisvoll gewesen. Dem Onkel hatte sie gar nicht gesagt, dass sie und Lotte kein Paar mehr waren, weil sie befürchtet hatte, dass der alte Mann in Tränen ausbrechen könnte. Und das wollte sie ihm nicht antun. Aber Anita? Anita schien gar nicht zu verstehen, worum es ihr ging.

„Da redet gerade die Richtige. Bei dir ist die Beziehung mit Sophia in die Brüche gegangen, als ihr nicht mehr zusammengelebt habt."

Anita schmunzelte. „Das hatte viele Gründe. Und sei dir versichert, die Entfernung zwischen Zürich und München war nicht der Anlass dafür, warum Sophia und ich uns getrennt haben."

„Aber es hat dazu beigetragen, oder?"

„Jetzt sei doch nicht so stur. Nur, weil du dir nicht vorstellen kannst, dass eine Beziehung über eine Zeit und einen Raum hinweg hält, heißt das nicht, dass das nicht gelingen kann. Ich habe euch nur kurz zusammen erlebt. Aber ich hatte den Eindruck, dass ihr glücklich miteinander seid. Und zwar nicht nur verliebt glücklich. Sondern wirklich glücklich. Ihr beide habt mir wie ein gut zusammenpassendes Paar ausgesehen. Und deshalb finde ich es bedauerlich, wenn du das wegwirfst, nur weil du dir einbildest, es könnte nicht funktionieren, sich über die Entfernung hinweg weiter zu lieben."

Isolde leckte sich über die Lippen. Die Kellnerin brachte den Weißwein und Anita trank einen Schluck.

„Ich hoffe, du weißt, warum ich so mit dir rede. Ich habe dich schon einmal daran hindern müssen, dich aufzugeben. Damals, als du aus Venedig zurückgekehrt bist, nachdem Emily gestorben war. Aber das war eine andere Situation. Die hast nicht du herbeigeführt. Die jetzige dagegen schon.“

Isolde spürte, wie sich die Wut, die sich in ihrem Bauch breitgemacht hatte, langsam auflöste und einem anderen Gefühl Raum gab. War das Scham? Sie sah auf den Tisch.

„Ich ... ich habe den Gedanken nicht ertragen, hier in München zu sitzen und mir Sorgen um Lotte zu machen. Sie schreckt vor keiner Gefahr zurück, wenn es darum geht, ihre Revolution voranzutreiben. Ich hatte so große Angst, sie zu verlieren. So wie Emily damals.“

„Und weil du Angst davor hattest, sie zu verlieren, trennst du dich von ihr? Dieser Logik kann nur jemand folgen, dem die Sorgen das Urteilsvermögen getrübt haben.“

„Vielleicht ... Vielleicht habe ich einen Fehler gemacht.“

„Vielleicht? Natürlich hast du einen Fehler gemacht. Es ist auch nichts Schlimmes daran, einen Fehler zu machen. So sind wir Menschen eben. Und ich nehme mich da nicht aus. Aber zwei Dinge sind wichtig, wenn wir einen Fehler gemacht haben. Das erste ist, zu erkennen, dass wir falschgelegen haben. Den Schritt hast du schon geschafft. Herzlichen Glückwunsch. Nun kommt Schritt zwei. Korrigiere deinen Irrtum.“

Isolde sah auf. „Wie meinst du das?“

Anita verdrehte die Augen. „Du bist mit einer großen Portion Intelligenz gesegnet, meine junge Freundin.

Aber manchmal stehst du da wie der Ochs vor dem Berg. Wie könntest du deinen Fehler wohl korrigieren?"

Isolde schluckte. „Du meinst, ich soll nach Berlin fahren und Lotte um Verzeihung bitten?"

„Das wäre doch ein Anfang, oder? Bei der Gelegenheit könntest du dir auch einmal ansehen, was deine Freundin dort in Berlin eigentlich treibt. Offenbar war ihr der Traum, dort zu sein, so wichtig, dass sie dafür eure Liebe aufs Spiel gesetzt hat. Ich kann verstehen, dass du nicht noch einmal einen geliebten Menschen vor der Zeit zu Grabe tragen möchtest. Das mit Emily war schlimm. Aber kannst du dir vorstellen, dass du mit einer Lotte glücklich wirst, die brav in deiner Stube sitzt und sich von der Politik fernhält, nur, damit du dir keine Sorgen um sie machen brauchst? Sie würde eingehen wie eine Pflanze, die kein Wasser und kein Licht bekommt. Fahr nach Berlin. Schau dir ihren Traum an. Versteh, warum sie sich dafür entschieden hat. Dann wirst du auch sie verstehen. Und vielleicht hilft dir das dabei, deine Angst zu überwinden."

Isolde trank noch einen Schluck von dem Bier. „Ich habe mir zwei Monate freigenommen von der Praxis", sagte sie. „Ich wusste nicht, wie ich die Zeit verbringen sollte. Ich hatte überlegt, ob ich vielleicht eine Reise unternehme. Und in Berlin war ich noch nie."

Anita schmunzelte. „Na, endlich ist der Groschen gefallen."

Sie hob ihr Weinglas und prostete Isolde zu. „Auf Berlin!"

Isolde hob das Bierglas und wiederholte. „Auf Berlin!"

KAPITEL 35

Elsa deckte den halbfertigen Sattel vorsichtig mit einem Leinentuch ab. Sie wusste nicht, wann sie ihn fertigstellen würde. Inzwischen hatte sie sich einen Überblick über das Firmenimperium verschafft, das Alfred Berlitz ihr vererbt hatte. Neben der Lederwarenfabrik umfasste es drei metallverarbeitende Betriebe, ein Kaufhaus und Beteiligungen an diversen anderen Firmen, an Eisenbahnen, Elektrizitätswerken und sogar an der Wasserversorgung von München. Und in all das musste sie sich einarbeiten.

Die Tür öffnete sich. Elsa erstarrte. Das konnte doch nicht wahr sein. Ein junger Mann stand im Türrahmen. Kerzengerade. Die kantigen Gesichtszüge noch von keinem Bart verdeckt. Blaue Augen, die sie musterten.

„Hermann", sagte sie.

Er nickte ihr zu. „Guten Tag", sagte er. Sie wartete, ob er vielleicht noch das Wort *Mutter* hinzufügen würde. Doch er sah sie nur an.

„Was ... was bringt dich zu mir?"

„Mein Großvater", sagte er. „Ich muss mit Ihnen sprechen."

Die förmliche Anrede traf sie wie ein Peitschenschlag. Sie versuchte, sich den Schmerz nicht anmerken zu lassen, und deutete auf einen Stuhl. Hermann nahm Platz. Sie setzte sich ihm gegenüber.

„Ich habe erfahren, dass eine Anzeige gegen meinen Großvater gestellt wurde, weil er einen Mordanschlag auf Ihren Kompagnon in Auftrag gegeben haben soll."

Er nickte. „Ja, das stimmt. Dem Ermittlungsrichter liegt ein Geständnis eines Mannes vor, der den Anschlag auf Geheiß deines Großvaters ausgeführt hat."

Sie erwartete, dass er nun zu einer Art Gegenschlag ansetzen würde. Dass er ihr sagen würde, was für eine niederträchtige Person sie sei, den armen alten Mann eines Mordes zu bezichtigen. Dass er sie beschimpfen würde. Doch stattdessen nickte er nur.

„Ich weiß, dass mein Großvater schuldig ist. Er hat es mir gegenüber eingeräumt."

Elsas Augen weiteten sich. „Wie bitte? Was hat er?"

„Ich habe von meiner Schwester erfahren, dass mein Großvater beschuldigt wird, den Auftrag für den Mord erteilt zu haben. Das hat mir keine Ruhe gelassen und ich habe ihn angesprochen."

Elsas Unterkiefer klappte nach unten. „Von deiner Schwester? Von Hilde?"

Er nickte. „Ja. Hat sie Ihnen das nicht erzählt? Wir haben seit einiger Zeit Kontakt. Ich konnte ihr behilflich sein, als sie von unangenehmen Subjekten bedroht wurde. So haben wir uns kennengelernt und festgestellt, dass wir verwandt sind. Aber vielleicht fragen Sie da besser noch einmal Hilde danach. Darum soll es jetzt nicht gehen. Ich habe also, wie gesagt, meinen Großvater darauf angesprochen, weil ich es erst nicht glauben wollte. Das sage ich Ihnen ganz ehrlich. Ich habe meinen Großvater immer für einen Ehrenmann gehalten. Doch als ich ihn gefragt habe, ob etwas an dieser Anklage dran sei, hat er es ohne zu zögern eingeräumt. Er hat mir gesagt, dass er Sie für den Tod meines Vaters bestrafen müsse. Und dass ihm dafür jedes Mittel recht sei. Dass ein Mensch wie Sie es nicht verdient hätten, Erfolg zu haben. Das müsse er mit allen Mitteln verhindern. Und deshalb habe er den Mord an Ihrem Kompagnon in Auftrag gegeben."

Elsa spürte, wie eine Woge der Wut sich in ihr ausbreitete. „Das ist ungeheuerlich", sagte sie.

Hermann nickte. „Ja. Das finde ich auch. Ich will ehrlich zu Ihnen sein. Mein Großvater hat nie ein gutes Wort über Sie geäußert. Ich war damals noch zu klein, um zu verstehen, was zwischen Ihnen und meinem Vater vorgefallen ist. Mein Großvater hat Sie als eine Ehebrecherin hingestellt, die meinen Vater in den Tod getrieben habe. Ich weiß nicht, wie es war. Aber ich hatte nie einen Grund, an seinen Worten zu zweifeln. Es war mir auch gleichgültig. Irgendwann habe ich gar nicht mehr an Sie gedacht. Doch dann habe ich Hilde kennengelernt. Und sie hat meine Überzeugungen infrage gestellt. Ich weiß immer noch nicht, was die Wahrheit ist. Aber eines weiß ich: Gerechtigkeit und Rache sind zwei verschiedene Dinge. Es gibt in diesem Land Gesetze. Und an die müssen wir uns halten. Wenn jeder nur das tut, was er für richtig hält, landen wir im Chaos. Ich hatte meinen Großvater immer für einen Menschen gehalten, dem Recht und Gesetz heilig sind. Zu erleben, wie er die Grundfesten unserer Gesellschaft mit Füßen tritt, ist schmerzlich. Er hat sich nicht nur gegen Recht und Gesetz gestellt. Er hat sich gegen die Gemeinschaft versündigt. Er ist ein Mörder. Und dafür sollte er zur Rechenschaft gezogen werden."

Jedes seiner Worte ließ Elsa noch mehr staunen. Was war hier los? Ganz offenbar hatte Hermann mit Hilde gesprochen, und zwar mehr als einmal. Warum hatte sie davon nichts mitbekommen? Weil sie zu sehr mit ihren eigenen Angelegenheiten beschäftigt gewesen war? Und warum hatte ihre Tochter das vor ihr geheim gehalten?

„Habe ich das richtig verstanden? Du willst, dass dein Großvater für den Mord an meinem Kompagnon zur Rechenschaft gezogen wird?"

„Ja, das will ich. Es ist nur recht und billig. Wer sündigt, muss büßen. Und zwar nach dem Buchstaben des Gesetzes und nicht nach dem Prinzip: Auge um Auge und Zahn um Zahn."

Elsa schluckte. Die Stimme ihres Sohnes war kalt und präzise. Wie verächtlich er über seinen Großvater sprach! Immerhin war er bei dem alten Mann aufgewachsen. Das hätte sie freuen sollen, da er ihre Seite einnahm. Aber tat er das wirklich? Stellte er sich auf ihre Seite? Oder wandte er sich nur gegen seinen Großvater? Für den Moment war das gleichgültig.

„Wir haben das Problem, dass Aussage gegen Aussage steht. Vor der Polizei hat dein Großvater abgestritten, in den Mord verwickelt zu sein. Da der Zeuge flüchtig ist, wird es schwierig sein, den Drahtzieher dahinter zu überführen."

Hermann nickte. „Darüber habe ich mir schon Gedanken gemacht. Wir müssen ihn dazu bringen, dass er gesteht. Und zwar vor Zeugen."

„Und wie soll das geschehen?“

„Ich habe einen Plan. Aber er erfordert Ihre Mitarbeit.“

***

Rauchschwaden zogen durch die Halle. Es roch nach Zigaretten und Bier. Die Tischgespräche der gut zweihundert Besucher klangen wie das stetige Brummen eines Bienenstocks. In dem Saal waren insgesamt vier Reihen von Bänken für das Publikum aufgestellt worden. Am anderen Ende war ein Podium errichtet worden, auf dem sich ein Rednerpult befand. Daneben standen vier Stühle. Offenbar waren die für die Rednerinnen gedacht, die zur Menge sprechen sollten. Isolde setzte sich auf einen freien Platz an einer der hinteren Bänke, von wo aus sie alles im Blick hatte, selbst aber nicht gesehen werden konnte.

„Was möchten Sie?“, fragte ein ziemlich unfreundlich dreinblickender Kellner. Sie bestellte ein Bier. Ein Raunen ging durch die Menge. Drei Frauen kamen durch eine Tür am anderen Ende des Saals. Die Erste war relativ klein, ging aber aufrecht und hatte ein sehr ausdrucksstarkes Gesicht. Die Zweite war gut einen Kopf größer. Sie wirkte nervös und nestelte an ihren Fingern. Die Letzte der drei war Lotte. Sie sah wie immer unerschütterlich aus. Ihre Augen glänzten. Isolde spürte, wie der Boden unter ihren Füßen zu schwanken begann. Dass ihre ehemalige Freundin noch immer so eine Wirkung auf sie hatte, erschütterte sie zutiefst. Und doch, das war eben der Grund, warum sie hierhergekommen war.

346

Die kleine Frau trat ans Rednerpult. Der Mann neben Isolde sagte: „Jetzt wird die Rosa den Junkern mal wieder den Marsch blasen."

Es musste sich um Rosa Luxemburg handeln. Die Politikerin begrüßte die Genossen und setzte zu einer fulminanten Rede an, in der sie kein gutes Haar am Kapitalismus der Wilhelminischen Großkonzerne ließ. Isolde hatte jedoch Mühe, den gut eineinhalb Stunden langen Ausführungen zu folgen, denn sie konnte nicht verhindern, dass ihr Blick immer wieder zu Lotte hinwanderte. Diese hatte nur Augen für Rosa Luxemburg und schien an ihren Lippen zu hängen. Es war fast wie in einem Gottesdienst. Nur, dass es hier nicht um die Anbetung eines Gottes ging, sondern um den Sozialismus. Als Rosa Luxemburg endete, brandete ein gewaltiger Applaus auf. Isolde stimmte mit ein, auch wenn sie sich nicht an allzu viele Punkte aus der Rede erinnerte. Sie erwartete, dass nun die nervöse Frau ans Rednerpult treten würde, doch stattdessen bat Rosa Luxemburg Lotte heran. Isolde spürte, wie ihr Mund austrocknete, als Lotte sich hinter das Pult stellte und in die Menge sah. Sie hatte den Impuls, sich hinter dem neben ihr sitzenden Mann zu verstecken, damit ihre Freundin sie nicht ausmachen konnte.

„Genossinnen und Genossen", begann sie mit ernster Miene, „vor Kurzem bin ich aus Bayern hierher nach Berlin gezogen, um an der Parteischule zu lernen. Genossin Luxemburg hat mich gebeten, euch über ein Projekt zu berichten, das ich in München ins Leben gerufen habe. Es handelt sich um eine Teestube, einen Ort der Wärme und des Zusammenseins für die arbeitende Bevölkerung. Ich habe diese Einrichtung aus dem Erbe meiner Vorfahren finanziert, einem Vermögen, das auf dem Rücken anderer gewachsen ist. Ich habe mich entschieden, dieses schuldbefleckte Geld der Gemeinschaft zukommen zu lassen, als eine Art Buße für die Sünden meiner Familie über Generationen hinweg."

An dieser Stelle setzte der Applaus ein. „Diese Teestube hatte regen Zulauf. Ich habe das Leid gesehen und versucht, Linderung zu bringen. Durch meine Bemühungen konnte ich eine Ärztin davon überzeugen, wöchentlich kostenlose Sprechstunden für die Besucherinnen anzubieten."

Täuschte sich Isolde oder zitterte Lottes Stimme ein wenig, als sie diese Worte sprach?

„Gemeinsam haben wir viel Gutes bewirkt, doch leider blieben auch traurige Momente nicht aus. Ein Ehemann schlug mich nieder, als wir seiner Frau halfen. Doch so ist es im Kampf für das Gute, Opfer sind unausweichlich. Nun bin ich hier in Berlin, um mich in der Partei zu engagieren. Aber meine Aktivitäten beschränken sich nicht nur auf die politische Arbeit. Nächste Woche werde ich in Pankow eine neue Teestube eröffnen, zunächst bescheiden, doch mit der Hoffnung, dass sie ebenso rege aufgenommen wird wie in München. Ich lade euch alle herzlich zur Eröffnung am kommenden Mittwoch ein."

Sie trat vom Pult zurück und der Applaus rollte durch die Halle. Isolde nahm einen Schluck von ihrem Bier. Sie hatte genug gehört. Und sie wusste nun, was zu tun war.

Kapitel 36

München und Berlin, Samstag, 11. April 1914

Hermann wippte hin und her. Die riesigen Kronleuchter, die den Herkulessaal der Münchener Residenz in ein grelles Licht tauchten, strahlten eine enorme Hitze aus, die ihm den Schweiß über die Stirn laufen ließ. Er sah sich um. Überall standen in Uniformen oder Fräcke gekleidete Männer in kleinen Grüppchen herum, die darauf warteten, dass der König erschien, um Orden und Titel an verdiente Mitglieder der Gesellschaft zu verleihen. Es waren nur zwei Frauen anwesend, Hilde und seine Mutter. In ihren farblich aufeinander abgestimmten, lindgrünen Kleidern waren sie auffällige Farbtupfer in einem Meer aus Schwarz.

„Ich fasse es nicht", hörte er seinen Großvater sagen. „Ich fasse es nicht, dass diese Schlange sich an den königlichen Busen geschlichen hat."

Er wandte sich dem alten Mann zu. „Nun, dann scheint keiner Ihrer Mordanschläge das gewünschte Resultat erzielt zu haben", sagte Hermann in kaltem Ton.

Er sah, dass sein Großvater etwas erwidern wollte, weshalb er rasch Richtung der Kolonnaden davonging, die zum Hofgarten führten. Er hörte Schritte hinter sich und beschleunigte. Als er ins Freie trat, traf ihn die frische Luft mit Wucht und er atmete tief durch. Er hielt nach rechts und steuerte auf einen Busch zu. Dort blieb er stehen.

„Ich verlange, dass du mir zuhörst", rief Hugo von Lampeck.

„Sie verlangen das? Und warum sollte ich Ihnen folgen?"

„Weil ich dein Großvater bin, du undankbarer Bengel. Es ist unerhört, wie du dich in den letzten Tagen aufführst."

„Das hat seinen Grund. Sie sind ein Mörder."

Von Lampeck stieß einen verächtlichen Laut aus. „Das wird nicht wahrer, nur weil du es dauernd wiederholst. Ich bin kein Mörder. Ich habe nur Gerechtigkeit walten lassen."

„Es ist die Aufgabe des Gesetzes, Gerechtigkeit walten zu lassen. Nicht die Ihre."

„Das Gesetz ist blind. Nicht ohne Grund wird Justitia mit einer Augenbinde abgebildet. Dieser unverschämten Person musste jemand ein Einhalt gebieten."

„Das ist Ihnen ja wohl nicht gut gelungen. Wie man hört, hat sie eine enorme Erbschaft gemacht und führt jetzt eine der größten Firmen in München."

Hugo von Lampeck schnaubte. „Ja. Aber Hochmut kommt vor dem Fall. Und ich werde dafür sorgen, dass sie sich nicht an diesem Erbe erfreuen wird."

„Warum? Wollen Sie noch einen Menschen töten lassen?"

„Jetzt hör endlich auf", schrie der Alte. „Ich weiß auch nicht, woher du diese moralischen Skrupel hast. Glaubst du, wir von Lampecks wären jemals in den Adel erhoben worden oder hätten jemals Erfolg mit unserer Bank gehabt, wenn wir nicht auf unseren eigenen

Vorteil gesehen hätten? Gesetze sind schön und recht. Aber wichtiger ist, dass wir unsere Interessen durchsetzen. Diese Person hat deinen Vater auf dem Gewissen. Er hätte dieses Duell nie ausfechten dürfen. Aber es ist, wie es ist. Er ist tot. Und diese Elsa Müller hat nicht genug dafür gebüßt. Ich werde alles zerstören, was ihr Glück ausmacht."

„Und dieser Fahrradhersteller hat ihr Glück ausgemacht?"

„Er hat ihr eine Möglichkeit geboten, ihr Geschäft zu erweitern. Das musste ich verhindern. Sie durfte keinen Erfolg haben."

„Und deshalb haben Sie ihn töten lassen?"

„Wie man hört, ist er betrunken mit dem Motorrad unterwegs gewesen. Ich habe ihn nicht töten lassen. Ich habe nur dafür gesorgt, dass er sein Ende schneller gefunden hat."

„Indem Sie Ihrem Handlanger den Auftrag gegeben haben, seine Bremskabel durchzuschneiden?"

„Du magst meine Methoden nicht gutheißen. Aber das war eine saubere Angelegenheit. Das wirst du auch noch lernen. Wenn du ein Hindernis aus dem Weg räumen willst, machst du das am besten im Geheimen. Natürlich hätte ich ihn auch auf offener Straße erstechen lassen können. Aber das hätte zu viel Aufsehen erregt. Wenn diese unmögliche Person, nicht einen Privatdetektiv beauftragt hätte, nachzuforschen, wäre auch der Tod dieses Fahrradhändlers als Unfall durchgegangen. Ich weiß nicht, wie es ihr gelungen ist, ein Geständnis aus meinem Mann zu erpressen. Er ist verschwunden, ich konnte ihn nicht befragen. Aber meine Aussage steht gegen seine. Natürlich werde ich alles abstreiten.

Mich vor Gericht zu ziehen ist sowieso eine Frechheit. Ich bin eine Stütze dieser Gesellschaft. Für mich gelten andere Regeln."

„Nein. Für Sie gelten keine anderen Regeln. Das Gesetz gilt für alle. Und wir müssen uns daran halten. Sie haben einen Mord in Auftrag gegeben. Und dafür müssen Sie zur Rechenschaft gezogen werden."

„Ich wüsste nicht, wer mich zur Rechenschaft ziehen sollte"

„Ich glaube, wir haben genug gehört", sagte der Untersuchungsrichter. Er kam aus dem Gebüsch, gefolgt von Max von Linden. Hermanns Mutter trat ebenfalls hervor. Hugo von Lampecks Augen weiteten sich.

„Wer sind Sie?"

„Ich bin Untersuchungsrichter Badecker. Und ich verhafte Sie hiermit wegen des Mordes an Herrn Maierhöfer."

„Das ist infam!", rief Hugo von Lampeck.

Von Linden schüttelte den Kopf. „Sie haben vor gleichrangigen Zeugen zugegeben, dass Sie für den Mord verantwortlich sind. Ich bin gerne bereit, das vor Gericht auszusagen."

„Sie sind eine Schande für Ihr Adelsgeschlecht", zeterte der alte Mann.

„Nein. Sie sind eine Schande. Sie zerstören alles, was Sie sich zusammengerafft haben. Und die Schuld schieben Sie anderen zu."

Hermanns Mutter hatte sich im Hintergrund gehalten. Nun fiel Hugo von Lampecks Blick auf sie.

„Das hätte ich mir ja denken können. Dass Sie dahinterstecken. Sie ruhen nicht, bis Sie meine ganze Familie zerstört haben."

Elsa schüttelte den Kopf. „Nein. Mir ging es nie darum eine Familie zu zerstören. Mir ging es nur um Gerechtigkeit. Und die habe ich nun erfahren. Und jetzt entschuldigen Sie mich, ich möchte den König nicht warten lassen."

***

Elsa sah sich im Herkulessaal um. Sie konnte Hermann nirgendwo erkennen. Wahrscheinlich war er nach Hause gegangen. Sie fühlte ein Bedauern, gleichzeitig konnte sie aber auch verstehen, dass er hier nicht dabei sein konnte oder wollte. Sie hoffte, dass er mit dem Verlust seines Großvaters zurechtkommen würde. Und sie hoffte noch etwas anderes. Dass sie sich aussöhnen würden. Sie war Hilde unendlich dankbar dafür, dass sie eine Annäherung zwischen ihr und ihrem Sohn herbeigeführt hatte, auch wenn das größtenteils hinter ihrem Rücken geschehen war, wie sie inzwischen erfahren hatte. Sie spürte, wie ihre Tochter, die neben ihr stand, ihr die Hand drückte. Hilde sah sie mit einem ernsten Gesichtsausdruck an.

„Alles wird gut", sagte sie. Und nach langer Zeit hatte Elsa das Gefühl, dass diese Worte tatsächlich eine Bedeutung hatten. Das wirklich alles gut werden konnte. Sogar der Onkel war gekommen. Er saß auf einem Stuhl, da er nicht mehr stehen konnte. Der Oberhofmeister des Königs hatte ihm eine Erlaubnis dazu erteilt. Zenzi war nicht dabei. Offenbar hatte man es nicht für schicklich befunden, dass eine Haushälterin Zeugin dieses Moments würde. Und Isolde war in Berlin, um Charlotte zurückzugewinnen.

Die großen Flügeltüren öffneten sich und der König erschien. Er war ein stattlicher Mann mit einem langen weißen Bart und relativ kurzen, schlohweiß Haaren. Eine runde Brille saß auf seinem Nasenrücken. Er trug eine Uniform, die mit Dutzenden von Orden geschmückt war. Die Epauletten strahlten golden. Gefolgt wurde er von zahlreichen Offizieren. Elsa ertappte sich dabei, dass ihr geübter Blick sofort nach den Rangabzeichen der Entourage schaute und dann die Gesichter der jungen Männer musterte. Sie erinnerte sich, wie sie in einem früheren Leben nichts anderes gewollt hatte, als eine Liebelei mit einem dieser feschen Lieutenants zu beginnen. Sie konnte es nachvollziehen. Nach wie vor übte das Militär eine gewisse Anziehungskraft auf sie aus. Aber sie war nun nicht mehr bereit dazu, dafür irgendetwas zu gefährden. Der König trat auf ein Podest. Im Saal wurde es ganz still.

„Wir haben beschlossen, mehrere verdiente Bürger unseres Landes auszuzeichnen“, begann er mit leiser, leicht nuschelnder Stimme.

Elsa hatte gehofft, dass sie gleich an die Reihe kommen würde, aber zunächst wurden einige Orden verliehen. Es waren durchwegs Männer. Keine einzige Frau bekam einen Stern an die Brust geheftet. Doch sie hatte nicht die Zeit, sich darüber zu ärgern, denn nun war ihr Augenblick gekommen.

„Wir freuen uns ganz besonders, dass wir Frau Elsa Müller zur Königlich Bayerischen Hofsattlerin ernennen dürfen. Ihr Vater und der Großvater haben die Sättel für unseren Vater und unseren verstorbenen Onkel gefertigt. Meisterwerke der Handwerkskunst. Wir selbst dürfen uns glücklich schätzen, einen Sattel aus der Produktion von Frau Müller zu besitzen. Er reitet sich ganz fabelhaft. Neben diesen Unikaten stellt Frau Müllers Unternehmen jedoch auch wichtige Ausrüstung für unsere Armee her. Und deshalb verleihen wir hiermit der Firma *Berlitz, Hartmann & Töchter* das Prädikat der königlich bayerischen Hofsattlerei."

Elsa ging mit zitternden Knien auf das Podium zu. Im Saal brandete Applaus auf. Sie knickste vor dem König und dieser drückte ihr eine Urkunde in die Hand. Dann wandte sie sich dem Publikum zu. Wieder Applaus. Sie sah Hilde. Und sie sah den Onkel. Und einen kurzen Moment meinte sie, neben den beiden ihren Vater und Moritz zu erblicken, die sie anstrahlten, und lauter klatschten als alle anderen. Tränen traten ihr in die Augen. Sie verbeugte sich vor der Menge und trat ab, während der König bereits zur nächsten Ehrung anhob. Sie gesellte sich wieder zu ihren Lieben, die sofort die Urkunde sehen wollten. Und nun war tatsächlich alles gut. Endlich.

***

Es waren nicht viele Menschen zur Eröffnungsfeier gekommen. Pankow lag ein gutes Stück außerhalb. Wahrscheinlich hatten nicht viele der bei der Kundgebung in der vergangenen Woche versammelten Genossen den Weg hierher gefunden. Und die Anwohner mussten erst einmal davon erfahren, dass hier eine neue Einrichtung eröffnete. Von außen wirkte die Stube zudem noch etwas traurig. Die Lichter hinter den Scheiben waren nicht so hell wie in München, das ganze Ambiente war nicht so warm und einladend. Da war einiges an Arbeit zu erledigen.

Isoldes Herz klopfte ihr bis zum Hals, als sie über die Schwelle trat. Eine Gruppe von Frauen stand in der Mitte des Raumes, dampfende Teetassen in der Hand. Sie erkannte Rosa Luxemburg, die vorsichtig an ihrem Getränk nippte. Hinter dem Tresen war Lotte damit beschäftigt, auszuschenken. Sie sah zur Tür, und als sie den Neuankömmling sah, goss sie einen Schwall heißen Tee nicht in die Tasse, sondern auf den Tisch.

„Herrje“, rief sie. Sie stellte die Tasse hin, griff nach einem Lappen und wischte den Tee ab. Isolde ging zu ihr.

„Was machst du hier?“, fragte Lotte.

„Ich wollte sehen, wie es dir in Berlin geht.“

„Gut geht es mir, das siehst du jetzt, oder?“, entgegnete Lotte. Sie hatte einen schnippischen Tonfall angeschlagen, der Isolde zusammenzucken ließ.

„Das sehe ich. Und ich sehe, dass du hier wieder genauso gute Arbeit leistest wie in München. Arbeit, für die du brennst.“

„Unsere Genossin ist eine engagierte Kämpferin gegen das Unrecht“, sagte Rosa Luxemburg, die zu ihnen getreten war.

„Genossin Luxemburg, das ist die Ärztin, mit der ich in München zusammengearbeitet habe. Doktor Isolde Hartmann“, sagte Lotte. Isolde und Rosa Luxemburg schüttelten sich die Hände.

„Ah, die Genossin hat mir viel von Ihnen erzählt. Es ist so wichtig, wenn Menschen sich ehrenamtlich engagieren. Die Welt ist voller Ungerechtigkeiten. Aber Menschen wie Sie können das lindern. Wirklich etwas an den Verhältnissen verändern wird jedoch nur eine Revolution."

Isolde hatte keine Lust, sich mit der Politikerin eine Diskussion darüber zu liefern, ob eine Revolution sinnvoll oder erreichbar war. „Und nun sind Sie also nach Berlin gekommen, um nachzusehen, ob es der Genossin Kleiber gut geht?", fragte Rosa Luxemburg.

„Ja, und ich sehe, dass sie wieder voll in ihrem Element ist. Es ist schön, zu sehen", sagte Isolde. Rosa Luxemburg nickte und ging mit ihrer Tasse wieder davon.

„Was willst du hier?", fragte Lotte.

„Ich habe einen Fehler gemacht", sagte Isolde. „Ich weiß nicht, ob es möglich ist, diesen Fehler wieder rückgängig zu machen. Aber wenn ich es nicht versuche, werde ich es mein Leben lang bereuen."

„Wovon sprichst du?", fragte Lotte. Sie flüsterte und sah auf die Tischplatte.

„Ich spreche von uns beiden. Es erschien mir unmöglich, dass eine Liebe über die Ferne gelingen könnte. Aber ich vermisse dich Lotte. Jeden Tag, jede Stunde denke ich an dich. Wie verrückt, wie dämlich war ich denn, anzunehmen, dass unsere Liebe zerbrechen müsste, wenn wir uns nicht sehen. Sie ist weiterhin da. In mir. Als ich dir gesagt habe, dass ich nicht glaube, dass unsere Liebe die räumliche Trennung überstehen kann, hat die Angst aus mir gesprochen. Die Angst, dich zu verlieren. Ich bin ein gebranntes Kind. Schon einmal habe ich einen Menschen verloren, der mir viel bedeutet hat. Meine Angst hat mir eingeflüstert, dass sich das wiederholen wird, wenn du nach Berlin gehst und dass ich das nicht ertragen könnte. Ich habe auf die Angst gehört und das war ein Fehler. Die Angst ist nie eine gute Ratgeberin. Aber in diesem Fall hatte sie Unrecht. Unsere Liebe ist stark genug, meine Sorgen und diese räumliche Trennung zu überstehen. Ich bin hierhergekommen, um dir zu sagen, dass ich dich aus ganzem Herzen liebe. Und ich möchte dich um Verzeihung bitten dafür, dass ich an uns gezweifelt habe. Das war dumm."

Lotte sah sie lange an. „Ja, das war es. Ich habe nicht an uns gezweifelt."

„Würdest du uns noch einmal eine Chance geben?"

„Unter einer Bedingung. Dir muss klar sein, dass ich hier in Berlin Wurzeln schlagen möchte. Wir müssen einen Weg finden, wie wir zusammen sein können, ohne unsere Wurzeln aufzugeben. Ich gehe davon aus, dass du in München bleiben wirst, oder?"

Isolde nickte. Mit einem Mal war ihr leicht ums Herz. „Ich habe das schon mit Berta besprochen. Für sie ist es in Ordnung, wenn ich zwei Monate in der Praxis arbeite und mir im Anschluss einen Monat freinehme. So könnte ich vier Monate im Jahr nach Berlin kommen. Und vielleicht kannst du ja auch gelegentlich einen Abstecher nach München unternehmen. So könnten wir uns trotzdem sehen."

„Das würdest du tun?"

Isolde nickte. „Ja. Das würde ich tun. Für uns."

Lotte schmunzelte. „Dann werden wir uns wahrscheinlich noch wesentlich öfter sehen, denn es ist vorgesehen, dass ich regelmäßig nach München fahre, um die Genossinnen dort in Agitationstechniken zu unterweisen. Wenn wir das aufeinander abstimmen, werden wir uns mehr als die Hälfte des Jahres sehen."

Isolde spürte, wie ein leichtes Gefühl von ihr Besitz ergriff. Sie lächelte.

„Das wäre ja großartig. Und ich weiß auch schon, wo du wohnen könntest. In Elsas Villa sind noch Zimmer frei."

„Lass das mal besser nicht die Genossinnen hören. Möchtest du Tee?"

Isolde nickte. Lotte schenkte ihr eine Tasse ein, reichte sie ihr und sagte: „Ich freue mich zwar über diese Eröffnungsfeier. Ich freue mich über jeden Besucher. Aber ich freue mich auch, wenn das hier vorbei ist. Wenn wir zu zweit sind und in meine Wohnung einkehren. Ich habe dir nämlich noch einiges zu sagen, meine Liebe."

KAPITEL 37

München, Sonntag, 28. Juni 1914

Ein Sturm tobte in den Bergen. Die Föhnlage, die seit Tagen für herrliches Frühsommerwetter gesorgt hatte, brach blitzend und donnernd in sich zusammen. In der Stadt war nichts davon zu spüren. Die Münchener genossen den lauen Abend. Späte Spaziergänger flanierten durch den Englischen Garten. In den Bierkellern wurde getrunken und Karten gespielt, in den Kaffeehäusern diskutiert und philosophiert. Und die Daheimgebliebenen auf ihren Terrassen, Balkonen oder an ihren weit geöffneten Fenstern bestaunten das Schauspiel, das ihnen das ferne Wetterleuchten über der Zugspitze bot.

In der Bogenhausener Villa der Sattlerin und Fabrikantin Elsa Müller war das Personal mit den letzten Vorbereitungen für den abendlichen Empfang beschäftigt. Auf dem Rondell aus englischem Rasen, das den größten Teil des Gartens der Villa einnahm, war eine Tafel errichtet worden. Die Dienstmädchen rückten das im Schein der untergehenden Sonne funkelnde Silbergeschirr zurecht, während Angus, der Butler, die Weinflaschen, die eine nicht abreißende Prozession von Küchenjungen aus dem Keller heraufschaffte, mit einem, von einem Monokel riesenhaft vergrößerten Auge begutachtete. Auch Zenzi war in ihrem Element.

Sie überwachte, dass alles ordentlich gedeckt war. Dann ging sie leicht humpelnd in die Küche zurück und goss noch einmal Bier über das Spanferkel, das sich an einem Spieß über dem Herd drehte, ehe sie sich mit dem Ofen beschäftigte und überprüfte, ob der Apfelstrudel schon fertig war. An der Tafel im Garten saßen der Onkel, Lotte und Isolde. Sie waren in eine lebhafte Diskussion über Politik verstrickt. Elsa und Hilde warteten im Speisezimmer.

„Und du meinst, er wird wirklich kommen?", fragte Elsa. Sie schluckte, doch ihr Mund war so ausgetrocknet, dass ihr dabei beinahe die Zunge am Gaumen hängen blieb.

„Warum sollte er nicht? Ich habe ihm deine Einladung überbracht und er hat zugesagt."

Es läutete. Kurz darauf führte Angus Hermann herein. Er trug die Uniform eines Kadetten der Offiziersschule. Hermann lächelte nicht. Stocksteif stand er da, nickte zuerst Hilde, dann Elsa zu.

„Guten Abend", sagte er. „Ich danke Ihnen ganz herzlich für die Einladung." Nach einer atemlosen Pause fügte er hinzu: „Mutter."

Elsa spürte, wie eine Welle der Erleichterung durch ihren Körper wusch.

„Du bist herzlich willkommen, Hermann. Es ist auch dein Haus", sagte sie.

„Danke", erwiderte er. „Aber bis ich mein Offizierspatent in Händen halte, ist die Kaserne mein Zuhause."

„Wollen wir in den Garten gehen? Der Tisch ist gedeckt", schlug Hilde vor.

Sie traten auf die Terrasse. Hermann begrüßte Isolde und den Onkel mit einer steifen Höflichkeit, die Elsa nur schwer ertrug.

„Gib ihm Zeit", hörte sie Hilde in ihr Ohr flüstern. Elsa nickte. Sie dachte zurück an jenen Abend vor nunmehr achtzehn Jahren, als das Unglück über ihre Familie hereingebrochen war. Was hatte sich seitdem alles verändert? Sie hatte zwei Ehemänner zu Grabe getragen und einen Geliebten. Hatte einen Kompagnon verloren. War in Afrika gewesen, wo sie eine Kautschukfarm geführt hatte, hatte eine Sattler-Werkstatt aufgebaut, hatte den Hofsattlertitel zurückerlangt und war nun eine schwerreiche Fabrikantin. Sie sah zu Isolde hin, die vor Glück strahlte. Sie freute sich so sehr darüber, dass Lotte und sie wieder ein Paar geworden waren und nun glücklicher wirkten als je zuvor.

Sie hörte ein Räuspern hinter sich. Es war Zenzi.

„Wir wären so weit", sagte die Haushälterin.

Elsa klatschte in die Hände. „Das Essen ist fertig", sagte sie und nahm Platz.

Die Bediensteten trugen Platten mit Fleisch und Knödeln, Schüsseln mit Kraut und Saucieren mit dunkler Biersoße auf. Das Spanferkel schmeckte himmlisch. Elsa trank einen Schluck von dem Champagner aus Alfred von Berlitz' Weinkeller. In Gedanken prostete sie dem Unternehmer zu. Er war der Konkurrent ihres Vaters gewesen, hatte durch ihre Sorglosigkeit seinen Sohn verloren. Und doch hatte er für sie und vor allem für Hilde, seine Enkelin gesorgt und ihr die Villa und seine Firma hinterlassen. Das würde sie ihm nie vergessen.

Aus den Augenwinkeln sah sie, dass es dem Onkel gelungen war, Hermann in eine Unterhaltung über Kunst zu verwickeln.

„Na, zufrieden", fragte Hilde, die neben ihr saß.

„Ja. Ich hätte mir nie träumen lassen, einmal einen Abend wie diesen zu erleben. Aber es ist schön. Wobei ich immer noch nicht ganz darüber hinweg bin, dass du und Hermann heimlich hinter meinem Rücken konspiriert habt."

Hilde lächelte. „Unsere kleine Verschwörung hat doch zu einem wunderbaren Ende geführt, findest du nicht?"

Elsa hob das Glas. „Auf eine goldene Zukunft", sagte sie. Die Anwesenden taten es ihr nach und wiederholten den Trinkspruch. Sie spürte den Champagner auf ihren Lippen, genoss das Prickeln. Alles war schön, alles war gut. Endlich.

Von der Straße her war ein Geräusch zu vernehmen. Erst leise, dann immer deutlicher. Ein Rufen.

„Was ist das?", fragte Hilde.

Das Tischgespräch verstummte, während die Rufe immer lauter wurden und nun auch einzelne Wörter zu unterscheiden waren.

„Das ist ein Zeitungsverkäufer", sagte Hermann.

Und dann verstand Elsa, was der Mann rief: „Extrablatt, Extrablatt. Der österreichische Thronfolger ist in Sarajevo ermordet worden. Franz Ferdinand ist tot!"

Es war, als ob die Rufe des Zeitungsverkäufers alle Leichtigkeit und Fröhlichkeit ausgeblasen hätten wie eine Kerze. Elsa blickte in schockierte Mienen. Dann

sagte der Onkel mit tonloser Stimme: „O weh! Ich befürchte, die Zukunft wird nicht golden. Sondern blut-
rot.“

ENDE